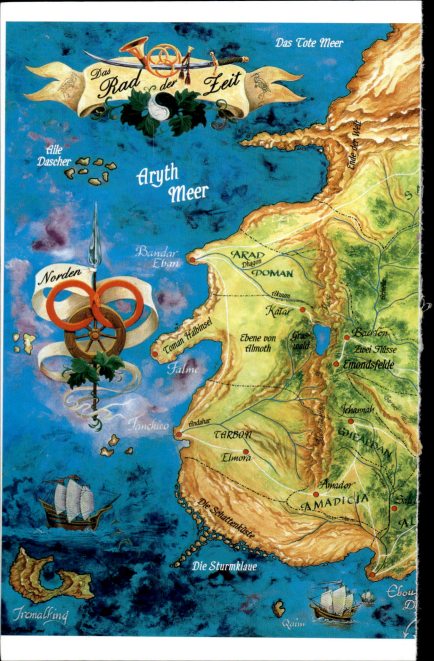

Fantasy

Herausgegeben von Friedel Wahren

Von **Robert Jordan** erschienen in der Reihe
HEYNE SCIENCE FICTION & FANTASY:

Im CONAN-Zyklus:
Conan der Verteidiger · 06/4163
Conan der Unbesiegbare · 06/4172
Conan der Unüberwindliche · 06/4203
Conan der Siegreiche · 06/4232
Conan der Prächtige · 06/4344
Conan der Glorreiche · 06/4345

Sonderausgabe: 06/4163, 4172, 4203
zusammen in einem Band unter dem Titel
›Conan der Große‹ · 06/5460

Das Rad der Zeit:
  1. Roman: Drohende Schatten · 06/5026
  2. Roman: Das Auge der Welt · 06/5027
  3. Roman: Die große Jagd · 06/5028
  4. Roman: Das Horn von Valere · 06/5029
  5. Roman: Der Wiedergeborene Drache · 06/5030
  6. Roman: Die Straße des Speers · 06/5031
  7. Roman: Schattensaat · 06/5032
  8. Roman: Heimkehr · 06/5033
  9. Roman: Der Sturm bricht los · 06/5034
10. Roman: Zwielicht · 06/5035
11. Roman: Scheinangriff · 06/5036
12. Roman: Der Drache schlägt zurück · 06/5037
13. Roman: Die Fühler des Chaos · 06/5521
14. Roman: Stadt des Verderbens · 06/5522
15. Roman: Die Amyrlin · 06/5523
16. Roman: Die Hexenschlacht · 06/5524
17. Roman: Die zerbrochene Krone · 06/5525
18. Roman: Wolken über Ebou Dar · 06/5526 (in Vorb.)
19. Roman: Der Dolchstoß · 06/5527 (in Vorb.)
20. Roman: Die Schale der Winde · 06/5528 (in Vorb.)

Weitere Bände in Vorbereitung

Robert Jordan & Teresa Patterson:
Die Welt von Robert Jordans »Das Rad der Zeit«
(illustriertes Sachbuch) · 006/9000 (in Vorb.)

ROBERT JORDAN

DIE ZERBROCHENE KRONE

Das Rad der Zeit

Siebzehnter Roman

Aus dem Amerikanischen von
KARIN KÖNIG

Mit einer farbigen Karte von
ELLISA MITCHELL

Deutsche Erstausgabe

WILHELM HEYNE VERLAG
MÜNCHEN

HEYNE SCIENCE FICTION & FANTASY
Band 06/5525

Besuchen Sie uns im Internet:
http://www.heyne.de

Titel der Originalausgabe
A CROWN OF SWORDS
1. Teil

Übersetzung aus dem amerikanischen Englisch
von Karin König
Das Umschlagbild malte Attila Boros / Agentur Kohlstedt
Die Innenillustrationen zeichnete Johann Peterka
Die Karte auf Vor- und Nachsatz zeichnete
Ellisa Mitchell
Die Karte auf Seite 8/9 zeichnete Erhard Ringer

Umwelthinweis:
Dieses Buch wurde auf
chlor- und säurefreiem Papier gedruckt

Redaktion: Ralf Oliver Dürr
Copyright © 1996 by Robert Jordan
Erstausgabe bei Tom Doherty Associates, New York (TOR BOOKS)
Copyright © 1998 der deutschen Ausgabe und der Übersetzung
by Wilhelm Heyne Verlag GmbH & Co. KG, München
Printed in Germany 1998
Umschlaggestaltung: Atelier Ingrid Schütz, München
Technische Betreuung: M. Spinola
Satz: Schaber Datentechnik, Wels
Druck und Bindung: Ebner Ulm

ISBN 3-453-12698-X

INHALT

PROLOG   Blitze 11

KAPITEL 1: Hoch Chasaline 85

KAPITEL 2: Der Schlachthof 107

KAPITEL 3: Der Hügel der goldenen
              Dämmerung 143

KAPITEL 4: Nach Cairhien 167

KAPITEL 5: Eine zerbrochene Krone 187

KAPITEL 6: Alte Angst und neue Angst 206

KAPITEL 7: Fallgruben und Stolperdrähte 222

KAPITEL 8: Die Galionsfigur 252

KAPITEL 9: Zwei Silberhechte 271

Für Harriet,
der das Verdienst erneut gebührt

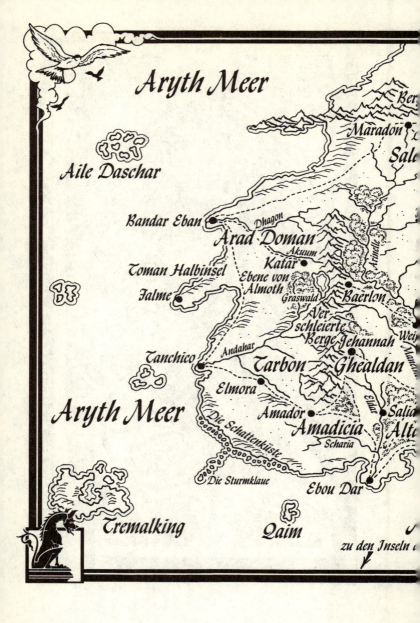

Uns kann weder Gesundheit innewohnen, noch kann etwas Gutes in uns gedeihen, da das Land eins ist mit dem Wiedergeborenen Drachen und er eins ist mit dem Land. Mit einer Seele aus Feuer und einem Herzen aus Stein siegt er stolz und zwingt die Stolzen nachzugeben. Er fordert die Berge auf, sich niederzuknien, und die Meere, sich zu teilen, und den Himmel selbst, sich zu verneigen. Betet, daß sich das Herz des Steins an die Tränen und die Seele aus Feuer an die Liebe erinnern.

– Aus einer stark umstrittenen Übersetzung der *The Prophezeiungen des Drachen* des Dichters Kyera Termendal von Shiota, die vermutlich zwischen FJ 700 und FJ 800 veröffentlicht wurde.

PROLOG

Blitze

Von dem hohen Bogenfenster fast achtzig Spann über dem Boden aus, nicht weit von der obersten Spitze der Weißen Burg entfernt, konnte Elaida viele Meilen über Tar Valon bis zu den wogenden Ebenen und den Wäldern hinaussehen, die an den breiten, von Nordwesten heranwogenden Fluß Erinin angrenzten, bevor er sich um die weißen Mauern der großen Inselstadt herum teilte. Unten überlagerten die langen Morgenschatten die Stadt, aber von diesem erhöhten Standpunkt aus schien alles hell und klar. Nicht einmal die sagenhaften Türme von Cairhien konnten wirklich mit der Weißen Burg mithalten. Und sicherlich auch keiner der niedrigeren Türme Tar Valons, auch wenn die Menschen nah und fern von ihnen und ihren gewölbten Himmelsbrücken sprachen.

In dieser Höhe linderte eine beständige Brise die unnatürliche Hitze, die die Welt gefangenhielt. Da das Lichterfest vorüber war, hätte Schnee den Boden bedecken sollen, aber das Wetter entsprach eher dem Höhepunkt eines Hochsommers. Ein weiteres Omen dafür, daß die Letzte Schlacht bevorstand und der Dunkle König die Welt berührte – wenn noch weitere Zeichen nötig gewesen wären. Elaida ließ sich natürlich auch beim Abstieg nicht von der Hitze berühren. Die Brise war nicht der Grund dafür, daß sie ihre Unterkunft, trotz der Unbequemlichkeit so vieler Stufen, hier oben in diese schlichten Räume verlegt hatte.

Man konnte die einfachen rostroten Bodenfliesen und die weißen, mit nur wenigen Wandteppichen ge-

11

schmückten Marmorwände nicht mit der Erhabenheit des Arbeitszimmers der Amyrlin und den dazugehörigen Räumen weiter unten vergleichen. Sie benutzte jene Räume noch gelegentlich – manche hielten sie für die Macht des Amyrlin-Sitzes für unerläßlich –, aber sie lebte und arbeitete wegen der Aussicht häufiger hier. Aber nicht auf die Stadt oder den Fluß oder die Wälder, sondern auf das, was am Fuß der Burg begann.

Gewaltige Fundamentierungen waren ausgeführt worden. Hohe Holzkräne und Blöcke geschnittenen Marmors und Granits erstreckten sich jetzt über den ehemaligen Übungshof der Behüter. Steinmetze und Arbeiter schwärmten wie Ameisen über den Platz, und endlose Ströme von Wagen krochen durch die Tore in den Burghof und brachten weitere Steine heran. Auf einer Seite stand ein hölzernes ›Arbeitsmodell‹, wie die Steinmetze es nannten, das ausreichend groß war, daß Männer gebückt hineingehen und sich sehr genau ansehen konnten, wo jeder einzelne Stein plaziert werden sollte. Es war so groß wie einige Herrenhäuser. Die meisten der Arbeiter konnten jedoch nicht lesen – weder Worte noch Bauzeichnungen.

Wenn ein König oder eine Königin einen Palast besaß – warum sollte der Amyrlin-Sitz dann auf Räume verwiesen werden, die kaum besser waren als jene gewöhnlicher Schwestern? Ihr Palast würde der Weißen Burg in seiner Pracht gleichkommen und eine zehn Spann höhere Spitze als die Burg selbst aufweisen. Alles Blut war aus dem Gesicht des Steinmetzmeisters gewichen, als er das gehört hatte. Die Burg war von Ogiern unter Mithilfe von Schwestern, die die Macht gebrauchen konnten, erbaut worden. Ein Blick auf Elaidas Gesicht veranlaßte Meister Lerman jedoch, sich nur zu verbeugen und stotternd hervorzubringen, daß natürlich alles ihren Wünschen gemäß ausgeführt würde. Als habe das jemals in Frage gestanden.

12

Sie verzog verbittert den Mund. Sie hatte wieder Ogier-Steinmetze einsetzen wollen, aber die Ogier beschränkten sich aus irgendeinem Grund auf ihre Steddings. Ihre Aufforderung an den nächstgelegenen Stedding in den Schwarzen Hügeln war abschlägig beschieden worden. Höflich, aber dennoch abschlägig und ohne Erklärung, auch nicht für den Amyrlin-Sitz. Ogier blieben lieber für sich. Oder vielleicht zogen sie sich auch nur aus einer unruhigen Welt zurück. Ogier hielten sich von menschlichem Hader fern.

Elaida verbannte die Ogier energisch aus ihrem Geist. Sie war stolz auf ihre Fähigkeit, Mögliches von Unmöglichem unterscheiden zu können. Ogier waren eine Nebensächlichkeit. Sie hatten bis auf die Städte, die sie vor so langer Zeit gebaut hatten und die sie jetzt nur besuchten, um Instandsetzungen durchzuführen, keinen Anteil an der Welt.

Sie betrachtete die Menschen dort unten, die wie Käfer über das Gelände krochen, mit leichtem Stirnrunzeln. Der Bau schritt zollweise voran. Ogier standen nicht zur Verfügung, aber vielleicht konnte die Eine Macht wieder benutzt werden. Nur wenige Schwestern besaßen die wahre Kraft, Erde zu verweben, aber es war nicht so viel Kraft erforderlich, um Steine zu verstärken oder Stein mit Stein zu verbinden. Ja ... Der Palast war vor ihrem geistigen Auge bereits vollendet, Kolonnadengänge und große Kuppeln schimmerten weiß und golden, und diese eine Spitze, die bis in den Himmel reichte ... Sie hob den Blick zum wolkenlosen Himmel, zu der Stelle, wo die Spitze aufragen würde, und sie seufzte tief. Ja. Die entsprechenden Befehle würden heute ausgegeben werden.

Die hohe Kastenuhr im Raum hinter ihr schlug, und auch in der Stadt läuteten Gongs und Glocken die Stunde, was hier – so hoch oben – nur schwach zu hören war. Elaida trat lächelnd vom Fenster fort, glättete ihr cremefarbenes Seidenkleid mit den roten Schlitzen und richtete die breite, gestreifte Stola des Amyrlin-Sitzes um ihre Schultern.

An der mit reichen Goldverzierungen versehenen Uhr bewegten sich mit dem Geläut kleine Gold-, Silber- und Emaillefiguren. Gehörnte, rüsselbewehrte Trollocs flohen auf einer Ebene vor einer mit einem Umhang bekleideten Aes Sedai. Auf einer anderen Ebene versuchte ein Mann, der einen falschen Drachen darstellte, silberne Lichtblitze abzuwehren, die von einer zweiten Schwester geschleudert wurden. Über dem Zifferblatt, das sich über Elaidas Kopf befand, knieten ein gekrönter König und eine Königin vor der Amyrlin mit ihrer Emaillestola, und die Flamme von Tar Valon, aus einem großen Mondstein gehauen, ruhte auf einem goldenen Bogen über ihrem Kopf.

Elaida war nicht oft fröhlich, aber beim Anblick der Uhr konnte sie ein leises, erfreutes Lachen nicht unterdrücken. Cemaile Sorenthaine, von den Grauen erhoben, hatte sie in Auftrag gegeben, nachdem sie von einer Wiederkehr zu der Zeit vor den Trolloc-Kriegen geträumt hatte, als kein Regent einen Thron ohne Billigung der Burg innehaben konnte. Aus Cemailes großartigen Plänen wurde jedoch nichts, und die Uhr stand drei Jahrhunderte lang in einem staubigen Lagerraum – eine Verlegenheit, die niemand herzuzeigen wagte. Bis Elaida kam. Das Rad der Zeit drehte sich. Was einmal war, konnte wieder sein. Würde wieder sein.

Die Kastenuhr beherrschte den Eingang zu ihrem Wohnzimmer und den dahinterliegenden Schlaf- und Ankleideräumen. Edle Wandteppiche, gold- und silberdurchwirkte, farbenprächtige Arbeiten aus Tear und Kandor und Arad Doman, hingen jeweils genau gegenüber ihrem Pendant. Elaida war schon immer für Ordnung gewesen. Der rot-grün-gold gemusterte Teppich, der den größten Teil der Fliesen bedeckte, kam aus Ta-

14

rabon. In jeder Ecke des Raumes stand eine mit schlichten senkrechten Ornamenten verzierte Marmorsäule mit einer weißen Vase aus zerbrechlichem Meervolk-Porzellan mit zwei Dutzend sorgfältig arrangierten roten Rosen darauf. Die Eine Macht war erforderlich, um jetzt Rosen erblühen zu lassen, besonders bei der Dürre und Hitze – ihrer Meinung nach eine sinnlose Gewohnheit. Vergoldete Schnitzereien in starrem cairhienischen Stil verzierten sowohl den einzigen Stuhl – niemand saß in ihrer Gegenwart – als auch den Schreibtisch. Ein einfacher Raum mit einer kaum zwei Spann hohen Decke, und doch würde er genügen, bis ihr Palast fertiggestellt war. Mit dieser Aussicht würde er genügen.

Die hohe Rückenlehne mit der aus ausgesuchten Mondsteinen gestalteten Flamme von Tar Valon ragte über ihrem dunkelhaarigen Kopf auf, als sie sich hinsetzte. Nichts verunstaltete die polierte Tischplatte außer drei zufällig angeordneten Schachteln, eine altaranische Lackarbeit. Sie öffnete die Schachtel mit dem Bild goldener Jagdfalken zwischen weißen Wolken und nahm einen schmalen Streifen dünnen Papiers auf einem Stapel Berichten und Briefen heraus.

Zum vielleicht hundertsten Mal las sie die Nachricht, die vor zwölf Tagen durch eine Brieftaube aus Cairhien überbracht worden war. Nur wenige in der Burg wußten davon. Niemand außer ihr kannte den Inhalt der Nachricht oder hätte auch nur eine Ahnung, was sie bedeutete, wenn sie sie gekannt hätten. Der Gedanke ließ sie beinahe erneut lachen.

Der Ring wurde dem Bullen durch die Nase gezogen.
Ich erwarte eine erfreuliche Reise zum Markt.

Es stand keine Unterschrift darunter, aber das war auch nicht nötig. Nur Galina Casban konnte diese herrliche Nachricht geschickt haben. Galina, der Elaida zutraute, was sie sonst nur sich selbst zugetraut hätte. Nicht daß sie irgend jemandem vollkommen vertraut hätte, aber der Anführerin der Roten Ajah vertraute sie doch mehr als sonst jemandem. Sie war immerhin selbst von den Roten erhoben worden und betrachtete sich in vielen Belangen noch immer als Rote.

Der Ring wurde dem Bullen durch die Nase gezogen.

Rand al'Thor – der Wiedergeborene Drache, der Mann, der kurz davor gestanden zu haben schien, die Welt zu vereinnahmen, der Mann, der bereits entschieden zuviel davon vereinnahmt hatte – war abgeschirmt und stand unter Galinas Kontrolle. Und niemand, der ihm vielleicht geholfen hätte, wußte davon. Bestünde auch nur die Möglichkeit, wäre der Wortlaut der Nachricht ein anderer gewesen. Aus verschiedenen früheren Nachrichten konnte man schließen, daß er das Schnelle Reisen wiederentdeckt hatte, ein Talent, das den Aes Sedai seit der Zerstörung der Welt verlorengegangen war, und doch hatte ihn das nicht gerettet. Es hatte Galina sogar in die Hände gespielt. Rand hatte offenbar die Angewohnheit, ohne Ankündigung zu kommen und zu gehen. Wer würde vermuten, daß er dieses Mal nicht gegangen war, sondern gefangengenommen wurde?

Innerhalb einer Woche – höchstenfalls zwei – wäre al'Thor in der Burg, streng überwacht, bis zur Letzten Schlacht sicher in Gewahrsam, und seine Verwüstung der Welt war aufgehalten. Es wäre Wahnsinn, einen Mann, der die Macht lenken konnte, frei herumlaufen zu lassen, aber vor allem gebe das Licht, daß es, trotz der Dürre, noch Jahre dauern möge, bis der Mann dem Dunklen König in der Letzten Schlacht gegenübertreten würde, wie es die Prophezeiung voraussagte. Es würde Jahre dauern, die Welt wieder in Ordnung zu bringen, wobei man damit beginnen müßte, rückgängig zu machen, was al'Thor getan hatte.

Natürlich war der von ihm verursachte Schaden nichts im Vergleich zu dem Schaden, den er als freier Mann noch hätte verursachen können. Ganz zu schweigen von der Möglichkeit, daß er hätte getötet werden können, bevor er gebraucht wurde. Nun, dieser stürmische junge Mann würde so sicher wie ein Kind in den Armen seiner Mutter geborgen sein, bis es an der Zeit war, ihn zum Shayol Ghul zu bringen. Danach, wenn er überlebte ...

Elaida schürzte die Lippen. Die Prophezeiungen des Drachen schienen zu besagen, daß er nicht überleben würde, was unleugbar das Beste wäre.

»Mutter?« Elaida zuckte bei Alviarins Anrede fast zusammen. Wie konnte sie eintreten, ohne anzuklopfen! »Ich habe Nachricht von den Ajahs, Mutter.« Die schlanke und kühl wirkende Alviarin trug, passend zu ihrem Kleid, die schmale, weiße Stola der Behüterin der Chronik, die zeigte, daß sie von den Weißen erhoben worden war, aber aus ihrem Munde wurde das Wort ›Mutter‹ weniger zu einem Ehrentitel als zur Anrede einer Gleichstehenden.

Alviarins Anwesenheit genügte, um Elaidas gute Stimmung zu beeinträchtigen. Der Umstand, daß die Behüterin der Chronik aus den Reihen der Weißen und nicht der Roten kam, war stets eine unangenehme Erinnerung an Elaidas Schwäche zu der Zeit, als sie gerade erhoben worden war. Sicherlich war diese Schwäche teilweise überwunden, aber nicht vollständig. Noch nicht. Sie war es leid, bedauern zu müssen, daß sie nur so wenige persönliche Augen-und-Ohren außerhalb Andors hatte und ihre und Alviarins Vorgängerinnen entkommen waren – daß man ihnen zur Flucht verholfen hatte; sie mußten Hilfe gehabt haben! –, bevor man den Zugang zu den Informationen der Amyrlins erfahren konnte.

Sie benötigte diesen Zugang, der ihr rechtmäßig zustand, überaus dringend. Aufgrund fester Tradition ließen die Ajahs der Behüterin der Chronik jedes Quentchen Information ihrer eigenen Augen-und-Ohren zukommen, an dem sie die Amyrlin teilhaben lassen wollten, aber Elaida war davon überzeugt, daß die Frau sogar von diesem Wenigen noch etwas zurückhielt. Und doch konnte sie die Ajahs nicht um direkte Informationen bitten. Es war schon schlimm genug, schwach zu sein, auch ohne die Welt noch um etwas bitten zu müssen, und die Burg ohnehin, die gerade den wichtigsten Teil der Welt darstellte.

Elaida behielt einen ebenso kühlen Gesichtsausdruck wie Alviarin bei und gewährte ihr nur ein Nicken als Antwort, während sie vorgab, Papiere aus der Lackschachtel durchzusehen. Sie wandte sie langsam eines nach dem anderen um und legte sie ebenso langsam wieder in die Schachtel zurück, ohne wirklich ein Wort aufzunehmen. Es war bitter, Alviarin warten zu lassen, weil es kleinlich war, aber sie konnte jemandem, der ihre Dienerin hätte sein sollen, nur mit Kleinlichkeit beikommen.

Eine Amyrlin konnte jede gewünschte Verfügung erlassen, da ihr Wort Gesetz und daher unumschränkt war. Praktisch bedeuteten viele jener Verfügungen ohne Unterstützung des Saals der Burg jedoch verschwendete Tinte und Papier. Keine Schwester würde einer Amyrlin den Gehorsam verweigern, zumindest nicht direkt, aber die Ausführung vieler Verfügungen bedingten hundert andere anzuordnende Dinge. In den besten Zeiten konnte dies langsam geschehen und gelegentlich so langsam, daß es niemals geschah.

Alviarin stand kühl und regungslos da. Elaida schloß die altaranische Schachtel, behielt aber den Streifen Papier in der Hand, der ihren sicheren Sieg bedeutete. Sie betastete den Streifen unbewußt wie einen Talisman.

»Haben Teslyne oder Joline sich endlich herabgelassen, über mehr als nur ihre sichere Ankunft zu berichten?«

Diese Frage sollte Alviarin daran erinnern, daß niemand sich als geschützt betrachten durfte. Niemanden kümmerte es, was in Ebou Dar geschah – Elaida am wenigsten von allen. Die Hauptstadt Altaras könnte im Meer versinken – außer den Händlern würden es nicht einmal die übrigen Einwohner bemerken. Aber Teslyn war fast fünfzehn Jahre lang die Vorsitzende des Saals gewesen, bevor Elaida ihr befohlen hatte, auf ihr Amt zu verzichten. Wenn Elaida eine Sitzende – eine Rote Sitzende – fortschicken konnte, die ihren Aufstieg von einer Gesandten zur Inhaberin eines mit Fliegenschmutz befleckten Throns unterstützt hatte, während niemand sicher wußte warum, aber hundert Gerüchte umgingen, konnte sie jedermann beherrschen. Aber mit Joline verhielt es sich anders. Sie hatte den Vorsitz der Grünen Ajah nur wenige Wochen innegehabt. Niemand zweifelte daran, daß die Grünen sie nur auserwählt hatten, um zu verdeutlichen, daß sie sich von der neuen Amyrlin nicht einschüchtern lassen würden, die ihr eine schreckliche Buße auferlegt hatte. Natürlich durfte sie diese Unverschämtheit nicht durchgehen lassen und hatte es auch nicht getan. Auch das wußte jedermann.

Es sollte Alviarin daran erinnern, daß sie verwundbar war, aber die schlanke Frau lächelte nur ihr kühles Lächeln. Solange der Saal seine gegenwärtige Zusammensetzung beibehielt, war sie geschützt. Sie blätterte die Papiere in ihrer Hand durch und zog dann eines hervor. »Kein Wort von Teslyn oder Joline, Mutter, nein, obwohl Ihr mit den Nachrichten, die Ihr bis jetzt von den Thronen erhalten habt ...« Das Lächeln vertiefte sich beinahe zu einer Belustigung. »Sie möchten alle versuchen festzustellen, ob Ihr so stark wie ... wie Eure Vorgängerin seid.« Selbst Alviarin besaß genug Verstand, den Namen *Sanche* in Elaidas Gegenwart nicht zu nennen. Es entsprach jedoch der Wahrheit: Alle Könige und Königinnen und sogar einfache Adlige schienen die Grenzen ihrer Macht auszuloten. Sie mußte Exempel statuieren.

Alviarin fuhr mit auf das Schreiben gerichtetem Blick fort: »Aber wir haben Nachricht aus Ebou Dar, von den Grauen.« Hatte sie das betont, um den Dorn noch tiefer einzutreiben? »Anscheinend befinden sich Elayne Trakand und Nynaeve al'Meara dort. Sie geben sich Königin Tylin gegenüber mit dem Segen der aufrührerischen ... Abordnung ... als Vollschwestern aus. Außerdem sind dort noch zwei andere, deren Identität noch nicht bekannt ist und die vielleicht das gleiche tun. Die Listen derer, die sich bei den Aufrührern aufhalten, sind unvollständig. Vielleicht begleiten sie sie auch nur. Die Grauen sind sich nicht sicher.«

»Warum, unter dem Licht, sollten sie sich in Ebou Dar aufhalten?« fragte Elaida herablassend. Darüber hätte Teslyn bestimmt berichtet. »Die Grauen geben jetzt wohl schon Gerüchte weiter. Tarnas Nachricht besagte, daß sie bei den Aufrührern in Salidar seien.« Tarna Feir hatte auch berichtet, Siuan Sanche dort gesehen zu haben. Und Logain Ablar, der jene boshaften Lügen verbreitete, die zu bestätigen – und noch viel weniger zu bestreiten – keine der Roten Schwestern sich herablassen konnte. Die Sanche-Frau hatte mit diesen Unannehmlichkeiten zu tun, oder die Sonne würde morgen im Westen aufgehen. Warum hatte sie nicht einfach davonkriechen und sterben können, hübsch außer Sicht, wie andere gedämpfte Frauen?

Es kostete sie Mühe, nicht tief durchzuatmen. Logain konnte in aller Stille gehängt werden, sobald die Aufrührer unterworfen waren. Die meisten Menschen hielten ihn ohnehin schon lange für tot. Die üble Nachrede der Roten Ajah, daß er ein falscher Drache sei, würde mit ihm sterben. Und wenn die Aufrührer unter Kontrolle waren, konnte die Sanche-Frau dazu gebracht werden, der Amyrlin den Zugang zu den Augen-und-Ohren zu nennen. Und die Namen der Verräter, die ihr zur Flucht verholfen hatten. Es war töricht zu hoffen, daß Alviarins Name darunter wäre. »Ich kann mir kaum vorstellen, daß das al'Meara-Mädchen nach Ebou Dar läuft und eine Aes Sedai zu sein behauptet. Und bei Elayne kann ich es mir noch weniger vorstellen.«

»Ihr habt befohlen, daß Elayne gefunden werden soll, Mutter. Ihr sagtet, es sei genauso wichtig, wie al'Thor unter Kontrolle zu bringen. Als sie sich in Salidar unter dreihundert Aufrührern befand, konnte nichts getan werden, aber sie wird im Tarasin-Palast nicht so gut geschützt sein.«

»Ich habe keine Zeit für Geschwätz und Gerüchte.« Elaida stieß jedes einzelne Wort verächtlich aus. Wußte Alviarin mehr, als sie wissen sollte, da sie al'Thor und die Tatsache erwähnte, daß er unter Kontrolle gebracht werden sollte? »Ich schlage vor, daß Ihr Tarnas Bericht erneut lest und Euch dann fragt, ob selbst Aufrührer zulassen würden, daß eine Aufgenommene die Stola zu besitzen behauptet.«

Alviarin wartete mit sichtlicher Geduld, daß sie zum Ende käme, überprüfte dann erneut ihr Bündel Papiere und zog vier weitere Blätter daraus hervor. »Der Vertreter der Grauen hat Skizzen gesandt«, sagte sie sanft, während sie die Seiten darbot. »Er ist kein Künstler, aber Elayne und Nynaeve sind wiederzuerkennen.« Kurz darauf, als Elaida die Zeichnungen nicht entgegennahm, steckte sie die Blätter unter den Stapel Papiere.

Elaida spürte sich vor Zorn und Verlegenheit erröten. Alviarin hatte sie bewußt soweit gebracht, indem sie die Skizzen nicht sofort gezeigt hatte. Sie sagte nichts dazu – alles andere wäre noch beschämender gewesen –,

21

aber ihre Stimme wurde kalt. »Sie sollen gefangengenommen und zu mir gebracht werden.«

Der Mangel an Neugier auf Alviarins Gesicht ließ
Elaida sich erneut fragen, wieviel die Frau von dem
wußte, was sie nicht wissen sollte. Das al'Meara-Mädchen könnte sich sehr wohl als Handhabe gegen al'Thor
erweisen, da beide aus demselben Dorf stammten. Alle
Schwestern wußten das, genauso wie sie wußten, daß
Elayne die Tochter-Erbin Andors und ihre Mutter tot
war. Die vagen Gerüchte, die Morgase mit den
Weißmänteln in Verbindung brachten, waren vollkom-
mener Unsinn, da sie die Kinder des Lichts niemals um
Hilfe gebeten hätte. Sie war tot, ohne daß auch nur ein
Leichnam zurückgeblieben war, und Elayne würde Königin sein – wenn man sie von den Aufrührern los-
reißen konnte, bevor die andoranischen Häuser statt
dessen Dyelin auf den Löwenthron brachten. Es war
keineswegs allgemein bekannt, was Elayne größere
Wichtigkeit als anderen Adligen mit einem starken Anspruch auf den Thron verlieh. Natürlich zusätzlich zu
der Tatsache, daß sie eines Tages eine Aes Sedai wäre.

Elaida besaß manchmal die Gabe des Vorhersagens,
ein Talent, das viele vor ihr verloren glaubten, und sie
hatte vor langer Zeit vorhergesagt, daß das Königliche
Haus von Andor die Lösung zum Sieg in der Letzten
Schlacht in Händen hielt. Fünfundzwanzig Jahre und
mehr waren vergangen, und sobald deutlich wurde,
daß Morgase Trakand den Thron in der Erbfolge einnehmen würde, hatte Elaida sich an die Fersen des
Mädchens geheftet, das sie damals noch war. Elaida
wußte nicht, wie entscheidend Elayne in dieser Sache
war, aber das Vorhersagen entsprach niemals der Un-
wahrheit. Manchmal haßte sie dieses Talent beinahe. Sie
haßte Dinge, die sie nicht kontrollieren konnte.

»Ich will sie alle vier, Alviarin.« Die anderen beiden
waren gewiß unwichtig, aber sie würde kein Risiko ein-

gehen. »Überbringt Teslyn auf der Stelle meinen Befehl. Sagt ihr – und Joline –, daß sie sich wünschen werden, niemals geboren worden zu sein, wenn sie von jetzt an nicht regelmäßig Bericht erstatten. Und gebt auch die Nachricht von der Macura-Frau an sie weiter.« Sie verzog bei diesen letzten Worten den Mund.

Der Name ließ auch Alviarin sich unbehaglich regen, was nicht verwunderlich war. Ronde Macuras böser kleiner Aufguß könnte jeder Schwester Unbehagen bereiten. Gabelwurz war nicht tödlich – zumindest wachte man wieder auf, wenn man nur eine Dosis zum Einschlafen genommen hatte –, aber wenn man eine Dosis einsetzte, die die Fähigkeit einer Frau, die Macht zu lenken, schwächte, schien dies unmittelbar gegen Aes Sedai gerichtet. Bedauerlich, daß die Nachricht nicht eingetroffen war, bevor Galina fortging. Wenn Gabelwurz bei Männern genauso gut wirkte wie anscheinend bei Frauen, hätte es ihre Aufgabe erheblich erleichtert.

Alviarins Unbehagen hielt nur einen kurzen Moment an, dann gewann sie ihre Selbstbeherrschung zurück und wurde erneut so unnachgiebig wie eine Eismauer. »Wie Ihr wünscht, Mutter. Sicherlich werden sie sofort gehorchen, wie es gewiß auch sein sollte.«

Jäher Zorn ergriff Elaida wie Feuer eine trockene Weide. Das Schicksal der Welt lag in ihren Händen, aber ständig gerieten ihr unwichtige Stolpersteine in den Weg. Schlimm genug, daß sie sich um Aufrührer und widerspenstige Herrscher kümmern mußte, aber zudem brüteten und murrten zu viele Sitzende hinter ihrem Rücken, was den anderen Frauen eine gute Grundlage bot. Sie hatte nur sechs Sitzende fest unter Kontrolle, und sie vermutete, daß mindestens ebenso viele Alviarin genau zuhörten, bevor sie abstimmten. Sicherlich wurde vom Saal nichts Wesentliches genehmigt, wenn Alviarin nicht zustimmte. Es ging nicht um offen gezeigte Zustimmung, die bestätigt hätte, daß Alviarin mehr Einfluß oder Macht besaß, als sie eine Behüterin der Chronik besitzen sollte, aber wenn Alviarin gegen etwas war … Zumindest waren sie nicht soweit gegangen, etwas zurückzuweisen, was Elaida ihnen sandte. Sie verzögerten Dinge einfach nur und ließen ihre Wünsche zu oft verkümmern. Sie mußte eigentlich noch dankbar sein. Einige Amyrlins waren zu kaum mehr als Marionetten geworden, wenn der Saal erst Geschmack daran gefunden hatte zu verwerfen, was jene vorantrieben.

Sie rang die Hände, und der Papierstreifen knisterte leise.

Der Ring wurde dem Bullen durch die Nase gezogen.

Alviarin wirkte so gefaßt wie eine Marmorstatue, aber es kümmerte Elaida nicht mehr. Der Schafhirte war auf dem Weg zu ihr. Die Aufrührer würden zerschlagen, der Saal eingeschüchtert, Alviarin auf die Knie gezwungen und jeder einzelne widerspenstige Regent zur Räson gebracht werden – von Tenobia von Saldaea, die sich vor ihrer Abordnung verbarg, bis zu Mattin Stepaneos von Illian, der sich erneut nicht festlegen wollte, sondern mit ihr und den Weißmänteln und, soweit sie wußte, auch mit al'Thor übereinzustimmen versuchte. Elayne würde auf den Thron in Caemlyn gebracht werden, ohne daß ihr dabei ihr Bruder in den Weg geriet, und sie wäre sich vollkommen bewußt, wer sie dorthin gebracht hatte. Ein wenig erneut in der Burg verbrachte Zeit würde sie zu Wachs in Elaidas Händen werden lassen.

»Ich will, daß jene Männer vernichtet werden, Alviarin.« Es war nicht nötig zu sagen, wen sie meinte. Die halbe Burg sprach von nichts anderem als von jenen Männern in der Schwarzen Burg, und die andere Hälfte flüsterte heimlich über sie.

»Es gibt beunruhigende Berichte, Mutter.« Alviarin sah ihre Papiere noch einmal durch, aber Elaida glaubte, daß es nur ihre Unruhe verbergen sollte. Sie zog keine weiteren Blätter hervor, und wenn die Frau auch nichts lange beunruhigte – dieser unselige Misthaufen außerhalb Caemlyns mußte es tun.

»Noch mehr Gerüchte? Glaubt ihr die Geschichten über angeblich Tausende, die als Antwort auf jenen garstigen Straferlaß in Caemlyn zusammenströmen?« Es war nicht al'Thors geringste Tat, aber kaum ein Grund zur Besorgnis. Nur ein Haufen Schmutz, der beseitigt werden mußte, bevor Elayne in Caemlyn gekrönt wurde.

»Natürlich nicht, Mutter, aber …«

»Toveine soll anführen. Für diese Aufgabe sind die Roten zuständig.« Toveine Gazal war fünfzehn Jahre von der Burg fortgewesen, bis Elaida sie zurückberief. Die beiden anderen Roten Sitzenden, die verzichtet und sich gleichzeitig ›freiwillig‹ zurückgezogen hatten, waren nervöse Frauen, aber anders als Lirene und Tsutama war Toveine in ihrem einsamen Exil nur härter geworden. »Sie soll fünfzig Schwestern zur Verfügung gestellt bekommen.« Elaida hegte keinen Zweifel, daß sich höchstens zwei oder drei Männer in dieser Schwarzen Burg befanden, die tatsächlich die Macht lenken konnten. Fünfzig Schwestern sollten sie leicht überwältigen. Und doch könnten noch andere dort sein, mit denen sie sich beschäftigen müßten. Nachläufer, Zivilisten, die der Truppe nachzogen, Toren voller sinnloser Hoffnungen und unvernünftigem Ehrgeiz. »Und sie soll hundert – nein, zweihundert – Angehörige der Wache mitnehmen.«

»Seid Ihr sicher, daß das klug ist? Die Gerüchte über Tausende sind verrückt, aber ein Vertreter der Grünen in Caemlyn behauptet, daß sich in dieser Schwarzen Burg über vierhundert Mann aufhalten. Ein schlauer

Bursche. Anscheinend hat er die Proviantwagen gezählt, welche die Stadt verlassen. Und Ihr seid Euch doch der Gerüchte bewußt, daß Mazrim Taim bei ihnen sein soll.«

Elaida behielt nur mühsam einen gelassenen Gesichtsausdruck bei. Sie hatte verboten, daß Taims Name erwähnt würde, und es war bitter, daß sie es nicht wagte – nicht wagte! –, Alviarin eine Strafe aufzuerlegen. Die Frau sah ihr unverwandt in die Augen. Das Fehlen eines auch nur oberflächlichen ›Mutter‹ war bezeichnend. Und die Frechheit, sie zu fragen, ob ihr Handeln klug sei! Sie war der Amyrlin-Sitz! Nicht die Erste unter Gleichgestellten – der Amyrlin-Sitz!

Sie öffnete die größte der Lackschachteln, und geschnitzte Elfenbeinminiaturen auf grauem Samt wurden sichtbar. Häufig tröstete es sie schon, wenn sie ihre Sammlung nur berührte, aber vor allem ließ es, genau wie das Stricken, das sie genoß, denjenigen, wer auch immer sie aufsuchte, seinen Platz erkennen, wenn sie den Miniaturen anscheinend mehr Aufmerksamkeit schenkte als den Worten des Betreffenden. Sie betastete zuerst eine auserlesene Katze, schlank und geschmeidig, dann eine sorgfältig gekleidete Frau mit einem eigentümlichen kleinen Tier, ein Phantasieprodukt des Schnitzers, fast wie ein in Haar gehüllter Mann, der auf ihrer Schulter kauerte, aber letztendlich erwählte Elaida einen Fisch, der so fein gearbeitet war, daß er trotz des vom Alter gelb gewordenen Elfenbeins fast echt erschien.

»Vierhundert Mann aus dem Pöbel, Alviarin.« Sie fühlte sich bereits ruhiger, da Alviarins Mund zu einer schmalen Linie geworden war. Nur ein wenig, aber sie genoß jeden Riß in der Fassade der Frau. »Wenn es so viele sind. Und nur ein Narr könnte glauben, daß mehr als einer oder zwei von ihnen die Macht lenken können. Höchstens! Wir haben in zehn Jahren nur sechs Männer mit dieser Fähigkeit gefunden. Und nur vierundzwanzig während der letzten zwanzig Jahre. Ihr wißt, wie das Land gesäubert wurde. Und was Taim betrifft ...« Der Name brannte auf ihrer Zunge. Der einzige falsche Drache, der jemals entkommen konnte und gedämpft wurde, sobald er in den Händen der Aes Sedai war. Das wollte sie nicht in der Chronik über ihre Regierungszeit lesen, und sicher nicht, bevor sie nicht beschlossen hatte, wie darüber berichtet werden sollte. Gegenwärtig sagte die Chronik noch nichts über die Zeit nach seiner Gefangennahme aus.

Sie strich mit dem Daumen über die Fischschuppen. »Er ist tot, Alviarin, sonst hätten wir schon längst etwas von ihm gehört, und er dient nicht al'Thor. Könnt Ihr Euch vorstellen, daß er zunächst behauptete, der Wiedergeborene Drache zu sein, um diesem dann zu *dienen*? Könnt Ihr Euch vorstellen, daß er in Caemlyn wäre, ohne daß Davram Bashere zumindest versuchen würde, ihn zu töten?« Sie bewegte den Daumen schneller über den Elfenbeinfisch, als sie sich in Erinnerung rief, daß der Marschall-General von Saldaea in Caemlyn Befehle von al'Thor entgegennahm. Worauf wollte Tenobia hinaus? Elaida behielt dies alles jedoch für sich und hielt ihr Gesicht ausdruckslos.

»Es ist gefährlich, die Zahl vierundzwanzig laut zu nennen«, sagte Alviarin unheilvoll ruhig, »genauso gefährlich wie die Zahl zweitausend. Die Chronik berichtet nur von sechzehn. Wir dürfen diese Jahre nicht wiederaufleben lassen oder Schwestern, die nur wissen, was ihnen gesagt wurde, die Wahrheit herausfinden lassen. Selbst diejenigen, die Ihr zurückgerufen habt, bewahren Schweigen.«

Elaidas Gesicht nahm einen gedankenverlorenen Ausdruck an. Soweit ihr bekannt war, hatte Alviarin die Wahrheit über jene Jahre erst erfahren, nachdem sie zur Behüterin der Chronik erhoben worden war, aber ihr

Wissen war persönlicher Natur. Nicht daß Alviarin sich dessen bewußt sein könnte – jedenfalls nicht mit Gewißheit. »Tochter, was auch immer sich daraus ergibt – ich habe keine Furcht. Wer wird mir eine Strafe auferlegen und wofür?« Damit war die Wahrheit hübsch verhüllt, aber das beeindruckte die andere Frau offenbar überhaupt nicht.

»Die Chronik berichtet über einige Amyrlins, die aus einem üblicherweise unklaren Grund eine öffentliche Strafe auf sich nahmen, aber mir schien es stets, als hätte eine Amyrlin es vielleicht so aufschreiben lassen, wenn sie keine andere Wahl hatte als …«

Elaida schlug mit der Hand auf den Tisch. »Genug, Tochter! Ich bin das Burggesetz! Was verborgen wurde, wird verborgen bleiben, aus dem gleichen Grund, aus dem es zwanzig Jahre lang verborgen blieb – zum Nutzen der Weißen Burg.« Erst dann spürte sie den Schmerz in ihrer Handfläche. Sie hob die Hand und offenbarte den entzweigebrochenen Fisch aus Elfenbein. Wie alt war er gewesen? Fünfhundert Jahre? Tausend Jahre? Es kostete sie erhebliche Mühe, nicht vor Zorn zu beben. Ihre Stimme war sicherlich davon beeinträchtigt. »Toveine soll fünfzig Schwestern und zweihundert Angehörige der Burgwache nach Caemlyn zu dieser Schwarzen Burg führen, wo sie jeden Mann dämpfen sollen, der die Macht lenken kann. Hängt jeden zusammen mit so vielen anderen, wie sie lebend gefangennehmen können.« Alviarin blinzelte angesichts dieser Verletzung des Burggesetzes nicht einmal. Elaida hatte die Wahrheit ausgesprochen, wie sie sie sah. Die Amyrlin war das Burggesetz. »Und hängt auch die Toten. Sie sollen eine Warnung für jedermann sein, der auch nur daran denkt, die Wahre Quelle zu berühren. Toveine soll zu mir kommen. Ich will ihren Plan hören.«

»Alles wird Euren Befehlen gemäß ausgeführt werden, Mutter.« Die Antwort der Frau erfolgte genauso kühl und beherrscht, wie ihr Gesicht es war. »Aber wenn ich einen Vorschlag machen dürfte – vielleicht möchtet Ihr noch einmal darüber nachdenken, so viele Schwestern von der Burg fortzuschicken. Anscheinend fanden die Aufrührer Euer Angebot unzulänglich. Sie befinden sich nicht mehr in Salidar, sondern sie sind auf dem Marsch. Die Berichte kommen zwar aus Altara, aber sie dürften inzwischen bereits in Murandy sein. Und sie haben sich selbst eine Amyrlin erwählt.« Sie überflog das erste Blatt ihres Stapels Papier, als suche sie nach dem Namen. »Es ist anscheinend Egwene al'Vere.«

Daß Alviarin dies – die wichtigste Nachricht – bis jetzt aufgespart hatte, hätte Elaida vor Zorn zerspringen lassen müssen. Statt dessen warf sie den Kopf zurück und lachte. Die Überraschung auf Alviarins Gesicht ließ sie noch lauter lachen, bis sie sich die Augen wischen mußte.

»Ihr erkennt es nicht«, sagte sie, als sie zwischen Wogen der Heiterkeit wieder sprechen konnte. »Ihr seid zum Glück die Behüterin der Chronik, Alviarin, und keine Sitzende. Im Saal würden die anderen Euch, blind wie Ihr seid, innerhalb eines Monats beiseite schieben und Euch nur noch heranholen, wenn sie Eure Stimme brauchten.«

»Ich erkenne genug, Mutter.« Alviarins eiseskalte Stimme enthielt keinerlei Empfindung. »Ich sehe dreihundert und vielleicht mehr aufrührerische Aes Sedai, die mit einem von Gareth Bryne – der als großer Feldherr anerkannt ist – angeführten Heer auf Tar Valon zumarschieren. Auch wenn man die eher lächerlichen Berichte mit Vorsicht betrachtet, könnte dieses Heer über zwanzigtausend Mann umfassen, und da Bryne es anführt, werden in jedem Dorf und jeder Stadt, durch die sie ziehen, weitere hinzukommen. Ich will damit natürlich nicht sagen, daß ihre Hoffnung, die Stadt einzunehmen, berechtigt wäre, aber diese Angelegenheit ist wohl kaum ein Grund zur Heiterkeit. Chubain sollte befohlen werden, weitere Erhebungen für die Burgwache durchzuführen.«

Elaida senkte den Blick ungehalten auf den zerbrochenen Fisch, und dann stand sie auf und schritt, Alviarin den Rücken zugewandt, zum nächstgelegenen Fenster. Der im Bau befindliche Palast vertrieb den bitteren Geschmack – das und der Streifen Papier, den sie noch immer umklammert hielt.

Sie lächelte auf ihren zukünftigen Palast hinab. »Dreihundert Aufrührer, ja, aber ihr solltet Tarnas Bericht abermals lesen. Mindestens einhundert Aufrührer sind bereits kurz davor, sich loszulösen.« Sie vertraute Tarna in gewissem Umfang. Sie war eine Rote, die keine unsinnigen Gedanken hegte, und sie sagte, die Aufrührer seien bereit, den Schatten anzugreifen. Stille, verzweifelte Schafe, die nach einem Hirten suchen, sagte sie. Sie war natürlich eine Wilde, aber dennoch vernünftig. Tarna sollte bald zurückkehren und einen vollständigeren Bericht abgeben können. Nicht daß er nötig wäre. Elaidas Pläne zeigten unter den Aufrührern bereits ihre Wirkung. Aber das war ihr Geheimnis.

»Tarna war sich stets sicher, Menschen zu etwas bringen zu können, das sie nicht tun wollten.« War dies mit besonderer Betonung geäußert worden, mit einem bedeutungsvollen Unterton? Elaida beschloß, es zu ignorieren. Noch durfte sie zu vieles an Alviarin nicht beachten, aber der Tag würde kommen. Bald.

»Aber vom Heer sagt sie, Tochter, es seien höchstens zwei- oder dreitausend Mann. Wenn es mehr wären, hätten sie sich ihr gezeigt, um uns einzuschüchtern.« Elaida glaubte, daß Augen-und-Ohren stets übertrieben, um ihre Neuigkeiten wertvoller erscheinen zu lassen. Nur Schwestern konnte man wahrhaft vertrauen. Roten Schwestern jedenfalls. Einigen von ihnen. »Aber es würde mich auch nicht kümmern, wenn sie zwanzig- oder fünfzig- oder hunderttausend Mann stark wären. Könnt Ihr Euch auch nur annähernd vorstellen, warum?« Als sie sich umwandte, war Alviarins Gesicht ausdruckslos und gefaßt, eine Maske über verständnislosem Unwissen. »Ihr scheint mit allen Gesichtspunkten des Burggesetzes vertraut zu sein. Welche Strafe droht Aufrührern?«

»Anführer«, antwortete Alviarin zögerlich, »werden gedämpft.« Sie runzelte leicht die Stirn, und ihre Röcke schwangen kaum sichtbar, als sie sich nervös regte. Sogar Aufgenommene wußten das, und sie konnte sich nicht vorstellen, warum Elaida danach fragte. Gut. »Und vielen anderen droht dieselbe Strafe.«

»Vielleicht.« Die meisten Anführer könnten der Strafe vielleicht entgehen, wenn sie sich angemessen ergaben. Die gesetzliche Mindeststrafe war, vor den versammelten Schwestern in der Großen Halle gezüchtigt zu werden, gefolgt von mindestens einem Jahr und einem Tag öffentlicher Buße. Aber nichts besagte, daß die Strafe sofort abgebüßt werden mußte. Ein Monat hier, ein Monat da – und sie würden ihre Verbrechen in zehn Jahren immer noch wiedergutmachen, eine ständige Erinnerung daran, was geschah, wenn man sich ihr widersetzte. Einige würden natürlich gedämpft werden – Sheriam und einige der bekannteren sogenannten Sitzenden –, aber nur, um die anderen einzuschüchtern, ohne daß die Burg geschwächt würde. Die Weiße Burg mußte vollständig bleiben, und sie mußte stark bleiben. Stark, und fest in ihrem Griff.

»Nur eines der von ihnen begangenen Verbrechen fordert das Dämpfen.« Alviarin öffnete den Mund. Es hatte immer schon Auflehnungen gegeben, so geheim, daß nur wenige unter den Schwestern davon wußten. Die Chronik schwieg darüber. Die Listen der Gedämpften und Hingerichteten waren in Berichten zu finden, die nur der Amyrlin, der Behüterin der Chronik und den Sitzenden zugänglich waren, abgesehen von den wenigen Bibliothekaren, die sie hüteten. Elaida gab Alviarin keine Gelegenheit zu sprechen. »Jede Frau, die unrechtmäßig Anspruch auf den Titel der Amyrlin erhebt, muß gedämpft werden. Wenn sie auch nur die geringste Aussicht auf Erfolg hätten, wären Sheriam oder Lelaine oder Carlinya oder eine der anderen ihre Amyrlin.« Tarna berichtete, daß Romanda Cassin ihre Zurückgezogenheit aufgegeben hatte. Romanda hätte die Stola sicherlich mit beiden Händen ergriffen, wenn sie auch nur die geringste Gelegenheit gesehen hätte. »Statt dessen haben sie eine Aufgenommene auserwählt!«

Elaida schüttelte merkwürdig belustigt den Kopf. Sie konnte jedes Wort des Gesetzestextes zitieren, der den Vorgang zur Wahl einer Amyrlin beschrieb – sie hatte ihn immerhin auch zu ihrem eigenen Nutzen gebraucht –, und nicht ein einziges Mal forderte dieser Text, daß die Frau eine vollwertige Schwester sein mußte. Aber offensichtlich mußte sie es dennoch sein, so daß jene, die das Gesetz formuliert hatten, es nicht festschrieben, und die Aufrührer hatten diese Lücke genutzt. »Sie wissen, daß ihre Sache hoffnungslos ist, Alviarin. Sie wollen sich brüsten und sich aufspielen, indem sie versuchen, einen Schutz vor ihnen drohender Strafe zu finden, und bringen das Mädchen als Opfer ein.« Was bedauerlich war. Das al'Vere-Mädchen war eine weitere mögliche Handhabe gegen al'Thor, und wenn sie die Eine Macht vollkommen beherrschte, müßte sie eine der Stärksten der letzten tausend Jahre sein. Wahrhaft bedauerlich.

»Gareth Bryne und sein Heer empfinde ich kaum als Prahlerei. Ihr Heer wird fünf oder sechs Monate brauchen, bis es Tar Valon erreicht. In dieser Zeit könnte Chubain die Anzahl der Wachen erhöhen ...«

»Ihr Heer«, höhnte Elaida. Alviarin war eine Närrin! Auch wenn sie sich äußerlich gelassen gab, war sie im Grunde ein Angsthase. Als nächstes würde sie den Unsinn der Sanche-Frau über die freigelassenen Verlorenen hervorbringen. Sie kannte das Geheimnis natürlich nicht, aber genauso gut... »Bauern führen Spieße, Schlachter führen Bogen und Schneider reiten! Und bei jedem vom Weg abweichenden Schritt denken sie an die Leuchtenden Mauern, die Artur Falkenflügel im Zaum hielten.« Nein, kein Hase, ein Wiesel. Und doch wäre sie früher oder später Wieselfellbesatz an Elaidas Umhang. Das Licht vollbringe es bald. »Und bei jedem vom Weg abweichenden Schritt werden sie einen – wenn nicht zehn – Mann verlieren. Ich wäre nicht überrascht, wenn unsere Aufrührerinnen lediglich mit ihren Behütern erschienen.« Zu viele Menschen wußten von der Spaltung der Burg. Aber wenn der Aufstand gebrochen war, konnte alles als List dargestellt werden, vielleicht als Teil der Ergreifung al'Thors. Es wäre eine jahrelange Bemühung, aber Erinnerungen verblaßten mit den Generationen. Jede letzte Aufrührerin würde auf Knien dafür bezahlen.

Elaida ballte die Fäuste, als packe sie bereits alle Aufrührerinnen an der Kehle. Oder Alviarin. »Ich werde sie zerbrechen, Tochter. Sie werden wie eine verfaulte Melone zerspringen.« Ihr Geheimnis stellte das sicher, gleichgültig, an wie viele Bauern und Schneider sich Bryne klammerte, aber sollte die Frau doch glauben, was sie wollte. Plötzlich griff ihr Talent des Vorhersagens, zeigte ihr mit absoluter Sicherheit Dinge, die sie nicht deutlicher hätte erkennen können, wenn sie offen vor ihr ausgelegt worden wären. »Die Weiße Burg wird wieder vollständig sein – bis auf wenige Übrigbleibende, die verstoßen und verachtet werden –, vollständig und stärker denn je. Rand al'Thor wird dem Amyrlin-Sitz gegenübertreten und ihren Zorn erkennen. Die

Schwarze Burg wird von Blut und Feuer zerrissen werden, und Schwestern werden dort einhergehen. Das prophezeie ich.«

Wie üblich zitterte sie nach dem Vorhersagen und rang nach Atem. Sie zwang sich, still und aufrecht zu stehen und langsam zu atmen. Sie ließ niemals Schwäche erkennen. Aber Alviarin ... Ihre Augen waren weit aufgerissen und ihre Lippen geteilt, als habe sie die Worte vergessen, die sie hatte aussprechen wollen. Ein Blatt entglitt dem Stapel Papieren in ihren Händen und fiel beinahe herab, bevor sie es auffing. Das brachte sie zu sich. Sie setzte blitzartig wieder ihre Maske der Gelassenheit auf, ein vollkommenes Bild der Aes Sedai-Ruhe, aber sie war eindeutig bis ins Mark erschüttert. Oh, sehr gut. Sollte sie an Elaidas sicherem Sieg zu kauen haben. Sollte sie kauen und sich die Zähne daran ausbeißen.

Elaida atmete tief durch, setzte sich dann wieder hinter ihren Schreibtisch und legte den zerbrochenen Fisch zur Seite, wo sie ihn nicht ansehen mußte. Es war an der Zeit, ihren Vorteil zu nutzen. »Wir haben heute zu arbeiten, Tochter. Die erste Nachricht muß Lady Caraline Damodred überbracht werden ...«

Elaida legte ihre Pläne dar und erweiterte Alviarins Wissen, weil eine Amyrlin letztendlich durch ihre Behüterin der Chronik wirken mußte, wie sehr sie die Frau auch haßte. Es war eine Genugtuung, Alviarins Augen zu beobachten, ihre Verwunderung darüber zu erkennen, was sie wohl sonst noch alles nicht wußte. Aber während Elaida ihre Befehle erteilte und die Welt zwischen dem Aryth Meer und dem Rückgrat der Welt aufteilte und zuwies, tanzte vor ihrem geistigen Auge das Bild des jungen al'Thor, der wie ein eingesperrter Bär auf dem Weg zu ihr war, um zu lernen, wie er für eine Mahlzeit tanzen sollte.

Die Chronik konnte die Jahre der Letzten Schlacht

34

kaum festhalten, ohne den Wiedergeborenen Drachen zu erwähnen, aber sie wußte, daß ein Name größer geschrieben würde als alle anderen. Elaida do Avriny a'Roihan, jüngste Tochter eines kleineren Hauses im Norden Murandys, die als der größte und mächtigste Amyrlin-Sitz aller Zeiten in die Geschichte eingehen würde. Als die Frau, die die Menschheit rettete.

Die Aiel, die in einer tiefen Senke der niedrigen, mit braunem Gras bewachsenen Hügel standen, wirkten wie geschnitzte Figuren, da sie den durch einen heftigen Wind herangetragenen Staub nicht beachteten. Es störte sie nicht, daß zu dieser Jahreszeit hoher Schnee den Boden hätte bedecken sollen. Niemand von ihnen hatte jemals Schnee gesehen, und diese Bruthitze, obwohl die Sonne ihren Zenit noch nicht erreicht hatte, war weniger stark als dort, wo sie herkamen. Ihre Aufmerksamkeit blieb auf die südliche Anhöhe gerichtet. Sie warteten auf das Zeichen, welches das Eintreffen des Schicksals der Shaido-Aiel ankündigen würde.

Sevanna wirkte äußerlich wie die anderen, obwohl sie durch einen Kreis von Töchtern des Speers um sie herum hervorgehoben wurde, die ruhig auf den Fersen hockten, die dunklen Schleier bereits über die Gesichter gezogen, so daß nur die Augen freiblieben. Sie wartete ebenfalls und ungeduldiger, als sie schien, aber doch nicht so ungeduldig, daß alles andere ausgeschlossen gewesen wäre. Das war ein Grund, warum sie befahl und die anderen folgten. Der zweite Grund war, daß sie erkannte, was sein konnte, wenn man sich nicht von veralteten Bräuchen und starrer Tradition die Hände binden ließ.

Zu ihrer Linken befanden sich zwölf Männer und eine Frau, die jeder einen runden Schild und drei oder vier Kurzspeere trugen und mit dem grau-braunen *Cadin'sor* bekleidet waren, der sich der Landschaft hier genauso gut anpaßte wie im Dreifaltigen Land. Efalin, deren kurze, bereits ergrauende Haare unter der um ihren Kopf gewickelten Shoufa verborgen waren, schaute hin und wieder in Sevannas Richtung. Wenn man von einer Tochter des Speers behaupten konnte, daß sie beunruhigt war, dann galt dies für Efalin. Einige Shaido-Töchter des Speers waren nach Süden gezogen, um sich den um Rand al'Thor herumscharwenzelnden Toren anzuschließen, und Sevanna bezweifelte nicht, daß andere darüber sprachen. Efalin mußte sich fragen, ob es genügte, wenn sie als Ausgleich eine Eskorte von Töchtern des Speers für Sevanna bereitstellte, als wäre sie selbst einst eine Far Dareis Mai gewesen. Zumindest zweifelte Efalin nicht daran, wo die wahre Macht lag.

Wie Efalin führten auch die Männer Shaido-Kriegergemeinschaften, und sie beäugten einander hin und wieder, während sie die Anhöhe beobachteten – besonders der wuchtige Maeric, der ein Seia Doon war, und der narbengesichtige Bendhuin von Far Aldazar Din. Nach den heutigen Ereignissen würde die Shaido nichts mehr davon abhalten, einen Mann nach Rhuidean zu schicken, der zum Clanhäuptling erklärt würde, wenn er überlebte. Bis das geschah, sprach Sevanna als Clanhäuptling, da sie die Witwe des letzten Häuptlings war. Der letzten beiden Häuptlinge. Sollten doch diejenigen, die murrten, sie bringe Pech, daran ersticken.

Goldene und elfenbeinerne Armreife klangen leise, als Sevanna die dunkle Stola um ihre Arme und ihre Halsketten richtete. Auch letztere waren überwiegend aus Gold und Elfenbein, nur eine Kette bestand aus einer Ansammlung von Perlen und Rubinen, die einer adligen Feuchtländerin gehört hatten – der Frau, die jetzt Weiß trug und die anderen *Gai'shain* zurück in die ›Brudermörders Dolch‹ genannten Berge brachte. Einer der Rubine von der Größe eines kleinen Hühnereis schmiegte sich zwischen ihre Brüste. Die Feuchtlande hielten reiche Beute bereit. Ein großer Smaragd an ihrem Ring fing das Sonnenlicht in grünem Feuer ein. Fingerringe waren einer der Bräuche der Feuchtländer, die es wert waren, sie sich zu eigen zu machen, ungeachtet der häufig auf sie abzielenden Blicke. Sie besäße noch mehr Ringe, wenn sie diesem in seiner Pracht entsprächen.

Die meisten Männer glaubten, daß Maeric oder Bendhuin als erster die Erlaubnis der Weisen Frauen erhielte, sich nach Rhuidean durchzuschlagen. Von dieser Gruppe vermutete nur Efalin, daß niemand die Erlaubnis bekäme. Aber sie war klug genug, ihre Vermutung vorsichtshalber nur Sevanna und niemandem sonst gegenüber auszusprechen. Sie konnten sich nicht vorstellen, das Alte abzulegen, und tatsächlich war sich Sevanna bewußt, auch wenn sie das Neue ungeduldig annehmen wollte, daß sie die Weisen Frauen langsam darauf hinführen mußte. Vieles Hergebrachte hatte sich bereits geändert, seit die Shaido die Drachenmauer in die Feuchtlande überquert hatten – die im Vergleich zum Dreifaltigen Land noch immer fruchtbar waren –, und dennoch würde sich noch mehr ändern. Wäre Rand al'Thor erst in ihrer Hand, und hätte sie den Car'a'carn erst geheiratet, den Häuptling aller Aielhäuptlinge – dieser Unsinn vom Wiedergeborenen Drachen war Feuchtländer-Geschwätz –, würden Clanhäuptlinge und auch Septimenhäuptlinge und vielleicht sogar die Oberhäupter der Kriegergemeinschaften auf andere Art benannt. Rand al'Thor würde sie benennen – natürlich nach ihren Anweisungen. Und das wäre erst der Anfang. Beispielsweise würde sich auch die Vorstellung der Feuchtländer ändern, den Rang an die Kinder und Enkel weiterzugeben.

Der Wind frischte einen Moment auf und wehte südwärts. Er würde die Geräusche der Feuchtländerpferde und der Wagen übertönen.

Sie richtete erneut ihre Stola und versagte es sich, das Gesicht zu verziehen. Sie durfte um keinen Preis beunruhigt wirken. Ein Blick nach rechts vertrieb die Sorge sofort wieder. Über zweihundert Weise Frauen der Shaido hatten sich dort versammelt, und normalerweise beobachteten zumindest einige sie wie Geier, auch wenn aller Augen auf die Anhöhe gerichtet waren. Nicht nur eine der Frauen richtete unbehaglich ihre Stola oder glättete bauschige Röcke. Sevanna schürzte die Lippen. Schweiß perlte auf einigen jener Gesichter. Schweiß! Wo war ihre Ehre geblieben, daß sie bei jedem Blick nervös wurden?

Alle erstarrten ein wenig, als ein junger *Sovin Nai* auf der Anhöhe erschien und im Hinabsteigen seinen Schleier senkte. Er kam direkt zu Sevanna, wie es angemessen war, aber zu ihrer Verärgerung sprach er ausreichend laut, daß alle ihn hören konnten. »Einer ihrer dreisten Kundschafter ist entkommen. Er war verletzt, ist aber dennoch zu Pferde geflüchtet.«

Die Anführer der Gemeinschaften stürmten voran, noch bevor er zu Ende gesprochen hatte. Das durfte sie nicht durchgehen lassen. Sie würden im eigentlichen Kampf die Führung übernehmen – Sevanna hatte niemals in ihrem Leben mehr getan, als einen Speer nur in der Hand zu halten –, aber sie würde sie keinen Moment vergessen lassen, wer sie war. »Erhebt jeden einzelnen Speer gegen sie«, befahl sie laut, »bevor sie sich vorbereiten können.« Sofort scharten sie sich wie ein Mann um sie.

»Jeden Speer?« fragte Bendhuin ungläubig. »Ihr meint, außer den Vorposten …«

Maeric unterbrach ihn mit finsterem Gesicht. »Wenn wir keine Reserve zurückbehalten, können wir …«

Sevanna schnitt ihnen beiden das Wort ab. »Jeden Speer! Wir haben es mit Aes Sedai zu tun. Wir müssen sie augenblicklich überwältigen!« Efalin und die meisten der anderen nahmen einen unbewegten Gesichtsausdruck an, aber Bendhuin und Maeric runzelten nachdenklich die Stirn. Narren. Sie hatten ein Dutzend Aes Sedai vor sich, und doch wollten sie, trotz der mehr als vierzigtausend *Algai'd'siswai*, auf denen sie bestanden hatten, ihren Kundschafter-Vorposten und ihre Reservespeere bewahren, als müßten sie noch weiteren Aiel oder einem Feuchtländer-Heer gegenübertreten. »Ich spreche als Clanhäuptling der Shaido.« Sie müßte das eigentlich nicht erwähnen, aber andererseits konnte eine Erinnerung daran nicht schaden. »Sie sind nur eine Handvoll.« Sie wählte jetzt jedes Wort mit Verachtung. »Sie können überwältigt werden, wenn die Speere schnell genug sind. Ihr wart bei Sonnenaufgang noch bereit, Desaine zu rächen. Rieche ich jetzt Angst? Angst vor ein paar Feuchtländern? Haben die Shaido ihre Ehre verloren?«

Diese Worte ließen ihre Gesichter, wie beabsichtigt, versteinern. Sogar Efalins Augen wirkten wie polierte graue Edelsteine, als sie sich verschleierte. Sie gab in der Zeichensprache Anweisungen, und als die Anführer der Gemeinschaften die Anhöhe hinaufstürmten, folgten ihnen die Töchter des Speers um Sevanna. Das hatte sie nicht beabsichtigt, aber zumindest bewegten sich die Speerträger. Sie konnte sogar vom tiefsten Punkt der Senke aus erkennen, daß scheinbar kahler Boden Cadin'sor-bekleidete Gestalten ausspie, die mit langen Schritten, die sogar Pferde überrunden konnten, südwärts eilten. Es galt, keine Zeit zu verschwenden. Mit dem Gedanken, später mit Efalin zu sprechen, wandte Sevanna sich den Weisen Frauen zu.

Aus denen erwählt, die die Eine Macht lenken konnten, kamen sechs oder sieben Weise Frauen der Shaido auf jede Aes Sedai um al'Thor, und doch sah Sevanna Zweifel, den sie hinter versteinerten Gesichtern zu verbergen suchten, aber er war dennoch da, an unruhigen

Blicken und die Lippen benetzenden Zungen erkennbar. Heutzutage wurden viele Traditionen abgelegt, Traditionen, die so alt und stark waren wie das Gesetz. Weise Frauen nahmen nicht an Schlachten teil. Weise Frauen hielten sich weit von Aes Sedai fern. Sie kannten die uralten Geschichten, daß die Aiel ins Dreifaltige Land geschickt wurden, um die Pläne der Aes Sedai zu durchkreuzen, und daß sie vernichtet würden, wenn sie ihnen jemals wieder einen Plan verdarben. Sie hatten gehört, daß Rand al'Thor vor allen behauptet haben sollte, die Aiel hätten als Teil ihres Dienstes an den Aes Sedai geschworen, keine Gewalt anzuwenden.

Sevanna war einst sicher gewesen, daß jene Geschichten Lüge waren, aber in letzter Zeit glaubte sie, daß die Weisen Frauen sie als wahr erachteten. Natürlich hatte keine von ihnen ihr das gesagt. Es war nicht wichtig. Sie selbst hatte niemals die beiden Reisen nach Rhuidean unternommen, die erforderlich waren, um eine Weise Frau zu werden, aber die anderen hatten sie dennoch, wenn auch zum Teil widerwillig, akzeptiert. Jetzt hatten sie keine andere Wahl, als sie weiterhin zu akzeptieren. Nutzlose Traditionen würden neugestaltet werden.

»Aes Sedai«, sagte sie leise. Sie beugten sich mit gedämpft klingenden Armreifen und Halsketten zu ihr, um ihr Flüstern verstehen zu können. »Rand al'Thor, der Car'a'carn, ist in ihrer Gewalt. Wir müssen ihn befreien.« Einige runzelten die Stirn. Die meisten glaubten, sie wollte den Car'a'carn lebend gefangennehmen, um den Tod Couladins, ihres zweiten Ehemannes, zu rächen. Sie verstanden das, aber deshalb wären sie nicht hergekommen. »Aes Sedai«, zischte sie verärgert. »Wir haben unser Versprechen gehalten, aber sie haben ihres gebrochen. Wir haben nichts verletzt, sie aber alles. Ihr wißt, wie Desaine ermordet wurde.« Natürlich wußten sie es. Die sie beobachtenden Blicke gewannen jäh an Schärfe. Eine Weise Frau zu töten, kam dem Töten einer

40

schwangeren Frau, eines Kindes oder eines Schmieds gleich. Einige blickten sehr streng drein – Theravas, Rhiales und andere. »Wenn wir diese Frauen ungeschoren davonkommen lassen, dann sind wir weniger als Tiere, dann haben wir keine Ehre. Ich aber halte an meiner Ehre fest.«

Mit diesen Worten raffte sie würdevoll ihre Röcke und erklomm mit hocherhobenem Kopf und ohne zurückzuschauen die Anhöhe. Sie war sich sicher, daß die anderen ihr folgen würden. Therava und Norlea und Dailin würden dafür sorgen, und auch Rhiale und Tion und Meira und die anderen, die sie vor einigen Tagen begleitet hatten, um zuzusehen, wie Rand al'Thor von den Aes Sedai geschlagen und wieder in seine Holzkiste gesteckt wurde. Ihre Mahnung hatte noch mehr den dreizehn als den anderen gegolten, und sie wagten es nicht, sie zu enttäuschen. Desaines Tod schweißte sie zusammen.

Weise Frauen mit gerafften Röcken konnten nicht mit den *Algai'd'siswai* in ihren *Cadin'sors* mithalten, wie sehr sie es auch versuchten. Sie liefen fünf Meilen über jene wogenden Hügel – kein langer Weg –, erreichten einen Hügelkamm und sahen, daß der Tanz der Speere bereits begonnen hatte. In gewisser Weise.

Tausende von verschleierten *Algai'd'siswai* in Grau- und Brauntönen drängten sich um einen Kreis von Feuchtländer-Wagen. Dieser Wagenkreis umschloß eine der kleinen Baumgruppen, die in dieser Gegend hin und wieder zu finden waren. Sevanna atmete verärgert ein. Die Aes Sedai hatten sogar Zeit gehabt, alle ihre Pferde heranzubringen. Die Speerträger umzingelten die Wagen, bedrängten sie, ließen Pfeile auf sie herabregnen, aber die vorne befindlichen Soldaten schienen gegen eine unsichtbare Mauer zu stoßen. Zunächst gelangten die am höchsten fliegenden Pfeile über diese Mauer, aber dann trafen auch sie irgendwo ungesehen

41

auf und prallten zurück. Leises Murmeln erhob sich unter den Weisen Frauen. »Erkennt Ihr, was die Aes Sedai tun?« fragte Sevanna, als könne sie die Gewebe der Einen Macht ebenfalls sehen. Sie schnaubte verächtlich. Die Aes Sedai mit ihren ruhmreichen Drei Eiden waren Narren. Wenn sie schließlich beschlössen, die Macht als Waffe zu benutzen, anstatt sie nur dazu zu verwenden, Barrieren aufzubauen, wäre es zu spät. Vorausgesetzt, die Weisen Frauen standen nicht zu lange da und schauten nur zu. Irgendwo in jenen Wagen befand sich Rand al'Thor, vielleicht noch immer geduckt in einer Kiste, darauf wartend, daß sie ihn befreite. Wenn die Aes Sedai ihn festzuhalten vermochten, dann konnte auch sie es, mit Hilfe der Weisen Frauen. Und mit Hilfe eines Versprechens. »Therava, führt Eure Hälfte jetzt westwärts. Haltet Euch zum Angriff bereit, wenn ich es tue. Für Desaine und das *Toh*, das die Aes Sedai uns schulden. Wir werden sie ihrem *Toh* begegnen lassen, wie niemand jemals zuvor seinem *Toh* begegnet ist.«

Es war töricht und anmaßend davon zu sprechen, daß jemand eine Verpflichtung erfüllen sollte, die er nicht anerkannt hatte, aber Sevanna hörte in dem zornigen Murmeln anderer Frauen weitere heftig geäußerte Versprechen, die Aes Sedai ihrem *Toh* begegnen zu lassen. Nur jene, die Desaine auf Sevannas Befehl hin getötet hatten, blieben stumm. Therava preßte kurz die schmalen Lippen zusammen, aber schließlich sagte sie: »Es wird Euren Befehlen gemäß geschehen, Sevanna.«

An einer leicht zugänglichen Anhöhe führte Sevanna ihre Hälfte der Weisen Frauen zur östlichen Seite des Kampfplatzes. Sie hatte auf dem Hügel bleiben wollen, von wo aus sie einen guten Überblick gehabt hätte – auf diese Weise führte ein Clanhäuptling oder ein Schlachtführer den Tanz der Speere –, aber in diesem einen Punkt fand sie bei Therava und den anderen, die das

Geheimnis um Desaines Tod teilten, keine Unterstützung. Die Weisen Frauen bildeten einen scharfen Kontrast zu den *Algai'd'siswai*, als sie diese in ihren weißen Algodeblusen und den dunklen Tuchröcken und Stolas, mit den glitzernden Armreifen und Halsketten und ihrem von dunklen Kopftüchern zurückgebundenen, hüftlangen Haar aufmarschieren ließ. Trotz ihrer Entscheidung, daß sie, wenn sie an einem Tanz der Speere teilnehmen sollten, mitten hineingehen und nicht auf einem abseits stehenden Hügel warten würden, glaubte Sevanna nicht, daß sie bereits erkannten, daß der wahre Kampf heute ihre Aufgabe war. Nach dem heutigen Tag würde nichts bleiben, wie es war, und Rand al'Thor festzusetzen, war der geringste Teil ihrer Aufgabe.

Unter den *Algai'd'siswai* konnte man nur von der Höhe aus Männer von Töchtern des Speers unterscheiden. Schleier und Shoufas verbargen Köpfe und Gesichter, und *Cadin'sors* waren, abgesehen von den Unterschieden im Schnitt, die Clan, Septime und Gemeinschaft kennzeichneten, *Cadin'sors*. Jene am äußeren Rand der Einkreisung schienen verwirrt und murrten, während sie darauf warteten, daß etwas geschähe. Sie waren mit der Bereitschaft hierhergekommen, mit Aes Sedai-Blitzen zu tanzen, und jetzt bewegten sie sich ungeduldig im Kreis, zu weit hinten, um die Hornbogen einzusetzen, die noch immer in Lederfutteralen auf ihren Rücken hingen. Sie würden nicht mehr allzu lange warten müssen, wenn es nach Sevanna ging.

Die Hände auf den Hüften, wandte sie sich an die anderen Weisen Frauen. »Diejenigen, die südlich von mir stehen, werden unterbinden, was die Aes Sedai gerade tun. Diejenigen, die nördlich von mir stehen, werden angreifen. Vorwärts mit den Speeren!« Mit diesem Befehl wandte sie sich um und wollte die Vernichtung der Aes Sedai beobachten, die geglaubt hatten, sie müßten nur Stahl gegenübertreten.

Aber nichts geschah. Vor ihr brodelte erfolglos die Masse der *Algai'd'siswai*, und das lauteste Geräusch war das gelegentliche Trommeln der Speere auf Schilde. Sevanna nahm all ihren Zorn zusammen, spulte ihn wie einen Faden von einer Spindel ab. Sie war so sicher gewesen, daß sie, nachdem ihnen Desaines hingeschlachteter Leichnam gezeigt worden war, bereit wären, aber wenn es ihnen noch immer unvorstellbar war, Aes Sedai anzugreifen, würde sie sie in den Kampf jagen, wenn es sein mußte, um sie alle so sehr zu beschämen, bis sie verlangten, das *Gai'shain*-Weiß anlegen zu dürfen.

Plötzlich schoß eine Kugel reiner Flammen von der Größe des Kopfes eines Mannes im Bogen zischend auf die Wagen zu, dann eine weitere, Dutzende. Der Knoten in ihrer Magengrube löste sich. Weitere Feuerkugeln kamen von Westen, wo sich Therava und die anderen befanden. Rauch begann von den brennenden Wagen aufzusteigen, zunächst graue Rauchfäden, dann dichte schwarze Wolken. Das Murmeln der *Algai'd'siswai* änderte seine Tonlage, und obwohl sich die Frauen unmittelbar vor ihr kaum bewegt hatten, erkannten sie plötzlich, vorwärtsgehen zu müssen. Rufe hallten von den Wagen her – Männer, die vor Zorn schrien und vor Schmerz brüllten. Welche Barrieren auch immer die Aes Sedai errichtet hatten, sie waren niedergerissen. Es hatte begonnen, und nur ein Ende war möglich. Rand al'Thor würde ihr gehören. Er würde ihr die Aiel liefern, damit sie die Feuchtlande einnehmen konnte, und würde ihr, bevor er starb, die Töchter und Söhne geben, welche die Aiel nach ihr führen würden. Vielleicht würde es ihr sogar gefallen. Er sah in der Tat recht gut aus und war stark und jung.

Sie hatte nicht erwartet, daß die Aes Sedai leicht zu besiegen wären, und so war es auch. Feuerkugeln fielen zwischen Speere, verwandelten in den *Cadin'sor* gekleidete Gestalten in Fackeln, Blitze zuckten aus einem kla-

ren Himmel und schleuderten Menschen und Erde in die Luft. Die Weisen Frauen lernten jedoch durch das, was sie sahen, oder vielleicht hatten sie es bereits gewußt und vorher nur gezögert. Die meisten lenkten die Macht so selten, besonders dort, wo es außer den Weisen Frauen niemand sehen konnte, daß nur eine andere Weise Frau erkannte, ob jemand von ihnen die Macht lenken konnte. Was auch immer der Grund dafür war – die Blitze fielen erst zwischen die Shaido-Speere, als weitere die Wagen anzugreifen begannen.

Nicht alle erreichten ihr Ziel. Feuerkugeln zischten durch die Luft, einige so groß wie Pferde, Silberblitze fuhren wie Himmelsspeere in den Boden und schossen manchmal seitwärts, als wären sie auf einen unsichtbaren Schild getroffen, explodierten mitten im Flug oder verschwanden einfach völlig. Donnern und Krachen erfüllte die Luft und kämpfte gegen Rufe und Schreie an. Sevanna betrachtete verzückt den Himmel. Es erinnerte an die Schaustellungen der Feuerwerker, über die sie gelesen hatte.

Plötzlich wurde die Welt in ihren Augen weiß. Sie schien zu schweben. Als sie wieder sehen konnte, lag sie ein Dutzend Schritte von ihrem vorherigen Standplatz entfernt flach auf dem Boden, alle Muskeln schmerzten, sie rang nach Atem und war von Schmutz bespritzt. Das Haar stand ihr zu Berge. Andere Weise Frauen lagen ebenfalls am Boden, rund um ein gezacktes Loch im Boden von einem Spann Durchmesser. Dünne Rauchfäden stiegen von den Gewändern einiger der Frauen auf. Nicht alle lagen am Boden – die Himmelsschlacht aus Feuer und Blitzen wurde fortgeführt –, aber zu viele. Sie mußte sie wieder in den Kampf schicken.

Sie zwang sich zu atmen und rappelte sich hoch, ohne sich die Mühe zu machen, sich abzuklopfen. »Schwingt die Speere!« rief sie. Sie ergriff Estalaines kantige Schultern und wollte die Frau hochziehen, erkannte dann aber an ihren starren blauen Augen, daß sie tot war, und ließ sie zurücksinken. Statt dessen zog sie eine benommene Dorailla hoch, entriß einer gefallenen Donnergängerin den Speer und schwang ihn hoch in die Luft. »Vorwärts mit den Speeren!« Einige der Weisen Frauen schienen dies wörtlich zu nehmen und tauchten in die Menge der *Algai'd'siswai* ein. Andere behielten einen kühleren Kopf und halfen jenen, die aufstehen konnten. Der Feuer- und Blitzsturm ging weiter, während Sevanna entlang der Reihen der Weisen Frauen wütete, ihren Speer schwenkte und schrie: »Schwingt die Speere! Vorwärts mit den Speeren!«

Sie verspürte den Drang zu lachen. Sie lachte. Schmutzbespritzt und mitten im Kampfgeschehen, war sie noch niemals zuvor in ihrem Leben so erheitert gewesen. Sie wünschte fast, sie hätte sich entschieden, eine Tochter des Speers zu werden. Fast. Eine *Far Dareis Mai* konnte genausowenig ein Clanhäuptling werden, wie ein Mann eine Weise Frau werden konnte. Der Weg einer Tochter des Speers zur Macht bedingte, daß sie den Speer aufgab und eine Weise Frau wurde. Als Frau eines Clanhäuptlings hatte sie die Macht aber schon in einem Alter geführt, in dem einer Tochter des Speers kaum zugetraut wurde, einen Speer zu tragen, oder einem Lehrling zur Weisen Frau zugetraut wurde, Wasser zu holen. Und jetzt hatte sie alles – als Weise Frau und Clanhäuptling –, obwohl noch einiges zu tun war, um diesen letzteren Titel wahrhaftig führen zu können. Titel waren unwichtig, solange sie die Macht hatte, aber warum sollte sie nicht beides bekommen?

Ein plötzlicher Schrei ließ sie sich umwenden, und sie betrachtete fassungslos den zottigen grauen Wolf, der Dosera die Kehle herausriß. Ohne nachzudenken, stieß sie ihm den Speer in die Seite. Noch während er sich umdrehte, um nach dem Speerschaft zu schnappen, sprang ein weiterer, ihr bis zur Hüfte reichender Wolf an ihr vorbei und warf sich auf den Rücken eines der *Algai'd'siswai*, dann ein weiterer Wolf und immer mehr, die an in den *Cadin'sor* gekleideten Gestalten zerrten, wo auch immer sie hinschaute.

Eine abergläubische Furcht durchfuhr sie, während sie ihren Speer wieder herauszog. Die Aes Sedai hatten die Wölfe herbeigerufen, um für sie zu kämpfen. Sie konnte den Blick nicht von dem von ihr getöteten Wolf abwenden. Die Aes Sedai hatten … Nein. Nein! Das durfte nichts ändern. Sie würde es nicht zulassen.

Schließlich gelang es ihr, den Blick loszureißen, aber bevor sie die Weisen Frauen erneut anfeuern konnte, ließ etwas anderes sie verstummen. Ein Gewirr von Feuchtländer-Reitern mit roten Helmen und Brustharnischen schlugen mit Schwertern heftig um sich und stießen mitten zwischen den *Algai'd'siswai* mit langen Speeren zu. Wo waren sie hergekommen?

Sie hatte nicht erkannt, daß sie laut gesprochen hatte, bis Rhiale ihr antwortete. »Ich habe versucht, es Euch zu sagen, Sevanna, aber Ihr wolltet nicht zuhören.« Die rothaarige Frau beäugte angewidert ihren blutbeschmierten Speer. Weise Frauen sollten eigentlich keine Speere tragen. Sie legte die Waffe prahlerisch in die Armbeuge, so wie sie es Häuptlinge hatte tun sehen, während Rhiale fortfuhr. »Feuchtländer haben von Süden angegriffen. Feuchtländer und *Siswai'aman.*« Sie sprach das Wort mit aller für jene angemessenen Verachtung aus, die sich Speere des Drachen nannten. »Und auch Töchter des Speers. Und … und da sind Weise Frauen.«

»Die kämpfen?« fragte Sevanna ungläubig, bevor sie erkannte, wie es klang. Wenn sie einen veralteten Brauch ablegen konnte, dann waren sicherlich auch diese sonnenblinden Narren im Süden, die sich noch immer Aiel nannten, dazu in der Lage. Sie hatte es jedoch nicht erwartet. Zweifellos hatte Sorilea sie hierhergebracht. Diese alte Frau erinnerte Sevanna an einen Bergrutsch, der alles vor sich herschob. »Wir müssen sie sofort angreifen. Sie werden Rand al'Thor nicht bekommen. Oder unsere Rache für Desaine vereiteln«, fügte sie hinzu, als sich Rhiales Augen weiteten.

»Sie sind Weise Frauen«, wandte die andere Frau tonlos ein, und Sevanna verstand verbittert. Es war schlimm genug, sich am Tanz der Speere beteiligen zu müssen, aber daß Weise Frauen ihresgleichen angreifen sollten, war mehr, als sogar Rhiale zulassen würde. Sie hatte zugestimmt, daß Desaine sterben mußte – wie sonst konnten die Weisen Frauen, ganz zu schweigen von den *Algai'd'siswai*, dazu gebracht werden, die Aes Sedai anzugreifen, was sie tun mußten, um Rand al'Thor und mit ihm alle Aiel in die Hände zu bekommen –, und doch war es heimlich getan worden, von gleichgesinnten Frauen umgeben. Dies würde aber vor aller Augen geschehen müssen. Narren und Feiglinge, sie alle!

»Dann bekämpft die Feinde, die zu bekämpfen Ihr Euch durchringen könnt, Rhiale.« Sie brachte jedes einzelne Wort so verächtlich wie möglich hervor, aber Rhiale nickte nur, richtete mit einem weiteren Blick auf den Speer in Sevannas Armbeuge ihre Stola und kehrte zu ihrem Platz in der Reihe zurück.

Vielleicht bestand die Möglichkeit, die anderen Weisen Frauen zum ersten Zug zu bewegen. Es wäre besser, überraschend anzugreifen, aber andererseits war alles besser, als sich Rand al'Thor von ihnen unmittelbar aus den Händen reißen zu lassen. Was sie einer Frau, welche die Macht lenken konnte und Befehle ohne Zögern ausführen würde, nicht zugestand. Was würde sie nicht darum geben, sich jetzt auf einem Hügelkamm zu befinden, von wo aus sie sehen könnte, wie der Kampf stand.

Sie hielt ihren Speer bereit, beobachtete aufmerksam

die Wölfe – diejenigen, die sie sehen konnte, töteten entweder Männer und Frauen im *Cadin'sor* oder waren selbst bereits tot – und rief wieder ermutigende Worte. Südwärts fielen mehr Feuer und Blitze zwischen die Shaido als zuvor, aber es machte keinen für sie erkennbaren Unterschied. Der Kampf mit seinen Flammen- und Erd- und Menschenexplosionen wurde unvermindert fortgeführt.

»Stoßt mit den Speeren zu!« rief sie und schwenkte auch ihren Speer. »Stoßt mit den Speeren zu!« Sie konnte unter den aufgewühlten *Algai'd'siswai* keine der Narren ausmachen, die ein Stück roten Stoff um ihre Stirn gebunden und sich *Siswai'aman* genannt hatten. Vielleicht waren sie zu wenige, um den Verlauf der Ereignisse zu verändern. Die Feuchtländer schienen in der Tat nicht allzu zahlreich zu sein. Noch während sie zusah, wurden einige von Menschen und Pferden und zustechenden Speeren überrannt. »Stoßt mit den Speeren zu! Stoßt mit den Speeren zu!« Jubel erfüllte ihre Stimme. Auch wenn die Aes Sedai zehntausend Wölfe herbeiriefen und wenn Sorilea tausend Weise Frauen und einhunderttausend Speere herangebracht hatte, würden die Shaido dennoch siegreich aus diesem Kampf hervorgehen. Die Shaido, und sie selbst. Der Name Sevanna von den Jumai Shaido würde für immer im Gedächtnis bleiben.

Plötzlich erklang mitten im Kampflärm hohles Donnern. Es schien aus der Richtung der Wagen der Aes Sedai zu kommen, aber Sevanna konnte nicht erkennen, ob sie oder die Weisen Frauen es verursacht hatten. Sie haßte Dinge, die sie nicht verstand, und doch würde sie Rhiale oder die anderen nicht danach fragen und ihr Unwissen zur Schau stellen. Und auch nicht zeigen, daß ihr die Fähigkeit fehlte, die alle anderen außer ihr hier besaßen. Unter ihnen zählte es nicht, aber sie haßte es auch, wenn andere Macht hatten, die sie nicht besaß.

Aus den Augenwinkeln nahm sie ein Lichtflackern unter den *Algai'd'siswai* wahr, das Gefühl, daß sich etwas drehte, aber als sie sich umwandte, um hinzusehen, war da nichts. Dasselbe geschah erneut, ein Lichtblitz am Rande ihres Sichtfeldes, und erneut war nichts zu sehen, als sie sich umwandte. Sie verstand zu viele Dinge nicht.

Sie beäugte die Linie der Weisen Frauen der Shaido, während sie ihnen ermutigende Worte zurief. Einige schienen durchnäßt. Sie hatten ihre Kopftücher verloren, und ihr langes Haar hing frei herab. Röcke und Blusen waren schmutzbespritzt oder sogar versengt. Mindestens ein Dutzend lagen ausgestreckt nebeneinander und stöhnten, und sieben weitere waren still, die Stolen über die Gesichter gezogen. Sevanna interessierten nur jene, die noch standen. Rhiale und Alarys mit ihrem wirren und so seltenen schwarzen Haar. Someryn, die es sich angewöhnt hatte, ihre Bluse aufgeschnürt zu tragen, um einen noch großzügigeren Einblick zu gewähren als Sevanna selbst. Und Meira, mit ihrem länglichen, noch grimmiger als sonst wirkenden Gesicht. Die kräftige Tion, die magere Belinde und Modarra, die so groß wie die meisten Männer war.

Eine von ihnen hätte es ihr sagen sollen, wenn sie etwas Neues unternahmen. Das Geheimnis um Desaine band sie aneinander. Die Enthüllung dessen würde selbst für eine Weise Frau ein Leben voller Qual – und was noch schlimmer war, voller Scham – bedeuten, wenn sie dann versuchen müßte, ihrem *Toh* zu begegnen, sofern sie nicht einfach nackt in die Wildnis gejagt wurde, um entweder zu leben oder zu sterben, und wahrscheinlich von jedermann, der sie fand, wie ein Tier getötet wurde. Sevanna zweifelte dennoch nicht daran, daß es ihnen genauso viel Vergnügen wie allen anderen bereitete, die Dinge vor ihr geheimzuhalten, die Weise Frauen während ihrer Ausbildung und bei den Reisen nach Rhuidean lernten. Dagegen mußte etwas getan werden, aber erst später. Sie würde keine Schwäche zeigen, indem sie fragte, was sie jetzt taten.

Sie wandte sich wieder dem Kampf zu und stellte fest, daß sich das Gleichgewicht verlagert hatte – anscheinend zu ihren Gunsten. Im Süden sanken die Feuerkugeln und Lichtblitze unverändert schwer herab, aber nicht mehr vor ihr und anscheinend auch nicht mehr im Westen und Norden. Was auf die Wagen niedergehen sollte, traf nur selten, und doch ließen die Bemühungen der Aes Sedai entschieden nach. Sie waren in die Defensive gedrängt worden. Sie siegte tatsächlich!

Noch während dieser Gedanke sie heiß durchströmte, wurden die Aes Sedai still. Nur im Süden fielen noch Feuer und Blitze zwischen die *Algai'd'siswai*. Sevanna öffnete den Mund zu einem Siegesruf, als sie eine weitere Erkenntnis verstummen ließ. Feuer und Blitze brachen über die Wagen herein, brachen herein und krachten gegen irgendein unsichtbares Hindernis. Der Rauch der brennenden Wagen begann im Aufwärtsstreben die Umrisse einer Kuppel abzuzeichnen und entwich schließlich aus einer Öffnung oben in der unsichtbaren Umhüllung.

Sevanna wirbelte zu der Reihe der Weisen Frauen herum, und ihr Gesichtsausdruck bewirkte, daß mehrere der Frauen vor ihr und vielleicht auch vor dem Speer in ihrer Hand zurückwichen. Sie wußte, daß sie bereit wirkte, ihn zu benutzen. Und sie war tatsächlich dazu bereit. »Warum habt Ihr das zugelassen?« wütete sie. »Warum? Ihr solltet verhindern, was immer sie vorhatten, und sie nicht weitere Mauern errichten lassen.«

Tion wirkte, als wollte sie ihren Magen entleeren, aber sie stemmte die Fäuste in ihre breiten Hüften und sah Sevanna direkt an. »Das waren nicht die Aes Sedai.«

»Nicht die Aes Sedai?« spie Sevanna aus. »Wer dann?

Die anderen Weisen Frauen? Ich sagte Euch, daß wir sie angreifen sollten!«

»Es waren keine Frauen«, erklärte Rhiale mit schwankender Stimme. »Es waren keine ...« Sie schluckte mit bleichem Gesicht.

Sevanna wandte sich langsam zu der Kuppel um und dachte erst dann wieder daran, daß sie atmen mußte. Etwas war durch die Öffnung, durch die der Rauch entwich, aufgestiegen. Eines der Feuchtländer-Banner. Der Rauch konnte es nicht vollständig verbergen. Karmesinrot, mit einer halb weißen und halb schwarzen Scheibe, die Farben durch eine gewundene Linie voneinander getrennt, genau wie bei den Stoffstreifen, die die *Siswai'aman* trugen. Rand al'Thors Banner. War er womöglich stark genug, um freigekommen zu sein, alle Aes Sedai überwältigt und dieses Banner gehißt zu haben? So mußte es sein.

Der Sturm brandete noch immer gegen die Kuppel an, aber Sevanna hörte hinter sich ein Murmeln. Die anderen Frauen dachten an Rückzug. Sie nicht. Sie hatte schon immer gewußt, daß man Macht am leichtesten erlangen konnte, indem man Menschen besiegte, die diese Macht bereits besaßen. Und sie war schon als Kind sicher gewesen, daß sie mit den Waffen geboren wurde, dies zu tun. Suladric, Clanhäuptling der Shaido, fiel ihr mit sechzehn zum Opfer, und als er starb, erwählte sie jene, die ihm höchstwahrscheinlich folgen würden. Muradin und Couladin glaubten jeder, er allein habe ihre Aufmerksamkeit erweckt, und als Muradin, wie so viele Männer, nicht aus Rhuidean zurückkehrte, konnte sie Couladin mit einem Lächeln davon überzeugen, daß er sie überwältigt hatte. Aber die Macht eines Clanhäuptlings verblaßte neben derjenigen des Car'a'carn, und selbst sie war nichts angesichts dessen, was sie jetzt vor sich sah. Sie zitterte, als hätte sie gerade in einem Schwitzzelt den unvorstellbar wundervollsten Mann

53

gesehen. Wenn Rand al'Thor ihr gehörte, würde sie die ganze Welt erobern.

»Bedrängt sie stärker«, befahl sie. »Stärker! Wir werden diese Aes Sedai für Desaine demütigen!« Und sie bekäme Rand al'Thor.

Plötzlich erklang ein Brüllen von der Kampffront. Männer riefen und schrien. Sevanna fluchte, weil sie nicht sehen konnte, was geschah. Sie rief den Weisen Frauen erneut zu, unvermindert voranzudrängen, aber wenn überhaupt eine Reaktion erkennbar war, schien es eher, als würde der Flammen- und Blitzregen gegen die Kuppel nachlassen. Und dann konnte sie etwas sehen.

In der Nähe der Wagen explodierten in den *Cadin'sor* gekleidete Gestalten und Erde mit donnerndem Krachen in der Luft, nicht nur an einer Stelle, sondern in einer langen Reihe. Der Boden explodierte immer wieder, jedes Mal ein wenig weiter von den eingekreisten Wagen entfernt. Es war keine Linie, sondern ein fester Ring explodierender Erde und Männer und Töchter des Speers, der zweifellos ganz um die Wagen herumführte. Immer und immer wieder, sich ständig erweiternd, und plötzlich drängten *Algai'd'siswai* an ihr vorbei, kämpften sich durch die Reihe der Weisen Frauen und liefen davon.

Sevanna schlug mit ihrem Speer auf sie ein, drosch auf Köpfe und Schultern und kümmerte sich nicht darum, wenn sie die Speerspitze befleckter zurückzog, als sie schon zuvor gewesen war. »Bleibt und kämpft! Bleibt, für die Ehre der Shaido!« Sie liefen an ihr vorbei, ohne sie zu beachten. »Habt Ihr denn keine Ehre? Bleibt und kämpft!« Sie stach einer fliehenden Tochter des Speers in den Rücken, aber die anderen trampelten einfach über die gefallene Frau hinweg. Sevanna erkannte jäh, daß einige der Weisen Frauen fort waren, und sah, daß andere Verletzte aufhoben. Rhiale wandte sich zur Flucht, aber Sevanna ergriff den Arm der größeren Frau und bedrohte sie mit dem Speer. Es kümmerte sie nicht, daß Rhiale die Macht lenken konnte. »Wir müssen bleiben! Wir können ihn noch immer bekommen!«

Das Gesicht der anderen Frau war eine angstvolle Maske. »Wenn wir bleiben, sterben wir! Oder wir enden angekettet vor Rand al'Thors Zelt! Bleibt und sterbt, wenn Ihr wollt, Sevanna. Ich bin kein Steinsoldat!« Damit riß sie ihren Arm los und eilte ostwärts.

Sevanna blieb noch einen Moment stehen, von Männern und Töchtern des Speers hierhin und dorthin geschoben, die sich voller Entsetzen vorbeidrängten. Dann warf sie den Speer fort und tastete nach ihrer Gürteltasche, in der ein kleiner Würfel mit komplizierten Schnitzereien lag. Gut, daß sie gezögert hatte, ihn fortzuwerfen – sie besaß noch eine Sehne für ihren Bogen. Sie raffte ihre Röcke und schloß sich der hastigen Flucht an, aber während alle anderen vor Entsetzen flohen, lief sie mit einem Kopf voller Pläne davon. Sie würde Rand al'Thor auf Knien vor sich sehen, und die Aes Sedai ebenfalls.

Schließlich verließ Alviarin Elaidas Räume, äußerlich so kühl und gelassen wie immer, aber innerlich fühlte sie sich ausgelaugt. Es gelang ihr, steten Schrittes die lange, gewundene Treppe hinabzugehen, die gänzlich aus Marmor bestand. Livrierte Diener verbeugten sich oder vollführten den Hofknicks, während sie zu ihren Aufgaben eilten, denn sie sahen in ihrer Aes-Sedai-Ruhe nur die Behüterin der Chronik. Während sie weiter hinabging, begegnete sie zunehmend mehr Schwestern, von denen einige die Stolen in den Farben ihrer Ajahs trugen, als wollten sie durch Förmlichkeit unterstreichen, daß sie tatsächlich vollwertige Schwestern waren. Sie beäugten sie recht unbehaglich, während sie vorüberging. Die einzige, die sie nicht beachtete, war Danelle, eine verträumte Braune Schwester. Sie hatte geholfen,

Siuan Sanche zu stürzen und Elaida zu erheben, aber als gedankenverlorene Einzelgängerin, die nicht einmal in ihrer eigenen Ajah Freunde besaß, schien sie nicht zu bemerken, daß sie anschließend beiseite geschoben worden war. Andere waren sich dessen nur zu bewußt. Berisha, eine hagere, hartäugige Graue, und Kera mit dem hellen Haar und den dunklen Augen, die bei Tairenern selten waren, und all der Überheblichkeit, die bei Grünen wiederum so häufig war, vollführten zumindest Hofknickse. Norine hätte es ihr beinahe gleichgetan. Mit ihren großen Augen manchmal fast so verträumt wie Danelle und genauso einsam, ärgerte sie sich über Alviarin. Wenn die Behüterin der Chronik schon aus den Reihen der Weißen erhoben wurde, hätte es ihrer Meinung nach Norine Dovarna sein sollen.

Gegenüber der Behüterin der Chronik war Höflichkeit nicht erforderlich, nicht von einer Schwester, aber sie hofften zweifellos, daß sie vielleicht bei Elaida Fürsprache einlegte, wenn es notwendig würde. Die anderen fragten sich einfach nur, welche Befehle sie erhalten hatte, ob heute eine andere Schwester wegen irgendeiner – in den Augen der Amyrlin begangenen – Verfehlung ausgesondert würde. Nicht einmal Rote näherten sich den neuen Räumen der Amyrlin weiter als bis auf fünf Stockwerke, es sei denn, sie wurden zu ihr gerufen. Mehr als eine Schwester verbarg sich regelrecht, wenn Elaida herabkam. Die Luft schien wahrhaft erhitzt und von einer Furcht durchsetzt, die nichts mit Aufrührern oder Machthabern zu tun hatte.

Mehrere Schwestern wollten etwas sagen, aber Alviarin rauschte vorüber, wenig höflich und kaum die Sorge bemerkend, die in ihre Augen trat, wenn sie nicht innehalten wollte. Elaida beschäftigte sie genausosehr wie die anderen. Elaida war eine vielschichtige Frau. Auf den ersten Blick sah man nur eine wunderschöne, würdevoll zurückhaltende Frau, aber auf den zweiten

Blick erkannte man einen Menschen aus Stahl, gefährlich wie eine gezogene Klinge. Sie überwältigte, wo andere überzeugten, und erzwang, wo andere es mit Diplomatie oder durch das Spiel der Häuser versuchten. Jedermann, der sie kannte, wußte um ihre Intelligenz, aber man bemerkte erst nach einiger Zeit, daß sie trotz ihres Verstandes nur sah, was sie sehen wollte, und wahrzumachen versuchte, was sie wahrhaben wollte. Es gab an ihr zwei unzweifelhaft beängstigende Dinge, von denen der Umstand, daß sie so oft Erfolg hatte, das geringere war. Weitaus beängstigender war ihr Talent des Weissagens.

Man konnte es leicht vergessen, da es unberechenbar war und nur selten auftrat. Niemand wußte, wann es soweit sein würde, nicht einmal Elaida selbst, und niemand wußte, was sie enthüllen würde. Jetzt konnte Alviarin die vage Gegenwart der Amyrlin ihr fast folgen und sie beobachten spüren.

Es könnte noch notwendig werden, sie zu töten. Wenn es dazu käme, wäre Elaida nicht die erste, die sie heimlich getötet hätte. Dennoch zögerte sie, diesen Schritt ohne Befehl oder zumindest eine Erlaubnis zu tun.

Sie betrat spürbar erleichtert ihre privaten Räume, als könnte Elaidas Schatten diese Schwelle nicht überschreiten. Ein törichter Gedanke. Wenn Elaida die Wahrheit vermutete, würden sie nicht einmal eintausend Meilen von Alviarins Kehle fernhalten. Elaida würde von ihr erwarten, daß sie hart arbeitete und die Befehle unter der Signatur und dem Siegel der Amyrlin persönlich niederschrieb –, aber welche dieser Befehle tatsächlich ausgeführt würden, mußte noch entschieden werden. Natürlich nicht von Elaida. Und auch nicht von Alviarin.

Ihre Räume waren kleiner als Elaidas, obwohl die Decken höher waren und ein Balkon in hundert Fuß

Höhe Ausblick über den großen Platz vor der Burg bot. Manchmal betrat sie diesen Balkon, um Tar Valon vor ihr ausgebreitet zu sehen, die größte Stadt der Welt, erfüllt von zahllosen Tausenden, die weniger zählten als Spielsteine auf einem Spielbrett. Ihre Räume waren mit Domani-Möbeln ausgestattet, hell gestreiftes Holz mit Muschelschalen- und Bernstein-Einlegearbeiten, helle Teppiche mit Blumen- und Schneckenmustern und grasendem Wild. Die Einrichtung hatte der letzten Bewohnerin dieser Räume gehört, und wenn sie sie noch aus einem anderen Grund behalten hatte als dem, daß sie keine Zeit mit der Auswahl neuer Möbel verschwenden wollte, dann um sich an den Preis für Versagen zu erinnern. Leane Sharif hatte oberflächlich geplant und war gescheitert, und jetzt war sie für immer von der Einen Macht abgeschnitten, ein hilfloser Flüchtling, der auf Wohltätigkeit angewiesen war, zu einem Leben im Elend verdammt, bis sie es entweder selbst beendete oder einfach das Gesicht zur Wand drehte und starb. Alviarin hatte von einigen wenigen gedämpften Frauen gehört, die überlebt hatten, aber sie würde diese Geschichten anzweifeln, bis sie einer der Frauen begegnete. Nicht daß es sie auch nur im geringsten danach verlangte.

Durch die Fenster konnte sie die Helligkeit des frühen Nachmittags erkennen, aber noch bevor sie halbwegs in ihr Wohnzimmer gelangt war, verblaßte das Licht plötzlich zu trüber Abenddämmerung. Die Dunkelheit überraschte sie nicht. Sie wandte sich um und ließ sich sofort auf die Knie nieder. »Große Herrin, ich lebe, um zu dienen.« Eine große Frau aus dunklen Schatten und silbernem Licht stand vor ihr. Mesaana.

»Sage mir, was geschehen ist, Kind.« Die Stimme klang wie Kristallglocken.

Alviarin wiederholte kniend jedes Wort Elaidas, obwohl sie sich fragte, wieso das nötig war. Zu Anfang hatte sie unbedeutende Teile ausgelassen, und Mesaana hatte es jedes Mal erkannt und jedes Wort, jede Geste und jeden Gesichtsausdruck gefordert. Sie belauschte jene Treffen offensichtlich. Alviarin hatte versucht, eine Logik darin zu erkennen, aber es war ihr nicht gelungen. Andere Dinge waren jedoch durchaus logisch.

Sie hatte andere der Auserwählten getroffen, die Narren *die Verlorenen* nannten. Lanfear und Graendal waren in die Burg gekommen, die in ihrer Kraft und ihrem Wissen gebieterisch wirkten und ohne Worte verdeutlicht hatten, daß Alviarin weit unter ihnen stand, eine Küchenmagd, die Botengänge erledigte und sich vor Freude wand, wenn ein freundliches Wort an sie gerichtet wurde. Be'lal hatte Alviarin in der Nacht im Schlaf fortgezerrt – sie wußte noch immer nicht wohin. Sie war wieder in ihrem eigenen Bett erwacht, und das hatte sie noch mehr erschreckt, als sich in Gegenwart eines Mannes zu befinden, der die Macht lenken konnte. Für ihn war sie nicht einmal ein Wurm, nicht einmal ein Lebewesen, nur ein Spielstein, der sich auf seinen Befehl hin bewegte. Ishamael hatte sie zuerst, Jahre vor den anderen, aus der verborgenen Masse der Schwarzen Ajah auserwählt, um sie an deren Spitze zu setzen.

Sie hatte vor jeder Schwarzen Ajah niedergekniet und beteuert, daß sie lebe, um zu dienen, und es auch so meine, und ihren Befehlen gehorchen würde, wie auch immer diese Befehle lauteten. Immerhin waren sie nur eine Stufe niedriger gestellt als der Große Herr der Dunkelheit selbst, und wenn sie eine Belohnung für ihre Dienste erwartete – die Unsterblichkeit, die sie anscheinend bereits besaßen –, tat sie gut daran zu gehorchen. Sie hatte vor jeder Schwarzen Ajah niedergekniet, und nur Mesaana war mit einem nicht menschlichen Gesicht erschienen. Dieser Umhang aus Schatten und Licht mußte mit der Einen Macht gewoben sein, aber Alviarin konnte kein Gewebe erkennen. Sie hatte die Kraft Lanfears und Graendals gespürt, hatte vom ersten Moment an gewußt, wieviel stärker sie die Macht beherrschten als sie selbst, aber bei Mesaana spürte sie ... nichts. Als könnte die Frau die Macht überhaupt nicht lenken.

Die Logik war eindeutig – und verblüffend. Mesaana verbarg sich, weil sie erkannt werden könnte. Sie mußte in der Burg selbst wohnen. Diese Folgerung schien angesichts des Offensichtlichen unmöglich, aber eine andere Erklärung wäre nicht schlüssig. Wenn dem so war, mußte sie eine der Schwestern sein. Sie war sicherlich keine Dienerin, nicht Arbeit und Schweiß verpflichtet. Aber wer dann? Zu viele Frauen waren vor Elaidas Ruf von der Burg fortgewesen, zu viele hatten keine engen oder gar keine Freunde. Mesaana mußte eine jener Frauen sein. Alviarin wollte es unbedingt wissen. Selbst wenn sie es nicht nutzen konnte, war Wissen dennoch Macht.

»Also hat unsere Elaida eine Weissagung gemacht«, sagte Mesaana in singendem Tonfall, und Alviarin erkannte erschreckt, daß sie am Ende ihres Berichts angelangt war. Ihre Knie schmerzten, aber sie wußte es besser, als daß sie ohne Erlaubnis aufgestanden wäre. Ein Schattenfinger tippte nachdenklich an silberne Lippen. Hatte sie schon irgendeine der Schwestern diese Geste vollführen sehen? »Es scheint mir seltsam, daß sie gleichzeitig so klar und doch so unstet sein sollte. Das Vorhersagen war stets ein seltenes Talent, und die meisten, die es besaßen, formulierten ihre Weissagungen auf eine Art, die nur Dichter verstehen konnten – üblicherweise bis es zu spät war, als daß es noch wichtig gewesen wäre. Erst dann wurde stets alles verständlich.« Alviarin schwieg weiterhin. Keine der Auserwählten unterhielt sich – sie befahlen oder forderten nur. »Bemerkenswerte Prophezeiungen. Die Aufrührer zu zerbrechen – wie verfaulte Melonen –, gehörte das dazu?«

»Ich bin nicht sicher, Große Herrin«, sagte Alviarin

zögernd – war es Teil davon gewesen? –, aber Mesaana zuckte nur die Achseln.

»Entweder ja oder nein, und beides kann genutzt werden.«

»Sie ist gefährlich, Große Herrin. Ihr Talent könnte offenbaren, was nicht offenbart werden sollte.«

Kristallenes Lachen antwortete ihr. »Wie zum Beispiel? Dich? Deine Schwestern von den Schwarzen Ajah? Oder willst du mich vielleicht schützen? Du bist manchmal ein gutes Mädchen.« Die silberhelle Stimme klang belustigt. Alviarin spürte, wie sie errötete, und hoffte, daß Mesaana es als Scham, nicht als Verärgerung auslegte. »Willst du damit anregen, daß wir uns unserer Elaida entledigen sollten? Noch nicht, denke ich. Sie kann noch von Nutzen sein. Zumindest bis der junge al'Thor uns erreicht, und sehr wahrscheinlich auch noch danach. Schreibe ihre Befehle auf und sorge für deren Ausführung. Es ist sicherlich amüsant, sie beim Spielen ihrer kleinen Spiele zu beobachten. Ihr Kinder paßt manchmal richtig zur Ajah. Wird es ihr gelingen, den König von Illian und die Königin von Saldaea zu entführen? Ihr Aes Sedai pflegtet das zu tun, nicht wahr, aber nicht mehr seit – wann? – zweitausend Jahren? Wen wird sie auf den Thron in Cairhien bringen? Wird das Angebot, König in Tear zu werden, die Abneigung des hohen Herrn Darlin gegen die Aes Sedai bezwingen? Wird unsere Elaida vorher an ihrer eigenen Enttäuschung ersticken? Schade, daß sie sich dem Gedanken an ein größeres Heer widersetzt. Ich hätte gedacht, daß sie sich bei ihrem Ehrgeiz begeistert darauf stürzen würde.«

Die Unterredung ging dem Ende entgegen. Diese Gespräche dauerten niemals länger als Alviarin brauchte, um Bericht zu erstatten und ihre Befehle entgegenzunehmen, aber sie mußte noch eine Frage stellen. »Die Schwarze Burg, Große Herrin ...« Alviarin benetzte ihre

Lippen. Sie hatte viel gelernt, seit ihr Ishamael erschienen war, wovon nicht das Unwichtigste war, daß die Auserwählten weder allmächtig noch allwissend waren. Sie war aufgestiegen, weil Ishamael ihre Vorgängerin aus Zorn über seine Entdeckung, was Jarna Malari begonnen hatte, getötet hatte. Aber es hatte erst zwei Jahre später geendet, nach dem Tod einer weiteren Amyrlin. Alviarin hatte sich oft gefragt, ob Elaida mit deren – Sierin Vayus – Tod zu tun gehabt hatte. Für die Schwarze Ajah galt das sicherlich nicht. Jarna hatte Tamra Ospenya, die Amyrlin vor Sierin, wie eine Traube auspressen lassen – wodurch sie nur wenig Saft erhalten hatte, wie sich herausstellte – und dann den Eindruck entstehen lassen, sie sei im Schlaf gestorben, aber Alviarin und die anderen zwölf Schwestern des Großen Konzils hatten viele Qualen auf sich nehmen müssen, bevor sie Ishamael davon überzeugen konnten, daß sie nicht dafür verantwortlich waren. Die Auserwählten waren nicht allmächtig und wußten nicht alles, und doch wußten sie manchmal etwas, was andere nicht einmal ahnten. Es konnte jedoch gefährlich sein, Fragen zu stellen. ›Warum‹ war die gefährlichste Frage. Die Auserwählten mochten niemals nach dem Warum gefragt werden. »Ist es ausreichend, fünfzig Schwestern auszuschicken, Große Herrin?«

Augen, die wie Zwillingsvollmonde leuchteten, betrachteten sie ruhig, und ein Frösteln lief Alviarins Rückgrat hinauf. Jarnas Schicksal kam ihr blitzartig in den Sinn. Allgemein als Graue bekannt, hatte Jarna niemals ein Interesse an dem *Ter'angreal* gezeigt, für das niemand einen Verwendungszweck wußte – bis zu dem Tag, an dem sie in einem seit Jahrhunderten unerprobten *Ter'angreal* gefangen wurde. Wie er gebraucht wurde, blieb noch immer ein Geheimnis. Zehn Tage lang konnte niemand sie erreichen, sondern nur ihren erstickten Schreien lauschen. Die meisten Bewohner der

Burg hielten Jarna für ein Musterbeispiel an Tugend. Als das, was hätte entdeckt werden können, begraben wurde, nahmen alle Schwestern in Tar Valon und jedermann, der die Stadt rechtzeitig erreichen konnte, an der Beerdigung teil.

»Du bist neugierig, Kind«, sagte Mesaana schließlich. »Das kann, wenn es in die richtige Bahn gelenkt wird, ein Vorteil sein. Wird es allerdings in die falsche Bahn gelenkt...« Die Drohung hing wie ein schimmernder Dolch in der Luft.

»Ich werde meine Neugier in die von Euch befohlene Bahn lenken, Große Herrin«, flüsterte Alviarin rauh. Ihr Mund war staubtrocken. »Nur wie Ihr befehlt.« Aber sie würde dennoch dafür sorgen, daß keine Schwarzen Schwestern mit Toveine gingen. Mesaana regte sich, ragte über ihr auf, so daß sie den Hals recken mußte, um zu diesem aus Licht und Schatten bestehenden Gesicht hinaufzusehen, und plötzlich fragte sie sich, ob die Auserwählten ihre Gedanken kannten.

»Wenn du mir dienen willst, Kind, dann mußt du *mir* dienen und gehorchen. Nicht Semirhage oder Demandred. Nicht Graendal oder sonst jemandem. Nur mir. Und dem Großen Herrn natürlich, aber außer ihm vor allen anderen mir.«

»Ich lebe, um Euch zu dienen, Große Herrin.« Die Worte wurden krächzend hervorgebracht, aber es gelang ihr dennoch, die angefügten Worte zu betonen.

Einen langen Moment sahen die silberhellen Augen unverwandt zu ihr herab. Dann sagte Mesaana: »Gut. Dann werde ich dich lehren. Aber rufe dir in Erinnerung, daß ein Schüler kein Lehrer ist. Ich bestimme, wer welche Dinge lernt, und ich entscheide, wann dieses Wissen genutzt werden kann. Sollte ich feststellen, daß du auch nur das Geringste weitergegeben oder auch nur eine Kleinigkeit ohne meine Anweisung benutzt hast, werde ich dich vernichten.«

Die glockenreine Stimme klang nicht verärgert, sondern nur sachlich. »Ich lebe, um Euch zu dienen, Große Herrin. Ich lebe, um Euch zu gehorchen, Große Herrin.« Sie hatte soeben etwas über die Auserwählten gelernt, was sie kaum glauben konnte. Wissen war Macht.

»Du hast ein wenig Kraft, Kind. Nicht viel, aber genug.«

Ein Gewebe erschien scheinbar aus dem Nichts.

»Dies«, sang Mesaana, »nennt man ein Wegetor.«

Pedron Niall brummte, als Morgase mit triumphierendem Lächeln einen weißen Stein auf dem Spielbrett setzte. Schlechtere Spieler hätten vielleicht noch zwei Dutzend mehr Steine gesetzt, aber er konnte den unausweichlichen Verlauf jetzt genauso erkennen wie sie. Zu Beginn hatte die blonde Frau, die ihm an dem kleinen Tisch gegenübersaß, gespielt, als wollte sie verlieren, um es für ihn interessanter zu machen, aber es hatte nicht lange gedauert, bis sie erkannte, daß dies zu ihrer Niederlage geführt hätte. Ganz zu schweigen davon, daß er klug genug war, die List zu erkennen und sie nicht duldete. Jetzt setzte sie all ihr Können ein und es gelang ihr, fast die Hälfte ihrer Spiele zu gewinnen. Seit etlichen Jahren hatte ihn niemand mehr so häufig besiegt.

»Dies ist Euer Spiel«, sagte er zu ihr, und die Königin von Andor nickte. Nun, sie würde wieder Königin sein, dafür würde er sorgen. In der grünen Seide mit dem hohen Spitzenkragen wirkte sie trotz des Schweißfilms auf ihren glatten Wangen jeder Zoll wie eine Königin. Sie schien jedoch kaum alt genug, eine Tochter in Elaynes Alter und noch viel weniger einen Sohn in Gawyns Alter zu haben.

»Ihr habt nicht erkannt, daß ich die Falle bemerkt habe, die Ihr von Eurem einunddreißigsten Stein an gelegt habt, Lord Niall, und Ihr habt mein Täuschungs-

manöver vom einunddreißigsten Stein an als meinen
wahren Angriff gedeutet.« Ihre blauen Augen funkelten
aufgeregt. Morgase gewann gerne. Sie liebte es, auf Sieg
zu spielen.

Natürlich diente dies alles dazu, ihn zu beruhigen –
das Spiel mit den Steinen, die Höflichkeit. Morgase
wußte, daß sie in der Festung des Lichts eine Gefangene
war, wenn auch eine sehr verwöhnte Gefangene. Und
eine geheime Gefangene. Er hatte es zugelassen, daß
Geschichten über ihre Anwesenheit verbreitet wurden,
hatte aber keine Erklärung abgegeben. Andors Geschichte des Widerstands gegen die Kinder des Lichts
war zu beeindruckend. Er würde nichts erklären, bis die
Legionen mit ihr als Galionsfigur in Andor einmar-
schierten. Das wußte Morgase sicherlich auch. Und
wahrscheinlich wußte sie ebenfalls, daß er ihre Versuche, ihn zu dämpfen, bemerkt hatte. Der Vertrag, den
sie unterzeichnet hatte, verlieh den Kindern in Andor
Rechte, die sie niemals irgendwo sonst als hier in Amadicia besessen hatten, und er erwartete, daß sie bereits
plante, wie sie seinen Zugriff auf ihr Land lockern und
sobald es ihr möglich war ganz rückgängig machen
könnte. Sie hatte den Vertrag nur unterzeichnet, weil er
sie in die Ecke gedrängt hatte, und doch hatte sie aus
dieser Position heraus weiterhin genauso geschickt
gekämpft, wie sie ihre Steine auf dem Spielbrett setzte.
Sie war trotz ihrer Schönheit sehr zäh. Nein, sie war einfach zäh und sonst nichts. Sie ließ sich von der reinen
Freude an ihrem Spiel einfangen, aber er konnte dies
nicht als Fehler werten, da es ihm so viele erfreuliche
Momente verschaffte.

Wäre er zwanzig Jahre jünger gewesen, wäre er vielleicht mehr auf ihr wahres Spiel eingegangen. Lange
Jahre als Witwer lagen hinter ihm, und der kommandierende Lordhauptmann der Kinder des Lichts hatte
wenig Zeit für Tändeleien mit Frauen, wenig Zeit für

65

anderes, als der kommandierende Lordhauptmann zu sein. Wäre er zwanzig – nun, fünfundzwanzig – Jahre jünger und sie nicht von den Tar-Valon-Hexen ausgebildet … Das konnte man in ihrer Gegenwart leicht vergessen. Die Weiße Burg war ein Sumpf der Schändlichkeit und des Schattens, und sie war bis ins Innerste davon berührt. Rhadam Asunawa, der Hochinquisitor, hätte sie für ihre Monate in der Burg verurteilt und ohne Verzögerung gehängt, wenn Niall es zugelassen hätte. Er seufzte bedauernd.

Morgase behielt ihr siegreiches Lächeln bei, und ihre großen Augen beobachteten sein Gesicht mit unleugbarer Intelligenz. Er füllte ihre Becher aus einem in einer Schale mit kühlem Wasser stehenden Silberkrug mit Wein.

»Mylord Niall …« Das Zögern war genau richtig bemessen, die schlanke Hand über den Tisch halbwegs zu ihm ausgestreckt, der zusätzliche Respekt der Anrede. Einst hatte sie ihn einfach Niall genannt, verächtlicher, als sie einen betrunkenen Stallburschen angesprochen hätte. Das Zögern wäre genau richtig bemessen gewesen, wenn er sie nicht hätte einschätzen können. »Mylord Niall, Ihr könntet doch sicherlich Galad nach Amador befehligen, so daß ich ihn sehen könnte. Nur für einen Tag.«

»Ich bedaure«, antwortete er glatt, »daß Galads Pflichten ihn im Norden festhalten. Ihr solltet stolz sein. Er ist einer der besten jungen Offiziere bei den Kindern.« Ihr Stiefsohn wurde bei Bedarf sozusagen als Hebel angesetzt, jemand, der jetzt nützlicher war, wenn man ihn fernhielt. Der junge Mann war in der Tat ein guter Offizier, vielleicht der beste, der sich den Kindern zu Nialls Zeiten jemals angeschlossen hatte, und es war nicht nötig, seinen Eid auf die Probe zu stellen, indem man ihn wissen ließ, daß seine Mutter hier und nur aus Höflichkeit ein ›Gast‹ sei.

Ihre Enttäuschung zeigte sich durch ein leichtes Zusammenpressen der Lippen, das rasch wieder verging. Dies war nicht das erste Mal, daß sie diese Bitte geäußert hatte, und es würde auch nicht das letzte Mal sein. Morgase Trakand ergab sich nicht einfach, nur weil feststand, daß sie besiegt war. »Wie Ihr meint, Mylord Niall«, sagte sie so sanftmütig, daß er sich fast an seinem Wein verschluckte. Unterwürfigkeit war eine neue Taktik, eine Taktik, die sie sich mühsam erarbeitet haben mußte. »Es ist nur einer Mutter ...«

»Mein Lordhauptmann!« unterbrach sie eine tiefe, volltönende Stimme vom Eingang her. »Ich fürchte, ich habe wichtige Nachrichten, die nicht warten können, Mylord.« Abdel Omerna ragte in dem weiß-goldenen Waffenrock eines Lordhauptmanns der Kinder des Lichts hoch auf, das kühne Gesicht an den Schläfen von flügelförmigem Weiß gerahmt, die dunklen Augen tiefliegend und nachdenklich. Er wirkte von Kopf bis Fuß furchtlos und herrisch. Und wie ein Narr, aber das war nicht auf den ersten Blick zu erkennen.

Morgase zog sich beim Anblick Omernas mit einer äußerst flüchtigen Bewegung in sich selbst zurück, die die meisten nicht einmal bemerkt hätten. Sie glaubte genau wie alle anderen, daß er ein Meisterspion für die Kinder war, ein Mann, den man fast genauso sehr, wenn nicht sogar mehr fürchten mußte wie Asunawa. Sogar Omerna selbst wußte nicht, daß er nur ein Köder war, der die Aufmerksamkeit von dem wahren Meisterspion ablenken sollte, ein Mann, der nur Niall selbst bekannt war – Sebban Balwer, Nialls trockener kleiner Stockfisch von Schreiber. Aber ob Köder oder nicht – gelegentlich ging etwas Nützliches durch Omernas Hände; und nur sehr gelegentlich etwas Schreckliches. Niall hatte keine Zweifel daran, was der Mann brachte. Nichts anderes außer ein vor den Toren aufgetauchter Rand al'Thor hätte ihn auf diese Art hereinplatzen lassen. Das Licht gebe, daß es nur der Wahnsinn eines Teppichhändlers war.

»Ich fürchte, unser Spiel ist für heute morgen beendet«, belehrte Niall Morgase und stand auf. Er verbeugte sich leicht vor ihr, als sie sich ebenfalls erhob, und sie erwiderte diese Huldigung, indem sie den Kopf neigte.

»Vielleicht bis heute abend?« Ihre Stimme hatte noch immer diesen fast fügsamen Unterton. »Das heißt, wenn Ihr mit mir speisen wollt?«

Niall nahm die Einladung selbstredend an. Er wußte nicht, worauf sie mit dieser neuen Taktik hinauswollte – sicher nicht auf das, was ein Dummkopf vermuten würde –, aber es wäre amüsant, es herauszufinden. Diese Frau steckte voller Überraschungen. Zu schade, daß sie von den Hexen verdorben war.

Omerna trat bis zu der in den Boden eingelassenen großen goldenen, lodernden Sonne vor, die im Laufe der Jahrhunderte von Füßen und Knien abgenutzt worden war. Abgesehen davon war dieser Raum sehr einfach gehalten, und die eroberten Banner, welche die Wände hoch oben unter der Decke säumten, waren vom Alter zerfetzt und zerschlissen. Omerna beobachtete, wie Morgase um ihn herumging, ohne ihn wirklich zu beachten, und als sich die Tür hinter ihr schloß, sagte er: »Ich habe Elayne oder Gawyn noch nicht gefunden, Mylord.«

»Sind das Eure wichtigen Nachrichten?« fragte Niall verärgert. Balwer berichtete, daß Morgases Tochter in Ebou Dar sei und noch immer mit den Hexen zusammensteckte. Sie betreffende Befehle waren bereits an Jaichim Carridin gesandt worden. Ihr Sohn plagte sich in Tar Valon, wo sogar Balwer nur wenige Augen-und-Ohren hatte, anscheinend noch immer mit den Hexen herum. Niall nahm einen großen Schluck kühlen Wein. Seine Knochen fühlten sich in letzter Zeit alt und brüchig an, und doch ließ die vom Schatten erzeugte Hitze seine Haut ausreichend schwitzen und trocknete seinen Mund aus.

Omerna zuckte zusammen. »Oh ... Nein, Mylord.« Er suchte in einer Tasche seiner weißen Weste herum und zog dann eine kleine Knochenhülse mit drei roten Längsstreifen hervor. »Ihr wolltet dies gebracht bekommen, sobald die Taube in ...« Er brach ab, als Niall ihm die Hülse aus der Hand riß.

Darauf hatte er gewartet. Das war der Grund, warum noch keine Legion mit der – wenn auch nicht als Führerin – voranreitenden Morgase auf dem Weg nach Andor war. Wenn nicht alles Varadins Wahnsinn entsprungen war, den Fieberphantasien eines Mannes, der seine Ausgeglichenheit verloren hatte, während Tarabon in Anarchie versank. Andor würde warten müssen. Andor, und vielleicht noch mehr.

»Ich ... ich habe die Bestätigung erhalten, daß die Weiße Burg wahrhaftig gespalten ist«, fuhr Omerna fort. »Die ... die Schwarze Ajah hat Tar Valon eingenommen.« Kein Wunder, daß er beunruhigt klang, wenn er ketzerische Reden führte. Es gab keine Schwarze Ajah. Alle diese Hexen waren Schattenfreunde.

Niall beachtete ihn nicht und brach mit dem Fingernagel das Wachssiegel der Hülse. Er hatte Balwer dazu benutzt, diese Gerüchte in Umlauf zu bringen, und jetzt kehrten sie zu ihm zurück. Omerna glaubte jedes Gerücht, das er hörte, und er hörte sie alle.

»Und es gibt Berichte, daß die Hexen sich mit dem falschen Drachen al'Thor beraten, Mylord.«

Natürlich berieten sich die Hexen mit ihm! Er war ihre Schöpfung, ihre Marionette. Niall ignorierte das Geschwätz des Narren und trat wieder an den Spieltisch, während er eine schmale Papierrolle aus der Hülse zog. Er ließ niemals jemanden mehr über diese Nachrichten wissen, als daß sie existierten, und selbst

69

das wußten nur wenige. Seine Hände zitterten, als er das dünne Papier entrollte. Seine Hände hatten nicht mehr gezittert, seit er sich vor über siebzig Jahren als Junge seinem ersten Kampf gegenübergesehen hatte. Jene Hände schienen jetzt kaum noch mehr als Knochen und Sehnen, aber sie besaßen noch immer genug Kraft für das, was er tun mußte.

Die Botschaft kam nicht von Varadin, sondern von Faisar, der zu einem anderen Zweck nach Tarabon gesandt worden war. Nialls Magen rebellierte beim Lesen. Die Nachricht war in deutliche Worte gehalten, nicht in Varadins Geheimschrift. Varadins Berichte waren stets Werke eines Mannes am Rande des Wahnsinns – wenn nicht bereits darüber hinaus –, aber Faisar bestätigte die schlimmsten dieser Berichte und mehr. Viel mehr. Al'Thor war eine tollwütige Bestie, ein Zerstörer, der aufgehalten werden mußte, aber jetzt hatte noch ein zweites wahnsinniges Wesen sein Haupt erhoben, eines, das vielleicht noch gefährlicher als die Tar-Valon-Hexen mit ihrem zahmen falschen Drachen war. Aber wie, unter dem Licht, konnte er beide bekämpfen?

»Es … es scheint, als hätte Königin Tenobia Saldaea verlassen, Mylord. Und die … die Drachenverschworenen ziehen brandschatzend und mordend durch Altara und Murandy. Ich habe gehört, das Horn von Valere sei in Kandor gefunden worden.«

Noch immer recht aufgewühlt, schaute Niall auf und sah Omerna neben sich, der sich die Lippen leckte und sich mit dem Handrücken den Schweiß von der Stirn wischte. Er hoffte zweifellos, einen Blick auf die Botschaft erhaschen zu können. Nun, es würde nur zu bald jedermann davon erfahren.

»Anscheinend war eine Eurer wilden Phantasien letztendlich doch nicht so wild«, sagte Niall, und das war der Moment, in dem er den Dolch zwischen seinen Rippen spürte.

70

Das Entsetzen ließ ihn ausreichend lange erstarren, daß Omerna den Dolch wieder herausziehen und erneut zustoßen konnte. Es waren schon andere kommandierende Lordhauptmänner vor ihm auf diese Art gestorben, und doch hatte er niemals geglaubt, daß Omerna sein Mörder sein könnte. Er versuchte, mit ihm zu kämpfen, aber er hatte keine Kraft mehr in den Armen. Er klammerte sich an Omerna, der ihn stützte – Auge in Auge.

Omernas Gesicht war gerötet. Tränen standen in seinen Augen. »Es mußte getan werden. Es mußte sein. Ihr habt die Hexen ungehindert in Salidar belassen und ...« Er stieß Niall von sich, als erkenne er plötzlich, daß er die Arme um den Mann gelegt hatte, den er gerade ermordete.

Jetzt wich auch alle Kraft aus Nialls Beinen. Er fiel schwer gegen den Spieltisch und warf ihn um. Schwarze und weiße Steine wurden über den glatten Holzboden um ihn herum verstreut. Der Silberkrug prallte auf dem Boden auf und verspritzte Wein. Die Kälte in Nialls Knochen sickerte jetzt auch in seinen übrigen Körper.

Er war sich nicht sicher, ob sich die Zeit für ihn verzögert hatte oder alles wahrhaftig so schnell geschah. Stiefel stapften über den Boden; erschöpft hob er den Kopf und sah Omerna mit großen Augen vor Eamon Valda zurückweichen. Valda war in jeder Beziehung ebenso sehr das Bild eines Lordhauptmanns wie Omerna in seinem weiß-goldenen Waffenrock und der weißen Weste, aber Valda war nicht so groß, nicht so eindeutig herrisch. Das Gesicht des dunklen Mannes wirkte jedoch stets hart, und jetzt hielt er zudem ein Schwert in Händen – die mit einem Reiher versehene Klinge, die er so hoch schätzte.

»Verrat!« brüllte Valda und stieß Omerna das Schwert in die Brust.

Niall hätte gelacht, wenn er dazu in der Lage gewesen wäre. Er atmete schwer und konnte das Blut in seiner Kehle gurgeln hören. Er hatte Valda noch nie gemocht – tatsächlich verachtete er den Mann –, aber irgend jemand mußte es erfahren. Er ließ seinen Blick wandern und sah den Streifen Papier aus Tanchico nicht weit von seiner Hand entfernt liegen. Dort könnte er übersehen werden, aber nicht, wenn dieser Leichnam es festhielt. Und die Nachricht mußte gelesen werden. Seine Hand schien sehr langsam über den Boden zu kriechen, streifte das Papier, stieß es fort, während er es doch verzweifelt ergreifen wollte. Seine Sicht verschwamm. Er versuchte mit aller Kraft zu sehen. Er mußte … Der Nebel wurde dichter. Ein Teil von ihm wollte den Gedanken abschütteln. Da war kein Nebel. Aber der Nebel wurde dichter, und dort draußen lauerte ein unsichtbarer, verborgener Feind, der so gefährlich wie al'Thor oder noch gefährlicher war. Die Nachricht. Was? Welche Nachricht? Es war Zeit, aufzusitzen und das Schwert zu ziehen, Zeit für einen letzten Angriff. Beim Licht, Sieg oder Sterben – er kam! Er bemühte sich, einen Laut auszustoßen.

Valda wischte seine Klinge an Omernas Waffenrock ab und erkannte dann plötzlich, daß der alte Wolf noch immer atmete, ein kratzendes, gurgelndes Geräusch. Er beugte sich grinsend herab, um dem ein Ende zu bereiten – aber eine hagere, langfingrige Hand ergriff seinen Arm.

»Wollt Ihr jetzt kommandierender Lordhauptmann werden, mein Sohn?« Asunawas ausgemergeltes Gesicht gehörte einem Märtyrer, und doch brannten seine dunklen Augen mit einer Inbrunst, die selbst diejenigen entmutigen mußte, die nicht wußten, wer er war. »Ihr könntet es sehr wohl werden, wenn ich bestätige, daß Ihr Pedron Nialls Mörder getötet habt. Aber nicht, wenn ich hinzufügen muß, daß Ihr auch Nialls Kehle zerfetzt habt.«

Valda entblößte die Zähne zu etwas einem Lächeln Ähnlichen und richtete sich dann auf. Asunawa liebte die Wahrheit. Er liebte sie sehr. Er konnte sie zwar drehen und wenden, aber soweit Valda wußte, log er niemals wirklich. Ein Blick in Nialls glasige Augen und auf die sich unter ihm ausbreitende Blutlache stellte Valda zufrieden. Der alte Mann starb.

»Könnte, Asunawa?«

Der Blick des Hochinquisitors loderte heftiger, als Asunawa zurücktrat und seinen schneeweißen Umhang von Nialls Blut entfernte. »Ich sagte *könnte*, mein Sohn. Ihr habt seltsam gezögert, Euch einverstanden zu erklären, daß Morgase der Hand des Lichts übergeben werden muß. Wenn ihr dieses Einverständnis nicht gebt ...«

»Morgase wird noch gebraucht.« Valda mochte die Zweifler nicht, die Hand des Lichts, wie sie sich nannten. Wer konnte Menschen mögen, die niemals einem Feind gegenübertraten, der nicht entwaffnet und in Ketten war? Sie hielten sich von den Kindern fern, abgesondert. Auf Asunawas Umhang war nur der scharlachrote Hirtenstab der Zweifler zu sehen und nicht die flammende Sonne der Kinder, die seinen eigenen Waffenrock zierte. Schlimmer noch war der Umstand, daß sie glaubten, ihre Arbeit mit Folterwerkzeugen und heißen Eisen sei die einzige wahre Arbeit der Kinder. »Morgase verschafft uns Andor, also könnt Ihr sie erst haben, wenn Andor in unserer Hand ist. Und wir können Andor erst übernehmen, wenn der Pöbel des Propheten vernichtet ist.« Nialls Brust bewegte sich jetzt kaum noch. »Es sei denn, Ihr wollt Amadicia gegen Andor eintauschen, anstatt beide zu besitzen? Ich will al'Thor hängen und die Weiße Burg zu Staub zermahlen sehen, Asunawa. Ich habe Euren Plan nicht unterstützt,

73

nur um jetzt zuzusehen, wie Ihr mittendrin alles verwerft.«

Asunawa war nicht überrascht. Er war kein Feigling. Nicht hier in der Festung, wo sich Hunderte von Zweiflern aufhielten und die meisten der Kinder darauf achteten, sich ihnen gegenüber nicht falsch zu verhalten. Er ignorierte das Schwert in Valdas Händen, und das Gesicht des Märtyrers nahm einen traurigen Ausdruck an. Sein Schweiß schien wie Tränen des Bedauerns. »In dem Fall, da Lordhauptmann Canvele glaubt, dem Gesetz müsse Genüge getan werden, fürchte ich …«

»Ich denke, Canvele stimmt mit mir überein, Asunawa.« Das galt seit der Dämmerung, seit er erkannt hatte, daß Valda eine halbe Legion in die Festung gebracht hatte. Canvele war kein Narr. »Die Frage ist nicht, ob ich kommandierender Lordhauptmann sein werde, wenn die Sonne heute untergeht, sondern wer die Hand des Lichts bei der Suche nach der Wahrheit anführen wird.«

Asunawa war kein Feigling und noch weniger töricht als Canvele. Er zuckte nicht zusammen und fragte Valda auch nicht, wie er dies bewerkstelligen wollte. »Ich verstehe«, sagte er nach einem Moment, und dann sanfter: »Beabsichtigt Ihr, das Gesetz vollständig zu verhöhnen, mein Sohn?«

Valda mußte fast lachen. »Ihr könnt Morgase prüfen, aber sie steht nicht zur Debatte. Ihr könnt es tun, wenn ich mit ihr fertig bin.« Was noch etwas dauern könnte. Es würde nicht über Nacht zu bewerkstelligen sein, einen Ersatz für den Löwenthron zu finden, der ihre Beziehung zu den Kindern verstand, wie König Ailron es hier tat.

Vielleicht verstand Asunawa und vielleicht auch nicht. Er öffnete den Mund, als vom Eingang her ein Keuchen erklang. Nialls Schreiber mit dem verkniffenen Gesicht, den geschürzten Lippen und den wulstigen,

74

schmalen Augen stand dort und versuchte krampfhaft, nicht zu den auf dem Boden ausgestreckten Körpern zu blicken.

»Ein trauriger Tag, Meister Balwer«, sagte Asunawa, die Stimme betrübt und schwermütig. »Der Verräter Omerna hat unseren kommandierenden Lordhauptmann Pedron Niall getötet – das Licht erleuchte seine Seele.« Kein Vorstoß auf die Wahrheit. Nialls Brust bewegte sich nicht mehr, und ihn zu töten, war Verrat gewesen. »Lordhauptmann Valda kam zu spät, um ihn zu retten, aber er tötete Omerna als gerechte Strafe für sein Vergehen.« Balwer zuckte zusammen und begann unruhig seine Hände zu kneten.

Der einem Vogel ähnliche Bursche verursachte Valda Unbehagen. »Da Ihr schon hier seid, Balwer, könnt Ihr Euch auch nützlich machen.« Er mochte nutzlose Menschen nicht, und der Schreiber war die Reinform der Nutzlosigkeit. »Überbringt diese Nachricht jedem Lordhauptmann in der Festung. Sagt ihnen, daß der kommandierende Lordhauptmann ermordet wurde und daß ich ein Treffen des Konzils der Gesalbten einberufe.« Seine erste Handlung nach seiner Ernennung zum kommandierenden Lordhauptmann würde sein, den vertrockneten kleinen Mann aus der Festung hinauszubefördern und einen Schreiber zu erwählen, der nicht ständig zusammenzuckte. »Gleichgültig, ob Omerna von den Hexen oder vom Propheten gekauft wurde – ich will Pedron Niall gerächt sehen.«

»Wie Ihr befehlt, Mylord.« Balwers Stimme klang trocken und klein. »Es soll so geschehen, wie Ihr sagt.« Anscheinend war er jetzt in der Lage, Nialls Körper anzusehen. Er betrachtete kaum etwas anderes, während er sich schnell und unter Verbeugungen zurückzog.

»Also scheint es, daß Ihr letztendlich doch unser nächster kommandierender Lordhauptmann sein werdet«, sagte Asunawa, sobald Balwer gegangen war.

»So scheint es«, antwortete Valda trocken. Ein winziger Streifen Papier lag neben Nialls ausgestreckter Hand, die Art Papier, die man benutzt, wenn man Nachrichten mit Brieftauben versendet. Valda beugte sich herab, hob ihn auf und stieß dann angewidert den Atem aus. Das Papier hatte in einer Weinlache gelegen. Was auch immer darauf gestanden hatte, war verloren, die Tinte verwischt.

»Und die Hand wird Morgase bekommen, wenn sie ihren Zweck für Euch erfüllt hat.« Dies war keineswegs als Frage gemeint.

»Ich werde sie Euch persönlich übergeben.« Vielleicht könnte eine Kleinigkeit arrangiert werden, um Asunawas Appetit eine Weile zu stillen. Dadurch könnte sichergestellt werden, daß auch Morgase verbesserungsfähig blieb. Valda ließ das Papier auf Nialls Leichnam fallen. Der alte Wolf hatte seine Schlauheit und seine Kraft im Alter verloren, und jetzt wäre es an Eamon Valda, die Hexen und ihren falschen Drachen zur Räson zu bringen.

Bäuchlings auf einem Hügel liegend, überblickte Gawyn das Unglück unter der Nachmittagssonne. Die Quellen von Dumai lagen jetzt viele Meilen südlich von ihm, jenseits gewellter Ebenen und niedriger Erhebungen, aber er konnte den Rauch von den brennenden Wagen noch immer sehen. Er wußte nicht, was dort noch alles geschehen war, nachdem er durch einen Ausbruch so viele Jünglinge wie möglich davongeführt hatte. Al'Thor hatte die Angelegenheit scheinbar gut unter Kontrolle gehabt, al'Thor und jene schwarz gewandeten Männer, die anscheinend die Macht lenken konnten und Aes Sedai und Aiel gleichermaßen erledigten. Die Erkenntnis, daß Schwestern flohen, hatte ihm gezeigt, daß es Zeit war zu verschwinden.

Er wünschte, er hätte al'Thor töten können. Für seine

76

Mutter, die durch den Einfluß dieses Mannes umgekommen war – Egwene leugnete es, aber sie hatte keine Beweise – und für seine Schwester. Selbst wenn Min die Wahrheit gesagt hatte – er hätte sie überreden sollen, das Lager mit ihm zu verlassen, ungeachtet dessen, was sie wollte; es hatte heute zu vieles gegeben, was er hätte anders machen sollen –, wenn Min also recht hatte und Elayne al'Thor liebte, dann war dieses schreckliche Schicksal Grund genug, ihn zu töten. Vielleicht hatten die Aiel es für ihn erledigt. Aber das bezweifelte er.

Mit verbittertem Lachen hob er sein Fernrohr an. Eines der goldenen Bänder trug eine Inschrift. »Von Morgase, der Königin von Andor, für ihren geliebten Sohn Gawyn. Möge er für seine Schwester und Andor ein lebendiges Schwert sein.« Jetzt waren dies bittere Worte.

Jenseits verbrannten Grases und kleiner, verstreut liegender Ansammlungen von Bäumen war nicht viel zu sehen. Der Wind blies noch immer heftig und wühlte Staubwolken auf. Gelegentlich bewies eine blitzartige Bewegung in einer Senke zwischen den gedrungenen Hügelkämmen, daß Menschen unterwegs waren. Es stand außer Frage, daß es sich um Aiel handelte. Sie verschmolzen zu geschickt mit der Landschaft, als daß es grün gewandete Jünglinge sein konnten. Das Licht gebe, daß mehr als jene entkommen waren, die er hatte hinausbringen können.

Er war ein Narr. Er hätte al'Thor töten sollen. Er mußte ihn töten. Aber er konnte es nicht. Nicht weil der Mann der Wiedergeborene Drache war, sondern weil er Egwene versprochen hatte, keine Hand gegen al'Thor zu erheben. Sie war als niedrig gestellte Aufgenommene aus Cairhien entschwunden und hatte Gawyn nur einen Brief hinterlassen, den er immer wieder las, bis das Papier an den Faltstellen fast riß. Und er wäre nicht überrascht zu erfahren, daß sie al'Thor auf irgendeine Weise zu Hilfe geeilt war. Aber er durfte sein Wort nicht brechen – am wenigsten der Frau gegenüber, die er liebte. Er würde sein Wort ihr gegenüber niemals brechen. Was auch immer ihn das kosten mochte. Er hoffte, daß sie den Kompromiß billigen würde, den er im Einklang mit seinem Ehrgefühl gewählt hatte. Er hatte keine Hand erhoben, um Schaden zuzufügen, aber auch nicht, um Hilfe anzubieten. Das Licht gebe, daß sie das niemals von ihm verlangte. Es hieß, daß Liebe den Verstand eines Mannes verwirrte. Er war der Beweis dafür.

Hastig preßte er das Fernrohr ans Auge, als eine Frau auf einem schwarzen Pferd auf freies Feld galoppierte. Er konnte ihr Gesicht nicht erkennen, aber keine Dienerin würde richtige Reitkleidung tragen. Also war es mindestens einer Aes Sedai gelungen zu entkommen. Wenn die Schwestern der Falle lebend entkommen waren, dann waren vielleicht auch noch weitere Jünglinge entkommen. Mit etwas Glück könnte er sie finden, bevor sie von den Aiel nach und nach niedergemetzelt würden. Zuerst mußte er sich jedoch um diese Schwester kümmern. Er wäre in vielerlei Beziehung lieber ohne sie weitergezogen, aber wenn er sie allein ließ und sie vielleicht ein unbemerkter Pfeil erwischte, wollte er nicht dafür verantwortlich sein. Während er jedoch Anstalten machte, sich zu erheben und ihr zuzuwinken, stolperte das Pferd, fiel hin und warf sie ab.

Er fluchte abermals, als ihm das Fernrohr einen aus der Flanke des Schwarzen herausragenden Pfeil offenbarte. Er suchte hastig die Hügel ab und versagte sich einen dritten Fluch. Vielleicht zwei Dutzend verschleierte Aiel standen auf einem Hügelkamm und blickten auf Pferd und Reiterin herab, weniger als hundert Schritte von der Aes Sedai entfernt. Gawyn schaute rasch zurück. Die Schwester erhob sich schwankend. Wenn sie ihren Verstand zusammennahm und die Macht gebrauchte, sollten wenige Aiel sie in keiner

Weise verletzen können, besonders wenn sie sich gegen weitere Pfeile hinter dem gestürzten Pferd verschanzte. Dennoch hätte er sich besser gefühlt, wenn er sie erreicht hätte. Er rollte sich von dem Hügelkamm fort, damit die Aiel ihn nicht sahen, und glitt die Rückseite des Hügels hinab, bis er sich aufrichten konnte.

Er hatte fünfhunderteinundachtzig Jünglinge nach Süden geführt, fast alle, die in ihrer Ausbildung ausreichend weit fortgeschritten waren, um Tar Valon zu verlassen, aber weniger als zweihundert Jünglinge warteten in der Senke auf ihren Pferden. Bevor das Unglück die Quellen von Dumai traf, war er überzeugt gewesen, daß ein Komplott im Gange gewesen war, ihn und die Jünglinge nicht zur Weißen Burg zurückkehren zu lassen. Nun, er wußte es nicht genau, und er wußte auch nicht, ob der Plan von Elaida oder Galina erdacht worden war, aber er hatte ausreichend gut funktioniert, wenn auch nicht ganz so, wie man es sich gedacht hatte. Es war kaum verwunderlich, daß er lieber ohne Aes Sedai weiterzog, wenn er die Wahl hätte.

Er blieb neben einem großen grauen Wallach mit einem jungen Reiter stehen. Die Jünglinge brauchten sich nur alle drei Tage zu rasieren, und einige wenige gaben auch das nur vor, aber Jisao trug die Silberburg am Kragen, die ihn bereits als erfahrenen Kämpfer auswies, als Siuan Sanche abgesetzt wurde; seither hatte er auch einige durch seine Kleidung verdeckte Narben davongetragen. Er gehörte zu jenen, die sich kaum jemals rasieren mußten. Seine dunklen Augen schienen jedoch zu einem dreißig Jahre älteren Mann zu gehören. Gawyn fragte sich, wie seine eigenen Augen wirkten.

»Jisao, wir müssen eine Schwester aus …«

Die ungefähr hundert Aiel, die über die niedrige Erhebung im Westen herantrabten, schraken überrascht zurück, als sie die Jünglinge in der Senke sahen, aber weder die Überraschung noch die überlegene Anzahl der Jünglinge hielt sie zurück. Sie verschleierten sich blitzartig, galoppierten den Hang hinab und schossen jeweils zu zweit mit zustoßenden Speeren heran. Die Aiel wußten gewiß, wie man Reiter bekämpfte, aber auch die Jünglinge hatten kürzlich harte Lektionen im Kampf gegen Aiel erhalten, und wer langsam lernte, lebte in ihren Reihen nicht lange. Einige trugen schmale Lanzen mit eineinhalb Fuß Stahl. Sie konnten ihre Schwerter genauso gut führen wie alle anderen. Sie kämpften zu zweit und zu dritt, wobei sie einander den Rücken deckten und ihre Pferde in Bewegung hielten, damit die Aiel die Tiere nicht verstümmeln konnten. Nur die schnellsten Aiel gelangten in jene Kreise wirbelnden Stahls. Die kampferprobten Pferde waren selbst Waffen, die mit ihren Hufen Schädel zerschmetterten und Männer mit ihrem Gebiß packten und wie Hunde schüttelten, wobei die Kiefer die Gesichter der Menschen halbwegs fortrissen. Die Pferde schrien im Kampf, und die Männer brummten vor Anstrengung und brüllten in der Erregung, die Männer im Kampf ergriff, die Erregung, die ihnen zeigte, daß sie lebten und weiterleben würden, um einen weiteren Sonnenaufgang zu erleben, und wenn sie bis zur Taille in Blut waten müßten. Sie schrien, wenn sie töteten, und sie schrien, wenn sie starben. Es schien kaum ein Unterschied.

Gawyn hatte jedoch keine Zeit zuzuhören oder zuzusehen. Als einziger Jüngling zu Fuß erweckte er Aufmerksamkeit. Drei mit dem *Cadin'sor* bekleidete Gestalten sprangen zwischen den Pferden hindurch und eilten mit bereitgehaltenen Speeren auf ihn zu. Vielleicht dachten sie, sie hätten leichtes Spiel mit ihm, da sie zu dritt nur einem Kämpfer gegenübertraten. Er belehrte sie eines Besseren. Sein Schwert glitt mühelos aus der Scheide. Dreimal spürte er den Stoß der ins Fleisch eindringenden Klinge in seinem Handgelenk, und blitzschnell lagen drei verschleierte Aiel am Boden. Zwei bewegten sich noch schwach, aber sie waren bereits genauso kampfunfähig wie der dritte. Als nächstes stand ihm eine andere Herausforderung bevor.

Ein hagerer Bursche, der Gawyn um eine Handbreit überragte, bewegte sich wie eine Schlange voran, der Speer flimmernd, während sein Schild vorschoß und sich neigte, um Gawyns Schwertstreiche mit einer Macht abzulenken, die dieser bis in die Schultern spüren konnte, wobei der Aielmann Hiebe gegen seine Rippen in Kauf nahm, während Gawyn eine klaffende Wunde am Oberschenkel davontrug, die nur durch eine schnelle Drehung kein Durchstoß geworden war.

Sie umkreisten einander, blind für alles, was um sie herum geschah. Blut sickerte heiß Gawyns Bein hinab. Der Aielmann führte einen Scheinangriff aus, hoffte, ihn aus dem Gleichgewicht zu bringen, und führte einen neuerlichen Scheinangriff aus. Gawyn änderte ständig seine Stellung, das Schwert hoch erhoben oder tief gehalten, in der Hoffnung, daß der Mann einen seiner Halbstöße ein wenig zu weit ausdehnen würde.

Letztendlich entschied der Zufall die Angelegenheit. Der Aielmann stolperte plötzlich, und Gawyn traf ihn ins Herz, bevor er auch nur das Pferd sah, das den Mann von hinten angestoßen hatte.

Früher hätte er Bedauern empfunden. Er war in dem Glauben aufgewachsen, daß ein Kampf zweier Männer ehrenvoll und sauber durchgeführt werden sollte. Aber die Kämpfe und Scharmützel, die er seit über einem halben Jahr erlebte, hatten ihn eines Besseren belehrt. Er stellte dem Aielmann einen Fuß auf die Brust und zog seine Klinge frei. Nicht gekonnt, aber schnell, denn im Kampf war Langsamkeit oft tödlich.

Aber als er sein Schwert freigezogen hatte, bestand kein Grund mehr für Schnelligkeit. Männer lagen am Boden, Jünglinge und Aielmänner, einige stöhnend, einige still, und die restlichen Aiel flüchteten gen Osten,

von zwei Dutzend Jünglingen verfolgt – einschließlich
einiger, die es besser wissen sollten. »Halt!« schrie
Gawyn. Wenn die Dummköpfe es zuließen, getrennt zu
werden, würden die Aiel ihnen den Garaus machen.
»Keine Verfolgung! Halt, sagte ich! Halt, verdammt!«
Die Jünglinge verhielten widerwillig ihre Pferde.

Jisao wendete seinen Wallach. »Sie wollten auf dem
Weg zu ihrem Ziel uns über den Haufen reiten, Mylord.« Sein Schwert war bis auf halbe Länge blutver-
schmiert.

Gawyn bekam die Zügel seines kastanienbraunen
Hengstes zu fassen und schwang sich in den Sattel,
ohne sich die Zeit zu nehmen, seine Klinge zu säubern
oder in die Scheide zurückzustecken. Es war auch keine
Zeit nachzusehen, wer tot war oder wer vielleicht noch
lebte. »Vergeßt sie. Diese Schwester wartet auf uns. Hal,
laßt Eure Männer nach den Verwundeten sehen. Und
behaltet die Aiel im Auge; daß sie sterben, bedeutet
nicht, daß sie aufgeben. Alle anderen folgen mir.« Hal
salutierte mit dem Schwert, aber Gawyn war bereits los-
geritten.

Das Scharmützel hatte nicht allzu lange gedauert,
aber doch zu lange. Als Gawyn den Hügelkamm erreichte, war nur noch das tote Pferd zu sehen, dessen
Satteltaschen umgestülpt waren. Er warf einen prüfen-
den Blick durch sein Fernrohr, konnte aber weder die
Schwester noch die Aiel noch sonst ein Lebewesen entdecken. Nur der vom Wind aufgewühlte Staub und ein
Gewand auf dem Boden neben dem Pferd, das sich im
Wind bewegte, regten sich. Die Frau mußte sehr schnell
davongelaufen sein.

»Sie kann nicht weit gekommen sein, selbst wenn sie
gerannt ist«, sagte Jisao. »Wir können sie finden, wenn
wir uns verteilen.«

»Wir werden sie suchen, nachdem wir uns um die
Verwundeten gekümmert haben«, erwiderte Gawyn be-

stimmt. Solange Aiel in der Nähe waren, würde er seine Männer nicht aufteilen. In wenigen Stunden würde die Sonne untergehen, und er wollte vorher ein festes Lager auf übersichtlichem Gelände errichtet haben. Natürlich wäre es hilfreich, wenn er bis dahin eine oder zwei Schwestern fände. Jemand müßte Elaida diese Katastrophe erklären, und es wäre ihm lieber, wenn sich eine Aes Sedai und nicht er selbst Elaidas Zorn stellen müßte.

Er wandte seinen Kastanienbraunen seufzend um und ritt den Hügel wieder hinab, um nachzusehen, welche Opfer der Kampf dieses Mal gefordert hatte. Das war seine erste richtige Lektion als Soldat gewesen: Man mußte den Preis stets bezahlen. Er hatte das Gefühl, als wären bald neuerliche Rechnungen fällig. Die Welt würde die Quellen von Dumai während der kommenden Ereignisse vergessen.

KAPITEL 1

Hoch Chasaline

Das Rad der Zeit dreht sich, Zeitalter kommen und vergehen und lassen Erinnerungen zurück, die zu Legenden werden. Legenden verblassen zu Mythen, und sogar der Mythos ist lange vergessen, wenn das Zeitalter wiederkehrt, aus dem er hervorgegangen ist. In einem Zeitalter, das von einigen das Dritte Zeitalter genannt wurde, einem Zeitalter, das noch kommen sollte, einem lange vergangenen Zeitalter, erhob sich in dem großen, Braem Wald genannten Wald ein Wind. Der Wind war nicht der Anfang. Es gibt bei der Drehung des Rads der Zeit kein Anfang oder Ende. Aber es war *ein* Anfang.

Während die sengende Sonne an einem wolkenlosen Himmel höherstieg, blies der Wind im Norden und Osten durch ausgedörrte Bäume mit braunen Blättern und kahlen Zweigen und durch verstreut liegende Dörfer, in denen die Luft von der Hitze flimmerte. Der Wind brachte keine Erleichterung, kein Anzeichen von Regen und noch viel weniger von Schnee. Er blies im Norden und Osten, um einen sehr alten Bogen aus kunstvoll bearbeitetem Stein, der, wie einige behaupteten, einst ein Wegetor zu einer großen Stadt gewesen war, und an anderen Monumenten einer lange vergessenen Schlacht entlang. Nur verwitterte, unleserliche Überreste einer Inschrift waren auf den wuchtigen Steinen verblieben, die stumm an den verlorenen Ruhm des sagenumwobenen Coremanda erinnerten. Nur wenige Wagen rollten in Sichtnähe des Bogens vorüber, die Straße von Tar Valon entlang, und Menschen zu Fuß schirmten ihre Augen gegen den von Hufen und Wagenrädern aufgewirbelten und vom Wind vorangetriebenen Staub ab. Die meisten wußten nicht, wohin sie gingen, nur daß die Welt Purzelbäume zu schlagen schien und alle Ordnung endete, wo sie nicht bereits vergangen war. Angst trieb einige weiter, während andere von etwas angezogen wurden, was sie noch nicht deutlich erkennen und nicht verstehen konnten, und auch von ihnen hatten die meisten Angst.

Der Wind zog weiter, über den grau-grünen Fluß Erinin, verfolgte Schiffe, die nordwärts und südwärts noch immer Handel trieben, weil selbst in dieser Zeit Handel getrieben werden mußte, obwohl niemand genau zu sagen vermochte, wo man dies sicher tun konnte. Östlich des Flusses begannen die Wälder lichter zu werden und gingen schließlich in wogende, mit braunem, zundertrockenem Gras bedeckte und spärlich mit kleinen Ansammlungen von Bäumen gesprenkelte Hügel über. Auf einem dieser Hügel stand ein Kreis von Wagen, von denen viele versengt oder von den Eisenrädern aufwärts vollkommen verbrannt waren. An einem behelfsmäßigen Flaggenmast, der aus einem jungen, durch die Dürre abgestorbenen Baum geschnitten und an ein kahles Wagenrad gebunden worden war, damit er höher aufragte, wehte ein karmesinrotes Banner mit einer schwarz-weißen Scheibe in der Mitte. Das Banner des Lichts, nannten es einige, oder auch al'Thors Banner. Andere wußten es unheilvoller zu benennen und erzitterten, wenn sie den Namen flüsternd aussprachen. Der Wind zerrte heftig an dem Banner und verwehte schnell, als wäre er froh davonzukommen.

Perrin Aybara saß auf dem Boden, den breiten Rücken an ein Wagenrad gelehnt, und wünschte, der Wind würde bleiben. Er hatte einen Moment Kühle gebracht und den Geruch des Todes aus seiner Nase vertrieben, ein Geruch, der ihn daran erinnerte, wo er sein sollte – der letzte Ort, an dem er sein wollte. Hier war es viel besser, innerhalb des Wagenkreises, den Rücken nach Norden gewandt, so daß er in gewisser Weise vergessen konnte. Die unbeschädigten Wagen waren gestern nachmittag auf den Hügelkamm hinaufgezogen worden, als die Männer wieder genug Kraft gesammelt hatten, um mehr zu tun, als nur dem Licht zu danken, daß sie noch atmeten. Jetzt stieg die Sonne erneut auf und damit auch die Hitze.

Perrin kratzte sich verärgert den kurzgeschorenen Bart. Je mehr er schwitzte, desto mehr juckte es ihn. Schweiß lief alle Gesichter in seiner Nähe außer denen der Aiel herab, und Wasser gab es erst eine Meile nördlich von ihnen. Aber auch das Entsetzen und der Gestank lagen fast eine Meile nördlich. Die meisten hielten es für einen fairen Handel. Er hätte seine Pflicht erfüllen sollen, und doch beeinträchtigte ihn das vage Schuldgefühl nicht. Heute war Hoch Chasaline, und zu Hause in den Zwei Flüssen würde den ganzen Tag gefeiert und die ganze Nacht getanzt werden. Es war der Tag der Besinnung, an dem man sich all der guten Dinge im Leben erinnern sollte, und jedermann, der eine Klage äußerte, mußte damit rechnen, einen Eimer Wasser über den Kopf geschüttet zu bekommen, um das Pech fortzuspülen. Das wünschte man sich nicht, wenn es so kalt war, wie es sein sollte. Jetzt wäre ein Eimer Wasser allerdings eine Wohltat. Es fiel ihm für einen Mann, der glücklich sein konnte, noch am Leben zu sein, ungewöhnlich schwer, gute Gedanken heraufzubeschwören. Er hatte gestern einiges über sich gelernt. Oder vielleicht eher heute morgen, nachdem alles vorbeigewesen war.

Er konnte noch immer einige der Wölfe spüren, eine Handvoll jener, die überlebt hatten und sich jetzt auf dem Weg an einen anderen Ort befanden, weit fort von hier, weit von den Menschen fort. Die Wölfe waren im

Lager noch immer ein Gesprächsthema, Gegenstand unbehaglicher Vermutungen darüber, woher sie gekommen waren und warum. Einige glaubten, Rand hätte sie gerufen. Die meisten dachten, daß es die Aes Sedai gewesen wären. Die Aes Sedai äußerten nicht, was *sie* dachten. Von den Wölfen kam kein Tadel – was geschehen war, war geschehen –, aber er konnte es ihnen in ihrem Schicksalsglauben nicht gleichtun. Sie waren gekommen, weil er sie gerufen hatte. Seine Schultern, die ausreichend breit waren, ihn kleiner erscheinen zu lassen, als er war, sanken unter der Last der Verantwortung herab. Er hörte hier und da Wölfe in die Ferne, verächtlich mit jenen sprechen, die gekommen waren: Das kam davon, wenn man sich mit den Zweibeinern einließ. Nichts anderes war zu erwarten gewesen.

Es kostete ihn Mühe, seine Gedanken für sich zu behalten. Er wollte den sich verächtlich äußernden Wölfen mit einem Wolfsgeheul zustimmen. Er wollte zu Hause sein, in den Zwei Flüssen. Die Aussicht, daß er die Heimat jemals wiedersehen würde, war gering. Er wollte bei seiner Frau sein, gleichgültig wo, und er wollte, daß alles wieder so sein sollte, wie es gewesen war. Auch diese Chance schien kaum besser, wenn nicht noch schlechter. Noch mehr als die Sehnsucht nach seinem Zuhause und sogar mehr als der Gedanke an die Wölfe nagte die Sorge um Faile an ihm. Sie hatte tatsächlich den Eindruck erweckt, froh zu sein, daß er Cairhien verließ. Was sollte er wegen ihr unternehmen? Er konnte nicht ausdrücken, wie sehr er seine Frau liebte und sie brauchte, aber sie war grundlos eifersüchtig und verletzt und verärgert, obwohl er nichts getan hatte. Er mußte etwas unternehmen, aber was? Er fand keine Antwort. Er konnte nur gründlich darüber nachdenken, warum Faile zornig war.

»Die Aiel sollten Tücher über sie decken«, murrte Aram und blickte stirnrunzelnd zu Boden. Er kauerte in

Perrins Nähe und hielt geduldig die Zügel eines schlanken, grauen Wallachs fest. Aram entfernte sich selten weit von Perrin. Das auf seinem Rücken befestige Schwert verursachte auf seinem grüngestreiften Umhang mißtönende Geräusche. Ein zusammengerolltes, um seine Stirn gebundenes Tuch hielt den Schweiß von seinen Augen fern. Perrin hatte früher gedacht, daß Aram für einen Mann fast zu gut aussah. Jedoch hatte sich inzwischen freudlose Dunkelheit in ihm breitgemacht, und er runzelte jetzt sehr häufig die Stirn. »Es ist nicht anständig, Lord Perrin.«

Perrin schob die Gedanken an Faile widerwillig beiseite. Er würde beizeiten eine Lösung finden. Er mußte eine Lösung finden. Irgendwie. »Es ist ihre Art, Aram.«

Aram verzog das Gesicht, als wolle er ausspucken. »Nun, es ist keine anständige Art. Es hilft ihnen vermutlich die Kontrolle zu bewahren, aber es ist nicht anständig.«

Natürlich waren hier überall Aiel. Große, zurückhaltende Menschen in Grau und Braun und Grün gekleidet, die nur durch den scharlachroten Tuchstreifen mit der schwarz-weißen Scheibe um ihre Stirn ein wenig Farbe zeigten. Sie nannten sich *Siswai'aman*. Dieses Wort erweckte manchmal eine Erinnerung in Perrin, als sollte er es kennen. Wenn man einen der Aielmänner fragte, tat er so, als rede man Unsinn. Aber andererseits ignorierten sie die Stoffstreifen ebenfalls. Keine Tochter des Speers trug ein scharlachrotes Stirnband. Alle Töchter des Speers, ob weißhaarig oder kaum alt genug, die Mutter zu verlassen, gingen umher und warfen den *Siswai'aman* herausfordernde Blicke zu, die irgendwie selbstzufrieden wirkten, während die Männer diese Blicke ausdruckslos erwiderten und einen annähernd hungrigen Geruch ausströmten – so wie sie alle rochen, eine Sache der Eifersucht, wenn Perrin sich auch nicht annähernd vorstellen konnte weshalb. Was auch immer es war – es war nicht neu, und es schien nicht sehr wahrscheinlich, daß es zu Handgreiflichkeiten führen würde. Einige der Weisen Frauen befanden sich ebenfalls bei den Wagen, in bauschigen Röcken und weißen Blusen und trotz der Hitze mit ihren dunklen Stolen und glitzernden Armbändern und Halsketten aus Gold und Elfenbein, die ihre einfache Kleidung aufwogen. Einige schienen die Töchter des Speers und die *Siswai'aman* und andere Erzürnte belustigend zu finden. Aber sie alle – Weise Frauen, Töchter des Speers und *Siswai'aman* – ignorierten die Shaido auf eine Weise, wie Perrin einen Stuhl oder einen Teppich ignoriert hätte.

Die Aiel hatten gestern ungefähr zweihundert Shaido gefangengenommen, Männer und Töchter des Speers – was nicht viele waren, wenn man die Gesamtzahl bedachte –, die jetzt mehr oder weniger frei umhergingen. Perrin hätte sich erheblich besser gefühlt, wenn sie bewacht worden und bekleidet gewesen wären. Statt dessen holten sie Wasser und machten Besorgungen – nackt wie am Tage ihrer Geburt. Anderen Aiel gegenüber gaben sie sich äußerst sanftmütig. Jedermann sonst, der sie bemerkte, wurde mit einem stolzen und trotzigen Blick bedacht. Perrin versuchte nicht als einziger, sie *nicht* zu bemerken, und Aram murrte nicht als einziger. Ein Großteil der Leute von den zwei Flüssen im Lager tat entweder das eine oder das andere. Einen Großteil der Cairhiener traf fast der Schlag, wann immer sie eine der Shaido erblickten. Die Mayener schüttelten nur die Köpfe, als sei das alles ein Spaß, und machten den Frauen schöne Augen. Sie waren genauso schamlos wie die Aiel.

»Gaul hat es mir erklärt, Aram. Du weißt doch, was ein *Gai'shain* ist. Und du weißt vom *Ji'e'toh* und dem Dienst für ein Jahr und einen Tag und alledem.« Der andere Mann nickte, was gut war. Perrin wußte selbst nicht viel darüber. Gauls Erklärungen über die Art der

Aiel verwirrten ihn häufig nur noch mehr, während Gaul stets alles für offensichtlich hielt. »Nun, *Gai'shain* dürfen nichts tragen, was vielleicht einer der *Algai'd'sis-wai* tragen könnte. *Algai'd'siswai* bedeutet Speerkämpfer«, fügte er auf Arams verständnislosen Gesichtsausdruck hinzu. Plötzlich bemerkte er, daß er eine der Shaido offen ansah, die in seine Richtung lief, eine große junge Frau mit blondem Haar und trotz langen dünnen Narben auf der Wange und weiteren Narben hübsch. Sehr hübsch und sehr nackt. Er räusperte sich heftig und wandte den Blick gewaltsam ab. Er spürte, wie sein Gesicht glühte. »Wie dem auch sei, darum sind sie, wie sie sind. *Gai'shain* tragen weiße Gewänder, aber hier haben sie keine. Es ist einfach ihre Art.« *Verdammt seien Gaul und seine Erklärungen,* dachte er. *Sie könnten sich wenigstens mit etwas bedecken!*

»Perrin Goldaugen«, sagte eine Frauenstimme, »Carahuin schickt mich, um zu fragen, ob Ihr Wasser wünscht.« Arams Gesicht wurde purpurrot, und er wandte ihr in seiner kauernden Haltung ruckartig den Rücken zu.

»Nein, danke.« Perrin brauchte nicht aufzuschauen, um zu wissen, daß es die blonde Shaido-Frau war. Aiel hatten einen eigenartigen Sinn für Humor, und Töchter des Speers – Carahuin war eine Tochter des Speers – besaßen den eigenartigsten von allen.

Sie hatten schnell gemerkt, wie die Feuchtländer auf die Shaido reagierten – sie hätten blind sein müssen, um es nicht zu merken –, und plötzlich wurden ständig *Gai'shain* zu Feuchtländern geschickt, und die Aiel amüsierten sich über ihr Erröten und Stammeln. Perrin war sich sicher, daß Carahuin und ihre Freunde sie jetzt beobachteten. Dies war mindestens das zehnte Mal, daß eine der *Gai'shain*-Frauen geschickt worden war, ihn zu fragen, ob er Wasser wolle oder einen Schleifstein übrig habe oder ähnlich törichte Dinge.

Plötzlich kam ihm ein Gedanke. Die Mayener störten sich an solchen Dingen selten. Eine Handvoll Cairhiener genossen einfach das Hinsehen, wenn auch nicht so offen wie die Mayener, sowie einige der älteren Männer von den Zwei Flüssen, die es hätten besser wissen müssen. Tatsache war, daß keiner von ihnen eine zweite vergebliche Nachricht erhalten hatte, von der er wüßte. Diejenigen, die am heftigsten reagieren wiederum ... Die Cairhiener, die am lautesten von Unanständigkeit gesprochen hatten, und zwei oder drei der jüngeren Männer von den Zwei Flüssen, die so stark stotterten und erröteten, daß sie im Boden zu versinken schienen, waren belästigt worden, bis sie ganz von den Wagen flohen ...

Perrin blickte der *Gai'shain* mühsam ins Gesicht. In die Augen. *Konzentriere dich auf ihre Augen,* dachte er panisch. Sie waren grün und groß und überhaupt nicht sanftmütig. Sie roch nach reinem Zorn. »Richtet Carahuin meinen Dank aus, und sagt ihr außerdem, daß Ihr mir meinen Ersatzsattel einölen könnt, wenn sie nichts dagegen hat. Und ich habe kein sauberes Hemd mehr. Vielleicht hätte sie nichts dagegen, wenn Ihr ein wenig Wäsche für mich wascht?«

»*Sie* wird nichts dagegen haben«, sagte die Frau mit angespannter Stimme, wandte sich dann um und schritt davon.

Perrin rieb sich heftig die Augen, aber das Bild blieb in seinem Kopf bestehen. Licht, Aram hatte recht! Aber mit etwas Glück hatte er weitere Besuche vielleicht gerade unterbunden. Er würde Aram und die Männer von den Zwei Flüssen darauf hinweisen müssen. Und vielleicht würden auch die Cairhiener zuhören.

»Was machen wir mit ihnen, Lord Perrin?« Aram blieb noch immer abgewandt und sprach nicht mehr über die *Gai'shain.*

»Das muß Rand entscheiden«, erwiderte Perrin zögernd, und seine Zufriedenheit schwand wieder. Es war vielleicht seltsam, Menschen, die nackt umhergingen, als geringfügiges Problem anzusehen, aber dies war entschieden ein größeres Problem. Und eines, das er genauso bewußt gemieden hatte wie das, was ihm im Norden bevorstand.

Auf der anderen Seite des Wagenkreises saßen fast zwei Dutzend Frauen auf dem Boden. Sie trugen alle gute Reisekleidung, viele in Seide, die meisten mit leichten Leinenstaubmänteln, aber keine Schweißperle war auf den Gesichtern zu erkennen. Drei Frauen schienen ausreichend jung, daß er sie um einen Tanz hätte bitten können, bevor er Faile geheiratet hatte.

Und wenn sie außerdem keine Aes Sedai wären, dachte er. Er hatte einst mit einer Aes Sedai getanzt und dann vor Schreck fast seine Zunge verschluckt, als er erkannte, wen er herumschwang, obwohl sie eine Freundin gewesen war, wenn man diese Bezeichnung auf eine Aes Sedai anwenden konnte. *Wie muß eine Aes Sedai in meinen Augen sein, damit ich ihr ein Alter zumessen kann?* Die anderen wirkten natürlich alterslos, waren vielleicht in den Zwanzigern, vielleicht in den Vierzigern, was sich von einem Blick zum nächsten zu verändern schien und stets eine unsichere Schätzung war. Das vermittelten die Gesichter, auch wenn das Haar mehrerer Frauen bereits von Grau durchzogen war. Man konnte nichts Genaues über Aes Sedai sagen, in keiner Beziehung.

»Zumindest bedeuten sie jetzt keine Gefahr mehr«, sagte Aram, während er den Kopf ruckartig zu dreien der Schwestern wandte, die ein Stück von den anderen entfernt saßen.

Eine weinte, den Kopf auf den Knien. Die anderen beiden blickten verhärmt ins Leere, wobei eine der beiden mechanisch an ihrem Rock zupfte. So ging es schon seit gestern, aber wenigstens schrie keine der Frauen mehr. Wenn Perrin richtig vermutete, waren sie irgendwie gedämpft worden, als Rand freikam. Sie würden die Eine Macht niemals wieder lenken. Für Aes Sedai war es wahrscheinlich besser, tot zu sein.

Er hätte erwartet, daß die anderen Aes Sedai sie trösten, sich irgendwie um sie kümmern würden, aber die meisten ignorierten die drei vollkommen, wenn sie auch ein wenig zu bemüht überall und nirgends hinschauten. Außerdem ignorierten auch die gedämpften Aes Sedai die anderen. Zumindest zu Anfang hatten sich ihnen einige Aes Sedai genähert, jede einzeln, äußerlich ruhig, aber deutlich nach Abneigung und Widerwillen riechend, jedoch bewirkten ihre Bemühungen weder Ansprache noch Blicke. Heute morgen hatte sich ihnen keine weitere Aes Sedai mehr genähert.

Perrin schüttelte den Kopf. Die Aes Sedai schienen vieles zu ignorieren, was sie nicht zugeben wollten. Zum Beispiel die schwarz gewandeten Männer, die über ihnen standen. Jede Schwester wurde von jeweils einem *Asha'man* bewacht, auch die drei, die gedämpft worden waren, und sie schienen niemals auch nur zu blinzeln. Sie schauten an den *Asha'man* vorbei oder durch sie hindurch. Sie hätten genausogut nicht existieren können.

Es war eine gute List. Er selbst konnte die *Asha'man* nicht einfach übersehen, und er stand nicht unter ihrer Bewachung. Unter ihnen befanden sich sowohl Jungen mit Flaum auf den Wangen als auch grauhaarige, bereits kahl werdende Männer, und es lag nicht an ihren bedrohlich wirkenden schwarzen Umhängen mit den hohen Kragen oder dem Schwert, das jeder von ihnen an der Hüfte trug, daß sie gefährlich wirkten. Alle *Asha'man* konnten die Macht lenken, und irgendwie hinderten sie die Aes Sedai daran, dies ebenfalls zu tun. Männer, die die Eine Macht lenken konnten – ein Alptraum. Rand hatte das Talent natürlich auch, aber er war Rand, und außerdem der Wiedergeborene Drache.

Diese Burschen ließen Perrin die Haare zu Berge stehen.

Die überlebenden Behüter der gefangenen Aes Sedai saßen unter eigener Bewachung ein Stück entfernt. Es waren ungefähr dreißig der Waffenträger Lord Dobraines mit glockenförmigen cairhienischen Helmen und genauso viele Mayener mit roten Brustharnischen, ein jeder äußerst aufmerksam. Das war unter den gegebenen Umständen eine vorteilhafte Einstellung. Es waren mehr Behüter als Aes Sedai da. Einige der Gefangenen gehörten anscheinend zur Grünen Ajah. Aber es waren auch mehr Wächter als Behüter da, weitaus mehr, und vielleicht dennoch zu wenige.

»Das Licht gebe, daß wir nicht noch mehr solchen Kummer miterleben müssen«, murmelte Perrin. Die Behüter hatten während der Nacht zweimal versucht auszubrechen. Tatsächlich waren diese Ausbrüche eher von den *Asha'man* als von den Cairhienern oder den Mayenern vereitelt worden, und sie waren nicht sanft vorgegangen. Keiner der Behüter war getötet worden, aber mindestens ein Dutzend erlitten Brüche, die keine der Schwestern bis jetzt hatte Heilen dürfen.

»Wenn der Lord Drache keine Entscheidung treffen kann«, sagte Aram leise, »sollte sie vielleicht von jemand anderem getroffen werden. Um ihn zu schützen.«

Perrin sah ihn von der Seite an. »Welche Entscheidung? Die Schwestern haben ihnen gesagt, daß sie keinen weiteren Versuch unternehmen sollen, und sie werden ihren Aes Sedai gehorchen.« Ob mit oder ohne gebrochene Knochen, unbewaffnet und mit auf dem Rücken zusammengebundenen Händen, die Behüter wirkten noch immer wie ein Rudel Wölfe, das auf den Angriffsbefehl des Rudelführers wartete. Keiner von ihnen würde zur Ruhe kommen, bis seine Aes Sedai frei war, und vielleicht sogar bis alle Schwestern frei waren. Aes Sedai und Behüter waren wie ein Stapel gut gealtertes Eichenholz: bereit, entflammt zu werden. Aber selbst die Behüter und die Aes Sedai hatten sich nicht als den *Asha'man* ebenbürtig erwiesen.

»Ich meine nicht die Behüter.« Aram zögerte, schlurfte dann näher an Perrin heran und senkte seine Stimme zu einem heiseren Flüstern. »Die Aes Sedai haben den Lord Drache entführt. Er kann ihnen nicht trauen, nie mehr, aber er wird auch nicht tun, was er tun muß. Wenn sie stürben, bevor er davon wüßte ...«

»Was sagt Ihr da?« Perrin verschluckte sich fast, während er sich kerzengerade aufsetzte. Er fragte sich nicht zum ersten Mal, ob in Aram noch etwas von dem ehemaligen Kesselflicker zurückgeblieben war. »Sie sind hilflos, Aram! Wehrlose Frauen!«

»Sie sind Aes Sedai.« Die dunklen Augen hielten Perrins Blick stand. »Man kann ihnen nicht trauen, und man kann sie nicht laufen lassen. Aber wie lange kann man Aes Sedai gegen ihren Willen festhalten? Sie gehen ihrer Art schon weitaus länger nach als die *Asha'man.* Sie müssen mehr wissen. Sie sind eine Gefahr für den Lord Drache, und für Euch, Lord Perrin. Ich habe bemerkt, wie sie Euch ansehen.«

Jenseits des Wagenkreises sprachen die Schwestern so leise miteinander, daß selbst Perrin es nicht verstehen konnte. Hin und wieder schaute eine der Frauen zu ihm und Aram. Oder nur zu ihm. Er hatte einige Namen aufgeschnappt. Nesune Bihara. Erian Boroleos und Katerine Alruddin. Coiren Saeldain, Sarene Nemdahl und Elza Penfell. Jaine Pavlara, Beldeine Nyram, Marith Riven. Jene letzteren waren die jungen Schwestern, aber ob jung oder alterslos – sie beobachteten ihn mit solch ernsten Gesichtern, daß es schien, als hätten sie und nicht die *Asha'man* die Oberhand. Es war nicht leicht, Aes Sedai zu besiegen. Und es war völlig unmöglich, sie dazu zu bringen, eine Niederlage zuzugeben.

Perrin zwang sich, die Hände ruhig auf die Knie zu

legen und den Anschein einer Ruhe zu erwecken, die er nicht im mindesten empfand. Sie wußten, daß er ein *Ta'veren* war, einer jener wenigen, um die sich das Muster einige Zeit herum gestaltete. Noch schlimmer war, daß sie wußten, daß er auf gewisse Weise, die niemand verstand – am wenigsten er selbst oder Rand oder Mat – an Rand gebunden war. Mat war auch darin verstrickt, ein weiterer *Ta'veren*, wenn sie auch beide nicht so stark waren wie Rand. Wenn jene Frauen auch nur die geringste Chance bekämen, würden sie ihn – und Mat – so schnell in die Weiße Burg schaffen, wie sie Rand dorthin schaffen wollten, gebunden wie Ziegen, bis der Löwe käme. Und sie *hatten* Rand entführt und mißhandelt. Aram hatte in einem recht: Man konnte ihnen nicht trauen. Aber er würde Arams Vorschlag nicht unterstützen. Der Gedanke ließ ihn sich unbehaglich fühlen.

»Ich will nichts mehr davon hören«, grollte er. Der einstige Kesselflicker öffnete den Mund, aber Perrin schnitt ihm das Wort ab. »Kein Wort mehr, Aram, hört Ihr mich? Kein einziges Wort!«

»Wie Mylord Perrin befiehlt«, murmelte Aram und neigte den Kopf.

Perrin wünschte, er könnte das Gesicht des Mannes sehen. Er roch nicht zornig, sondern nur verstimmt. Das war das Schlimmste daran. Aram hatte auch nicht zornig gerochen, als er den Mord vorschlug.

Zwei Männer von den Zwei Flüssen stiegen auf die Räder des nächststehenden Wagens und spähten über den Wagenboden den Hügel in Richtung Norden hinab. Sie trugen beide einen prall gefüllten Köcher an der rechten Hüfte und einen wuchtigen Dolch mit langer Klinge – fast ein Kurzschwert – an der linken. Gut dreihundert Mann aus der Heimat waren Perrin hierher gefolgt. Er verfluchte den ersten, der ihn Lord Perrin genannt hatte, und verfluchte den Tag, an dem er den Versuch aufgegeben hatte, dies zu unterbinden. Er hatte selbst bei dem in einem Lager dieser Größe üblichen Gemurmel und Lärm keine Schwierigkeiten, die beiden zu hören.

Tod al'Caar, ein Jahr jünger als Perrin, seufzte tief, als sehe er das, was unter ihnen lag, zum ersten Mal. Perrin konnte den Kiefer des schlaksigen Mannes fast arbeiten spüren. Tods Mutter hatte ihn nur bereitwillig gehen lassen, weil es eine Ehre für ihren Sohn war, Perrin Goldaugen folgen zu dürfen. »Ein ruhmreicher Sieg«, sagte Tod schließlich. »Den haben wir errungen. Stimmt's nicht, Jondyn?«

Der grauhaarige Jondyn Barran, der knorrig wie eine Eichenwurzel wirkte, war einer der wenigen älteren Männer unter den dreihundert Kämpfern. Er war ein besserer Bogenschütze als jeder andere Mann in den Zwei Flüssen außer Meister al'Thor und ein besserer Jäger als überhaupt jeder anderee. Jondyn hatte, seit er alt genug gewesen war, den Bauernhof seines Vaters zu verlassen, keinen Tag mehr gearbeitet, als er mußte. Er interessierte sich nur für die Wälder und die Jagd – und dafür, an Festtagen zuviel zu trinken. Jetzt spie er geräuschvoll aus. »Wenn du das sagst, Junge. Irgendwie haben ihn diese verdammten *Asha'man* errungen. Und ich sage, es ist gut so. Aber zu schade, daß sie den Sieg nicht woanders feiern.«

»Sie sind nicht so schlimm«, widersprach Tod. »Ich hätte nichts dagegen, selbst einer zu sein.« Das klang eher nach Angabe als nach der Wahrheit. Es roch auch eher so. Perrin war sich, ohne hinzusehen, sicher, daß sich Tod die Lippen leckte. Tods Mutter hatte die Geschichte der Männer, die die Macht lenken konnten, wahrscheinlich noch vor gar nicht allzu langer Zeit dazu benutzt, ihn zu ängstigen. »Ich meine, Rand – das heißt, der Wiedergeborene Drache … Klingt es nicht immer noch seltsam, daß Rand al'Thor der Wiedergeborene Drache ist?« Tod lachte, ein kurzer, unbehaglicher

Laut. »Nun, er kann die Macht lenken, und es scheint nicht so … er tut nicht … ich meine …« Er schluckte hörbar. »Außerdem, was hätten wir ohne sie gegen alle diese Aes Sedai ausrichten können?« Letzteres war nur noch ein Flüstern, und er roch jetzt ängstlich. »Jondyn, was werden wir tun? Ich meine, mit den gefangenen Aes Sedai?«

Der alte Mann spie erneut und noch geräuschvoller als zuvor aus. Er machte sich nicht die Mühe, seine Stimme ebenfalls zu senken. Jondyn sagte stets, was er dachte, gleichgültig wer es hören konnte – ein weiterer Grund für seinen schlechten Ruf. »Es wäre besser für uns gewesen, wenn sie gestern alle gestorben wären, Junge. Wir werden dafür bezahlen, bevor es vorbei ist. Merk dir meine Worte, wir werden teuer bezahlen.«

Perrin schloß den Rest aus, was bei seinem Hörvermögen keine leichte Aufgabe war. Zuerst Aram und jetzt Jondyn und Tod, wenn auch nicht ganz so direkt. *Verdammter Jondyn!* Nein, wenn er diese Gedanken aussprach, dachten andere wohl genauso. Kein Mann von den Zwei Flüssen würde einer Frau bereitwillig Schaden zufügen, aber wer wollte die gefangenen Aes-Sedai noch tot sehen? Und wer könnte versucht sein, den Wunsch zu erfüllen?

Er suchte unbehaglich den Wagenkreis ab. Es war kein erfreulicher Gedanke, die gefangenen Aes Sedai vielleicht beschützen zu müssen, aber er würde sich nicht davor drücken. Er mochte keine Aes Sedai besonders und am wenigsten diese hier, aber er war mit der unausgesprochenen Sicherheit aufgewachsen, daß ein Mann zum Schutz einer Frau soviel riskieren sollte, wie sie zuließ. Und dabei war es unwichtig, ob er sie mochte oder auch nur kannte. Es stimmte, daß eine Aes Sedai einen Mann auf vielerlei Art lenken konnte, aber wenn sie erst von der Macht abgeschnitten war, wurde sie wie jedermann sonst. Das war der Konflikt, der in ihm auf-

99

stieg, wann immer er sie ansah. Zwei Dutzend Aes Sedai. Zwei Dutzend Frauen, die vielleicht nicht wußten, *wie* sie sich ohne die Macht verteidigen sollten.

Er beobachtete die *Asha'man*-Wächter eine Weile, deren jeder grimmig wie der Tod dreinschaute – bis auf die drei, die die gedämpften Frauen beaufsichtigten, die zwar versuchten, genauso düster wie die anderen zu wirken, bei denen aber unterschwellig noch etwas anderes zu spüren war. Vielleicht Befriedigung. Wenn er ihnen nur nahe genug wäre, um ihren Geruch aufzunehmen. Jede Aes Sedai bedeutete für die *Asha'man* eine Bedrohung. Aber vielleicht traf auch das Gegenteil zu. Vielleicht würden sie sie nur dämpfen. Von dem wenigen, was er aufgeschnappt hatte, wußte Perrin, daß eine Aes Sedai zu dämpfen einer über Jahre hinweg andauernden Tötung gleichkam.

Er beschloß widerwillig, daß er, wie auch immer der Fall gelagert war, die *Asha'man* Rand überlassen mußte. Sie sprachen nur miteinander und mit den Gefangenen, und Perrin bezweifelte, daß sie jemand anderem als Rand zuhören würden. Die Frage war, was Rand sagen würde. Und was konnte Perrin tun, wenn er das Falsche sagte?

Er verdrängte dieses Problem und kratzte sich mit einem Finger den Bart. Die Cairhiener waren in der Nähe der Aes Sedai zu ängstlich, um auch nur zu erwägen, ihnen Schaden zuzufügen, und die Mayener waren zu respektvoll, aber er würde sie dennoch im Auge behalten. Wer hätte gedacht, daß Jondyn so weit gehen würde, wie er es getan hatte? Er besaß bei den Cairhienern und Mayenern einen gewissen Einfluß, obwohl das sicherlich aufhören würde, wenn sie einmal nachdachten. Immerhin war er nur ein Hufschmied. Blieben noch die Aiel. Perrin seufzte. Er war sich nicht sicher, wieviel Einfluß selbst Rand wirklich auf die Aiel hatte.

Es war schwer, bei so vielen Menschen einzelne Gerüche zu erkennen, aber er hatte sich daran gewöhnt, weitaus mehr durch Gerüche zu bestimmen als durch das, was ihm seine Augen vermittelten. Die *Siswai'aman*, die nahe genug herankamen, rochen ruhig, aber wachsam, ein milder, starker Geruch. Sie schienen die Aes Sedai kaum zu beachten. Die Töchter des Speers rochen vor unterdrücktem Zorn, was sich noch verstärkte, wenn sie die Gefangenen betrachteten. Und die Weisen Frauen …

Jede Weise Frau, die aus Cairhien hierhergekommen war, konnte die Macht lenken, auch wenn keine von ihnen ein altersloses Gesicht besaß. Er vermutete, daß sie die Eine Macht nur selten benutzten. Ruhig und glattwangig wie Edarra oder mit lederartigem Gesicht wie die weißhaarige Sorilea, trugen sie eine Selbstbeherrschung zur Schau, die mühelos mit derjenige der Aes Sedai mithalten konnte. Überwiegend anmutige Frauen, die meisten groß, wie fast alle Aiel es waren, schienen sie die Schwestern vollständig zu ignorieren.

Sorileas Blick schweifte über die Gefangenen, ohne innezuhalten, und dann unterhielt sie sich sofort weiter mit Edarra und einer anderen Weisen Frau, einer hageren Blonden, deren Namen Perrin nicht kannte. Wenn er nur verstehen könnte, was sie sagten. Sie gingen vorbei, wobei sich keine Falte auf den drei gelassenen Gesichtern veränderte, aber ihre Gerüche sagten etwas anderes aus. Als Sorileas Blick über die Aes Sedai glitt, roch sie kalt und zurückhaltend, grimmig und verächtlich, und als sie mit den beiden anderen sprach, glich sich deren Geruch dem ihren an.

»Ein verdammtes Durcheinander«, grollte Perrin.

»Ärger?« fragte Aram, während er sich aufrichtete, die rechte Hand bereit, nach dem Wolfskopf-Knauf des über seiner Schulter aufragenden Schwerthefts zu greifen. Er hatte dieses Schwert in kurzer Zeit sehr gut beherrschen gelernt und war niemals abgeneigt, es zu benutzen.

»Kein Ärger, Aram.« Es war keine regelrechte Lüge. Aus seinem dumpfen Brüten aufgerüttelt, betrachtete Perrin die anderen zum ersten Mal wirklich. Alle gleichzeitig. Was er sah, gefiel ihm nicht, und die Aes Sedai waren nur ein Teil davon.

Cairhiener und Mayener beobachteten die Aiel mißtrauisch, was dem umgekehrten Mißtrauen der Aiel, besonders den Cairhienern gegenüber, nur entsprach. Das war nicht wirklich überraschend. Die Aiel hatten immerhin einen gewissen Ruf, nicht allzu freundlich zu Menschen zu sein, die auf dieser Seite des Rückgrats der Welt geboren waren, und am wenigsten zu Cairhienern. Die schlichte Wahrheit war, daß Aiel und Cairhiener einander fast so sehr haßten, wie man nur hassen konnte. Keine Seite hatte ihre Feindschaft wirklich überwunden – man konnte bestenfalls behaupten, daß sie an der langen Leine gehalten wurde –, und doch war Perrin bisher überzeugt gewesen, daß sie sie unter Kontrolle halten würden. Zumindest Rand zuliebe. Jedoch herrschte im Lager eine Stimmung, die alle angespannt sein ließ. Rand war jetzt frei, und zeitweilige Bündnisse waren letztendlich genau das: zeitweilig. Die Aiel hoben ihre Speere an, wenn sie die Cairhiener ansahen, und die Cairhiener tasteten grimmig nach ihren Schwertern. Wie auch die Mayener. Sie hatten keinen Streit mit den Aiel, hatten sie bis auf den Aielkrieg, in dem jedermann gekämpft hatte, niemals befehdet, aber wenn es jetzt zu einem Kampf käme, bestand kein Zweifel, auf welche Seite sie sich schlagen würden. Was wahrscheinlich auch für die Leute von den Zwei Flüssen galt.

Die düstere Stimmung lastete schwer auf den *Asha'man* und den Weisen Frauen. Die schwarz gewandeten Männer beachteten die Töchter des Speers und die *Siswai'aman* nicht häufiger als die Cairhiener oder die Mayener oder die Leute von den Zwei Flüssen, aber sie betrachteten die Weisen Frauen mit fast genauso düsteren Gesichtern, wie sie die Aes Sedai ansahen. Sie machten höchstwahrscheinlich nur wenig Unterschied zwischen einer Frau, die die Macht lenken konnte, und einer anderen. Jedermann konnte ein Feind und gefährlich sein. Dreizehn zusammen waren eine tödliche Gefahr, und es befanden sich mehr als neunzig Weise Frauen im Lager oder in dessen Nähe, gegenüber nicht einmal halb so vielen *Asha'man*, die aber dennoch Schaden anrichten konnten – und doch schienen sie Rand zu folgen. Sie schienen Rand zu folgen – und doch waren sie Frauen, die die Macht lenken konnten.

Die Weisen Frauen betrachteten die *Asha'man* nur unwesentlich weniger kühl, als sie die Aes Sedai betrachteten. Die *Asha'man* waren Männer, die die Macht lenken konnten, aber sie folgten Rand. Sie folgten Rand, aber ... Rand war ein besonderer Fall. Gaul zufolge wurde seine Fähigkeit, die Macht zu lenken, in den Prophezeiungen über ihren *Car'a'carn* nicht erwähnt, aber die Aiel bestritten diesen unbequemen Umstand anscheinend. Die *Asha'man* wurden in jenen Prophezeiungen jedoch überhaupt nicht erwähnt. Es mußte so sein, als entdeckte man, daß man den Stolz wilder Löwen auf seiner Seite hatte. Wie lange würden sie loyal bleiben? Vielleicht wäre es besser, sie jetzt zu unterwerfen.

Perrin ließ den Kopf an das Wagenrad zurücksinken, die Augen geschlossen, und seine Brust hob sich in stillem, freudlosen Lachen. Denke an Hoch Chasaline an die guten Dinge. *Verdammt,* dachte er, *ich hätte mit Rand gehen sollen.* Nein, es war gut, ausreichend früh Bescheid zu wissen. Aber was, im Licht, sollte er tun? Wenn die Aiel und die Cairhiener und Mayener aufeinander losgingen, oder noch schlimmer, die *Asha'man* und die Weisen Frauen ... Ein Korb voller Schlangen, und die einzige Möglichkeit herauszufinden, welche Vipern waren, bestand darin, die Hand hineinzustrecken. *Licht, ich wünschte, ich wäre zu Hause, bei Faile, und könnte am Schmiedefeuer arbeiten, wo mich niemand mit dem verdammten Titel Lord anredet.*

»Ihr Pferd, Lord Perrin. Ihr sagtet nicht, ob ihr Traber oder Steher gesattelt haben wolltet, also habe ich ...« Kenly Maerin wich vor Perrins goldäugigem Blick zurück und prallte gegen den kastanienbraunen Hengst, den er herangeführt hatte.

Perrin machte eine beschwichtigende Geste. Es war nicht Kenlys Fehler. Was nicht geheilt werden konnte, mußte ertragen werden. »Ruhig, Junge. Du hast es richtig gemacht. Traber ist vollkommen in Ordnung. Du hast eine gute Wahl getroffen.« Er haßte es, so mit Kenly sprechen zu müssen. Kenly war klein und untersetzt und kaum alt genug, zu heiraten und sein Zuhause zu verlassen – und sicherlich nicht alt genug für den Stoppelbart, den er, Perrin nachfolgend, zu kultivieren versuchte –, aber er hatte in Emondsfeld bereits Trollocs bekämpft und sich auch gestern gut geschlagen. Und jetzt grinste er breit über das von Lord Perrin Goldaugen erhaltene Lob.

Perrin stand auf, nahm seine Streitaxt unter dem Wagen hervor, wo er sie abgelegt hatte – außer Sicht und eine kleine Weile aus dem Sinn – und steckte das Heft durch die Schlaufe an seinem Gürtel. Eine schwere, halbmondförmige Klinge, die von einem dicken, gebogenen Dorn ausbalanciert wurde. Eine Waffe, die nur zum Zweck des Tötens geschaffen worden war. Das Heft der Streitaxt fühlte sich zu vertraut an, um tröstlich zu sein. Erinnerte er sich überhaupt noch daran, wie sich ein guter Schmiedehammer anfühlte? Und es gab auch noch andere Dinge außer ›Lord Perrin‹, die zu ändern es vielleicht zu spät wäre. Ein Freund hatte ihm einmal geraten, die Streitaxt so lange zu behalten, bis er sie gern benutzte. Der Gedanke ließ ihn trotz der Hitze erschaudern.

Er schwang sich in Trabers Sattel und wandte sich nach Süden, zum Wagenkreis. Mindestens eineinhalb Mal so groß wie der größte Aiel, stieg Loial gerade vorsichtig über gekreuzte Wagendeichseln. Da er so groß war, wirkte er, als könnte er die schweren Holzdeichseln mit einem unbedachten Schritt zerbrechen. Der Ogier hielt, wie üblich, ein Buch in der Hand, ein dicker Finger zwischen den Seiten, und die geräumigen Taschen seines langen Umhangs waren von weiteren Büchern ausgebeult. Er hatte den Morgen in einer kleinen Ansammlung von Bäumen verbracht, die er als friedlich und schattig bezeichnete, aber wie schattig auch immer es unter den Bäumen sein mochte – die Hitze machte auch ihm zu schaffen. Er wirkte müde, sein Umhang war geöffnet, das Hemd aufgeschnürt und seine Stiefel bis unter die Knie herabgerollt. Oder vielleicht war es auch mehr als nur die Hitze. Loial blieb mitten im Wagenkreis stehen und betrachtete die Aes Sedai und die *Asha'man;* seine Pinselohren zitterten unbehaglich. Augen so groß wie Teetassen schwenkten zu den Weisen Frauen, und seine Ohren vibrierten erneut. Ogier konnten gut Stimmungen erspüren.

Als Loial Perrin erblickte, durchschritt er das Lager. Perrin war auch auf dem Pferderücken noch zwei oder drei Handbreit kleiner als der stehende Loial. »Perrin«, flüsterte Loial, »das hier ist alles falsch. Es ist nicht richtig, und es ist außerdem gefährlich«. Es war zumindest für einen Ogier ein Flüstern, obwohl es wie das Summen einer Hummel von der Größe einer Bulldogge klang. Einige der Aes Sedai wandten die Köpfe.

»Könntest du ein wenig lauter sprechen?« fragte Perrin sehr leise. »Ich glaube, jemand in Andor hat es noch nicht gehört. Im Westen von Andor.«

Loial wirkte bestürzt und verzog das Gesicht, wobei die langen Augenbrauen seine Wangen streiften. »Du weißt, daß ich nicht flüstern kann.« Dieses Mal konnte ihn wahrscheinlich niemand mehr deutlich verstehen, der mehr als drei Schritte entfernt war. »Was werden wir tun, Perrin? Es ist falsch, Aes Sedai gegen ihren Willen festzuhalten, falsch und auch verbohrt. Ich habe das schon früher gesagt, und ich werde es wieder sagen. Und das ist nicht das Schlimmste. Ich spüre hier ... Ein Funke, und dieser Ort wird wie eine Wagenladung Feuerwerk in die Luft fliegen. Weiß Rand davon?«

»Ich weiß es nicht«, lautete Perrins Antwort auf beide Fragen, und der Ogier nickte kurz darauf widerwillig.

»Jemand muß es wissen, Perrin. Jemand muß etwas tun.« Loial blickte nach Norden, über die Wagen hinter Perrin hinweg, und Perrin wußte, daß er die Entscheidung nicht länger aufschieben konnte.

Er wandte Traber widerwillig um. Er hätte sich lieber weiterhin um Aes Sedai und *Asha'man* und Weise Frauen gekümmert, aber was getan werden mußte, mußte getan werden. Denk an Hoch Chasaline an das Gute.

KAPITEL 2

Der Schlachthof

Perrin vermied es, zu der Stelle unten am Hang hinzusehen, zu der er reiten würde – zu der er heute morgen mit Rand hätte reiten sollen. Statt dessen hielt er vor den Wagen inne und ließ seinen Blick überall sonst hin schweifen, obwohl ihm alles, was er sah, Übelkeit verursachte. Ihm war, als würde sein Magen mit einem Hammer bearbeitet.

Hammerschlag. Neunzehn frische Gräber auf einem niedrigen Hügel im Osten, neunzehn Männer von den Zwei Flüssen, die die Heimat niemals wiedersehen würden. Nur selten mußte ein Hufschmied Menschen wegen seiner Entscheidung sterben sehen. Zumindest hatten die Männer seinen Befehlen gehorcht, sonst wären es noch mehr Gräber gewesen. Hammerschlag. Rechtecke frisch aufgeworfener Erde auch auf dem gegenüberliegenden Hügel – annähernd hundert Mayener und noch mehr Cairhiener, die zu den Quellen Dumais gekommen waren, um zu sterben. Ungeachtet der Umstände, waren sie Perrin Aybara gefolgt.

Hammerschlag. Die Vorderseite des Hügels schien nur aus Gräbern zu bestehen, vielleicht tausend oder mehr. Eintausend Aiel, die aufrecht stehend verbrannt waren. Eintausend. Einige waren Töchter des Speers gewesen. Beim Gedanken an die Männer verkrampfte sich sein Magen. Der Gedanke an die Frauen erweckte in ihm das Gefühl, sich hinsetzen und weinen zu wollen. Er versuchte sich einzureden, daß sie es alle erwählt hatten, hier zu sein, daß sie hatten hier sein *müssen*. Beides stimmte, aber er hatte die Befehle gegeben, und dadurch trug er die Verantwortung für jene Gräber. Nicht Rand, nicht die Aes Sedai – er.

Die überlebenden Aiel hatten ihre Todesgesänge erst vor kurzem beendet, spukhafte Gesänge, auszugsweise gesungen, die im Geist verweilten.

Das Leben ist ein Traum, der keine Schatten kennt.
Das Leben ist ein Traum aus Schmerz und Weh.
Ein Traum, aus dem zu erwachen wir beten.
Ein Traum, aus dem wir erwachen und fortgehen.

Wer würde schlafen, wenn die neue Dämmerung
    wartet?
Wer würde schlafen, wenn die linden Winde wehen?
Ein Traum muß enden, wenn der neue Tag erwacht.
Dieser Traum, aus dem wir aufwachen und
    fortgehen.

Sie schienen in jenen Gesängen Trost zu finden. Perrin wünschte, er könnte das auch, aber die Aiel kümmerte es, soweit er erkennen konnte, wirklich nicht, ob sie lebten oder starben, und das war verrückt. Jeder vernünftige Mensch wollte leben. Jeder vernünftige Mensch würde so weit und so schnell wie möglich vor einer Schlacht davonlaufen.

Traber warf den Kopf hoch, die Nüstern weiteten sich aufgrund der von unten heranwehenden Gerüche, und Perrin tätschelte dem Hengst den Hals. Aram grinste, während er betrachtete, was Perrin zu vermeiden versuchte. Loials Gesicht war ausdruckslos, als wäre es aus Holz geschnitzt. Er bewegte leicht die Lippen, und Perrin glaubte zu hören: »Licht, laß mich so etwas nie wieder sehen.« Er atmete tief ein und zwang sich dann, ebenfalls hinzusehen – zu den Quellen von Dumai.

Es war in gewisser Weise nicht so schlimm wie der Anblick der Gräber – er hatte einige jener Menschen seit

seiner Kinderzeit gekannt –, aber das alles traf ihn dennoch mit einer Wucht, als hätte der Geruch in seiner Nase Gestalt angenommen und ihn überwältigt. Die Erinnerungen, die er vergessen wollte, drängten wieder herauf. Die Quellen von Dumai waren ein Ort des Tötens geworden, ein Ort des Sterbens, aber jetzt war es noch schlimmer. Weniger als eine Meile entfernt standen die verkohlten Überreste der Wagen um ein Unterholz verteilt, das die niedrigen Mauerkrönungen der Brunnen fast verbarg. Und rings herum ...

Ein brodelndes Meer von Schwarz: Geier, Raben und Krähen zu Zehntausenden, die in Wogen aufwirbelten und sich wieder niederließen. Die *Asha'man* hatten grausame Methoden. Sie vernichteten Menschen und Natur mit gleicher Unparteilichkeit. Zu viele Shaido waren gestorben, als daß man sie alle am ersten Tag hätte begraben können, aber es hatte sich niemand die Mühe gemacht, überhaupt welche zu begraben, so daß die Geier und Raben und Krähen sie jetzt verschlangen. Auch die toten Wölfe lagen dort unten. Perrin hatte sie begraben wollen, aber das widersprach der Art der Wölfe. Drei tote Aes Sedai waren gefunden worden, deren Fähigkeit, die Macht zu lenken, sie im Wahnsinn des Kampfes nicht vor Speeren und Pfeilen hatte retten können, und auch ein halbes Dutzend tote Behüter. Sie waren auf der Lichtung in der Nähe der Brunnen verbrannt.

Die Vögel waren nicht allein mit den Toten. Beileibe nicht. Schwarz gefederte Wogen stiegen um Lord Dobraine Taborwin und über zweihundert seiner berittenen cairhienischen Waffenträger sowie Lord Havien Nurelle mit den außer den Wächtern der Behüter verbliebenen Mayenern auf. Der *Con* mit zwei weißen Diamanten auf Blau kennzeichnete alle cairhienischen Offiziere außer Dobraine selbst. Die roten Rüstungen und mit roten Wimpeln versehenen Lanzen hatten sich inmitten des

Gemetzels tapfer gehalten, aber Dobraine war nicht der einzige, der sich jetzt ein Tuch vor die Nase hielt. Hier und da lehnte sich ein Mann aus dem Sattel und versuchte, einen Magen zu entleeren, der schon vorher entleert worden war. Mazrim Taim, der fast so groß war wie Rand, war in seinem schwarzen Umhang mit den blaugoldenen, sich die Ärmel hinaufziehenden Drachen zu Fuß, wie auch ungefähr einhundert *Asha'man*. Einige von ihnen entleerten ebenfalls ihre Mägen. Da waren Dutzende Töchter des Speers, mehr *Siswai'aman* als Cairhiener und Mayener und *Asha'man* zusammen und noch dazu mehrere Dutzend Weise Frauen. Alle vermutlich für den Fall, daß die Shaido zurückkehrten, oder vielleicht auch für den Fall, daß einige der Toten sich nur verstellten, obwohl Perrin glaubte, daß jedermann, der hier eine Leiche zu sein vorgab, bald verrückt werden müßte. Alle scharten sich um Rand.

Perrin hätte dort unten bei den Leuten von den Zwei Flüssen sein sollen. Rand hatte um sie gebeten, hatte davon gesprochen, Männern aus der Heimat trauen zu können, aber Perrin hatte nichts versprochen. *Er wird sich mit mir begnügen müssen, wenn auch verspätet*, dachte er. Bald, wenn es ihm gelang, sich in den Schlachthof dort unten zu begeben, obwohl Schlachtermesser keine Menschen niedermähten und genauer waren als Streitäxte und Geier.

Die schwarz gewandeten *Asha'man* verschwanden im Meer der Vögel, Tod von Tod verschlungen, und aufsteigende Raben und Krähen verbargen weitere. Nur Rand hob sich in dem zerrissenen weißen Hemd ab, das er getragen hatte, als die Rettung nahte. Wenn er zu jener Zeit vielleicht auch kaum Rettung gebraucht hätte. Beim Anblick Mins, in einem hellroten Umhang und gut sitzender Hose, verzog Perrin das Gesicht. Dies war kein Ort für sie oder sonst jemanden, aber sie blieb Rand seit seiner Rettung sogar noch näher, als Taim es tat. Rand hätte es irgendwie geschafft, sowohl sich selbst als auch sie einige Zeit vor Perrins Durchbruch oder dem der *Asha'man* zu befreien, und Perrin vermutete, daß Min Rands Gegenwart als die einzige wahre Sicherheit ansah.

Während Rand über den verkohlten Boden schritt, tätschelte er bisweilen Mins Arm oder beugte den Kopf, als spreche er mit ihr, aber ihr galt nicht seine eigentliche Aufmerksamkeit. Dunkle Vogelwolken bauschten sich um sie herum. Die kleineren Vögel schossen davon, um woanders zu fressen, während die Geier nur widerwillig wichen, die kahlen Hälse reckten und trotzig kreischten. Rand blieb hin und wieder stehen und beugte sich über einen Leichnam. Manchmal schoß Feuer aus seinen Händen und wehrte einen Geier ab, der nicht weichen wollte. Jedesmal stritten entweder Nandera, welche die Töchter des Speers anführte, oder Sulin, ihre Stellvertreterin, mit ihm. Manchmal übernahmen dies auch Weise Frauen, wie aus der Art zu ersehen war, wie sie am Umhang eines Leichnams zogen, als wollten sie etwas verdeutlichen. Rand nickte und ging weiter, jedoch nicht ohne zurückzublicken und auch erst dann, wenn ein anderer Leichnam seine Aufmerksamkeit erregte.

»Was tut er?« fragte eine überhebliche Stimme an Perrins Knie. Er erkannte die Frau am Geruch, noch bevor er hinabblickte. Kiruna Nachiman, die Schwester König Paitars von Arafel und eine mächtige, unabhängige Adlige, wirkte in ihrem grünen, seidenen Reitgewand und dem dünnen Leinenstaubmantel statuenhaft und vornehm, und daß sie eine Aes Sedai geworden war, hatte ihre Haltung nicht verändert. Von dem Anblick gefangen, der sich ihm bot, hatte er sie nicht kommen hören. »Warum ist er dort unten in diesem Chaos? Das sollte nicht sein.«

Nicht alle Aes Sedai im Lager waren Gefangene, obwohl sich jene, die es nicht waren, seit gestern abseits hielten, nur untereinander sprachen, wie Perrin vermutete, und herauszufinden versuchten, was in den letzten Stunden geschehen war. Vielleicht versuchten sie auch einen Ausweg zu finden. Jetzt hatten sie ihre Kräfte versammelt. Bera Harkin, eine weitere Grüne, stand neben Kiruna. Bera Harkin wirkte trotz ihres alterslosen Gesichts und ihrer edlen Tuchkleidung wie eine Bauersfrau, die aber auf ihre Art genauso stolz wirkte wie Kiruna. Diese Bauersfrau konnte einem König befehlen, seine Stiefel zu säubern, bevor er ihr Haus betrat, und auch darauf bestehen. Sie und Kiruna führten die Schwestern gemeinsam an, die mit Perrin zu den Brunnen von Dumai gekommen waren, oder vielleicht wechselten sie sich auch in der Führung ab. Es war nicht ganz eindeutig, was bei Aes Sedai nicht ungewöhnlich war.

Die anderen sieben Frauen standen nicht weit entfernt in einer Gruppe zusammen. Stolze Löwinnen, die durch ihre geschäftig wirkende Haltung nicht verzagt aussahen. Ihre Behüter standen hinter ihnen aufgereiht, aber während die Schwestern äußerlich vollkommen heiter wirkten, machten die Behüter keinen Hehl aus ihren düsteren Empfindungen. Es waren grundverschiedene Männer, einige in jenen die Farbe verändernden Umhängen, die sie teilweise unsichtbar erscheinen ließen.

Perrin kannte zwei der Frauen gut: Verin Mathwin und Alanna Mosvani. Verin war klein und gedrungen und manchmal verwirrend mütterlich, wenn sie einen nicht gerade betrachtete wie ein Vogel einen Wurm. Sie gehörte der Braunen Ajah an. Alanna, schlank und auf düstere Art hübsch, wenn auch in letzter Zeit aus irgendeinem Grund ein wenig abgezehrt um die Augen, war eine Grüne. Insgesamt waren fünf der neun Frauen Grüne. Verin hatte ihm vor einiger Zeit geraten, Alanna

nicht allzu weit zu trauen, und er nahm ihre Worte
überaus ernst. Er traute auch keiner der anderen,
einschließlich Verin. Rand tat dies ebenfalls nicht, trotz
des Umstands, daß sie gestern auf seiner Seite gekämpft
hatten, und trotz allem, was am Ende geschehen war.
Auch Perrin war sich noch immer nicht sicher, das Ge-
schehene glauben zu können, obwohl er deren Zeuge
gewesen war.

Ein gutes Dutzend *Asha'man* lungerten an einem
Wagen ungefähr zwanzig Schritte von den Schwestern
entfernt herum. Heute morgen befehligte sie ein einge-
bildeter Bursche namens Charl Gedwyn, ein Mann mit
hartem Gesicht. Sie alle trugen eine Anstecknadel in
Form eines silbernen Schwertes an einer Seite ihrer
hohen Kragen, und außer Gedwyn trugen noch vier
oder fünf andere Männer einen Drachen in gold-rotem
Emaille an der anderen Seite. Perrin vermutete, daß dies
irgendwie mit ihrem Rang zu tun hatte. Er hatte beide
Anstecknadeln auch an einigen anderen *Asha'man* bemerkt. Sie waren nicht im eigentlichen Sinne Wächter,
aber sie hielten sich stets dort auf, wo immer Kiruna
und die übrigen sich aufhielten. Sie standen einfach
ruhig da und hielten ein wachsames Auge auf alles.
Nicht daß die Aes Sedai Notiz davon nahmen – nicht
so, daß man es sehen konnte, aber die Schwestern rochen dennoch wachsam und verwirrt und zornig. Ein
Teil dieser Empfindungen mußte den *Asha'man* zuzu-
schreiben sein.

»Nun?« Kirunas dunkle Augen blitzten ungeduldig
auf. Perrin bezweifelte, daß viele Menschen sie warten
ließen.

»Ich weiß es nicht«, log er und tätschelte erneut Trabers Hals. »Rand sagt mir nicht alles.«

Er begriff zwar ein wenig von alledem – zumindest
glaubte er es –, aber er hatte nicht die Absicht, es jemandem zu erzählen. Das war Rands Aufgabe, wenn er

114

es wollte. Perrin war davon überzeugt, daß Rand ausschließlich die Leichname von Töchtern des Speers betrachtete, zweifellos Shaido-Töchter des Speers, aber er fragte sich, welchen Unterschied das für Rand machte. Gestern abend hatte Perrin sich von den Wagen entfernt, um allein zu sein, und als er das Lachen der überlebenden Männer hinter sich gelassen hatte, fand er Rand. Der Wiedergeborene Drache, der die Welt erzittern ließ, saß in der Dunkelheit allein auf dem Boden, die Arme um sich geschlungen, und wiegte sich vor und zurück.

Für Perrins Sehvermögen war Mondlicht fast genauso gut wie Sonnenlicht, aber in dem Moment wünschte er sich finstere Dunkelheit herbei. Rands Gesicht war schmerzverzerrt, das Gesicht eines Mannes, der schreien oder vielleicht weinen wollte, diesen Drang aber mit jeder Faser seines Seins bekämpfte. Welche List auch immer die Aes Sedai kannten, um von der Hitze nicht berührt zu werden – Rand und die Asha'man *kannten sie ebenfalls, aber Rand benutzte sie jetzt nicht. Die Hitze der Nacht hätte einem überaus warmen Sommertag zur Ehre gereicht, und Schweiß lief genauso Rands wie Perrins Wangen hinab.*

Rand sah sich nicht um, obwohl Perrins Stiefel in dem verdorrten Gras laut raschelten, aber er sprach heiser, wobei er sich noch immer wiegte. »Einhunderteinundfünfzig, Perrin. Einhunderteinundfünfzig Töchter des Speers sind heute gestorben. Für mich. Ich habe es ihnen versprochen, verstehst du. Streite nicht mit mir! Schweig! Geh weg!« *Rand erschauderte trotz des Schweißes.* »Nicht du, Perrin, nicht du. Ich muß mein Versprechen halten, verstehst du. Ich muß es tun, gleichgültig wie sehr es schmerzt. Aber ich muß auch mein Versprechen mir gegenüber halten. Gleichgültig wie sehr es schmerzt.«

Perrin wollte, nicht über das Schicksal der Menschen nachdenken, die die Macht lenken konnten. Die Glücklichen unter ihnen starben, bevor sie wahnsinnig wurden. Die Unglückli-

chen starben danach. Aber ob Rand zu den Glücklichen oder den Unglücklichen gehörte – alles lastete auf ihm. Alles. »Rand, ich weiß nicht, was ich sagen soll, aber ...«

Rand schien ihn nicht zu hören. Er wiegte sich vor und zurück, immer wieder. »Isan von der Jarra-Septime der Chareen Aiel. Sie ist heute für mich gestorben. Chuonde von den Miagoma vom Rückgrat der Welt. Sie ist heute für mich gestorben. Agirin von den Daryne ...«

Er hätte nichts anderes zu tun vermocht, als sich hinzukauern und zuzuhören, wie Rand mit einer vor Schmerz fast brechenden Stimme alle einhunderteinundfünfzig Namen hersagte, und zu hoffen, daß er nicht wahnsinnig wurde.

Aber ob Rand noch geistig unversehrt war oder nicht – Perrin zweifelte nicht daran, daß jede Tochter des Speers, die gekommen war, um für ihn zu kämpfen und irgendwo dort unten gestorben war, zusammen mit den anderen anständig auf dem Hügel begraben würde.

Einhundertzweiundfünfzig Namen waren aufgelistet. Aber das ging Kiruna nichts an. Und auch Perrin nicht. Rand mußte sich seine geistige Gesundheit einfach so weit wie möglich bewahren. Licht, gebe, daß es so sei!

Und das Licht verbrenne mich dafür, daß ich diesen Gedanken so ungerührt hegen kann, dachte Perrin.

Er sah aus den Augenwinkeln, wie Kiruna die vollen Lippen einen Moment zusammenpreßte. Sie mochte den Umstand, nicht alles zu wissen, genauso wenig wie warten zu müssen. Sie wäre auf eindrucksvolle Art schön gewesen, wenn ihr Gesichtsausdruck nicht besagt hätte, daß sie es gewohnt war zu bekommen, was sie wollte. Sie war nicht unverschämt, sondern sich nur vollkommen sicher, daß richtig und angemessen war, was immer sie wollte, und daß es so sein mußte. »Wenn sich so viele Krähen und Raben an einer Stelle aufhalten, gibt es sicherlich Hunderte, wenn nicht Tausende darunter, die bereit sind, einem Myrddraal über ihre Beobachtungen zu berichten.« Sie machte sich nicht die Mühe, ihre Verärgerung zu verbergen. Sie klang, als hätte Perrin jeden einzelnen Vogel selbst hierherge-bracht. »In den Grenzlanden töten wir sie, wen wir sie sehen. Ihr habt Männer, und sie haben Bogen.«

Es war richtig – ein Rabe oder eine Krähe konnte durchaus ein Spion des Schattens sein, aber dennoch wallte Abscheu in ihm auf. Abscheu und Erschöpfung. »Wozu?« Bei so vielen Vögeln konnten die Leute von den Zwei Flüssen und die Aiel jeden verfügbaren Pfeil abschießen, und es würden immer noch Spione berich-ten können. Es war meist nicht festzustellen, ob der Vogel, den man getötet hatte, der Spion war, oder derje-nige, der davonflog. »Ist nicht genug getötet worden? Und es wird nur zu bald weiteres Blutvergießen geben. Licht, Frau, selbst die *Asha'man* sind übersättigt!«

Viele der zuschauenden Schwestern wölbten die Au-genbrauen. Niemand sprach so von den Aes Sedai, kein König und keine Königin. Bera sah ihn mit einem Blick an, der besagte, daß sie ihn aus dem Sattel zu schleu-dern und ihm Ohrfeigen zu verpassen erwog. Kiruna betrachtete noch immer das Schlachtfeld unter ihnen und glättete mit entschlossenem Gesichtsausdruck ihre Röcke. Loials Ohren zitterten. Er besaß einen tiefen, fast ängstlichen Respekt vor den Aes Sedai. Obwohl er fast zweimal so groß war wie die Schwestern, benahm er sich mitunter, als könnte eine von ihnen ihn zertreten, ohne es zu bemerken, wenn er ihr in die Quere käme.

Perrin ließ Kiruna keine Gelegenheit mehr zu spre-chen. Reiche einer Aes Sedai den kleinen Finger, und sie wird deinen ganzen Arm ergreifen, es sei denn, sie hat beschlossen, noch mehr zu nehmen. »Ihr habt Euch von mir ferngehalten, aber ich habe Euch einiges zu sagen. Ihr habt gestern Befehle mißachtet. Wenn Ihr den Plan geändert habt«, fuhr er schnell fort, als sie den Mund öffnete, »dann sagt es offen, wenn Ihr glaubt, daß es das

117

besser macht.« Sie und die anderen acht Frauen waren angewiesen worden, bei den Weisen Frauen zu bleiben, im Hintergrund der Kampfhandlungen, bewacht von Männern von den Zwei Flüssen und Mayenern. Statt dessen waren sie mitten hineingetaucht, hatten sich dort aufgehalten, wo Männer einander mit Schwertern und Speeren zu Hackfleisch zerstückelten. »Ihr habt Havien Nurelle mit Euch genommen, und die Hälfte der Mayener sind deshalb gestorben. Ihr werdet nicht länger nach Eurem eigenen Willen handeln, ohne die geringsten Rücksichten zu nehmen. Ich werde keine Männer mehr sterben sehen, weil Ihr plötzlich einen besseren Weg zu erkennen« glaubt. Habt Ihr mich verstanden?«

»Seid Ihr fertig, Bauernjunge?« Kirunas Stimme klang gefährlich ruhig. Das ihm zugewandte Gesicht hätte aus Eis gehauen sein können, und sie roch beleidigt. Obwohl sie auf dem Boden stand, gelang es ihr, den Eindruck zu erwecken, als blicke sie auf Perrin herab. Es war kein Trick der Aes Sedai. Er hatte diesen Blick auch schon bei Faile gesehen. Er vermutete, daß die meisten Frauen ihn beherrschten. »Ich werde Euch etwas sagen, was auch ein Mensch mit nur geringer Intelligenz eigentlich von selbst erkennen müßte. Bei den drei Eiden – keine Schwester darf die Eine Macht als Waffe benutzen, außer gegen Schattengezücht oder um ihr Leben oder das ihrer Behüter oder das einer anderen Schwester zu verteidigen. Wir hätten bleiben können, wo Ihr uns haben wolltet, und bis *Tarmon Gai'don* weiterhin nur beobachten können, ohne jemals etwas Wirksames zu tun, solange wir nicht selbst in Gefahr waren. Ich mag es nicht, meine Handlungsweise erklären zu müssen, Bauernjunge. Zwingt mich nie wieder dazu. Habt *Ihr* verstanden?«

Loials Ohren erschlafften, und sein starr geradeaus gerichteter Blick verdeutlichte, daß er sich irgendwo anders als hier zu sein wünschte, vielleicht sogar bei seiner Mutter, die ihn verheiraten wollte. Arams Mund stand offen, obwohl er stets vorzugeben versuchte, daß ihn Aes Sedai nicht beeindruckten. Jondyn und Tod stiegen ein wenig zu nachlässig von ihrem Wagenrad herab. Jondyn schlenderte davon, aber Tod lief, wobei er über die Schulter zurückblickte.

Kirunas Erklärung klang vernünftig. Es war wahrscheinlich die Wahrheit. Nein, bei einem weiteren der Drei Eide – es *war* die Wahrheit. Aber es gab Hintertüren. So als würde man nicht die ganze Wahrheit sagen oder um die Wahrheit herumreden. Die Schwestern hätten sich genausogut in Gefahr bringen können, um die Eine Macht als Waffe zu benutzen, aber Perrin hegte den Verdacht, daß sie geglaubt hatten, sie könnten Rand vor allen anderen erreichen. Was dann geschehen wäre, konnte man nur vermuten, aber seiner Ansicht nach war in ihren Plänen nichts von alledem vorgesehen gewesen, was tatsächlich geschehen war.

»Er kommt«, sagte Loial plötzlich. »Seht nur! Rand kommt.« Und dann fügte er im Flüsterton hinzu: »Sei vorsichtig, Perrin.« Es war für einen Ogier wahrhaftig ein Flüstern. Aram und Kiruna hatten es wahrscheinlich auch gehört und vielleicht noch Bare, aber sicherlich niemand sonst. »Sie haben dir nichts geschworen!« Seine Stimme nahm wieder die übliche dröhnende Lautstärke an. »Glaubt Ihr, er würde vielleicht mit mir darüber sprechen, was im Lager vor sich gegangen ist? Für mein Buch?« Er schrieb ein Buch über den Wiedergeborenen Drachen oder machte sich zumindest Notizen dafür. »Ich habe wirklich nicht viel gesehen, als der … der Kampf begann.« Er hatte neben Perrin mitten im Kampfgetümmel gestanden und eine Streitaxt mit einem Heft geschwungen, das fast so lang wie er groß war. Es war schwierig, auf anderes zu achten, wenn man um sein Leben kämpfte. Aber wenn man Loial zuhörte, konnte man glauben, er würde sich stets von

Gefahren fernhalten. »Glaubt Ihr, er würde es vielleicht tun, Kiruna Sedai?«

Kiruna und Bera wechselten Blicke und schwebten dann wortlos über den Boden zu den anderen. Loial sah ihnen nach und seufzte dann, was wie ein durch Höhlen fegender Wind klang.

»Du solltest wirklich aufpassen, Perrin«, flüsterte er. »Du sprichst immer so voreilig.« Jetzt klang er wie eine Hummel von der Größe einer Katze anstatt einer Bulldogge. Perrin glaubte, daß er vielleicht noch zu flüstern lernen würde, wenn sie genug Zeit in der Nähe von Aes Sedai verbrächten. Jetzt bedeutete er dem Ogier aber, still zu sein, damit er lauschen konnte. Die Schwestern begannen sich sofort zu unterhalten, aber kein Laut erreichte Perrins Ohren. Sie hatten eindeutig mit der Einen Macht eine Barriere errichtet.

Und eindeutig auch den *Asha'man* gegenüber. Sie waren plötzlich aufgesprungen und vollkommen auf die Schwestern konzentriert. Nichts besagte, daß sie *Saidin*, die männliche Hälfte der Wahren Quelle, ergriffen hatten, aber Perrin hätte Traber darauf verwettet. Und Gedwyns zornig-höhnischem Grinsen nach zu urteilen, war er ebenfalls zum Einsatz bereit.

Welches Hindernis auch immer die Aes Sedai errichtet hatten – inzwischen hatten sie es wieder beseitigt. Sie falteten die Hände und blickten schweigend den Hügel hinab. Die *Asha'man* wechselten Blicke, und Gedwyn konnte sie mit einer Handbewegung anscheinend beruhigen. Er wirkte enttäuscht. Perrin wandte sich verärgert um und blickte über die Wagen hinweg.

Rand schritt mit Min am Arm den Hügel hinauf, tätschelte ihre Hand und sprach mit ihr. Einmal warf er den Kopf zurück und lachte, und sie tat es ihm gleich, während sie ihre dunklen Locken zurückstrich, die ihr bis auf die Schultern reichten. Man hätte Rand für einen Landmann halten können, der mit seinem Mädchen

120

spazierenging. Nur hatte er sein Schwert umgebunden und ließ manchmal eine Hand das lange Heft entlanggleiten. Taim befand sich unmittelbar rechts neben ihm, und die Weisen Frauen folgten fast genauso dichtauf. Wie auch die Töchter des Speers und die *Siswai'aman*, Cairhiener und Mayener, die die Prozession vervollständigten.

Welche Erleichterung, daß er zumindest nicht auf dieses Schlachtfeld hinabzureiten hatte. Aber er mußte Rand wegen all der verwirrenden Feindseligkeiten warnen, die er heute morgen bemerkt hatte. Was würde er tun, wenn Rand nicht zuhörte? Rand hatte sich verändert, seit er die Zwei Flüsse verlassen hatte, und besonders, seit er von Coiren und den anderen entführt worden war. Nein. Er war gewiß bei gesundem Verstand.

Als Rand und Min den Wagenkreis betraten, blieb der größte Teil der Prozession draußen. Taim mit seiner dunklen Haut und der leicht hakenförmigen Nase, den die meisten Frauen, wie Perrin vermutete, wohl als gutaussehend beurteilten, beschützte Rand natürlich. Als Taim hereintrat, schaute er zu Gedwyn, der fast unmerklich den Kopf schüttelte. Ein Grinsen überzog Taims Gesicht, das aber genauso schnell wieder verschwand, wie es gekommen war.

Nandera und Sulin folgten Rand ebenfalls dichtauf, und Perrin wunderte sich, daß sie nicht noch zwanzig weitere Töchter des Speers mitgebracht hatten. Sie schienen Rand kaum auch nur baden zu lassen, ohne daß Töchter des Speers die Wanne bewachten, soweit Perrin es erkennen konnte. Er verstand nicht, warum Rand es duldete. Sie alle hatten ihre *Shoufa* um die Schultern drapiert, so daß kurzgeschnittenes Haar mit einem Pferdeschwanz am Hinterkopf zu sehen war. Nandera war eine kräftige Frau mit eher grauem als blondem Haar, aber ihre harten Gesichtszüge wirkten dennoch hübsch, wenn nicht sogar schön. Sulin – drahtig, vernarbt, lederartig und weißhaarig – ließ Nandera beinahe anmutig und fast sanft wirken. Sie beobachteten die *Asha'man* ebenfalls, ohne indes den Anschein zu erwecken, und betrachteten dann beide Gruppen Aes Sedai genauso wohlüberlegt. Nandera benutzte die Zeichensprache der Töchter des Speers. Perrin wünschte sich nicht zum ersten Mal, er könnte sie verstehen, aber eine Tochter des Speers würde eher den Speer aufgeben, um einen Schwächling zu heiraten, als daß sie einen Mann ihre Zeichensprache lehrte. Eine Tochter des Speers, die Perrin noch nicht bemerkt hatte und die an einem Wagen wenige Schritte von Gedwyn entfernt auf den Fersen hockte, antwortete gleichermaßen, wie auch eine weitere, die bis zu diesem Moment in der Nähe der Gefangenen mit einer Speerschwester Fadenfingerspiele gespielt hatte.

Amys brachte die Weisen Frauen herein und führte sie beiseite, um sich mit Sorilea und einigen anderen zu beraten, die in den Wagen geblieben waren. Trotz ihres für ihr hüftlanges weißes Haar zu jungen Gesichts, war Amys eine beeindruckende Frau, nach Sorilea die Zweite der Weisen Frauen. Sie benutzte die Eine Macht nicht, um ungehört zu bleiben, aber sieben oder acht Töchter des Speers bildeten sofort einen Kreis um sie und begannen leise vor sich hin zu singen. Einige saßen, andere standen, einige hockten auf den Fersen, jede für sich und alle wie zufällig. Wenn man töricht genug war, es zu glauben.

Perrin hatte den Eindruck, daß er sehr häufig seufzte, seit er mit Aes Sedai und Weisen Frauen und auch Töchtern des Speers zu tun hatte. Frauen schienen ihn in letzter Zeit nur noch aufzuregen.

Dobraine und Havien, die ihre Pferde führten und ohne ihre Soldaten kamen, bildeten die Nachhut. Havien hatte endlich einen Kampf gesehen. Perrin fragte sich, ob er jetzt noch genauso erpicht auf den nächsten war. Er war ungefähr im gleichen Alter wie Perrin, wirkte aber heute nicht mehr so jung wie zuvor. Dobraine, der den vorderen Teil seines langen, überwiegend grauen Haars in der Art der cairhienischen Soldaten geschnitten hatte, war nicht mehr jung, und der gestrige Kampf war bestimmt nicht sein erster gewesen, aber die Wahrheit war, daß auch er jetzt noch älter und besorgter aussah. Ihre Blicke suchten Perrin.

Zu einem anderen Zeitpunkt hätte er abgewartet, um zu erfahren, worüber sie sprechen wollten, aber jetzt glitt er aus dem Sattel, übergab Aram die Zügel und trat zu Rand. Andere waren vor ihm. Nur Sulin und Nandera schwiegen.

Kiruna und Bera waren in dem Moment zurückgewichen, als Rand den Wagenkreis betrat, und als Perrin sich näherte, sagte Kiruna gerade bedeutungsschwer zu Rand: »Ihr habt gestern das Heilen verweigert, aber jedermann kann erkennen, daß Ihr noch immer Schmerzen habt, auch wenn Alanna nicht bereit war, aus ihrer ...« Sie brach ab, als Bera ihren Arm berührte, fuhr aber dann fast ohne Pause fort. »Vielleicht seid Ihr jetzt bereit, geheilt zu werden?« Es klang wie: »Vielleicht seid Ihr inzwischen wieder zur Vernunft gekommen?«

»Die Angelegenheit der Aes Sedai muß unverzüglich geklärt werden, *Car'a'carn*«, sagte Amys unmittelbar nach Kiruna förmlich.

»Sie sollten unserer Obhut überlassen werden, Rand al'Thor«, fügte Sorilea in dem Augenblick hinzu, als auch Taim zu sprechen begann.

»Die Angelegenheit der Aes Sedai braucht nicht geklärt werden, mein Lord Drache. Meine *Asha'man* wissen, wie man mit ihnen umgehen muß. Sie könnten ohne weiteres in der Schwarzen Burg festgehalten werden.« Dunkle, leicht schrägstehende Augen zuckten zu Kiruna und Bera, und Perrin erkannte bestürzt, daß Taim *alle* Aes Sedai meinte und nicht nur jene, die Gefangene waren. Amys und Sorilea sahen Taim stirnrunzelnd an, aber die Blicke, die sie den beiden Aes Sedai zuwarfen, bedeuteten das gleiche.

Kiruna lächelte Taim und den Weisen Frauen zu, ein dünnes Lächeln, das zu ihren Lippen paßte. Es wurde vielleicht ein wenig härter, als sie den Mann in dem schwarzen Umhang ansah, aber sie schien seine Absicht noch nicht erkannt zu haben. Es genügte, daß er war, wer er war. Und was er war. »Unter den gegebenen Umständen«, sagte sie kühl, »werden mir Coiren Sedai und die anderen sicherlich ihr Ehrenwort geben. Ihr braucht Euch keine Sorgen mehr zu machen …«

Die anderen sprachen alle auf einmal.

»Diese Frauen haben keine Ehre«, sagte Amys verächtlich, und dieses Mal wurde deutlich, daß sie alle meinte. »Wie könnte ihr Ehrenwort etwas bedeuten? Sie …«

»Sie sind *Da'tsang*«, sagte Sorilea mit grimmiger Stimme, und Bera sah sie stirnrunzelnd an. Perrin hielt es für ein Wort aus der Alten Sprache – er hatte erneut das Gefühl, als sollte er sich beinahe daran erinnern können –, aber er wußte nicht, warum es die Aes Sedai zu fragenden Blicken veranlaßte. Oder warum Sulin den Weisen Frauen plötzlich zustimmend zunickte, die wie eine ins Tal rollende Felslawine fortfuhren. »Sie verdienen nichts Besseres als jeder andere …«

»Mein Lord Drache«, sagte Taim, als deute er auf das Offensichtliche hin, »Ihr wollt die Aes Sedai, sie alle, doch sicherlich in der Obhut jener wissen, denen Ihr vertraut, jener, die mit ihnen umgehen können, und wer könnte besser …«

»Das genügt!« schrie Rand.

Alle verfielen augenblicklich in Schweigen, verhielten sich aber sehr unterschiedlich. Taims Gesicht wurde ausdruckslos, obwohl er zornig roch. Amys und Sorilea wechselten Blicke und richteten im Gleichklang ihre

Stolen. Sie rochen ebenfalls gleich und zeigten den gleichen entschlossenen Gesichtsausdruck. Sie wollten, was sie wollten, und beabsichtigten es zu bekommen, ob mit oder ohne den *Car'a'carn*. Auch Kiruna und Bera wechselten so vielsagende Blicke, daß Perrin wünschte, er könnte sie auf die gleiche Weise deuten, wie seine Nase Gerüche zu deuten vermochte. Er sah zwei gelassene Aes Sedai, die sich selbst und alles, was sie wollten, unter Kontrolle hatten. Aber seine Nase roch zwei Frauen, die beunruhigt und überaus ängstlich waren. Bei Taim war er sich sicher. Sie schienen noch immer zu glauben, sie könnten Rand und die Weisen Frauen auf die eine oder andere Weise lenken, aber Taim und die *Asha'man* erfüllten sie mit der Angst des Lichts.

Min zog an Rands Hemdsärmel – sie hatte alle Anwesenden blitzartig überprüft und roch genauso besorgt wie die Schwestern. Rand tätschelte ihre Hand, während er alle anderen, einschließlich Perrin, genau beobachtete. Jedermann im Lager schaute zu, von den Leuten von den Zwei Flüssen bis zu den gefangenen Aes Sedai, wenn auch nur wenige Aiel nahe genug standen, um etwas hören zu können. Die Leute beobachteten Rand vielleicht, aber sie achteten nach Möglichkeit auch darauf, ihm aus dem Weg zu gehen.

»Die Weisen Frauen werden sich um die Gefangenen kümmern«, sagte Rand schließlich, und Sorilea roch plötzlich so zufrieden, daß Perrin sich heftig die Nase rieb. Taim schüttelte verärgert den Kopf, aber Rand rügte ihn, noch bevor er etwas sagen konnte. Er hatte einen Daumen hinter den Verschluß seines Schwertgürtels gehakt – in Form eines vergoldeten Drachen –, und seine Knöchel traten unter dem festen Griff weiß hervor. Seine andere Hand lag auf dem Schwertheft. »Die *Asha'man* sollen ausbilden – und rekrutieren –, nicht wachen. Vor allem bei Aes Sedai nicht.« Perrins Nackenhaare richteten sich auf, als er den Duft erkannte, der

125

von Rand heranschwebte, als er Taim ansah: Haß, durchdrungen von Angst. Licht, er mußte geistig gesund sein.

Taim nickte widerwillig. »Wie Ihr befehlt, mein Lord Drache.« Min betrachtete den schwarz gewandeten Mann unbehaglich und trat noch näher an Rand heran.

Kiruna roch erleichtert, aber mit einem letzten Blick auf Bera verlegte sie sich auf eigensinnige Bestimmtheit. »Diese Aiel-Frauen sind recht ehrenwert – einige hätten ihre Sache vielleicht gut gemacht, wenn sie zur Burg gelangt wären –, aber Ihr könnt ihnen die Aes Sedai nicht einfach übergeben. Das ist undenkbar! Bera Sedai und ich werden …«

Rand erhob eine Hand und erstickte ihre Worte. Vielleicht war es auch sein Blick oder der Anblick eines durch seinen zerrissenen Ärmel deutlich sichtbaren rotgoldenen Drachen, die sich um seine Unterarme wanden. Der Drache glänzte im Sonnenlicht. »Habt Ihr mir Treue geschworen?« Kirunas Augen traten hervor, als hätte sie etwas in die Magengrube getroffen.

Kurz darauf nickte sie, wenn auch sehr widerwillig. Sie wirkte jetzt genauso ungläubig wie am Tag zuvor, als sie sich am Ende der Schlacht dort unten am Brunnen niedergekniet und unter dem Licht und bei ihrer Hoffnung auf Seelenheil und Wiedergeburt geschworen hatte, dem Wiedergeborenen Drachen zu gehorchen und ihm zu dienen, bis die Letzte Schlacht begonnen und vergangen war. Perrin verstand ihre Bestürzung. Wenn sie es, selbst ohne die Drei Eide, geleugnet hätte, hätte er seinen eigenen Erinnerungen nicht mehr getraut. Neun Aes Sedai auf Knien, die Gesichter voller Entsetzen über die Worte, die aus ihrem Mund strömten, und die ungläubig rochen. Jetzt war Beras Mund zusammengepreßt, als hätte sie in eine schlechte Pflaume gebissen.

Ein Aielmann schloß sich der kleinen Gruppe an, ein

Mann, der ungefähr genauso groß war wie Rand, mit wettergegerbtem Gesicht und Spuren von Grau in seinem dunkelroten Haar; er nickte Perrin zu und berührte leicht Amys' Hand. Vielleicht drückte sie seine Hand als Erwiderung kurz, denn Rhuarc war ihr Ehemann, aber mehr Zuneigung zeigten Aiel vor anderen nicht. Er war auch der Clanhäuptling der Tardaad Aiel – er und Gaul waren die einzigen beiden Männer, die das *Siswai'aman*-Stirnband nicht trugen –, und er und eintausend Speerträger hatten seit gestern abend verstärkt gekundschaftet.

Sogar ein blinder Mann in einem anderen Land hätte die Stimmung um Rand erspüren können, und Rhuarc war kein Narr. »Komme ich gelegen, Rand al'Thor?« Als Rand ihm zu sprechen bedeutete, fuhr er fort. »Die Shaido fliehen so schnell wie möglich nach Osten. Ich habe im Norden berittene Männer mit grünen Umhängen gesehen, aber sie gingen uns aus dem Weg, und Ihr sagtet, wir sollten sie ziehen lassen, es sei denn, sie bereiteten uns Ärger. Ich glaube, sie haben Aes Sedai verfolgt, die entkommen konnten. Es waren mehrere Frauen bei ihnen.« Kalte blaue Augen betrachteten die beiden Aes Sedai vollkommen ausdruckslos und hart. Früher hatte sich Rhuarc in Gegenwart von Aes Sedai ungezwungen bewegt – jeder Aiel hatte das getan –, aber das war spätestens seit gestern vorbei.

»Das sind gute Neuigkeiten. Ich würde fast alles darum geben, Galina zu ergreifen, aber es sind dennoch gute Nachrichten.« Rand berührte erneut sein Schwertheft und lockerte die Klinge in ihrer dunklen Scheide, ohne sich dieser Bewegung bewußt zu sein. Galina, eine Rote, hatte die Schwestern angeführt, die ihn gefangengehalten hatten, und auch wenn er sich heute nicht mehr über sie aufregte, war er gestern doch zornig gewesen, als sie entkommen war. Selbst jetzt wirkte seine Ruhe frostig. Es war die Art Ruhe, die schwelenden

127

Zorn verbarg, und sein Geruch verursachte Perrin eine Gänsehaut. »Sie werden bezahlen. Jeder einzelne von ihnen.« Es wurde nicht deutlich, ob Rand die Shaido oder die entkommenen Aes Sedai oder beide meinte.

Bera wandte unbehaglich den Kopf, und er richtete seine Aufmerksamkeit wieder auf sie und Kiruna. »Ihr habt mir Treue geschworen, und darauf vertraue ich.« Er hob die Hand, Daumen und Zeigefinger fast zusammen, um zu verdeutlichen, wie weit er ihnen traute. »Aes Sedai wissen immer alles besser als andere, oder zumindest glauben sie es. Also vertraue ich darauf, daß Ihr tut, was ich sage, aber Ihr werdet ohne meine Erlaubnis nicht einmal ein Bad nehmen. Oder ohne die Erlaubnis einer Weisen Frau.«

Jetzt wirkte Bera, als wäre sie geschlagen worden. Ihre hellbraunen Augen glitten erstaunlich würdevoll zu Amys und Sorilea, und Kiruna zitterte vor Anstrengung, es ihr nicht gleichzutun. Die beiden Weisen Frauen richteten nur ihre Stolen, aber ihre Gerüche waren erneut gleich. Zufriedenheit strömte wellenförmig von ihnen aus, eine äußerst grimmige Zufriedenheit. Perrin war froh darüber, daß die Aes Sedai nicht seinen Geruchssinn besaßen, sonst wären sie auf der Stelle zum Kampf bereit gewesen. Oder vielleicht auch davonzulaufen und ihre Würde aufzugeben. Das hätte er getan.

Rhuarc stand da und betrachtete müßig die Spitze eines seiner Kurzspeere. Dies war eine Angelegenheit der Weisen Frauen, und er sagte stets, es kümmere ihn nicht, was die Weisen Frauen taten, solange sie ihre Finger aus den Angelegenheiten der Clanhäuptlinge heraushielten. Aber Taim … Er gab vor, sich nicht zu sorgen, kreuzte die Arme und sah sich mit gelangweiltem Gesichtsausdruck im Lager um, und doch roch er seltsam, schwierig. Perrin hätte behauptet, der Mann sei belustigt und entschieden besserer Stimmung als zuvor.

128

»Der Eid, den wir geleistet haben«, sagte Bera schließlich mit in die Hüften gestemmten Fäusten, »bindet jedermann außer einen Schattenfreund.« Nein, ihnen gefiel nicht, was sie geschworen hatten. »Wagt Ihr es, uns zu beschuldigen ...?«

»Wenn ich das glaubte«, fuhr Rand sie an, »wärt Ihr bereits mit Taim auf dem Weg zur Schwarzen Burg. Ihr habt geschworen zu gehorchen. Nun, dann gehorcht!«

Bera zögerte einen langen Moment, wirkte aber wieder so hoheitsvoll, wie eine Aes Sedai nur sein konnte. Eine Aes Sedai konnte eine Königin auf ihrem Thron wie eine Schlampe aussehen lassen. Sie vollführte andeutungsweise einen Hofknicks und neigte steif den Kopf.

Kiruna wiederum bemühte sich sichtlich, sich zusammenzureißen, die Ruhe, die sie annahm, so hart und spröde wie ihre Stimme. »Müssen wir also diese *würdigen* Aiel um *Erlaubnis* bitten, Euch fragen zu dürfen, ob Ihr jetzt bereit seid, geheilt zu werden? Ich weiß, daß Galina Euch schlecht behandelt hat. Ich weiß, daß Ihr von Kopf bis Fuß mit Wunden übersät seid. Nehmt das Heilen an. Bitte.« Sogar dieses ›Bitte‹ klang wie ein Befehl.

Min regte sich neben Rand. »Du solltest genauso dankbar dafür sein, wie ich es war, Schafhirte. Du hast nicht gern Schmerzen. Jemand *muß* es tun, sonst ...« Sie grinste schelmisch, fast wie die Min, an die Perrin sich von der Zeit her erinnerte, bevor sie entführt wurde. »... sonst wirst du nicht auf einem Sattel sitzen können.«

»Junge Männer und Narren«, sagte Nandera plötzlich zu niemandem im besonderen, »ertragen manchmal Schmerzen, die sie nicht ertragen müßten, um ihren Stolz zu zeigen. Und ihre Torheit.«

»Der *Car'a'carn*«, fügte Sulin trocken und ebenfalls an die Luft gewandt hinzu, »ist kein Narr. Das glaube ich jedenfalls.«

Rand erwiderte Mins Lächeln herzlich und sah dann Nandera und Sulin an, aber als er seinen Blick wieder zu Kiruna hob, wirkten seine Augen erneut steinhart. »Nun gut.« Als sie vortrat, fügte er hinzu: »Aber nicht Ihr sollt es tun.« Ihr Gesicht wurde so starr, daß es zu zerspringen drohte. Taim verzog den Mund zu einem Lächeln und trat auf Rand zu, aber Rand streckte hinter ihm plötzlich eine Hand aus. »Ihr sollt es tun. Kommt her, Alanna.«

Perrin zuckte zusammen. Rand hatte direkt auf Alanna gedeutet, ohne auch nur hinzusehen. Dadurch begann es in Perrins Nacken zu kribbeln, wenn er auch nicht wußte warum. Dieses Gefühl schien auch Taim ergriffen zu haben. Das Gesicht des Mannes wurde eine höfliche Maske, aber sein Blick flackerte zwischen Rand und Alanna hin und her, und die einzige Bezeichnung, die Perrin für den sich in seine Nase windenden Geruch einfiel, war ›verwirrt‹.

Auch Alanna zuckte zusammen. Aus welchem Grund auch immer, sie war schon gereizt, seit sie sich Perrin auf dem Weg hierher angeschlossen hatte. Ihre Heiterkeit war bestenfalls eine dünne Maske. Jetzt glättete sie ihre Röcke, warf einen trotzigen Blick zu Kiruna und Bera und stellte sich schließlich vor Rand. Die anderen beiden Schwestern beobachteten sie wie Lehrer, die sichergehen wollten, daß ein Schüler seine Sache gut machte, aber nicht davon überzeugt waren. All das ergab keinen Sinn. Vielleicht war eine von ihnen die Anführerin, aber Alanna *war* immerhin genauso eine Aes Sedai wie sie. Das erhärtete Perrins Verdacht noch. Sich mit Aes Sedai einzulassen, ähnelte zu sehr dem Waten in den Strömen des Wasserwaldes nahe dem Mire: Wie friedlich die Oberfläche auch schien – die unterschwelligen Strömungen konnten einen von den Füssen reißen. Hier schienen jeden Moment neue Unterströmungen aufzutauchen, und nicht nur von seiten der Schwestern.

Ungehörigerweise umfaßte Rand Alannas Kinn und wandte ihr Gesicht zu sich. Bera sog zischend den Atem ein, und Perrin mußte ihr zum ersten Mal recht geben. Rand wäre nicht einmal bei einem Tanzfest zu Hause einem Mädchen gegenüber so forsch gewesen, und Alanna war kein Mädchen auf einem Tanzfest. Genauso überraschend war, daß sie errötete und unsicher roch. Aes Sedai erröteten nach Perrins Erfahrung nicht, und sie waren *niemals* unsicher.

»Heilt mich«, sagte Rand, und es klang wie ein Befehl, nicht wie eine Bitte. Alanna errötete noch stärker und roch jetzt auch ein wenig verärgert. Ihre Hände zitterten, als sie sie hob, um seinen Kopf zu umfassen.

Perrin rieb sich unbewußt die Handfläche, diejenige, die ein Shaidospeer gestern aufgerissen hatte. Kiruna hatte mehrere seiner Wunden Geheilt, und er war auch schon früher Geheilt worden. Es fühlte sich an, als würde man mit dem Kopf zuerst in einen gefrorenen Teich getaucht. Man keuchte und zitterte und bekam schwache Knie. Und man wurde für gewöhnlich hungrig. Rand zeigte jedoch nur durch ein leichtes Zittern an, daß etwas mit ihm geschah.

»Wie ertragt Ihr den Schmerz?« flüsterte Alanna ihm zu.

»Also ist es vorbei«, erwiderte er und nahm ihre Hände fort. Rand wandte sich ohne ein Wort des Dankes von ihr ab. Dann schien er noch etwas sagen zu wollen, hielt inne, wandte sich halbwegs um und schaute zu den Brunnen von Dumai zurück.

»Sie sind alle gefunden worden, Rand al'Thor«, sagte Amys sanft.

Er nickte und nickte dann noch einmal heftiger. »Es ist an der Zeit zu gehen. Sorilea, wollt Ihr die Weisen Frauen benennen, die die Gefangenen von den *Asha'man* übernehmen? Und auch Begleiter für Kiruna und … meine anderen Gefolgsfrauen.« Er grinste flüchtig. »Ich will nicht, daß sie durch Unwissen auf Abwege geraten.«

»Alles wird Euren Wünschen gemäß geschehen, *Car'a'carn.*« Die Weise Frau mit dem lederartigen Gesicht richtete entschlossen ihre Stola und wandte sich dann an die drei Schwestern. »Schließt Euch zunächst Euren Freunden an.« Wie nicht anders zu erwarten, runzelte Bera die Stirn und Kiruna wurde der fleischgewordene Frost. Alanna schaute ergeben, fast schwermütig zu Boden. Sorilea tat nichts von alledem. Sie klatschte laut in die Hände und vollführte rasche, scheuchende Bewegungen. »Nun? Geht! Geht!«

Die Aes Sedai ließen sich widerwillig davontreiben, vermittelten aber den Eindruck, als gingen sie nur hin, wo sie hingehen wollten. Amys schloß sich Sorilea an und flüsterte etwas, was Perrin nicht verstehen konnte. Die drei Aes Sedai hatten es aber offensichtlich verstanden. Sie blieben jäh stehen, und drei *sehr* bestürzte Gesichter blickten zu den Weisen Frauen zurück. Sorilea klatschte nur erneut in die Hände, noch lauter als zuvor, und scheuchte sie noch rascher voran.

Perrin kratzte sich den Bart, während er Rhuarcs Blick begegnete. Der Clanhäuptling lächelte versonnen und zuckte die Achseln. Es war eine Angelegenheit der Weisen Frauen. Das war für ihn in Ordnung. Aiel waren genauso schicksalsergeben wie Wölfe. Perrin schaute zu Gedwyn. Der Bursche beobachtete, wie Sorilea den Aes Sedai eine Lektion erteilte. Nein, er beobachtete die Schwestern wie ein Fuchs, der Hühner in einem Hühnerhof beobachtete, die sich gerade außerhalb seiner Reichweite befanden. *Die Weisen Frauen müssen besser sein als die* Asha'man, dachte Perrin. *Sie müssen besser sein.*

Wenn Rand das stumme Spiel bemerkt hatte, zeigte er es zumindest nicht. »Taim, Ihr bringt die *Asha'man* zur Schwarzen Burg zurück, sobald die Weisen Frauen die

Gefangenen übernommen haben. Denkt daran, auf jeden Mann zu achten, der zu schnell lernt. Und erinnert Euch an meine Worte über das Anwerben.«

»Das könnte ich wohl kaum vergessen, mein Lord Drache«, erwiderte der schwarz gewandete Mann trocken. »Ich werde mich persönlich um diese Reise kümmern. Aber wenn ich das Thema noch einmal anschneiden dürfte ... Ihr braucht eine angemessene Ehrengarde.«

»Das haben wir bereits besprochen«, sagte Rand kurz angebunden. »Ich weiß bessere Verwendungsmöglichkeiten für die *Asha'man*. Wenn ich eine Ehrengarde brauche, werden die Männer genügen, die ich bereits bei mir habe. Perrin, würdest du ...?«

»Mein Lord Drache«, unterbrach Taim ihn, »Ihr braucht mehr als nur einige *Asha'man* in Eurer Nähe.«

Rand wandte sich Taim zu. Sein Gesichtsausdruck gab ebenso wenig preis wie die Mienen der Aes Sedai, aber sein Geruch erweckte in Perrin den Wunsch, die Ohren verschließen zu können. Rasiermesserscharfe Wut verwandelte sich plötzlich in schwache und versuchsweise Neugier und nebelhafte Vorsicht. Dann vereinnahmte heftiger, mörderischer Zorn jede Empfindung. Rand schüttelte nur ganz leicht den Kopf und roch jetzt kalt entschlossen. Niemandes Geruch änderte sich so schnell. Niemandes.

Taim konnte sich natürlich nur auf seine Augen verlassen, und sie hatten ihm lediglich gezeigt, daß Rand ganz leicht den Kopf geschüttelt hatte. »Denkt nach. Ihr habt vier Geweihte und vier Soldaten erwählt. Ihr hättet *Asha'man* erwählen sollen.« Perrin verstand das nicht. Er hatte geglaubt, sie seien *alle Asha'man*.

»Ihr meint, ich könnte sie nicht genauso gut lehren wie Ihr?« Rands Stimme klang sanft, das Flüstern einer in ihre Scheide gleitenden Klinge.

»Ich glaube, daß der Lord Drache zu beschäftigt ist zu

lehren«, erwiderte Taim glatt, aber der zornige Geruch schwebte erneut von ihm heran. »Und zu wichtig. Nehmt die am besten ausgebildeten Männer. Ich kann die Fortgeschrittensten erwählen ...«

»Einen«, unterbrach Rand ihn. »Und ich werde ihn selbst erwählen.« Taim lächelte und spreizte ergeben die Hände, aber der Geruch der Enttäuschung überwältigte fast den Zorn. Rand deutete erneut auf jemanden, ohne hinzusehen. »Er.« Dieses Mal schien er überrascht, als er feststellte, daß er direkt auf einen Mann mittleren Alters gedeutet hatte, der auf einem umgedrehten Faß auf der anderen Seite des Wagenkreises saß und der Versammlung um Rand keinerlei Beachtung schenkte. Statt dessen hatte der Mann die Ellbogen auf die Knie und das Kinn in die Hand gestützt und betrachtete stirnrunzelnd die gefangenen Aes Sedai. Schwert und Drache schimmerten am hohen Kragen seines schwarzen Umhangs. »Wie heißt er, Taim?«

»Dashiva«, sagte Taim zögernd, während er Rand forschend betrachtete. Er roch noch überraschter als Rand und auch verärgert. »Corlan Dashiva. Von einem Bauernhof in den Schwarzen Bergen.«

»Er wird genügen«, sagte Rand, aber er klang sich dessen selbst nicht sicher.

»Dashiva gewinnt schnell an Kraft, aber er schwebt oft mit dem Kopf in den Wolken. Und selbst wenn es nicht so ist, befindet er sich nicht immer vollkommen hier. Vielleicht ist er nur ein Tagträumer, aber vielleicht berührt auch der Makel *Saidins* bereits seinen Geist. Ihr solltet lieber Torval oder Rochaid erwählen oder ...«

Taims Widerstand schien Rands Unsicherheit fortzuwischen. »Ich sagte, Dashiva wird genügen. Teilt ihm mit, daß er mit mir kommen soll, und dann übergebt die Gefangenen den Weisen Frauen und geht. Ich beabsichtige nicht, den ganzen Tag hier zu stehen und zu streiten. Perrin, bereite alle auf den Aufbruch vor. Und sag mir Bescheid, wenn sie fertig sind.« Damit schritt er ohne ein weiteres Wort davon, während sich Min an seinen Arm klammerte und Nandera und Sulin ihm wie Schatten folgten. Taims dunkle Augen glitzerten. Dann stolzierte auch er davon und rief nach Gedwyn und Rochaid, Torval und Kisman. Die schwarz gewandeten Männer liefen herbei.

Perrin verzog das Gesicht. Obwohl er Rand so vieles zu sagen hätte, hatte er den Mund nicht einmal aufgemacht. Vielleicht sollten es ihm besser die Aes Sedai und die Weisen Frauen sagen. Und Taim.

Es gab für ihn nicht viel zu tun. Er sollte die Aufsicht übernehmen, da er die Retter hierhergeführt hatte, aber Rhuarc wußte besser, was getan werden mußte, als er es jemals wissen würde, und ein Wort zu Dobraine und Havien genügte für die Cairhiener und Mayener. Ihnen brannte noch immer etwas auf der Seele, obwohl sie sich zurückhielten, bis sie allein waren und Perrin fragte, was los sei.

Da brach es aus Havien heraus. »Lord Perrin, es ist der Lord Drache. Dieses Abschreiten der Leichname ...«

»Es schien ein wenig ... übertrieben«, unterbrach Dobraine ihn ruhig. »Wir sorgen uns um ihn, wie Ihr sicherlich verstehen werdet. Zu vieles hängt von ihm ab.« Er sah vielleicht aus wie ein Soldat, und er war ein Soldat, aber er war auch ein cairhienischer Herr, jedoch im Spiel der Häuser mit all seinen diplomatischen Reden genauso ungeübt wie jeder andere Cairhiener. »Er hat sich seine geistige Gesundheit noch immer bewahrt«, sagte Perrin geradeheraus. Dobraine nickte nur, als habe er das erwartet, und zuckte die Achseln, als habe er es niemals in Frage stellen wollen, aber Havien wurde tiefrot. Perrin beobachtete, wie sie zu ihren Männern zurückkehrten, und schüttelte den Kopf. Er hoffte, daß er nicht gelogen hatte.

Er versammelte die Männer von den Zwei Flüssen,

befahl ihnen, ihre Pferde zu satteln, und ignorierte die fast überschwenglichen Verbeugungen. Sogar Faile sagte manchmal, daß die Leute von den Zwei Flüssen das Verbeugen übertrieben. Sie glaubte, sie versuchten noch herauszufinden, wie man sich einem Herrn gegenüber benimmt. Er erwog, ihnen zuzurufen: »Ich bin kein Herr.« Aber er hatte es schon früher versucht, und es hatte nichts bewirkt.

Während alle anderen zu ihren Pferden eilten, blieben Dannil Lewin und Ban al'Seen zurück. Sie waren Cousins, beide hager und einander sehr ähnlich, aber Dannil trug seinen Schnurrbart auf Taraboner Art wie Hörner nach unten gebogen, während Ban nach Arad-Doman-Art schmale Striche dunklen Haars unter seiner wie eine Breithacke geformten Nase trug. Flüchtlinge hatten viel Neues in die Zwei Flüsse gebracht.

»Diese *Asha'man* kommen mit uns?« fragte Dannil. Als Perrin den Kopf schüttelte, atmete er so erleichtert aus, daß sich sein dichter Schnurrbart bewegte.

»Und was ist mit den Aes Sedai?« fragte Ban besorgt. »Sie werden jetzt freikommen, nicht wahr? Ich meine, Rand ist befreit. Der Lord Drache, meine ich. Sie können nicht gefangen bleiben, nicht Aes Sedai.«

»Sorgt ihr beide einfach dafür, daß jedermann zum Aufbruch bereit ist«, sagte Perrin. »Überlaßt Rand die Sorge um die Aes Sedai.« Die beiden zuckten sogar gleichzeitig zusammen. Zwei Finger wurden gehoben, um besorgt die Schnurrbärte zu kratzen, während Perrin ruckartig die Hand vom Kinn nahm. Es wirkte, als habe er Flöhe.

Das Lager brach im Handumdrehen in Geschäftigkeit aus. Alle hatten bald aufzubrechen erwartet, und doch hatte auch jedermann noch Dinge zu erledigen. Die Diener der gefangenen Aes Sedai und die Wagenführer luden hastig letzte Gegenstände in die Wagen und spannten die Pferde ein. Überall schienen Cairhiener und Mayener zu sein und Sättel und Zaumzeuge zu überprüfen. Unbekleidete *Gai'shain* liefen in alle Richtungen, obwohl die Aiel nicht viel zu tun zu haben schienen, um aufbruchbereit zu sein.

Lichtblitze außerhalb der Wagen verkündeten den Aufbruch Taims und der *Asha'man.* Danach fühlte Perrin sich besser. Von den neun verbliebenen *Asha'man* war noch einer außer Dashiva in mittlerem Alter, ein untersetzter Bursche mit dem Gesicht eines Bauern. Ein anderer, der hinkte und dessen Gesicht von weißen Haaren umrahmt war, hätte leicht ein Großvater sein können. Die anderen waren jünger, einige kaum mehr als Jungen, und doch beobachteten sie das ganze Durcheinander mit der Selbstbeherrschung von Männern, die dies schon ein Dutzend Male mitgemacht hatten. Sie hielten sich jedoch abseits, bis auf Dashiva, der nur wenige Schritte von Perrin entfernt stand und ins Leere blickte. Perrin erinnerte sich an Taims Warnung in bezug auf den Burschen und hoffte, daß er wirklich nur tagträumte.

Perrin fand Rand auf einer Holzdeichsel sitzend, die Ellbogen auf die Knie gestützt. Sulin und Nandera hockten auf beiden Seiten Rands und vermieden angestrengt den Blick auf das Schwert an seiner Hüfte. Sie hielten ihre Speere und Schilde hier inmitten der Menschen, die Rand treu ergeben waren, nur lose umfaßt und behielten alles im Auge, was sich in seiner Nähe bewegte. Min saß mit untergeschlagenen Beinen auf dem Boden zu seinen Füßen und blickte lächelnd zu ihm auf.

»Ich hoffe, du weißt, was du tust, Rand«, sagte Perrin und verlagerte das Heft seiner Streitaxt, damit er sich hinhocken konnte. Niemand außer Min und Rand und den beiden Töchtern des Speers war nahe genug, um ihn hören zu können. Wenn Sulin oder Nandera zu den Weisen Frauen laufen wollten, dann sollte es so sein. Er berichtete ohne weitere Vorrede über das, was er heute morgen beobachtet hatte. Was er außerdem gerochen hatte, erwähnte er jedoch nicht. Rand gehörte nicht zu den wenigen, die von ihm und den Wölfen wußten. Er gab vor, alles nur gesehen und gehört zu haben. Die *Asha'man* und die Weisen Frauen. Die *Asha'man* und die Aes Sedai. Die Weisen Frauen und die Aes Sedai. Der ganze durcheinandergeratene Zunder, der jeden Moment in Flammen aufgehen konnte. Und er ließ auch die Leute von den Zwei Flüssen nicht aus. »Sie machen sich Sorgen, Rand, und wenn sie schwitzen, kannst du sicher sein, daß irgendein Cairhiener daran denkt, etwas zu unternehmen. Oder ein Tairener. Vielleicht wollen sie den Gefangenen nur zur Flucht verhelfen, vielleicht aber auch etwas Schlimmeres. Licht, ich könnte mir bei Dannil und Ban und fünfzig weiteren vorstellen, wie sie ihnen zur Flucht verhelfen, wenn sie wüßten, wie sie es anstellen sollten.«

»Du glaubst also, etwas anderes wäre soviel schlimmer?« bemerkte Rand ruhig, und Perrins Haut kribbelte.

Er erwiderte Rands Blick offen. »Tausendmal schlimmer«, antwortete er mit ebenso ruhiger Stimme. »Ich will nicht an einem Mord teilhaben. Wenn du das willst, werde ich mich dir in den Weg stellen.« Es entstand ein ausgedehntes Schweigen, bei dem unbewegte blaugraue Augen unbewegten goldenen Augen begegneten.

Während sie sich gegenseitig stirnrunzelnd betrachteten, stieß Min einen verärgerten Laut aus. »Ihr zwei Wollköpfe! Rand, du weißt, daß du niemals einen solchen Befehl erteilen oder zulassen würdest, daß jemand anderer ihn erteilt. Perrin, du weißt, daß er das nicht tun würde. Und jetzt hört auf, euch wie zwei feindliche Hähne im Hühnerhof zu benehmen.«

Sulin kicherte, aber Perrin hätte Min gern gefragt, wie sicher sie sich dessen sei. Er konnte ihr diese Frage jedoch nicht stellen. Rand fuhr sich mit den Fingern durchs Haar und schüttelte dann den Kopf wie jemand, der sich gegen Worte eines Unsichtbaren wehrte. Gegen eine Stimme, wie Wahnsinnige sie hörten.

»Es ist schließlich niemals leicht«, sagte Rand nach einer Weile und wirkte traurig. »Die bittere Wahrheit ist, daß ich nicht weiß, was schlimmer wäre. Ich habe keine guten Wahlmöglichkeiten. Dafür haben sie selbst gesorgt.« Sein Gesicht wirkte verzagt, aber er roch zornig. »Lebendig oder tot – sie sind ein Mühlstein an meinem Hals und könnten ihn mir so oder so brechen.«

Perrin folgte seinem Blick zu den gefangenen Aes Sedai. Sie standen jetzt alle zusammen, obwohl es ihnen dennoch gelang, ein wenig Abstand zwischen die drei Gedämpften und die übrigen zu bringen. Die Weisen Frauen um sie herum gaben nur mit Gesten und angespannten Gesichtern knappe Befehle. Vielleicht waren die Weisen Frauen auch besser, als Rand glaubte. Wenn er nur Gewißheit hätte.

»Hast du etwas gesehen, Min?« fragte Rand.

Perrin zuckte zusammen und warf einen warnenden Blick zu Sulin und Nandera, aber Min lachte weich. Sie lehnte an Rands Knie und schien wirklich zum ersten Mal, seit sie sie bei den Brunnen gefunden hatten, wieder so wie die Min, die Perrin kannte. »Perrin, sie wissen über mich Bescheid. Die Weisen Frauen, die Töchter des Speers, vielleicht alle. Und es kümmert sie nicht.« Sie besaß ein Talent, das sie genauso verborgen hielt wie er die Wölfe. Sie sah mitunter Menschen umgebende Bilder und Auren und erkannte manchmal, was sie bedeuteten. »Du kannst nicht wissen, wie das ist, Perrin. Ich war zwölf, als es angefangen hat, und ich wußte es damals nicht zu verbergen. Jedermann glaubte, ich würde einfach Dinge erfinden. Bis ich erzählte, daß ein Mann aus der nächsten Straße eine Frau heiraten würde, mit der ich ihn sah, der aber bereits verheiratet war. Als er dann mit ihr davonlief, führte seine Frau eine Menschenmenge zum Haus meiner Tanten und behauptete, ich sei dafür verantwortlich, da ich bei ihrem Mann die Eine Macht benutzt oder den beiden eine Art Trank verabreicht hätte.« Min schüttelte den Kopf. »Sie war nicht allzu scharfsichtig. Sie mußte einfach jemanden beschuldigen. Es hieß auch, ich sei eine Schattenfreundin. Kurz vor dieser Geschichte waren einige Weißmäntel in der Stadt gewesen und hatten versucht, die Menschen aufzuwiegeln. Tante Rana überzeugte mich davon zu erzählen, ich hätte die beiden einfach belauscht, Tante Miren versprach mich zu versohlen, wenn ich Geschichten verbreitete, und Tante Jan sagte, sie würde mir Medizin verabreichen. Sie haben es natürlich nicht getan – sie kannten die Wahrheit –, aber wären sie nicht so unbefangen umgegangen, zumal ich noch ein Kind war, hätte ich verletzt oder sogar getötet werden können. Die meisten Menschen mögen Leute nicht, die Dinge über ihre Zukunft wissen. Die meisten Menschen wollen nichts davon hören, es sei denn natürlich, es wäre etwas Gutes. Das galt selbst für meine Tanten. Aber für die Aiel bin ich aus Höflichkeitsgründen eine Art Weise Frau.«

»Einige Menschen vermögen Dinge, die andere nicht können«, sagte Nandera, als genüge das als Erklärung.

Min lachte erneut, streckte die Hand aus und berührte das Knie der Tochter des Speers. »Danke.« Sie schaute zu Rand auf. Jetzt, wo sie wieder lachte, besaß sie eine besondere Ausstrahlung. Das hielt sogar noch an, nachdem sie wieder ernst geworden war. Ernst und nicht sehr froh. »Um auf deine Frage zurückzukommen – ich habe nichts Nützliches gesehen. Bei Taim sehe ich in der Vergangenheit und in der Zukunft Blut, aber das dürfte dich nicht überraschen. Er ist ein gefährlicher Mann. Sie scheinen wie die Aes Sedai Bilder auf sich zu vereinen.« Ein Seitenblick durch gesenkte Wimpern zu

140

Dashiva und den anderen *Asha'man* verdeutlichte, wen sie meinte. Um die meisten Menschen waren nur wenige Bilder zu sehen, aber Min sagte, bei Aes Sedai und Behütern sei dies anders. »Das Problem ist, daß die Bilder, die ich sehen kann, verschwommen sind. Ich glaube, das kommt dadurch, daß sie die Macht halten. Das ist bei Aes Sedai anscheinend häufig der Grund, und es wird noch schwieriger, wenn sie die Macht gerade lenken. Um Kiruna und die anderen kann ich viele Dinge sehen, aber sie bleiben stets so dicht zusammen, daß alles, nun ... die meiste Zeit durcheinandergerät. Und bei den Gefangenen ist es noch unklarer.«

»Mach dir keine Gedanken um die Gefangenen«, riet Rand ihr. »Sie werden Gefangene bleiben.«

»Aber Rand, ich habe weiterhin das Gefühl, daß da noch etwas Wichtiges ist – wenn ich es nur herauslösen könnte. Du mußt es erfahren.«

»Wenn man nicht alles weiß, muß man mit dem weitermachen, was man weiß«, zitierte Rand. »Anscheinend weiß ich niemals alles, und die meiste Zeit kaum genug. Aber ich habe keine andere Wahl, als weiterzumachen, nicht wahr?« Es war eigentlich keine Frage, sondern eine Feststellung.

Loial schlenderte heran, trotz seiner offensichtlichen Müdigkeit fast vor Tatendrang berstend. »Rand, sie sagen, sie seien aufbruchbereit, aber du hast versprochen, mir alles zu erzählen, solange es dir noch frisch in Erinnerung ist.« Seine Ohren zuckten plötzlich verlegen, und die dröhnende Stimme wurde traurig. »Es tut mir leid. Ich weiß, daß es nichts Erfreuliches ist. Aber ich muß es wissen. Für das Buch. Für die Generationen.«

Rand stand lachend auf und zog am geöffneten Umhang des Ogiers. »Für die Generationen? Reden Dichter alle so? Mach dir keine Sorgen, Loial. Es wird mir noch immer frisch in Erinnerung sein, wenn ich es dir erzähle. Ich werde es nicht vergessen.« Ein grimmiger, verärgerter Geruch schwebte trotz des Lächelns blitzartig von ihm heran und verging wieder. »Aber erst, wenn wir wieder in Cairhien sind, alle ein Bad genommen und in einem Bett geschlafen haben.« Rand bedeutete Dashiva, näher zu treten.

Der Mann war nicht hager, bewegte sich aber dennoch auf zögerliche, kriecherische Art, die Hände an der Taille gefaltet, wodurch er diesen Eindruck erweckte. »Mein Lord Drache?« sagte er mit geneigtem Kopf.

»Könnt Ihr ein Wegetor eröffnen, Dashiva?«

»Natürlich.« Dashiva rieb sich die Hände und benetzte mit der Zungenspitze die Lippen, und Perrin fragte sich, ob der Mann immer so unruhig war oder nur dann, wenn er mit dem Wiedergeborenen Drachen sprach. »Genauer gesagt, lehrt der M'hael das Schnelle Reisen, sobald sich ein Schüler als ausreichend stark dafür erweist.«

»Der M'hael?« fragte Rand blinzelnd.

»Der Titel Lord Mazrim Taims, Mylord Drache. Er bedeutet in der Alten Sprache ›Anführer‹.« Das Lächeln des Burschen wirkte gleichzeitig beunruhigt und herablassend. »Ich habe auf dem Bauernhof viel gelesen. Jedes Buch, das die Hausierer mitbrachten.«

»Der M'hael«, murrte Rand mißbilligend. »Nun, sei es, wie es sei. Gestaltet mir ein Wegetor nach Cairhien, Dashiva. Es ist an der Zeit nachzusehen, was in der Welt geschehen ist, während ich fort war, und was ich dagegen tun muß.« Dann lachte er kläglich, und dieser Klang verursachte Perrin eine Gänsehaut.

KAPITEL 3

Der Hügel
der goldenen Dämmerung

Auf einem weiten, niedrigen Hügelkamm einige Meilen nordöstlich der Stadt Cairhien, ein gutes Stück von jeglicher Straße oder menschlichen Ansiedlung entfernt, erschien ein schmaler, vertikaler Lichtblitz, größer als ein Mann zu Pferde. Der Boden fiel in alle Richtungen wellenförmig sanft ab. Nur gelegentliches Unterholz versperrte den Blick bis zum umgebenden Wald auf mehr als eine Meile. Braunes Gras wurde niedergedrückt, als das Licht zu kreisen schien und sich dann zu einer viereckigen Öffnung mitten in der Luft erweiterte. Einige abgestorbene Stämme wurden der Länge nach gespalten und feiner zerschnitten, als eine Rasierklinge es hätte bewirken können – durch eine Öffnung in der Luft.

In dem Moment, in dem das Wegetor vollkommen eröffnet war, entströmten ihm verschleierte Aiel, Männer und Töchter des Speers, verteilten sich in alle Richtungen und kreisten den Hügel ein. In dem Strom fast verborgen, nahmen vier wachsame *Asha'man* ihre Position um das Tor ein und betrachteten prüfend die Umgebung. Nichts regte sich außer dem Wind, dem Staub, dem hohen Gras und in der Ferne den Zweigen der Bäume, und doch prüfte jeder *Asha'man* die Umgebung mit der Inbrunst eines verhungerten Falken auf der Suche nach einem Kaninchen. Ein Kaninchen, das nach einem Falken Ausschau hielt, wäre vielleicht ebenso angespannt gewesen, hätte aber niemals einen solch bedrohlichen Eindruck erweckt.

Der Menschenstrom brach niemals ab. In einem Moment war es ein Strom von Aiel, im nächsten ein Strom berittener cairhienischer Waffenträger, die zu zweit hervorgaloppierten, das karmesinrote Banner über ihren Köpfen erhoben, sobald sie das Wegetor passiert hatten. Dobraine zog seine Männer sofort beiseite und führte sie ein Stück den Hügel abwärts, in Helmen und Panzerhandschuhen genau nach Rängen geordnet, die Speere im genau gleichen Winkel erhoben. Als erfahrene Kämpfer waren sie bereit, auf seinen Befehl hin in allen Richtungen zuzuschlagen.

Unmittelbar nach dem letzten Cairhiener ritt Perrin seinen Hengst Traber durch das Wegetor, wobei der Kastanienbraune mit einem Schritt von dem Hügel bei den Brunnen von Dumai auf den Hügel in Cairhien gelangte. Der obere Rand des Tors ragte noch ein gutes Stück über seinem Kopf empor, aber er hatte gesehen, was ein Wegetor anrichten konnte, und wollte nicht ausprobieren, ob es jetzt sicherer war. Loial und Aram folgten dichtauf – der Ogier zu Fuß, die Streitaxt mit dem langen Schaft über seiner Schulter, die Knie gebeugt – und dann die Männer von den Zwei Flüssen, die sich noch ein Stück jenseits des Wegetors in ihren Sätteln zusammenkauerten. Rad al'Dai trug das Rote Wolfskopfbanner, Perrins Banner – weil jedermann behauptete, es sei seines –, und Tell Lewin den Roten Adler.

Perrin bemühte sich, nicht hinzusehen, besonders nicht zu dem Roten Adler. Die Bannerträger bestanden auf beiden. Er war ein Herr, also brauchte er Banner, die auch niemals lange eingerollt wurden. Der Rote Wolfskopf ernannte ihn zu etwas, was er nicht war und nicht sein wollte, während der Rote Adler ... Über zweitausend Jahre nachdem Manetheren in den Trolloc-Kriegen gefallen war, fast eintausend Jahre nachdem Andor einen Teil dessen eingenommen hatte, was einst Ma-

144

netheren gewesen war, bedeutete dieses Banner für einen Andoraner noch immer einen Akt der Auflehnung. In den Köpfen einiger Männer hatten sich die Legenden noch immer gehalten. Es waren gewiß einige Generationen vergangen, seit das Volk von den Zwei Flüssen auch nur annähernd begriffen hatte, daß sie Andoraner waren, aber die Ansicht der Königinnen änderte sich nicht so rasch.

Er war der neuen Königin von Andor vor scheinbar langer Zeit im Stein von Tear begegnet. Damals war sie noch keine Königin gewesen – und war es auch jetzt noch nicht wirklich, bis sie in Caemlyn gekrönt würde –, aber Elayne schien eine angenehme junge Frau zu sein, und auch hübsch, obwohl er von hellhaarigen Frauen nicht viel hielt. Natürlich war sie als Tochter-Erbin ein wenig von sich eingenommen – und offensichtlich auch von Rand, wenn man sie zusammen beobachtete. Rand wollte ihr nicht nur den Löwenthron von Andor übergeben, sondern auch den Sonnenthron von Cairhien. Sie würde die gehißte Flagge gewiß nur zu gern passieren lassen. Perrin beobachtete, wie die Männer von den Zwei Flüssen hinter den Bannern ausschwärmten, und schüttelte den Kopf. Darüber sollte er sich auf jeden Fall erst später Gedanken machen.

Die Leute von den Zwei Flüssen besaßen nicht die Genauigkeit der Waffenträger. Die meisten waren Jungen wie Tod, Bauernsöhne und Schafhirten, und doch wußten sie, was zu tun war. Jeder fünfte Mann nahm die Zügel vier weiterer Pferde, während die anderen Reiter eilig abstiegen, die Langbogen bereits gespannt und griffbereit. Jene, die zu Fuß waren, bildeten mühsam grobe Linien, sahen sich neugierig um, überprüften ihre Köcher mit geübten Handgriffen und führten ihre großen Bogen geschickt, selbst wenn die Sehnen fast so lang wie die Bogenschützen waren. Mit diesen Bogen konnte jeder einzelne von ihnen weiter schießen, als es

jemand außerhalb der Zwei Flüsse glauben würde –
und treffen, worauf er zielte.

Perrin hoffte, daß das heute nicht nötig sein würde.
Manchmal träumte er von einer Welt, in der es niemals
nötig war. Und Rand ...

*»Glaubst du, meine Feinde haben geschlafen, während
ich ... fort war?« hatte Rand plötzlich gefragt, als sie darauf
warteten, daß Dashiva das Wegetor eröffnen würde. Er trug
einen aus den Wagen hervorgeholten Umhang aus gut ge-
schnittenem grünen Tuch, aber er entsprach kaum dem, was
er normalerweise trug. Da er keinem Behüter den Umhang
von den Schultern oder einem Aielmann den* Cadin'sor *nehmen wollte, war dies das einzige Kleidungsstück im Lager,
das ihm paßte.*

*Die Wagen bildeten eine Reihe, die Pferde waren einge-
spannt, die Segeltuchabdeckungen abgenommen. Kiruna und
die übrigen der verschworenen Schwestern saßen gedrängt im
ersten Wagen und schauten mißmutig drein. Sie hatten ihre
Proteste eingestellt, sobald sie merkten, daß sie nichts nütz-
ten, aber Perrin konnte noch immer verärgertes Murren
hören. Zumindest fuhren sie mit. Ihre Behüter umstanden
den Wagen, schweigend und starr, während die gefangenen
Aes Sedai steif und mürrisch zusammenstanden, von allen
Weisen Frauen außer Sorilea und Amys umgeben, die bei
Rand waren. Die Behüter der Gefangenen standen in hundert
Schritten Entfernung ebenfalls zusammengedrängt, blickten
finster drein und warteten, trotz ihrer Verletzungen und
der* Siswai'aman-Wachen, *ungerührt und todbringend ab.
Außer Kirunas großem Schwarzen, dessen Zügel Rand hielt,
und einer mausfarbenen Stute mit schmalen Fesseln für Min
waren die Pferde der Aes Sedai und der Behüter, die nicht für*
Asha'man *bestimmt waren – oder benutzt wurden, um Ge-
spanne zu vervollständigen, was einen schlimmeren Aufruhr
verursacht hatte, als ihre Besitzer zum Laufen zu zwingen! –
alle an langen Führleinen an den hinteren Wagenklappen befestigt.*

»Glaubt Ihr es, Flinn? Grady?«

Einer der Asha'man, die darauf warteten, zuerst durch das Wegetor zu gehen, der untersetzte Bursche mit dem Gesicht eines Bauern, sah zuerst Rand und dann den lederartigen, hinkenden alten Mann fragend an. Beide trugen eine Silberschwert-Anstecknadel am Kragen, aber nicht den Drachen. »Nur ein Narr glaubt, daß seine Feinde stillstehen, wenn er nicht hinsieht, mein Lord Drache«, sagte der alte Mann schroff. Er klang wie ein Soldat.

»Was ist mit Euch, Dashiva?«

Dashiva zuckte zusammen, überrascht, daß er angesprochen wurde. »Ich ... bin auf einem Bauernhof aufgewachsen.« Er zog seinen Schwertgürtel stramm, was nicht nötig gewesen wäre. Sie übten mit den Schwertern vermutlich genauso häufig wie mit der Macht, aber Dashiva schien das eine nicht vom anderen unterscheiden zu können. »Ich weiß nicht viel darüber, Feinde zu haben.« Er wirkte trotz seiner Unbeholfenheit unverschämt. Aber andererseits schienen sie alle an Anmaßung gewöhnt zu sein.

»Wenn Ihr in meiner Nähe bleibt«, sagte Rand sanft, »werdet Ihr es erfahren.« Sein Lächeln ließ Perrin erschaudern. Rand belehrte sie, daß überall Feinde waren. Erinnert euch stets daran. Überall waren Feinde, und man wußte niemals, wer es war.

Der Auszug wurde unvermindert fortgeführt. Wagen rumpelten von den Brunnen von Dumai nach Cairhien, die Schwestern im ersten Wagen wie Statuen aus Eis, die umhergeschüttelt wurden. Ihre Behüter liefen nebenher, die Hände an den Schwertheften und die Blicke niemals ruhend. Sie glaubten offensichtlich, die Aes Sedai benötigten genauso sehr Schutz vor jenen, die sich bereits auf dem Hügel befanden, wie vor jenen, die vielleicht noch kommen würden. Die Weisen Frauen marschierten, ihre Pflicht erfüllend, durch das Tor. Einige benutzten Stöcke, um die Aes Sedai voranzutreiben. Die Shaido-Gai'shain kamen und trotteten unter dem wachsamen Blick einer einzigen Tochter des Speers in Viererreihen heran. Sie deutete auf eine abseits gelegene Stelle, bevor sie sich hastig den anderen *Far Dareis Mai* anschloß, und dort knieten sich die *Gai'shain* in Reihen hin, nackt wie Holzhäher und stolz wie Adler. Die verbliebenen Behüter folgten unter ihrer Bewachung, wobei sie konzentrierten Zorn ausstrahlten, den Perrin über alle anderen Gerüche hinweg ausmachen konnte. Zuletzt kamen Rhuarc mit den restlichen *Siswai'aman* und Töchtern des Speers, sowie vier weitere *Asha'man*, deren jeder ein zweites Pferd für einen der ersten vier mitführte, und Nurelle und seine Beflügelte Wache mit ihren mit roten Wimpeln versehenen Lanzen.

Die Mayener prahlten, weil sie die Nachhut bildeten, lachten und riefen den Cairhienern angeberisch zu, was sie getan hätten, wenn die Shaido zurückgekehrt wären. Zu allerletzt kamen Rand auf Kirunas Wallach und Min auf ihrer Stute. Sorilea und Amys schritten auf einer Seite des großen schwarzen Pferdes aus, Nandera und ein halbes Dutzend Töchter des Speers auf der anderen. Dashiva führte eine sanft wirkende, kastanienbraune Stute dicht hinter ihnen her. Das Wegetor verblaßte. Dashiva schaute blinzelnd zu der Stelle, an der es sich befunden hatte, lächelte flüchtig und stieg dann unbeholfen in den Sattel der Stute. Er sprach anscheinend mit sich selbst, wohl weil sich sein Schwert in seinen Beinen verfing und er fast herabfiel. Er war sicherlich noch nicht wahnsinnig.

Der Hügel war von einem Heer bedeckt und alle Männer auf einen Angriff eingestellt, der offensichtlich nicht erfolgen würde. Es war nur ein kleines Heer von wenigen Tausend, obwohl es angemessen erschienen wäre, bevor die Aiel über die Drachenmauer kamen. Rand führte sein Pferd langsam auf Perrin zu und musterte dabei die Landschaft. Die beiden Weisen Frauen folgten dichtauf, unterhielten sich leise und beobachteten ihn. Nandera und die Töchter des Speers folgten wiederum ihnen und beobachteten alles andere. Wäre Rand ein Wolf gewesen, hätte Perrin behauptet, er prüfe die Luft. Das zwei Fuß lange Drachenszepter lag über Rands Sattelbaum, mit einer grün-weißen Quaste geschmückt und mit Drachen beschnitzt. Hin und wieder wog er es leicht in der Hand, als wollte er sich seiner versichern.

Während Rand sein Pferd verhielt, betrachtete er Perrin genauso aufmerksam, wie er das umliegende Land betrachtet hatte. »Ich vertraue dir«, sagte er schließlich mit einem Nicken. Min regte sich in ihrem Sattel, und er fügte hinzu: »Und dir natürlich, Min. Und auch dir, Loial.« Der Ogier regte sich unbehaglich und mit einem zögernden Blick zu Perrin. Rand sah sich auf dem Hügel um und betrachtete die Aiel und die *Asha'man* und alle anderen. »Ich kann nur so wenigen trauen«, flüsterte er müde. Er roch überaus verwirrt, verärgert und verängstigt, aber auch entschlossen und verzweifelt. Und nach alles durchdringender Erschöpfung.

Sei geistig gesund, wollte Perrin ihm sagen. *Bewahre dir die geistige Gesundheit.* Aber heftige Schuldgefühle ließen ihn schweigen. Weil es der Wiedergeborene Drache war, zu dem er dies sagen wollte, und nicht sein Freund aus Kindertagen. Er wollte, daß sein Freund geistig gesund blieb. Der Wiedergeborene Drache *mußte* sich seine geistige Gesundheit bewahren.

»Mein Lord Drache«, rief einer der *Asha'man* plötzlich. Er wirkte noch wie ein Junge, mit großen dunklen Augen, und er trug kein Schwert und keinen Drachen am Kragen, aber Stolz lag in seinem Verhalten. Narishma, hatte Perrin ihn nennen hören. »Im Südwesten.«

Eine Gestalt war aufgetaucht, lief in einer Meile oder mehr Entfernung aus dem Wald heran, eine Frau mit bis zu den Oberschenkeln gerafften Röcken. Perrin sah sie eindeutig als Aiel an. Eine Weise Frau, dachte er, obwohl es wirklich nicht zu erkennen war. Er war sich dessen einfach sicher. Ihr Anblick brachte erneut seine ganze Gereiztheit zutage. Jemand, der sich hier draußen aufhielt, wo sie gerade aus dem Wegetor hervorgekommen waren, konnte nichts Gutes bedeuten. Die Shaido hatten in Cairhien erneut Schwierigkeiten bereitet, als er Rand gefolgt war, aber für die Aiel war eine Weise Frau eine Weise Frau, aus welchem Clan auch immer sie stammte. Sie machten Besuche wie Nachbarn, die zum Tee kamen, während ihre Clans einander töteten. Vielleicht hatte der gestrige Tag das geändert, aber vielleicht auch nicht. Er ließ erschöpft den Atem ausströmen. Sie konnte bestenfalls nichts Gutes bedeuten.

Fast jedermann auf dem Hügel schien das gleiche zu empfinden. Überall war Bewegung, Speere wurden aufgehoben, Pfeile eingelegt. Cairhiener und Mayener regten sich in ihren Sätteln, und Aram zog sein Schwert, die Augen erwartungsvoll glänzend. Loial lehnte auf seiner langen Streitaxt und betastete bedauernd die Klinge. Die Streitaxt war genauso scharf wie eine große Holzaxt, aber sie war mit Blättern und Schnörkeln und Goldeinlegearbeiten verziert. Die Einlegearbeiten waren vom kürzlichen Gebrauch ein wenig abgeschürft. Er würde sie wieder benutzen, wenn es sein müßte, aber aus überwiegend den gleichen Gründen genauso widerwillig, wie Perrin seine benutzte.

Rand verharrte mit unlesbarem Gesicht auf seinem Pferd. Min drängte ihr Pferd so nahe an seines heran, daß sie seine Schulter streicheln konnte.

Die Weisen Frauen ließen ebenfalls keine Besorgnis erkennen, aber sie blieben auch nicht ruhig. Sorilea deutete in eine Richtung, und ein Dutzend der die Aes Sedai bewachenden Frauen schlossen sich ihr und Amys augenblicklich an, um ein gutes Stück von Rand entfernt und sogar außerhalb Perrins Hörweite zu gelangen. Nur wenige der Frauen hatten Grau im Haar,

und Sorilea wies als einzige Falten im Gesicht auf.
Tatsächlich lebten nicht viele Aiel lange genug, um
graue Haare zu bekommen. Perrin hatte Sorilea und
Amys sich schon zuvor mit denselben Frauen beraten
sehen, obwohl ›beraten‹ eigentlich nicht die richtige Bezeichnung war. Sorilea sprach, und Amys brachte gelegentlich ein Wort ein, während die anderen nur zuhörten. Edarra erhob Protest, aber Sorilea erstickte ihn und
deutete dann auf zwei der Frauen: Sotarin und Cosain.
Diese rafften sofort ihre Röcke und eilten dem Neuankömmling entgegen.

Perrin tätschelte Trabers Hals. Kein Blutvergießen
mehr. Noch nicht.

Die drei Weisen Frauen trafen fast eine halbe Meile
vom Hügel entfernt zusammen und blieben stehen. Sie
sprachen nur einen Moment miteinander und kamen
dann alle drei in schnellem Lauf wieder auf den Hügel
zu. Sie gingen direkt zu Sorilea. Der Neuankömmling,
eine ziemlich junge Frau mit langer Nase und einer
Masse unglaublich roter Haare, sprach hastig. Sorileas
Gesicht versteinerte bei jedem Wort mehr. Schließlich
kam die rothaarige Frau zum Ende – oder wurde eher
von Sorilea mit wenigen Worten unterbrochen –, und
die Frauen wandten sich Rand zu. Aber keine von ihnen
trat auch nur einen Schritt auf ihn zu. Sie warteten, die
Hände an der Taille gefaltet und die Stolen über den
Arm gelegt – vollkommen unergründlich.

»Der *Car'a'carn*«, murmelte Rand leise und unbewegt.
Er glitt aus dem Sattel und half auch Min beim Abstei-
gen.

Perrin stieg ebenfalls ab und führte Traber hinter
ihnen her zu den Weisen Frauen. Loial folgt ihnen zu
Fuß, und Aram ritt hinterher und stieg nicht eher ab, bis
Perrin es ihm bedeutete. Aiel ritten nicht, es sei denn, es
wäre absolut unumgänglich, und sie hielten es für unhöflich, wenn jemand sie vom Pferderücken aus an-

152

sprach. Rhuarc gesellte sich ebenfalls zu ihnen, wie auch Gaul, der aus irgendeinem Grund die Stirn runzelte. Auch Nandera und Sulin und die Töchter des Speers schlossen sich ihnen an.

Der rothaarige Neuankömmling begann zu sprechen, sobald sich Rand näherte. »Bair und Megana haben überall dort Wachen aufgestellt, wo Ihr auf Eurem Weg zur Stadt der Baummörder möglicherweise entlangkommt, *Car'a'carn*, aber in Wahrheit hat niemand geglaubt, daß dies ...«

»Feraighin«, sagte Sorilea so scharf, daß den anderen das Blut in den Adern gefror. Die Zähne der rothaarigen Frau schlugen aufeinander, als sie jäh den Mund schloß. Sie sah Rand mit strahlend blauen Augen starr an und mied Sorileas Blick.

Schließlich atmete Sorilea tief ein und wandte ihre Aufmerksamkeit Rand zu. »Es gibt Anlaß zur Sorge bei den Zelten«, sagte sie mit tonloser Stimme. »Unter den Baummördern kamen Gerüchte auf, daß Ihr mit den Aes Sedai zur Weißen Burg gezogen wärt, um Euch dem Amyrlin-Sitz zu unterwerfen. Niemand, der die Wahrheit kannte, wagte, das Wort zu erheben, sonst wäre das Ergebnis noch schlimmer gewesen.«

»Und was ist das Ergebnis?« fragte Rand ruhig. Er wirkte angespannt, und Min streichelte erneut seine Schulter.

»Viele glauben, Ihr hättet die Aiel im Stich gelassen«, antwortete Amys ihm fast ebenso ruhig. »Die Öde ist zurückgekehrt. Jeden Tag werfen Tausend oder mehr ihre Speere hin und laufen davon, unfähig, sich unserer Zukunft oder unserer Vergangenheit zu stellen. Manche gehen vielleicht zu den Shaido.« Ihre Stimme klang einen Moment angewidert. »Man hat flüstern hören, der wahre *Car'a'carn* würde sich den Aes Sedai nicht übergeben. Indirian sagt, es könnte nicht freiwillig geschehen sein, wenn Ihr zur Weißen Burg gezogen wärt. Er ist bereit, die Codarra nach Norden zu bringen, nach Tar Valon, und mit jeglichen Aes Sedai zu kämpfen, die er dort vorfindet. Oder mit jeglichem Feuchtländer. Er sagt, man hätte Euch verraten. Timolan murrt, daß Ihr uns verraten hättet, wenn die Geschichten stimmten, und daß er die Miagoma ins Dreifaltige Land zurückbringen wird, nachdem er Euch tot gesehen hat. Mandelain und Janwin beratschlagen noch, aber sie hören sowohl auf Indirian als auch auf Timolan.« Rhuarc verzog das Gesicht und sog zischend die Luft ein. Das bedeutete bei einem Aiel genau soviel, als würde er sich verzweifelt die Haare raufen.

»Das sind keine guten Nachrichten«, bemerkte Perrin, »aber bei Euch klingen sie wie ein Todesurteil. Wenn Rand sich erst zeigt, sind die Gerüchte widerlegt.«

Rand fuhr sich mit einer Hand durchs Haar. »Wenn es so wäre, würde Sorilea nicht so besorgt wirken.« Dies traf auch auf Nandera und Sulin zu. »Was habt Ihr mir noch nicht gesagt, Sorilea?«

Die Frau mit dem lederartigen Gesicht gönnte ihm ein kleines, anerkennendes Lächeln. »Ihr seht hinter die Worte. Gut.« Ihre Stimme blieb jedoch tonlos. »Wenn Ihr mit den Aes Sedai zurückkehrt, werden einige glauben, es bedeutete, daß Ihr Euch gebeugt hättet. Was immer Ihr sagt oder tut – sie werden glauben, Ihr würdet einen Aes-Sedai-Halfter tragen, das noch bevor bekannt wird, daß Ihr ein Gefangener wart. Geheimnisse finden Wege, die nicht einmal ein Floh finden würde, und ein Geheimnis, das so viele kennen, bekommt Flügel.«

Perrin schaute zu Dobraine und Nurelle, die mit ihren Leuten Wache hielten, und schluckte mit ungutem Gefühl. Wie viele jener, die Rand folgten, taten dies, weil die Aiel massiert hinter ihm standen? Gewiß nicht alle, aber für jeden Mann, der die Wahl getroffen hatte, weil Rand der Wiedergeborene Drache war, waren fünf oder sogar zehn andere gekommen, weil das Licht die stärk-

154

sten Ränge am kräftigsten beschien. Wenn die Aiel sich loslösten oder sich aufspalteten ...

Er wollte diese Möglichkeit nicht erwägen. Bei der Verteidigung der Zwei Flüsse waren seine Fähigkeiten soweit wie irgend möglich ausgeweitet worden. Ob er ein *Ta'veren* war oder nicht – er machte sich keinerlei Illusionen darüber, daß er zu jenen Männern gehören würde, die in der Geschichte Beachtung fänden. Das blieb Rand vorbehalten. Seine Grenze waren die Belange einer Dorfgemeinschaft. Und doch konnte er nicht anders. Sein Geist war in Aufruhr. Was war zu tun, wenn es zum Schlimmsten käme? Er stellte insgeheim Listen auf: Wer würde sich loyal verhalten, und wer würde zu fliehen versuchen? Die erste Liste war ausreichend kurz und die zweite ausreichend lang, um seine Kehle auszutrocknen. Zu viele Menschen spekulierten noch immer auf Vorteile, als hätten sie niemals von den Prophezeiungen des Drachen oder von der Letzten Schlacht gehört. Er hegte den Verdacht, daß einige dies auch noch nach dem Beginn *Tarmon Gai'dons* tun würden. Das schlimmste daran war, daß die meisten keine Schattenfreunde wären, sondern nur Menschen, die sich zuerst um ihre eigenen Angelegenheiten kümmerten. Loials Ohren hingen schlaff herab. Er erkannte es auch.

Sorilea hatte ihren Bericht kaum beendet, als sie mit einem Blick, der Eisen hätte durchbohren können, seitwärts schaute. »Ihr solltet doch im Wagen bleiben.« Bera und Kiruna blieben jäh stehen, und Alanna lief fast in die beiden hinein. »Ihr solltet die Eine Macht nicht ohne Erlaubnis berühren, aber ihr habt uns hier belauscht. Ihr werdet lernen, daß ich meine, was ich sage.«

Die drei blieben trotz Sorileas nichts Gutes verheißendem Blick stehen, Bera und Kiruna frostig und würdevoll, Alanna unterschwellig herausfordernd. Loial blickte mit seinen großen Augen erst zu ihnen und dann zu den Weisen Frauen. Wenn seine Ohren vorher schon kraftlos gewesen waren, welkten sie jetzt vollkommen, und die langen Augenbrauen sanken bis auf seine Wangen herab. Während Perrin unbehaglich seine Listen überdachte, fragte er sich abwesend, wie weit die Aes Sedai noch vordringen wollten. Mit der Macht zu lauschen! Sie könnten bei den Weisen Frauen eine härtere Reaktion als Sorileas Rüge bewirken. Und auch bei Rand.

Dieses Mal war dem jedoch nicht so. Rand schien sie gar nicht wahrzunehmen. Er blickte regelrecht durch Sorilea hindurch. Vielleicht lauschte er auch wieder auf etwas, was niemand sonst hören konnte. »Was ist mit den Feuchtländern?« fragte er schließlich. »Colavaere ist doch zur Königin gekrönt worden?« Es war im Grunde keine Frage.

Sorilea nickte und tippte mit dem Daumen ans Heft ihres Gürtelmessers, aber sie wandte ihre Aufmerksamkeit niemals von den Aes Sedai ab. Es kümmerte die Aiel wenig, wer unter den Feuchtländern – und besonders unter den baummordenden Cairhienern – zum König oder zur Königin gewählt wurde.

Ein Eiszapfen stach in Perrins Brust. Es war kein Geheimnis, daß diese Colavaere vom Hause Saighan den Sonnenthron einnehmen wollte. Sie hatte von dem Tag an darauf spekuliert, an dem Galldrian Riatin ermordet wurde, bevor Rand sich auch nur zum Wiedergeborenen Drachen erklärt hatte, und spekulierte auch noch darauf, nachdem allgemein bekannt wurde, daß Rand Elayne den Thron übergeben wollte. Allerdings wußten nur wenige, daß sie eine kaltblütige Mörderin war. Zudem war Faile in der Stadt. Aber sie war zumindest nicht allein. Bain und Chiad würden bei ihr sein. Sie waren Töchter des Speers und ihre Freundinnen, vielleicht beinahe das, was die Aiel Nächst-Schwestern nannten. Sie würden nicht zulassen, daß sie Schaden nahm. Aber der Eiszapfen wollte nicht weichen. Cola-

156

vaere haßte Rand und damit auch jedermann, der Rand nahestand. So wie vielleicht die Frau eines Mannes, der Rands Freund war. Nein. Bain und Chiad würden sie beschützen.

»Es ist eine verfahrene Situation.« Kiruna rückte bemerkenswerterweise näher an Rand heran und ignorierte Sorilea. Die Weise Frau hatte trotz ihrer Hagerkeit sehr eindrucksvolle Augen. »Was auch immer Ihr tut, kann ernstliche Auswirkungen haben. Ich ...«

»Was hat Colavaere über mich gesagt?« fragte Rand Sorilea in nur allzu beiläufigem Tonfall. »Hat sie Berelain ein Leid zugefügt?« Rand hatte Berelain, der Ersten von Mayene, die Befehlsgewalt über Cairhien übertragen. Warum erkundigte er sich nicht nach Faile?

»Berelain sur Paendrag geht es gut«, murmelte Sorilea, ohne ihre Beobachtung der Aes Sedai zu unterbrechen. Kiruna blieb äußerlich ruhig, obwohl man ihr das Wort abgeschnitten hatte und sie mißachtet wurde, aber ihr auf Rand gerichteter Blick hätte ein Schmiedefeuer erkalten lassen können. Sorilea deutete auf Feraighin.

Die rothaarige Frau zuckte zusammen und räusperte sich. Sie hatte eindeutig nicht erwartet, das Wort erteilt zu bekommen, gewann aber ihre würdevolle Haltung wieder zurück wie ein hastig umgeworfenes Kleidungsstück. »Colavaere Saighan sagte, Ihr wärt nach Caemlyn gezogen, Car'a'carn, oder vielleicht nach Tear, aber daß sich, wo auch immer Ihr hingegangen wärt, alle in Erinnerung rufen müßten, daß Ihr der Wiedergeborene Drache seid und daß man Euch gehorchen müßte.« Feraighin rümpfte die Nase. In den Prophezeiungen der Aiel wurde nicht der Wiedergeborene Drache erwähnt, sondern nur der Car'a'carn. »Sie sagt, Ihr werdet zurückkehren und sie auf dem Thron bestätigen. Sie spricht oft zu den Häuptlingen und ermutigt sie, die Speerkämpfer gen Süden zu entsenden. Um Euch zu gehorchen, wie sie sagt. Sie sieht die Weisen Frauen nicht, und hört nur den

Wind, wenn wir sprechen.« Niemand sagte den Clan-
häuptlingen, was sie tun sollten, und die Weisen Frauen
zu erzürnen, war erst recht ein schlechter Anfang, um die
Clanhäuptlinge von etwas zu überzeugen.

Für Perrin machte es jedoch Sinn, für den Teil seines
Seins, der noch an etwas anderes als an Faile denken
konnte. Colavaere hatte wahrscheinlich niemals genug
auf die ›Wilden‹ geachtet, um zu erkennen, daß die Weisen Frauen mehr taten, als Kräuter zu verabreichen,
aber sie würde jeden einzelnen Aiel aus Cairhien vertrieben wissen wollen. Die Frage war, ob ihr unter den
gegebenen Umständen irgendeiner der Häuptlinge zugehört hatte? Aber Rand stellte nicht die offensichtliche
Frage.

»Was ist in der Stadt sonst noch geschehen? Erzählt
mir alles, was Ihr gehört habt, Feraighin. Auch das, was
vielleicht nur einem Feuchtländer wichtig erscheint.«

Sie warf verächtlich ihre rote Mähne zurück. »Feuchtländer sind wie blutsaugende Mücken, *Car'a'carn*: Wer
kann wissen, was ihnen wichtig erscheint? Ich habe
gehört, daß in der Stadt manchmal seltsame Dinge geschehen, genau wie bei den Zelten. Menschen sehen
manchmal Dinge, die nicht möglich sind – nur für kurze
Zeit ist, was nicht sein kann. Männer, Frauen, Kinder
sterben.« Perrins Haut kribbelte. Er wußte, daß sie das
meinte, was Rand die ›Blasen des Bösen‹ nannte, die aus
dem Gefängnis des Dunklen Königs aufstiegen wie
Gase aus einem stinkenden Sumpf, und die Muster ent-
langschwebten, bis sie zerplatzten. Perrin war einst in
einer solchen Blase gefangen gewesen. Er wollte niemals wieder eine sehen … »Wenn Ihr wissen wollt, was
die Feuchtländer tun – wer hat schon Zeit, Mücken zu
beachten?« fuhr sie fort. »Es sei denn, sie stechen. Das
erinnert mich an etwas. Ich verstehe es nicht, aber Ihr
vielleicht. Diese Mücken werden früher oder später
stechen.«

»Welche Mücken? Und welche Feuchtländer? Wovon redet Ihr?«

Feraighin beherrschte diesen gleichmütigen Blick nicht so gut wie Sorilea, obwohl keine Weise Frau, die Perrin jemals erlebt hatte, an anderen Ungeduld schätzte. Sie reckte das Kinn und richtete ihre Stola, bevor sie antwortete. »Vor drei Tagen näherten sich die Baummörder Caraline Damodred und Toram Riatin der Stadt. Sie verkündeten, daß Colavaere Saighan eine Thronräuberin sei, aber sie sitzen in ihrem Lager südlich der Stadt und tun nichts anderes als hin und wieder einige Leute in die Stadt hineinzuschicken. Fern des Lagers laufen hundert von ihnen vor einem *Algai'd'siswai* oder sogar einem *Gai'shain* davon. Ein Mann namens Darlin Sisnera und weitere Tairener haben gestern mit dem Schiff unterhalb der Stadt angelegt und sich ihnen angeschlossen. Sie haben sich seitdem die ganze Zeit gütlich getan und getrunken, als feierten sie etwas. Baummörder-Soldaten versammeln sich auf Colavaere Saighans Befehl in der Stadt, aber sie beobachten unsere Zelte aufmerksamer als andere Feuchtländer oder die Stadt selbst. Sie beobachten, unternehmen aber nichts. Vielleicht kennt Ihr den Grund für all das, *Car'a'carn*.«

Lady Caraline und Lord Toram führten die Cairhiener an, die sich anzuerkennen weigerten, daß Rand und die Aiel Cairhien eingenommen hatten. In Tear führte der Hohe Herr Darlin entsprechende Gruppen an. Aber keiner der beiden Aufstände zeitigte Erfolg. Caraline und Toram hatten monatelang in den Ausläufern des Rückgrats der Welt festgesessen, hatten gedroht und herausgefordert, und das gleiche galt für Darlin unten in Haddon Mirk. Aber jetzt anscheinend nicht mehr. Perrin merkte, wie er mit dem Daumen leicht die Klinge seiner Streitaxt entlangfuhr. Die Aiel drohten zu entkommen, und Rands Feinde versammelten sich. Jetzt fehlten nur noch die Verlorenen – und Sevanna mit ihren Shaido.

Das wäre die Krönung. Und doch war nichts davon wichtig. Faile mußte in Sicherheit sein. Es mußte einfach so sein.

»Besser, sie beobachten, als daß sie kämpfen«, murmelte Rand nachdenklich, während er anscheinend wieder etwas Unsichtbarem lauschte.

Perrin stimmte Rand aufrichtig zu – fast alles war besser, als zu kämpfen –, aber Aiel sahen das anders, wenn es um Feinde ging. Sie blickten von Rhuarc zu Sorilea, von Feraighin zu Nandera und Sulin, als hätte Rand gesagt, es sei besser, Sand anstatt Wasser zu trinken.

Feraighin stellte sich förmlich auf die Zehenspitzen. Sie war für eine Aiel nicht besonders groß, reichte Rand nicht einmal bis zur Schulter, schien seine Größe aber erreichen zu wollen. »Das Lager der Feuchtländer besteht nur aus etwas mehr als zehntausend Mann«, sagte sie mißbilligend, »und in der Stadt sind noch weniger. Wir können sie leicht überwältigen. Sogar Indirian beherzigt Euren Befehl, niemals Feuchtländer aus Gründen der Selbstverteidigung zu töten, aber sie werden Schwierigkeiten bereiten, wenn sie sich selbst überlassen bleiben. Es nützt nichts, daß Aes Sedai in der Stadt sind. Wer weiß, was sie …«

»Aes Sedai?« Rand stieß diese Worte mit kalter Stimme aus, während die Knöchel seiner um das Drachenszepter geschlossenen Hand weiß hervortraten. »Wie viele?« Perrin bekam bei seinem Geruch eine Gänsehaut. Er konnte plötzlich *spüren*, daß die gefangenen Aes Sedai und Bera und Kiruna und die anderen sie beobachteten.

Sorilea verlor alles Interesse an Kiruna. Sie stemmte die Hände in die Hüften und preßte den Mund zusammen. »Warum habt Ihr mir das nicht gesagt?«

»Ihr habt mir keine Gelegenheit dazu gegeben, Sorilea«, wandte Feraighin ein wenig atemlos und mit eingezogenen Schultern ein. Sie richtete ihre blauen Augen auf Rand, und ihre Stimme wurde wieder fester. »Es sind vielleicht zehn oder mehr, *Car'a'carn*. Wir gehen ihnen natürlich aus dem Weg, besonders seit …« Dann wandte sie sich wieder Sorilea zu, und die Atemlosigkeit kehrte zurück. »Ihr wolltet nichts über die Feuchtländer hören, Sorilea. Nur über unsere eigenen Zelte. Das habt Ihr gesagt.« Wieder wandte sie sich Rand zu, und wieder straffte sie sich. »Die meisten von ihnen bleiben unter Arilyn Dhulaines Dach, *Car'a'carn*, und verlassen das Haus nur selten.« Und wieder mit eingezogenen Schultern an Sorilea gewandt: »Sorilea, Ihr wißt, daß ich Euch alles erzählt hätte. Aber Ihr habt mich unterbrochen.« Als sie erkannte, wie viele Menschen zusahen und wie viele zu lächeln begannen, zumal unter den Weisen Frauen, wurde Feraighins Blick zornig, und ihre Wangen röteten sich. Sie wandte den Kopf zwischen Rand und Sorilea hin und her, und ihr Mund bewegte sich, ohne daß ein Laut hervordrang. Einige der Weisen Frauen begannen hinter vorgehaltener Hand zu lachen. Edarra machte sich nicht einmal diese Mühe, während Rhuarc den Kopf zurückwarf und brüllend loslachte.

Perrin war bestimmt nicht nach Lachen zumute. Ein Aiel konnte noch etwas lustig daran finden, wenn ihn ein Schwert durchbohrte. Licht! Er kam schnurstracks auf das Wichtigste zu sprechen. »Feraighin? Meine Frau Faile – geht es ihr gut?«

Die Augen spiegelten ihre Bestürzung wider, dann riß sie sich sichtlich zusammen. »Ich glaube, Faile Aybara geht es gut, *Sei'cair*«, sagte sie kühl und gefaßt. Oder doch beinahe. Sie versuchte, Sorilea aus den Augenwinkeln verstohlen zu beobachten, die nicht einmal annähernd belustigt schien. Sie brachte Feraighin zu einigen Einsichten, wohingegen ihre Zurechtweisung Kirunas harmlos erschien.

Amys legte Sorilea eine Hand auf den Arm. »Sie ist nicht im Unrecht«, murmelte die jüngere Frau so leise, daß niemand außer der lederartigen Weisen Frau und Perrin es hören konnte. Sorilea zögerte und nickte dann. Sie kehrten wieder zu ihrer üblichen Streitsucht zurück. Perrin hatte dies bisher nur Amys bewirken sehen. Sie war die einzige, die Sorilea niemals niedermachte, wenn sie ihr in die Quere kam. Nun, sie machte auch Rhuarc nicht nieder, aber bei ihm war der Grund eher der, daß ein Felsblock ein Gewitter nicht beachtete. Amys aber konnte dem Regen Einhalt gebieten.

Perrin wollte mehr von Feraighin hören – sie glaubte, daß es Faile gutging? –, aber bevor er etwas sagen konnte, platzte Kiruna mit ihrem üblichen Zartgefühl dazwischen.

»Nun hört mir genau zu«, forderte sie Rand auf und gestikulierte heftig unter seiner Nase. »Ich habe die Situation als schwierig bezeichnet. Aber das ist sie nicht. Die Situation ist unvorstellbar kompliziert und so zerbrechlich, daß ein Atemzug sie verderben könnte. Bera und ich werden Euch in die Stadt begleiten. Ja, ja, Alanna. Ihr auch.« Sie winkte die schlanke Aes Sedai ungeduldig fort. Perrin dachte, sie versuche, Größe vorzutäuschen. Sie schien auf Rand herabzusehen, aber obwohl sie wirklich recht groß war, überragte er sie noch mit Kopf und Schultern. »Ihr müßt Euch von uns führen lassen. Eine falsche Bewegung, ein falsches Wort – und Ihr bewirkt in Cairhien vielleicht dasselbe Unglück, wie Ihr es in Tarabon und Arad Doman bewirkt habt. Und noch schlimmer – Ihr könntet Angelegenheiten auf unvorhersehbare Weise schaden, über die Ihr fast nichts wißt.«

Perrin zuckte zusammen. Sie hätte diese ganze Rede nicht besser planen können, um Rand zu erzürnen. Aber Rand hörte ihr einfach zu, bis sie fertig war, und wandte sich dann an Sorilea. »Bringt die Aes Sedai zu den Zelten. Versichert Euch, daß jedermann erfährt, daß sie Aes Sedai sind. Macht deutlich, daß sie auf Befehl springen. Da auch Ihr springt, wenn der *Car'a'carn* es befiehlt, sollte das jedermann überzeugen, daß ich keine Leine der Aes Sedai trage.«

Kiruna errötete zutiefst. Sie roch so stark nach Zorn und Empörung, daß Perrins Nase schmerzte. Bera versuchte erfolglos, sie zu beruhigen, während sie Rand Blicke zuwarf, die besagten, daß sie ihn für einen ungehobelten jungen Flegel hielt, und Alanna biß sich auf die Lippen, um nicht lächeln zu müssen. Den Gerüchen nach zu urteilen, die von Sorilea und den anderen heranwehten, hatte Alanna eigentlich keinen Grund, erfreut zu sein.

Sorilea gönnte Rand ein flüchtiges Lächeln. »Vielleicht, *Car'a'carn*«, sagte sie trocken. Perrin bezweifelte, daß sie für irgend jemanden springen würde. »Vielleicht wird es das.« Sie klang nicht allzu überzeugt.

Rand schüttelte erneut den Kopf und schritt, gefolgt von den Töchtern des Speers, mit Min davon, während er Befehle ausgab, wer mit ihm und wer mit den Weisen Frauen gehen sollte. Rhuarc erteilte den *Siswai'aman* Befehle. Alanna folgte Rand mit den Augen. Perrin wünschte, er wüßte, was dort vor sich ging. Auch Sorilea und die anderen beobachteten Rand, und sie rochen nicht gerade sanftmütig.

Perrin bemerkte, daß Feraighin allein dastand. Das war die Gelegenheit. Aber als er zu ihr zu gelangen versuchte, umstellten Sorilea und Amys und die restlichen Mitglieder des ›Konzils‹ sie und drängten ihn gekonnt ab. Sie entfernten sich ein Stück, bevor sie Feraighin mit Fragen zu überschütten begannen und Kiruna und den anderen beiden Schwestern scharfe Blicke zuwarfen, die keinen Zweifel daran ließen, daß sie kein weiteres Belauschen dulden würden. Kiruna schien darüber nachzudenken und blickte so finster drein, daß man sich wundern mußte, daß ihr nicht die Haare zu Berge standen.

Bera sprach in bestimmtem Tonfall mit ihr, und Perrin hörte, ohne sich darum zu bemühen, ›vernünftig‹ und ›Geduld‹, ›vorsichtig‹ und ›töricht‹ heraus. Welche Bezeichnung wem zugedacht war, wurde nicht erkennbar.

»Es wird Kämpfe geben, wenn wir die Stadt erreichen.« Aram klang begierig.

»Aber nein«, erwiderte Loial beherzt. Seine Ohren zuckten, und er betrachtete unbehaglich seine Streitaxt. »Es wird keine Kämpfe geben, nicht wahr, Perrin?«

Perrin schüttelte den Kopf. Er wußte es nicht. Wenn die anderen Weisen Frauen Feraighin doch nur einen Moment allein lassen würden. Was hatten sie so Wichtiges zu besprechen?

»Frauen«, murrte Gaul, »sie verhalten sich seltsamer als betrunkene Feuchtländer.«

»Was?« fragte Perrin abwesend. Was würde geschehen, wenn er den Kreis der Weisen Frauen einfach durchbräche? Als hätte Edarra seine Gedanken gelesen, sah sie ihn stirnrunzelnd an, und einige der anderen ebenso. Manchmal schien es, als könnten Frauen die Gedanken von Männern lesen. Nun ...

»Ich sagte, Frauen sind seltsam, Perrin Aybara. Chiad hat mir gesagt, sie würde mir keinen Brautkranz zu Füßen legen. Sie hat es mir tatsächlich *gesagt*.« Der Aielmann klang entrüstet. »Sie hat gesagt, sie würde mich zum Liebhaber nehmen – sie und Bain – aber nicht mehr.« Zu einem anderen Zeitpunkt wäre Perrin bestürzt gewesen, obwohl er schon früher davon gehört hatte. Aiel waren unglaublich ... freizügig in solchen Dingen. »Als wäre ich als Ehemann nicht gut genug.« Gaul schnaubte verärgert. »Ich mag Bain nicht, aber ich würde sie heiraten, um Chiad glücklich zu machen. Aber wenn Chiad keinen Brautkranz winden will, sollte sie aufhören, mich verführen zu wollen. Wenn ich ihr Interesse nicht ausreichend wecken kann, daß sie mich heiraten will, dann sollte sie mich gehen lassen.«

Perrin betrachtete ihn stirnrunzelnd. Der grünäugige Aielmann war größer als Rand und fast einen Kopf größer als er selbst. »Wovon sprecht Ihr?«

»Von Chiad natürlich. Habt Ihr nicht zugehört? Sie geht mir aus dem Weg, aber jedes Mal, wenn ich ihr begegne, hält sie lange genug inne, um sicherzugehen, daß ich sie gesehen habe. Ich weiß nicht, wie das bei Euch Feuchtländern ist, aber bei uns ist das die übliche Taktik der Frauen. Sie lassen sich sehen, wenn man sie am wenigsten erwartet, und sind dann wieder fort. Ich wußte bis heute morgen nicht einmal, daß sie bei den Töchtern des Speers ist.«

»Ihr meint, sie ist hier?« flüsterte Perrin. Der Eiszapfen stach erneut zu – jetzt wie eine Klinge – und höhlte ihn aus. »Und Bain? Ist sie auch hier?«

Gaul zuckte die Achseln. »Sie sind selten weit voneinander entfernt. Aber ich möchte Chiads Aufmerksamkeit wecken, nicht Bains.«

»Verdammt!« rief Perrin. Die Weisen Frauen wandten sich zu ihm um. Tatsächlich wandten sich überall auf dem Hügel Menschen zu ihm um. Kiruna und Bera sahen ihn mit entschieden zu nachdenklichem Gesichtsausdruck an. Es gelang ihm nur mühsam, seine Stimme zu dämpfen. »Sie sollten sie beschützen! Sie befindet sich in der Stadt, im Königlichen Palast, mit Colavaere – mit Colavaere! –, und sie sollten sie beschützen.«

Gaul kratzte sich am Kopf und schaute zu Loial. »Ist das Feuchtländer-Humor? Faile Aybara ist erwachsen.«

»Ich weiß, daß sie kein Kind mehr ist!« Perrin atmete tief durch. Es war schwer, einen ruhigen Tonfall beizubehalten, wenn es doch in ihm brodelte. »Loial, würdest du diesem ... würdest du Gaul erklären, daß unsere Frauen nicht mit Speeren herumlaufen und daß Colavaere Faile nicht zum Kampf herausfordern, sondern einfach jemandem befehlen würde, ihr die Kehle durchzuschneiden oder sie von einer Mauer zu stoßen ...« Die

165

Vorstellungen überwältigten ihn. Er würde sich gleich übergeben müssen.

Loial tätschelte ihm unbeholfen die Schulter. »Perrin, ich weiß, daß du dir Sorgen machst. Ich weiß, wie ich mich fühlen würde, wenn ich glauben müßte, daß Erith etwas geschähe.« Die Pinsel an seinen Ohren bebten. Er hatte gut reden: Er würde so schnell wie möglich davonlaufen, um seiner Mutter und der jungen Ogierfrau aus dem Weg zu gehen, die sie für ihn ausgesucht hatte. »Ja, nun. Faile wartet auf dich, sicher und gesund. Ich weiß es, Perrin, und du weißt, daß sie auf sich selbst aufpassen kann. Nun, sie könnte auf sich und dich und mich und auch noch Gaul gleichzeitig aufpassen.« Sein dröhnendes Lachen klang gezwungen und wich schnell wieder gemessenem Ernst. »Perrin … Perrin, du weißt, daß du nicht immer da sein kannst, um Faile zu beschützen, wie sehr du das auch möchtest. Du bist ein *Ta'veren*. Das Muster hat dich zu einem bestimmten Zweck hervorgebracht, und es wird dich auch zu diesem Zweck einsetzen.«

»Verdammt sei das Muster«, grollte Perrin. »Alles soll verdammt sein, wenn sie nur in Sicherheit ist.« Loials Ohren wurden vor Bestürzung starr, und sogar Gaul wirkte überrascht.

Wozu macht mich das? dachte Perrin. Er hatte jene Menschen, die sich nur um ihre eigenen Belange kümmerten und die Letzte Schlacht und den sich über die Welt ausbreitenden Schatten des Dunklen Königs ignorierten, stets verächtlich beurteilt. Wie unterschied er sich jetzt noch von ihnen?

Rand verhielt den Schwarzen neben ihm. »Kommst du, Perrin?«

»Ich komme«, antwortete Perrin freudlos. Er konnte seine eigenen Fragen nicht beantworten, aber eines wußte er: Seine Welt *war* Faile.

KAPITEL 4

Nach Cairhien

Perrin wäre schneller geritten, als Rand es tat, obwohl er wußte, daß die Pferde das nicht lange durchgehalten hätten. Sie ritten die Hälfte der Zeit im Trab und führten ihre Tiere die übrige Zeit. Rand schien niemand anderen wahrzunehmen, außer daß er stets eine Hand für Min hatte, wenn sie stolperte. Für die anderen war er in einer fernen Welt verloren und blinzelte überrascht, wenn er Perrin oder Loial bemerkte. Dobraines und Haviens Männer blickten starr geradeaus und hingen ihren eigenen Gedanken darüber nach, was ihnen bevorstehen würde. Die Leute von den Zwei Flüssen waren von Perrins düsterer Stimmung durchdrungen. Sie mochten Faile – einige verehrten sie sogar –, und wenn sie irgendwie Schaden erlitten hatte ... Sogar Arams Begierlichkeit verblaßte, als er erkannte, daß Faile in Gefahr sein könnte. Jedermann konzentrierte sich auf die vor ihnen liegenden Meilen, auf die voraus liegende Stadt. Natürlich jedermann außer den *Asha'man*. Sie ritten dicht hinter Rand – wie ein Schwarm Raben – und beobachteten das Land, durch das sie ritten, da sie noch immer auf einen Hinterhalt gefaßt waren. Dashiva war wie ein Sack im Sattel zusammengesunken und murrte düster vor sich hin, als er laufen sollte. Seinem Blick nach hätte man glauben können, er hoffe auf einen Hinterhalt.

Aber ein Angriff war kaum zu befürchten. Sulin und ein Dutzend *Far Dareis Mai* befanden sich in Perrins Sichtweite der Kolonne voraus, ebenso viele waren noch weiter vorausgeeilt, um den Weg zu überprüfen, und auch die Flanken wurden gedeckt. Einige Männer hatten ihre Kurzspeere in die Gurte gesteckt, die die Bogenköcher auf ihren Rücken hielten, so daß die Speerspitzen über ihren Köpfen wippten. Statt dessen hatten sie die kurzen Hornbogen hervorgenommen und Pfeile eingelegt. Sie hielten ebenfalls aufmerksam nach allem Ausschau, was den *Car'a'carn* bedrohen könnte, und achteten auch auf Rand selbst, als argwöhnten sie, er könne erneut verschwinden. Wenn eine Falle wartete, irgendeine Gefahr bevorstand, würden sie diese entdecken.

Chiad war eine der Töchter des Speers bei Sulin, eine große Frau mit dunkelrotem Haar und grauen Augen. Perrin starrte ihren Rücken an, wollte sie zwingen, zurückzubleiben und mit ihm zu reden. Sie gewährte ihm hin und wieder einen Blick, aber ansonsten mied sie ihn, als hätte er drei Krankheiten gleichzeitig. Bain befand sich nicht bei der Kolonne. Die meisten der Töchter des Speers folgten mit Rhuarc und den *Algai'd'siswai* auf dem gleichen Weg, aber sie kamen wegen der Wagen und der Gefangenen langsamer voran.

Failes schwarze Stute trottete hinter Traber her, ihre Zügel an seinen Sattel gebunden. Die Leute von den Zwei Flüssen hatten Schwalbe aus Caemlyn mitgebracht, als sie sich Rand vor den Brunnen von Dumai anschlossen. Jedes Mal, wenn er die Stute betrachtete, die hinter ihm herstolzierte, stieg das Gesicht seiner Frau vor seinem geistigen Auge auf, ihre kühne Nase, die vollen Lippen und die blitzenden dunklen Augen, die schräg über hohen Wangenknochen angeordnet waren. Sie liebte das Tier, vielleicht ebenso sehr wie ihn. Sie war eine Frau, die genauso stolz wie schön und genauso leidenschaftlich wie stolz war. Davram Basheres Tochter würde nichts verbergen oder auch nur verheimlichen, nicht so wie Colavaere.

168

Sie machten vier Mal Rast, damit sich die Pferde ausruhen konnten, und er knirschte wegen dieser Verzögerung mit den Zähnen. Da es seine zweite Natur war, sich gut um die Pferde zu kümmern, überprüfte er Traber geistesabwesend und gab dem Hengst mechanisch ein wenig Wasser. Schwalbe versorgte er sorgfältiger. Wenn Schwalbe Cairhien sicher erreichte ... Ein Gedanke hatte sich in seinem Kopf festgesetzt. Wenn er ihre Stute nach Cairhien brachte, würde es Faile gutgehen. Es war ein lächerlicher Gedanke, der Phantasie eines Jungen entsprungen, aber er wollte nicht vergehen.

Bei jeder Rast versuchte Min, ihn zu beruhigen. Sie sagte mit neckischem Grinsen, er sähe aus wie der Tod an einem Wintermorgen, der nur darauf wartete, daß jemand sein Grab zuschaufelte. Sie sagte ihm, daß Faile ihm die Tür vor der Nase zuschlagen würde, wenn er seiner Frau mit diesem Gesicht gegenüberträte. Aber sie mußte auch zugeben, daß keine ihrer Visionen versprach, daß Faile unbeschadet sei.

»Licht, Perrin«, sagte sie schließlich verärgert, während sie ihre grauen Reithandschuhe zurechtzog, »wenn jemand dieser Frau zu schaden versucht, wird sie ihn noch warten lassen, bis sie Zeit für ihn hat.« Er hätte sie beinahe angefahren, obwohl sie sich eigentlich mochten.

Loial erinnerte Perrin daran, daß sich die Jäger des Horns um sich selbst kümmern konnten und daß Faile sogar die Trollocs überlebt hatte. »Es geht ihr gut, Perrin«, dröhnte er zuversichtlich, während er mit seiner langen Streitaxt über den Schultern neben Traber herlief. »Ich weiß es.« Aber das hatte er schon zwanzig Mal gesagt, und es klang jedes Mal etwas weniger aufrichtig.

Der letzte Ermutigungsversuch des Ogiers ging weiter, als er es beabsichtigt hatte. »Faile kann auf sich selbst aufpassen, Perrin. Sie ist nicht wie Erith. Ich kann es kaum erwarten, daß Erith mich zu ihrem Ehemann macht, damit ich mich um sie kümmern kann. Ich glaube, ich würde sterben, wenn sie ihre Meinung änderte.« Danach blieb ihm der Mund offenstehen, und seine großen Augen traten hervor. Er stolperte mit aufgeregt zuckenden Ohren über seine eigenen Stiefel und fiel beinahe hin. »Das wollte ich gar nicht sagen«, bemerkte er rauh, während er weiter neben Perrins Pferd herschritt. Seine Ohren bebten noch immer. »Ich bin nicht sicher, daß ich… ich bin zu jung, um…« Er schluckte heftig und sah Perrin und auch den voranreitenden Rand anklagend an. »Es ist einfach gefährlich, wenn man in Gegenwart zweier *Ta'veren* den Mund öffnet. Alles könnte hervordringen!« Aber nichts, was er nicht ohnehin gesagt hätte, wie er nur zu gut wußte, und was auch jederzeit hätte geschehen können, wenn keine *Ta'veren* dabeigewesen wären. Loial wußte auch das, und dieser Umstand schien ihn zu erschrecken. Es verging geraume Zeit, bevor die Ohren des Ogiers zu beben aufhörten.

Zwar dachte Perrin ausschließlich an Faile, aber er war nicht völlig blind. Als sie Richtung Südwesten ritten, drang das erste, was er unbewußt bemerkte, nur allmählich auf ihn ein. Es war nicht heiß gewesen, als er vor weniger als zwei Wochen von Cairhien nach Norden geeilt war, aber jetzt schien es, als hätte der Dunkle König einen festeren Zugriff auf das Land erlangt und schinde es noch härter als zuvor. Sprödes Gras knisterte unter den Pferdehufen, verkümmerte braune Kriechgewächse überzogen die Felsen an den Hängen wie Spinnweben, und kahle Zweige – nicht nur unbelaubt, sondern verdorrt – knackten, wenn der trockene Wind in Böen heranwehte. Immergrüne Föhren und Lederblattbäume waren zur Hälfte braun und gelb verfärbt.

Nach wenigen Meilen tauchten Bauernhöfe auf, einfache, quadratisch angelegte Gebäude aus dunklem Stein, die ersten auf abgelegenen Lichtungen im Wald, dann mehrere, als der Wald sich lichtete und kaum noch diesen Namen verdiente. Eine Wagenstraße hatte sich hierher verirrt, verlief über die Schultern und Kämme der Hügel und paßte sich eher den von Steinmauern eingefaßten Feldern als dem Gelände an. Die meisten dieser zunächst zu sehenden Bauernhöfe wirkten verlassen, hier ein umgestürzt vor einem Wohngebäude liegender Stuhl mit leiterförmiger Rückenlehne, dort eine Stoffpuppe an der Straße. Magere Rinder und träge Schafe sprenkelten Weiden, auf denen sich häufig Raben über Kadavern zankten. Auf kaum einer Weide waren weniger als ein oder zwei Kadaver zu sehen. Wasserläufe liefen nur noch als Rinnsale durch vertrockneten Schlamm. Ackerboden, der jetzt von Schnee hätte bedeckt sein sollen, war fast überall zu Staub zerfallen.

Eine hoch aufragende Staubsäule kennzeichnete den Weg der Kolonne, bis der schmale Erdweg auf die breite, gepflasterte Straße vom Jangai-Paß führte. Hier waren Menschen unterwegs, wenn auch nur wenige und diese oft teilnahmslos und mit matten Augen. Obwohl die Sonne inzwischen halbwegs untergegangen war, war die Luft noch immer heiß wie in einem Backofen. Gelegentlich verließen Ochsenkarren oder Pferdewagen eilig die Straße, wichen in schmale Pfade oder sogar auf Felder aus und machten Platz. Die Wagenlenker und die Handvoll Bauersleute auf den Feldern beobachteten mit ausdruckslosen Gesichtern, wie die drei Banner vorüberzogen.

Nahezu eintausend bewaffnete Männer waren Grund genug zu starren. Eintausend bewaffnete Männer, die zu einem bestimmten Zweck irgendwohin unterwegs waren. Grund genug zu starren und dankbar zu sein, wenn sie außer Sicht gelangten.

Kurz vor dem Horizont führte die Straße auf eine Anhöhe, von der aus man Cairhien zwei bis drei Meilen voraus liegen sah. Rand verhielt sein Pferd, und die

Töchter des Speers, die jetzt alle zusammen waren, kauerten sich an Ort und Stelle nieder.

Nichts bewegte sich auf den fast baumlosen Hügeln um die Stadt, die eine gewaltige, im Westen zum Alguenya hin abfallende, eckige Mauern und kantige Türme aufweisende und starr wirkende Masse grauen Steins war. Schiffe aller Größen hatten im Fluß Anker geworfen, und einige hatten an den Docks am entgegengesetzten Ufer festgemacht, wo sich die Getreidespeicher befanden. Einige Schiffe fuhren mit gesetzten Segeln dahin. Sie vermittelten den Eindruck von Frieden und Wohlstand. Da keine Wolke am Himmel stand, war die Luft klar, und Perrin konnte die großen, auf den Türmen der Stadt wehenden Banner deutlich erkennen, als der Wind sie entfaltete: das scharlachrote Banner des Lichts und das weiße Drachenbanner sowie die goldene, aufgehende Sonne von Cairhien mit ihren wellenförmigen Strahlen auf blauem Grund. Und ein viertes Banner, das ebenso ins Auge sprang wie die anderen. Es zeigte einen Silberdiamant auf einem gelb und rot karierten Feld.

Dobraine senkte das kleine Fernglas und verstaute es stirnrunzelnd in einer an seinem Sattel befestigten Lederhülle. »Ich hatte gehofft, die Wilden hätten sich geirrt, aber wenn das Haus Saighan die aufgehende Sonne hißt, hat Colavaere den Thron inne. Sie wird jeden Tag in der Stadt Geschenke verteilt haben: Geld, Nahrung, Putz. Das ist bei den Krönungsfeierlichkeiten Tradition. Ein Regent ist niemals beliebter als in der Woche nach seiner Thronbesteigung.« Er sah Rand von der Seite an. Die bemühte Offenheit ließ sein Gesicht hohl wirken. »Die Bürgerlichen könnten sich erheben, wenn ihnen Eure Handlungsweise nicht gefällt. Die Straßen könnten von Blut erfüllt werden.«

Haviens grauer Wallach reagierte auf die Ungeduld seines Reiters mit Unruhe. Der Mann schaute ständig zwischen Rand und der Stadt hin und her. Es war nicht seine Stadt. Er hatte schon früher deutlich gemacht, daß es ihn wenig kümmerte, was in deren Straßen vor sich ging, solange *sein* Regent in Sicherheit war.

Rand betrachtete die Stadt lange Zeit versonnen. Zumindest schien es so. Aber was auch immer er sah – sein Gesicht blieb ausdruckslos. Min musterte ihn besorgt und vielleicht auch ein wenig mitleidig. »Ich werde versuchen, dafür zu sorgen, daß das nicht geschieht«, sagte er schließlich. »Flinn, bleibt mit den Soldaten hier. Min ...«

Sie unterbrach ihn heftig. »Nein! Ich gehe dahin, wo du hingehst, Rand al'Thor. Du brauchst mich, und das weißt du.« Letzteres klang mehr nach einer Bitte als nach einem Anspruch, aber wenn eine Frau auf ihre Art die Fäuste in die Hüften stemmte und angespannt dreinsah, bat sie nicht.

»Ich gehe auch mit«, fügte Loial hinzu, der auf seiner langstieligen Streitaxt lehnte. »Du unternimmst immer etwas, wenn ich gerade woanders bin.« Seine Stimme nahm einen klagenden Unterton an. »Das geht nicht, Rand. Es wird für das Buch nicht genügen. Wie kann ich über Dinge schreiben, die ich nicht miterlebt habe?«

Rand sah noch immer Min an, hatte die Hand halbwegs zu ihr ausgestreckt, ließ sie dann aber wieder sinken. Sie hielt seinem Blick gleichmütig stand.

»Das ist ... verrückt.« Dashiva hielt die Zügel starr in der Hand und führte die gedrungene Stute näher an Rands Schwarzen heran. Sein Gesicht zeigte einen widerwilligen Ausdruck. Vielleicht bereitete es sogar *Asha'man* Unbehagen, Rand nahe zu sein. »Es braucht nur irgendwo ein Mann mit einem ... einem Bogen oder Dolch zu lauern, den Ihr nicht rechtzeitig seht. Schickt einen der *Asha'man*, das zu tun, was getan werden muß, oder auch mehr, wenn Ihr es für notwendig haltet. Es könnte ein Wegetor zum Palast eröffnet werden, bevor irgend jemand erkennt, was geschehen ist.«

173

»Und wir müßten bis nach Einbruch der Dunkelheit hier warten«, unterbrach Rand ihn und wendete seinen Hengst, um Dashiva anzusehen, »bis sie diesen Ort ausreichend gut kennen, um eines zu eröffnen. Auf diese Weise gibt es bestimmt Blutvergießen. Man hat uns von den Mauern aus bereits gesehen, es sei denn, sie sind blind. Sie werden früher oder später jemanden schicken, um herauszufinden, wer und wie viele wir sind.« Die restliche Kolonne hielt sich hinter dem Hügel verborgen, und auch die Banner waren dort zurückgeblieben, aber Reiter auf einem Hügelkamm in Begleitung von Töchtern des Speers würden schon genügend Neugier erwecken. »Ich werde dies auf meine Art handhaben.« Seine Stimme wurde vor Verärgerung lauter, und er roch nach kaltem Zorn. »Niemand wird sterben, wenn es zu verhindern ist, Dashiva. Ich habe genügend Tote gesehen. Versteht Ihr mich? Niemand wird sterben!«

»Wie mein Lord Drache befiehlt.« Der Bursche neigte den Kopf, aber er klang ungehalten, und er roch …

Perrin rieb sich die Nase. Der Geruch … unberechenbar, ein wilder Wechsel von Angst und Haß und Zorn und einem Dutzend weiterer Empfindungen, fast zu schnell aufeinanderfolgend, um sie zu bestimmen. Perrin bezweifelte nicht mehr, daß der Mann wahnsinnig war, welch unschuldiges Gesicht er auch zeigte. Es kümmerte ihn aber nicht mehr wirklich. So nahe …

Er grub Traber die Fersen in die Flanken, hielt auf die Stadt und Faile zu, ohne auf die anderen zu warten, und bemerkte kaum, daß Aram dicht hinter ihm war. Er mußte Aram nicht sehen, um zu wissen, daß er es war. Er konnte nur noch an Faile denken. Wenn er Schwalbe sicher in die Stadt brachte … Er zwang sich, Traber nur in schnellem Schritt laufen zu lassen. Ein galoppierender Reiter zog Blicke und Fragen auf sich, was Verzögerungen bedeutet hätte.

In diesem Tempo holten diejenigen, die mit in die

174

Stadt kamen, Aram und ihn nur allzu schnell ein. Min hatte anscheinend ihren Weg gefunden und Loial ebenso. Die Töchter des Speers verteilten sich voraus, und einige warfen Perrin mitfühlende Blicke zu, während sie vorüberritten. Chiad blickte nur zu Boden.

»Dieser Plan gefällt mir noch immer nicht«, murrte Havien neben Rand. »Verzeiht, mein Lord Drache, aber so ist es.«

Dobraine auf Rands anderer Seite brummte. »Das haben wir bereits besprochen, Mayener. Wenn wir Euren Vorstellungen gefolgt wären, hätte man die Tore vor uns geschlossen, bevor wir auch nur eine Meile zurückgelegt hätten.« Havien grollte leise, worauf sein Pferd unruhig wurde. Er hatte erreichen wollen, daß jeder einzelne Mann Rand in die Stadt folgte.

Perrin schaute über die Schulter und an Aram vorbei. Damer Flinn, an seinem Umhang zu erkennen, und einige wenige Männer von den Zwei Flüssen waren auf dem Hügelkamm zu sehen, wo sie mit ihren Pferden standen. Perrin seufzte. Er hätte nichts dagegen gehabt, einige von ihnen mitzunehmen. Aber Rand hatte wahrscheinlich recht, und Dobraine hatte ihn auch unterstützt.

Einige wenige Männer konnten in die Stadt gelangen, was einem kleinen Heer nicht gelingen würde. Wenn die Tore geschlossen waren, würden die Aiel die Stadt stürmen müssen, und dann begann das Töten erneut. Rand hatte das Drachenszepter in einer der Satteltaschen des Pferdes verstaut, so daß nur der geschnitzte Knauf hervorsah, und sein Umhang sah nicht aus wie ein Kleidungsstück des Wiedergeborenen Drachen. Was die *Asha'man* betraf, so wußte keiner der Stadtbewohner, was ein schwarzer Umhang bedeutete. Einige wenige Männer waren auch leichter zu töten als ein kleines Heer, auch wenn die meisten von ihnen die Macht lenken konnten. Perrin hatte gesehen, wie ein Shaido-Speer

175

einen *Asha'man* durchbohrt hatte, und der Mann war nicht schwerer gestorben als jeder andere auch.

Dashiva brummte leise etwas. Perrin hörte ›Held‹ und ›Narr‹ in gleichermaßen verächtlichem Tonfall. Wäre Faile nicht gewesen, hätte er vielleicht zugestimmt. Rand spähte in Richtung des sich zwei oder drei Meilen östlich der Stadt über die Hügel erstreckenden Aiel-Lagers, und Perrin hielt den Atem an, aber was Rand auch immer dachte – er ritt zumindest weiter. Nichts war wichtiger als Faile. Nichts, ob Rand der gleichen Meinung war oder nicht.

Ungefähr eine halbe Meile vor den Toren ritten sie in ein anderes Lager ein, eines, das Perrin stirnrunzelnd betrachtete. Es war groß genug, daß es eine Stadt hätte sein können, ein dichtes Band von baufälligen Reisighütten und aus Fetzen gefertigten, wackeligen Zelten, auf verbranntem Boden und an hohe graue Mauern gedrängt, so weit man sehen konnte. Dieser Bereich war einst das Vortor genannt worden – ein übervölkerter Bezirk mit gewundenen Straßen und Gassen –, bevor die Shaido ihn niederbrannten. Einige Menschen beobachteten schweigend, wie die seltsame Gesellschaft vorüberzog, der Ogier und die Aiel-Töchter des Speers, aber die meisten kümmerten sich hastig und mit verdrossenem Gesicht um ihre Angelegenheiten und achteten darauf, nichts wahrzunehmen, was sich nicht unmittelbar vor ihnen ereignete. Die bunten Farben und der häufig abgelegte Putz, die die Vorortbewohner trugen, vermischten sich mit der für die Cairhiener gebräuchlicheren düsteren Kleidung und den einfachen dunklen Kleidern der Dörfler und Bauern. Die Vorortbewohner waren in der Stadt gewesen, als Perrin sie verlassen hatte, zusammen mit Tausenden von Flüchtlingen aus dem tieferen Landesinneren. Viele jener Gesichter wiesen jetzt Quetschungen, Schnitte und Risse auf, die häufig unverbunden waren. Colavaere mußte sie vertrieben haben. Sie hätten den Schutz der Mauern nicht freiwillig verlassen. Vorortbewohner und Flüchtlinge fürchteten die Rückkehr der Shaido gleichermaßen.

Die Straße verlief mitten durch das Lager bis zu den Jangai-Toren, drei hohe, eckige, von Türmen flankierte Bögen. Männer mit Helmen schlenderten oben auf den Festungsmauern umher und spähten durch Lücken in den Steinzacken herab. Einige blickten zu den Männern auf dem Hügelkamm, und hier und da hielt ein Offizier mit einem *Con* ein Fernglas an die Augen. Rands kleine Gruppe zog fragende Blicke auf sich. Männer zu Pferde und Aiel-Töchter des Speers – keine gewöhnlichen Gefährten. Armbruste tauchten auf der gezacken Mauer auf, aber niemand erhob die Waffe. Die eisenbeschlagenen Tore standen offen. Perrin hielt den Atem an. Er wäre am liebsten im Galopp zum Sonnenpalast und zu Faile geeilt.

Unmittelbar innerhalb der Tore stand ein aus Stein erbautes viereckiges Wachhaus, wo sich Stadtfremde anmelden sollten. Ein cairhienischer Offizier mit kantigem Gesicht beobachtete mit verärgertem Stirnrunzeln, wie sie vorüberritten, und beäugte die Töchter des Speers unbehaglich. Er stand einfach nur da und schaute.

»Wie ich Euch gesagt habe«, bemerkte Dobraine, als sie das Wachhaus hinter sich gelassen hatten. »Colavaere hat für die Krönungsfeierlichkeiten freien Zugang zur Stadt gewährt. Das ist Tradition.« Es klang jedoch erleichtert. Min seufzte hörbar, und Loial ließ einen Atemzug ausströmen, den man noch zwei Straßen weiter hätte hören können. Perrins Brust war noch zu angespannt, als daß er hätte seufzen können. Schwalbe war in Cairhien. Wenn er sie jetzt nur noch zum Königlichen Palast bringen könnte.

Cairhien hielt aus der Nähe, was es aus der Ferne versprochen hatte. Der höchste Hügel lag innerhalb der Mauern, aber die Hügel waren terrassenförmig ange-

177

ordnet, wodurch sie gar nicht mehr wie Hügel wirkten.
Breite, bevölkerte Straßen trafen in rechten Winkeln aufeinander. In dieser Stadt bildeten sogar die Gassen Git-
ter. Die Straßen hoben und senkten sich zum Teil mit
den Hügeln, schnitten aber auch häufig einfach durch
sie hindurch. Alle Gebäude von den Läden bis zu den
Palästen waren starre Quadrate und strenge Rechtecke,
auch die großen, durch Strebepfeiler gestützten Türme
auf den Hügelkämmen, deren jeder von einem Gerüst
umgeben war: die einst legendären Türme von Cairhien, die noch immer im Wiederaufbau begriffen waren,
nachdem sie im Aiel-Krieg verbrannt waren. Die Stadt
schien härter als Stein, ein erdrückender Ort, und Schatten erstreckten sich über alles, was diese Wirkung noch
erhöhte. Loials Pinselohren zuckten fast unaufhörlich.
Er runzelte besorgt die Stirn, und seine herabhängenden
Augenbrauen streiften seine Wangen.

Es waren nur wenige Anzeichen der Krönungsfeierlichkeiten oder für Hoch Chasaline zu erkennen. Perrin
wußte nicht, was das Fest mit sich bringen würde, aber
in den Zwei Flüssen war der Tag der Besinnung eine
Zeit der Freude und des Vergessens der Öde des Win-
ters. Hier aber herrschte, trotz der vielen Menschen, fast
Stille. Anderenorts hätte Perrin vielleicht geglaubt, die
unnatürliche Hitze bedrücke die Menschen, aber Cairhien war bis auf das Lager der Vorortbewohner ein
nüchterner, strenger Ort. Zumindest oberflächlich. Er
wollte lieber nicht darüber nachdenken, was darunter
lag. Die Straßenhändler und Wagenhöker, an die er sich
erinnerte, waren aus den Straßen verschwunden, wie
auch die Musikanten und Akrobaten und Puppenspie-
ler. Sie hielten sich jetzt gewiß im Lager des Pöbels
außerhalb der Mauern auf. Einige wenige geschlossene,
dunkle Wagen fädelten sich durch die stille Menschenmenge, einige mit etwas größeren Hausbannern
als der *Con*, der starr über allem stand. Sie bewegten

sich genauso langsam voran wie die Ochsenkarren mit
den nebenher laufenden, den Stachelstock schwenken-
den Führern, und ihre Achsen quietschten in der Stille.
Fremde fielen auf, gleichgültig wie dunkel ihre Haut-
farbe war, weil nur wenige Menschen außer den Frem-
den ritten. Die fast unvermeidlich kleineren Einheimi-
schen wirkten in ihrer dunklen Kleidung wie blaßge-
sichtige Krähen. Natürlich fielen auch Aiel auf. Ob sie
allein oder zu zehnt waren – sie durchschritten stets
Freiräume in der Menge. Blicke wurden ruckartig abge-
wendet, und Lücken eröffneten sich um sie herum,
wohin auch immer sie gingen.

Aielgesichter wandten sich der Gruppe zu, während
sie sich langsam ihren Weg durch die Menge bahnte.
Auch wenn nicht alle Rand in seinem grünen Umhang
erkannten, wußten sie doch, wer ein großer, von Töchtern des Speers begleiteter Feuchtländer sein mußte. Die
Gesichter verursachten Perrin eine Gänsehaut. Jetzt war
er dankbar dafür, daß Rand alle Aes Sedai zurückgelas-
sen hatte. Abseits der Aiel bewegte sich der Wiedergeborene Drache durch einen Strom der Gleichgültigkeit,
der sich für die Töchter des Speers teilte und sich hinter
den *Asha'man* wieder schloß.

Der Königliche Palast von Cairhien, der Sonnenpalast, der Palast der prachtvoll aufgehenden Sonne – die
Cairhiener waren gut darin, Namen zu ersinnen, deren
jeder noch ausgefallener war als der vorige – stand auf
dem höchsten Hügel der Stadt, eine dunkle Masse kan-
tiger Blöcke mit alles überragenden Stufentürmen. Die
Straße wurde zu einer langen, breiten, zum Palast hin-
aufführenden Rampe, und Perrin atmete tief durch, als
sie den Aufstieg begannen. Faile war dort oben. Sie
mußte dort sein. Und sie mußte in Sicherheit sein. Was
auch immer sonst sie vorfinden würden – sie mußte in
Sicherheit sein. Er berührte den Knoten, mit dem
Schwalbes Zügel an seinem Sattelknauf befestigt waren,

und strich über die Streitaxt an seiner Taille. Die beschlagenen Pferdehufe hallten auf den Pflastersteinen laut wider, während die Töchter des Speers überhaupt kein Geräusch verursachten.

Die Wächter an den großen geöffneten Bronzetoren beobachteten ihre langsame Annäherung und wechselten Blicke. Sie wirkten für cairhienische Soldaten farbenfreudig, zehn Männer mit der goldenen aufgehenden Sonne auf den Brustharnischen und den unter die Spitzen ihrer Hellebarden gebundenen Tüchern in den Farben des Hauses Saighan. Perrin hätte ihre Gedanken aufschreiben können. Dreizehn Reiter, die es nicht eilig hatten und von denen nur zwei Harnische trugen, einer im Rot der Mayener. Mögliche Probleme würden durch Caraline Damodred und Toram Riatin entstehen. Außerdem war da eine Frau, und ein Ogier. Sie wollten sicherlich keine Schwierigkeiten machen. Dennoch liefen ungefähr drei Dutzend Töchter des Speers den Pferden voran, die nicht so aussahen, als kämen sie zum Tee. Die Situation hing einen Moment in der Schwebe. Dann verschleierte sich eine Tochter des Speers. Die Wächter zuckten zusammen, als wären sie gestochen worden, und einer neigte seine Hellebarde und kam eilig auf die Tore zu. Er tat zwei Schritte und blieb dann starr wie eine Statue stehen. Alle Wächter blieben starr stehen. Nur ihre Köpfe bewegten sich noch.

»Gut«, murmelte Rand. »Jetzt bindet die Ströme ab und laßt sie für später zurück.«

Perrin zuckte unbehaglich die Achseln. Die *Asha'man* hatten sich hinter ihnen verteilt und fast die gesamte Breite der Rampe eingenommen. Sie benutzten offensichtlich die Macht. Sehr wahrscheinlich könnten diese acht den ganzen Palast auseinandernehmen – was Rand vielleicht auch allein gelänge. Aber wenn jene Türme Armbrustpfeile zu speien begannen, würden auch sie zusammen mit allen anderen sterben, auf dieser freilie-

180

genden Rampe gefangen, die auf einmal nicht mehr so breit wirkte.

Niemand beschleunigte seinen Schritt. Aller auf die hohen, schmalen Fenster des Palastes und auf die hoch über ihnen gelegenen Säulengänge gerichteten Augen konnten nichts Ungewöhnliches entdecken. Sulin verständigte sich schnell in der Zeichensprache der Töchter des Speers, und die Tochter des Speers, die sich verschleiert hatte, senkte das schwarze Tuch mit gerötetem Gesicht eilig wieder. Es war ein langsamer Zug, der die Steinrampe hinaufschlich. Einige der Wächter schüttelten mit rollenden Augen die behelmten Köpfe. Ein Wächter schien ohnmächtig geworden zu sein, da er mit dem Kinn auf der Brust aufrecht zusammengesunken war. Ihre Münder waren geöffnet, aber kein Laut drang hervor. Perrin wollte lieber nicht darüber nachdenken, was sie geknebelt hatte. Sie zogen langsam durch die geöffneten Bronzetore und in den Haupthof.

Hier waren keine Soldaten zu sehen. Die Steinbalkone rund um den Hof waren unbesetzt. Livrierte Diener eilten mit gesenkten Blicken herbei, um die Zügel der Pferde zu übernehmen und die Steigbügel zu halten. Rote, gelbe und silberne Streifen verliefen die Ärmel ansonsten dunkler Gewänder hinab, und jeder Diener trug eine kleine aufgehende Sonne auf der linken Brustseite. Das war eine größere Farbenpracht, als Perrin bisher bei cairhienischen Dienern gesehen hatte. Sie konnten die Wächter draußen nicht sehen, hätten aber auch kaum anders gehandelt, wenn sie diese hätten sehen können. In Cairhien spielten Diener ihre eigene Version von *Daes Dae'mar*, dem Spiel der Häuser, und gaben vor, die Taten der über ihnen Stehenden nicht zu bemerken. Wenn man zu offensichtlich bemerkte, was unter den Bessergestellten vor sich ging – oder dabei ertappt wurde –, mochte man miteinbezogen werden. In Cairhien und vielleicht auch in den meisten anderen Ländern konnten gewöhnliche Menschen dort, wo die Mächtigen entlangschritten, unbemerkt zertreten werden.

Eine stattliche Frau führte Traber und Schwalbe davon, ohne Perrin auch nur einmal richtig anzusehen. Schwalbe war im Sonnenpalast – und es bedeutete keinen Unterschied. Er wußte noch immer nicht, ob Faile lebte oder tot war. Die törichte Phantasie eines dummen Jungen.

Er verlagerte die Streitaxt an seiner Taille, folgte Rand die breite graue Treppe am Ende des Hofes hinauf und nickte Aram zu, als dieser erneut über die Schulter griff, um sein Schwert zurechtzurücken. Livrierte Männer öffneten schwungvoll die großen Türen oben an der Treppe, die ebenso aus Bronze bestanden wie die äußeren Tore und großzügig mit der aufgehenden Sonne von Cairhien gekennzeichnet waren.

Früher hätte die Eingangshalle Perrin mit ihrer Pracht beeindruckt. Dicke kantige Pfeiler aus dunklem Marmor hielten eine eckig gewölbte, zehn Fuß über abwechselnd dunkelblauen und tiefgoldenen Bodenfliesen aufragende Decke. Vergoldete aufgehende Sonnen waren um die Gesimse angeordnet, und in die Wände gemeißelte Friese zeigten cairhienische Triumphe. Die Halle war leer, bis auf eine Handvoll junger Männer, die unter einem der Friese zusammenstanden und in Schweigen versanken, als Perrin und die anderen eintraten.

Dann erkannte Perrin, daß nicht alle Männer waren. Zwar trugen sie alle Schwerter, aber vier der sieben waren Frauen, in Umhängen und engen Hosen, die Mins sehr ähnlich waren, und ihr Haar war genauso kurz geschnitten wie das der Männer, was nicht besonders kurz bedeutete. Männer und Frauen hatten es gleichermaßen zu einer Art Pferdeschwanz zusammengenommen, der bis auf die Schultern reichte und mit

einem dunklen Band gebunden war. Eine der Frauen trug ein etwas helleres Grün als bei Cairhienern üblich, und eine andere ein strahlendes Blau. Die übrigen waren in dunkle Farben mit wenigen hellen Streifen über der Brust gekleidet. Sie betrachteten Rands Gruppe – und besonders ihn, wie Perrin erkannte; seine gelben Augen überraschten die Menschen, obwohl er es kaum noch bemerkte, es sei denn, jemand zuckte zurück oder machte Aufhebens davon –, musterten sie schweigend, bis auch der letzte *Asha'man* die Halle betreten hatte und die Türen zufielen. Einen Moment überlagerte das Dröhnen der sich schließenden Türen das kurzzeitige heftige Flüstern. Dann stolzierten sie näher heran, wobei die Frauen noch anmaßender einherschritten als die Männer, was schon eine Leistung war. Sogar ihr Niederknien wirkte anmaßend.

Die grün gekleidete Frau schaute zu der Frau in Blau, die den Kopf senkte und sagte: »Mein Lord Drache, ich bin Camaille Nolaisen. Selande Darengil führt unsere Gruppe an …« Sie blinzelte, als die Frau in Blau ihr einen scharfen Blick zuwarf. Trotz des Blicks roch Selande zutiefst verängstigt, wenn Perrin richtig herausgespürt hatte, zu wem der Geruch gehörte. Camaille räusperte sich und fuhr fort: »Wir dachten nicht … Wir hatten nicht erwartet, daß Ihr … so bald zurückkehrt.«

»Ja«, sagte Rand leise. »Ich bezweifle, daß irgend jemand erwartet hat, daß ich … so bald zurückkehre. Niemand von Euch hat Grund, mich zu fürchten. Überhaupt niemand. Wenn Ihr etwas glauben wollt, dann das.« Bei diesen Worten sah er überraschenderweise direkt Selande an. Ihr Kopf ruckte hoch und sie betrachtete ihn, während der Angstgeruch verging. Nicht vollständig, aber weitgehend. »Wo ist Colavaere?« fragte Rand.

Camaille öffnete den Mund, aber Selande antwortete. »In der Großen Halle der Sonne.« Ihre Stimme wurde

184

beim Sprechen bestimmter und der Angstgeruch schwächer. Seltsamerweise war kurzzeitig leichte Eifersucht im Spiel, nur einen Augenblick, als sie Min ansah. Manchmal war Perrins Geruchssinn eher verwirrend als erleuchtend. »Dort findet die dritte Sonnenuntergangs-Versammlung statt«, fuhr sie fort. »Wir sind nicht wichtig genug, um daran teilnehmen zu dürfen. Außerdem glaube ich, daß wir Colavaere Unbehagen bereiten.«

»Die dritte Versammlung«, murmelte Dobraine. »Es ist bereits der neunte Sonnenuntergang nach ihrer Krönung. Sie hat keine Zeit verschwendet. Zumindest werden sie alle zusammen sein. Niemand irgendeines Ranges oder mit irgendwelchen Ansprüchen wird die Versammlung versäumen, gleichgültig ob Cairhiener oder Tairener.«

Selande richtete sich auf, und es gelang ihr, den Eindruck zu erwecken, als würde sie Rand offen ansehen. »Wir sind bereit, die Klingen für Euch tanzen zu lassen, mein Lord Drache.« Sulin zuckte zusammen und schüttelte den Kopf, und eine andere Tochter des Speers stöhnte hörbar. Mehrere wirkten und rochen bereit, auf der Stelle Gewalt anzuwenden. Die Aiel konnten sich nicht entscheiden, was mit diesen jungen Feuchtländern zu tun sei. Aus der Sicht der Aiel bestand die Schwierigkeit darin, daß sie in gewisser Weise Aiel zu sein und dem *Ji'e'toh* zu folgen versuchten – allerdings auf ihre Art. Diese Sieben waren nicht alle. Es gab mindestens Hunderte dieser Schwachsinnigen, die überall in der Stadt anzutreffen waren, in Gemeinschaften organisiert, und eine Nachahmung der Aiel darstellten. Die Hälfte der Aiel, die Perrin sie hatte erwähnen hören, wollten helfen, und die andere Hälfte wollten sie erwürgen.

Perrin kümmerte es nicht, ob sie das *Ji'e'toh* entehrten. »Wo ist meine Frau?« verlangte er zu wissen. »Wo ist Faile?« Die jungen Narren wechselten vorsichtige Blicke. Vorsichtige!

»Sie ist ebenfalls in der Großen Halle der Sonne«, sagte Selande zögernd. »Sie ist eine von Königin ... von Colavaeres Zofen.«

»Hör auf zu starren«, flüsterte Min. »Sie muß einen guten Grund dafür haben. Du weißt, daß es so sein muß.«

Perrin zuckte in seinem Umhang die Achseln und versuchte sich zusammenzureißen. Eine von Colavaeres *Zofen*? Welchen Grund auch immer sie dafür hatte – es mußte wirklich ein guter Grund sein. Soviel wußte er mit Bestimmtheit. Aber was mochte der Grund dafür sein?

Selande und die anderen wechselten erneut vorsichtige Blicke. Einer der Männer, ein junger Bursche mit spitzer Nase, flüsterte heftig: »Wir haben geschworen, es niemandem zu sagen! Niemandem! Beim Wassereid!«

Bevor Perrin Aufklärung verlangen konnte, sprach Rand. »Selande, führt uns zur Großen Halle. Es werden keine Klingen gezogen werden. Ich bin hier, damit alle, die es verdienen, Gerechtigkeit erfahren.«

Etwas in seiner Stimme ließ Perrins Nackenhaare sich aufrichten. Eine unendliche Härte hatte darin mitgeklungen. Faile *hatte* einen guten Grund. Sie mußte ihn haben.

KAPITEL 5

Eine zerbrochene Krone

So breit und hoch die Gänge auch waren, sie schienen trotz hoher vergoldeter Kandelaber, die entzündet worden waren, wo immer das Tageslicht nicht hingelangte, doch eng und düster. Wenige Wandteppiche hingen weit auseinander an den Wänden, Jagd- oder Kampfszenen, auf denen Menschen und Tiere präziser angeordnet waren, als die Natur es jemals hätte bewerkstelligen können. In vereinzelten Nischen standen Schalen und Vasen und hin und wieder eine kleine Statue aus Gold, Silber oder Alabaster.

Die Stille der Stadt war hier noch verstärkt spürbar. Ihre Stiefelschritte hallten auf den Bodenfliesen wider, ein hohler, vorahnungsvoller Marschtakt, und Perrin glaubte nicht, daß es nur für ihn so klang. Loials Ohren bebten bei jedem Schritt, und er spähte Quergänge hinab, als frage er sich, was wohl hervorspringen könnte. Min hielt sich starr aufrecht, schritt lebhaft aus und verzog kläglich das Gesicht, wann immer sie Rand ansah. Sie schien bemüht, nicht näher an ihn heranzutreten, und deshalb unzufrieden mit sich selbst zu sein. Die jungen Cairhiener stolzierten wie Pfauen einher, aber diese Überheblichkeit verging, als das Trommeln ihrer Fersen widerhallte. Sogar die Töchter des Speers spürten es. Sulin war die einzige, deren Hand nicht ab und an zu dem über ihrer Brust herabhängenden Schleier zuckte.

Natürlich waren überall Diener zu sehen, blasse, schmalgesichtige Männer und Frauen in dunklen Gewändern mit der aufgehenden Sonne über der linken

Brust und den Streifen in Colavaeres Farben auf den Ärmeln. Einige gafften, als sie Rand im Vorübergehen wie-
dererkannten. Eine Handvoll sank mit gebeugtem Kopf
auf die Knie. Aber die meisten gingen nach einer tiefen
Verbeugung oder einem Hofknicks weiterhin ihren Aufgaben nach. Es war genauso wie im Hof. Zeige den
Höherstehenden den angemessenen Respekt, wer auch
immer sie sind. Gehorche ihnen und achte ansonsten
nicht auf ihre Handlungen, dann wirst du vielleicht
nicht darin verstrickt werden. Es war eine Denkungsart,
die Perrin mit den Zähnen knirschen ließ.

Zwei Burschen in Colavaeres Livree, die vor den
goldüberzogenen Türen zur Großen Halle der Sonne
standen, runzelten beim Anblick der Töchter des Speers –
und vielleicht auch der jungen Cairhiener – die Stirn.
Ältere Leute sahen die Jünglinge, die sich genauso verhielten wie die Aiel, gewöhnlich fragend an. Viele Eltern
hatten versucht, dem ein Ende zu setzen, hatten den Söh-
nen und Töchtern befohlen, damit aufzuhören, hatten die
Waffenträger und Diener angewiesen, gleichgesinnte
Söhne und Töchter wie gewöhnliche Vagabunden oder
Raufbolde davonzujagen. Perrin wäre nicht überrascht
gewesen, wenn diese Türwächter ihre goldüberzogenen
Stäbe erhoben hätten, um Selande und ihre Freunde, ob
sie nun Adlige waren oder nicht, und vielleicht sogar die
Töchter des Speers daran zu hindern, durch den geöffneten Eingang zu treten. Nur wenige Cairhiener wagten es
noch immer, die Aiel als Wilde zu bezeichnen, zumindest
dort, wo sie gehört werden konnten, aber die meisten
dachten es. Die beiden Wachen rissen sich zusammen, atmeten tief durch – und sahen Rand dann über die Köpfe
der Töchter des Speers hinweg, woraufhin ihnen fast die
Augen herausfielen. Sie betrachteten einander von der
Seite und sanken dann auf die Knie. Der eine sah starr zu
Boden, während der andere fest die Augen schloß, und
Perrin hörte ihn leise beten.

»Also werde ich geliebt«, sagte Rand leise. Er hörte sich kaum selbst. Min berührte mit schmerzerfülltem Gesicht seinen Arm. Rand tätschelte ihre Hand, ohne sie anzusehen, und aus irgendeinem Grund schien das ihren Schmerz noch zu vergrößern.

Die Große Halle der Sonne war gewaltig, mit einer in Facetten gewölbten Decke, die an ihrem höchsten Punkt fünfzig Fuß hoch war, und großartigen goldenen Lampen, die an dicken, goldüberzogenen Ketten herabhingen. Die Halle war riesig und voller Menschen, die sich zwischen den wuchtigen, kantigen Säulen aus blauschwarz durchzogenem Marmor zusammenscharten, die zu beiden Seiten des Mittelgangs zweireihig aufragten. Die im Hintergrund Stehenden bemerkten die Neuankömmlinge zuerst. In langen und kurzen Umhängen, einige in bunten Farben oder mit Stickereien, einige in von der Reise zerschlissener Kleidung, sahen sie sie neugierig an. Und angespannt. Die wenigen Frauen im Hintergrund der Halle trugen Reitgewänder. Ihre Gesichter waren genauso hart wie die der Männer und die Blicke genauso direkt.

Jäger des Horns, dachte Perrin. Dobraine hatte gesagt, daß jeder Adlige dort sein würde, der dort sein konnte, und die meisten Jäger waren adlig geboren oder behaupteten es zumindest. Ob sie Rand erkannten oder nicht – sie spürten etwas. Hände tasteten nach Schwertern und Dolchen, die heute abend nicht an ihrem Platz waren. Die meisten Jäger suchten durch das Horn von Valere Abenteuer und einen Platz in der Geschichte. Selbst wenn sie den Wiedergeborenen Drachen noch nie gesehen hatten, erkannten sie eine Gefahr, wenn sie sie sahen.

Die anderen in der Großen Halle waren weniger auf Gefahren eingestellt. Genauer gesagt, waren sie eher auf Machenschaften und Intrigen eingestellt als auf offenen Kampf. Perrin hatte dicht hinter Rand ein Drittel des

Weges den Mittelgang entlang zurückgelegt, als ein Keuchen den Raum durchlief wie ein Windstoß. Hier befanden sich blasse cairhienische Lords mit farbenfrohen Schlitzen über der Brust ihrer dunklen Seidenumhänge, von denen einige ihre Köpfe vorn rasiert und gepudert hatten; cairhienische adlige Damen mit Streifen auf ihren dunklen, hochgeschlossenen Gewändern und Spitzen über den Händen, das Haar kompliziert aufgetürmt, was häufig gut einen Fuß zusätzlicher Größe bedeutete; tairenische Hohe Herren mit geölten und gestutzten Bärten in Samthüten und Umhängen in Rot, Blau und allen anderen Farben und mit bauschigen, satingestreiften Ärmeln; tairenische adlige Damen in noch farbenprächtigeren Gewändern, mit breiten Spitzenhalskrausen und engen, mit Perlen und Mondsteinen, Feuertropfen und Rubinen besetzten Hauben. Sie kannten Perrin, und sie kannten Dobraine und sogar Havien und Min, aber am wichtigsten war, daß sie Rand kannten.

Erkenntnisvolle Unruhe herrschte. Augen weiteten sich, Kinne sanken herab, und die Menschen wurden so starr, daß Perrin fast glaubte, die *Asha'man* hätten sie wie die Wächter außerhalb des Palasts gebunden. Der Raum war ein Meer süßer Düfte und darunterliegender Unterströmungen salzigen Schweißes – all das von einer Art zitterndem Geruch der Angst durchdrungen.

Perrin wandte seine ganze Aufmerksamkeit jedoch dem entgegengesetzten Ende der Halle zu, dem tiefblauen Marmorpodest, auf dem der Sonnenthron stand, goldschimmernd wie seine Namensvetterin, die aufgehende Sonne, die mit ihren gewundenen Strahlen groß von der Rückenlehne herableuchtete. Colavaere erhob sich langsam und spähte über Rands Kopf hinweg den Gang hinab. Ihr fast schwarzes Gewand trug keinen einzigen Adelsstreifen, aber die sich über ihrem Kopf erhebende Lockenmasse mußte um die Krone herum aufgesteckt worden sein, die sie trug: die aufgehende Sonne aus goldenen und gelblichen Edelsteinen. Sieben junge Frauen in Gewändern mit dunklen Leibchen, eng unter dem Kinn anliegender Spitze und in Colavaeres senkrecht gelb und rot und silbern gestreiften Röcken flankierten den Thron. Anscheinend war die cairhienische Mode für die Königin und ihre Bediensteten geändert worden.

Eine leichte Bewegung hinter dem Thron machte auf eine achte Frau aufmerksam, die verborgen stand, aber Perrin kümmerte weder Colavaere noch sonst jemand außer der Frau unmittelbar zu ihrer Rechten. Faile. Ihre leicht schrägstehenden Augen hefteten sich auf ihn – dunkle, flüssige Monde – und doch änderte sich ihr kühler, sittsamer Gesichtsausdruck keinen Deut. Wenn überhaupt eine Veränderung eintrat, dann wurde ihr Gesicht nur noch angespannter. Er bemühte sich, ihren Geruch aufzunehmen, aber die Düfte und die Angst waren zu stark. Sie hatte einen Grund dafür, dort auf dem Podest zu stehen, einen guten Grund. So war es.

Rand berührte Sulin am Ärmel. »Wartet hier«, sagte er. Sie blickte ihn stirnrunzelnd an, die Narbe auf ihrem lederartigen Gesicht genauso weiß hervorstechend wie ihr Haar, und nickte dann widerwillig. Sie vollführte mit der freien Hand eine Geste, und ein weiteres Keuchen durchlief den Raum, als sich die Töchter des Speers verschleierten. Es war beinahe lächerlich. Die acht Männer in den schwarzen Umhängen, die alles gleichzeitig im Auge zu behalten versuchten, könnten sie wahrscheinlich alle töten, bevor die erste Tochter des Speers ihre Waffe geführt hätte, aber niemand wußte, wer oder was sie waren. Niemand sah sie ein zweites Mal an, diese Handvoll Männer mit ihren in den Scheiden steckenden Schwertern. Sie beobachteten nur die Töchter des Speers. Und Rand. Hatten sie nicht bemerkt, daß keiner jener Männer auch nur einen Tropfen mehr Schweiß vergoß als Rand? Perrin hatte das Gefühl, in seinem Schweiß gebadet zu sein.

Rand trat mit Min an seine Seite, an den Töchtern des Speers vorbei und blieb dann stehen, bis zuerst Perrin und dann auch Dobraine und Havien sich ihm angeschlossen hatten. Und natürlich Aram, der wie Perrins Schatten war. Rand betrachtete sie, aber vor allem Perrin, nacheinander genau und nickte dann. Der grauhaarige Cairhiener und der junge Mayener zeigten einen einer Totenmaske ähnlichen Gesichtsausdruck. Perrin wußte nicht, wie sein Ausdruck wirkte, aber er hatte die Kiefer fest zusammengepreßt. Niemand würde Faile Schaden zufügen, gleichgültig was sie getan hatte und gleichgültig warum. Und ungeachtet dessen, was er tun mußte, um es zu verhindern.

Ihre Stiefel dröhnten in der Stille laut, als sie über das gewaltige goldene Mosaik der aufgehenden Sonne auf dem blau gefliesten Boden schritten und sich dem Thron näherten. Colavaere verschränkte die Hände in ihren Röcken und benetzte ihre Lippen, während ihr Blick hastig zwischen Rand und den Türen hinter ihm hin und her schwankte.

»Sucht ihr die Aes Sedai?« Rands Stimme hallte wider. Er lächelte unfreundlich. »Ich habe sie ins Aiel-Lager geschickt. Wenn die Aiel sie keine Manieren lehren können, dann kann es niemand.« Entsetztes Murmeln setzte ein. Perrin roch jetzt die Angst stärker als die Düfte.

Colavaere zuckte zusammen. »Warum sollte ich …?« Sie atmete tief durch und nahm ihre Würde zusammen. Colavaere war eine überaus hübsche Frau mittleren Alters, mit einer Spur Grau im Haar. Jetzt legte sie eine königliche Haltung an den Tag, die nichts mit der Krone zu tun hatte. Sie war zum Befehlen geboren, zum Regieren, wie sie glaubte. Und ihre Augen, die abschätzig blickten, zeugten von einer scharfen Intelligenz. »Mein

Lord Drache«, sagte sie und vollführte einen tiefen, sich fast selbst verspottenden Hofknicks, »ich heiße Euch hier willkommen. Cairhien heißt Euch hier willkommen.« Sie wiederholte sich scheinbar selbst.

Rand erklomm gemächlich die Stufen des Podests. Min wollte ihm schon folgen, kreuzte aber dann nur die Arme und blieb stehen. Perrin folgte ihm, um Faile näher zu sein, aber nur ein Stück. Ihr Blick hatte ihn innehalten lassen. Es war ein ebenso abschätzender Blick gewesen wie derjenige Colavaeres. Und ihm genauso wie Rand zugedacht. Perrin wünschte, er könnte ihren Geruch aufnehmen. Nicht um das Warum oder Wie zu erkennen, sondern nur, um sie zu riechen. Aber die Düfte und die Angst waren immer noch zu stark. Warum sagte sie nichts? Warum kam sie nicht zu ihm? Oder lächelte wenigstens? Er brauchte nur ein Lächeln.

Colavaere erstarrte unmerklich. Ihr Kopf reichte Rand gerade bis zur Brust, obwohl ihr aufgetürmtes Haar fast seine Höhe erreichte. Sein Blick schweifte von ihr über die Frauen, die zu beiden Seiten des Throns aufgereiht standen. Vielleicht hielt er bei Faile inne, aber Perrin war sich dessen nicht sicher.

Rand legte seine Hand auf eine wuchtige Lehne des Sonnenthrons. »Ihr wißt, daß ich diesen Thron Elayne Trakand übergeben will.« Seine Stimme klang unbewegt.

»Mein Lord Drache«, wiederholte Colavaere glatt, »Cairhien war zu lange ohne Regent – ohne einen cairhienischen Regent. Ihr sagtet, Ihr selbst hättet kein Interesse am Sonnenthron. Elayne Trakand hätte einen gewissen Anspruch darauf gehabt«, eine kleine, schnelle Geste tat diesen Anspruch ab, »wenn sie noch lebte. Gerüchte besagen, sie sei tot, genau wie ihre Mutter.« Es war gefährlich, das auszusprechen, denn viele dieser Gerüchte besagten außerdem, Rand habe Mutter und Tochter getötet. Colavaere war kein Feigling.

»Elayne lebt.« Die Worte kamen noch immer gleichmütig hervor, aber Rands Augen glühten. Perrin konnte seinen Geruch genauso wenig ausmachen wie Failes, aber er brauchte seine Nase nicht, um unmittelbar vor sich verhaltenen Zorn zu erkennen. »Sie wird die Kronen Andors und Cairhiens tragen.«

»Mein Lord Drache, Geschehenes kann nicht ungeschehen gemacht werden. Wenn Euch etwas gekränkt hat ...«

Colavaere hatte, trotz all ihrer Würde und ihres Mutes, sichtlich Mühe, nicht zusammenzuzucken, als Rand die Hand ausstreckte und die Sonnenkrone ergriff. Ein lautes Krachen brechenden Metalls erklang, und die Krone bog sich. Colavaeres aufgetürmte Locken gerieten kaum in Unordnung, als sie sich daraus löste. Einige gelbe Edelsteine sprangen aus ihrer Fassung und fielen zu Boden. Rand hielt den gestreckten Metallreif in der Hand, und er bog sich langsam wieder zurück, bis sich die Enden erneut berührten, und ... Vielleicht konnten die *Asha'man* sehen, was geschah, und vielleicht konnten sie es auch verstehen, aber für Perrin schien die Krone einen Moment zerbrochen und war im nächsten Augenblick wieder heil. Keiner der Adligen gab einen Laut von sich, und nicht einmal Stiefelscharren war zu hören. Perrin dachte, sie fürchteten sich, sich zu regen. Er roch jetzt vor allem höchstes Entsetzen.

»Was auch immer geschehen kann«, sagte Rand leise, »kann auch wieder ungeschehen gemacht werden.«

Alle Farbe wich aus Colavaeres Gesicht. Die wenigen Strähnen, die der aufgetürmten Haarpracht entschlüpft waren, ließen sie wie eine Wilde wirken, aber eine in Schach gehaltene Wilde. Sie schluckte und öffnete dann zwei Mal den Mund, bevor Worte hervordrangen. »Mein Lord Drache ...« Es war ein heiseres Flüstern, aber ihre Stimme wurde kräftiger, als sie fortfuhr, wenn auch von Verzweiflung geprägt. Sie schien zu vergessen, daß noch anderen Menschen da waren. »Ich habe die von Euch aufgestellten Gesetze und Richtlinien eingehalten. Sogar jene, die den alten Gesetzen Cairhiens und allen Gebräuchen entgegenstehen.« Sie meinte wahrscheinlich jene Gesetze, die dazu geführt hatten, daß ein Adliger ungestraft einen Bauern oder Arbeiter töten durfte. »Mein Lord Drache, Ihr könnt den Sonnenthron vergeben. Ich ... weiß das. Ich ... ich habe falsch gehandelt, ihn ohne Eure Erlaubnis einzunehmen. Aber ich habe von Geburt und Abstammung her das Recht darauf. Wenn ich ihn aus Eurer Hand bekommen muß, dann gebt ihn mir, mit Eurer Hand. Ich habe das Recht darauf!« Rand sah sie nur an. Er schwieg. Er schien zuzuhören, aber nicht ihr.

Perrin räusperte sich. Warum zog Rand es in die Länge? Es war vollbracht, oder doch annähernd. Sollte alles andere, was noch getan werden mußte, getan werden. Dann konnte er Faile irgendwo hinbringen, um mit ihr zu reden. »Hattet Ihr das Recht, Lord Maringil und Hochlord Meilan umzubringen?« fragte Perrin. Er hegte keinerlei Zweifel daran, daß sie es getan hatte. Sie waren ihre größten Rivalen bei der Erlangung des Throns gewesen. Oder zumindest hatte sie – und die beiden anderen – dies geglaubt. Warum stand Rand nur da? Er wußte das alles auch. »Wo ist Berelain?«

Er wollte den Namen wieder zurücknehmen, noch bevor er ihn vollständig ausgesprochen hatte. Faile sah ihn nur an, das Gesicht eine kühle Maske, aber ihr Blick hätte Wasser entflammen können. »Eine eifersüchtige Ehefrau ist wie ein Hornissennest in der Matratze«, hieß es. Gleichgültig wie sehr man sich wand – man wurde gestochen.

»Ihr wagt es, mich eines solch abscheulichen Verbrechens zu bezichtigen?« verlangte Colavaere zu wissen. »Dafür gibt es keinen Beweis. Es kann keinen Beweis geben! Weil ich unschuldig bin.« Sie schien sich jäh bewußt zu werden, wo sie sich befand, wie auch der zwischen den Säulen dicht zusammengedrängt stehenden Adligen, die sie anstarrten und ihr zuhörten. Was auch immer man sonst von ihr behaupten konnte – sie hatte Mut. Sie richtete sich kerzengerade auf und bemühte sich, Rand in die Augen zu sehen, ohne den Kopf zu weit zurückzuneigen. »Mein Lord Drache, vor neun Tagen wurde ich bei Sonnenaufgang gemäß den Gesetzen und Bräuchen Cairhiens zur Königin von Cairhien gekrönt. Ich werde meinen Treueschwur Euch gegenüber einhalten, aber ich *bin* die Königin von Cairhien.« Rand sah sie nur schweigend an – und beunruhigt, wie Perrin behauptet hätte. »Mein Lord Drache, ich bin die Königin, es sei denn, Ihr wolltet alle Eure Gesetze verwerfen.« Rand schwieg noch immer und sah sie unbewegt an.

Warum setzt er dem kein Ende? fragte Perrin sich.

»Diese Anschuldigungen gegen mich sind unwahr. Sie sind absurd!« Nur dieser ruhige Blick als Antwort. Colavaere wandte unbehaglich den Kopf. »Annoura, beratet mich. Kommt, Annoura! Steht mir bei!«

Perrin dachte, sie spräche zu einer der Frauen bei Faile, aber die Frau, die hinter dem Thron hervortrat, trug nicht die gestreiften Röcke einer Bediensteten. Sie hatte ein breites Gesicht mit einem großen Mund und einer Hakennase und betrachtete Rand unter Dutzenden langer, dünner, dunkler Zöpfe hervor. Es war ein alterloses Gesicht. Zu Perrins Überraschung stieß Havien einen Laut aus und grinste, während sich Perrins Nackenhaare aufstellten.

»Ich kann das nicht tun, Colavaere«, sagte die Aes Sedai mit tarabonischem Akzent, während sie ihre mit grauen Fransen besetzte Stola zurechtzog. »Ich fürchte, ich habe es zugelassen, daß Ihr meine Beziehung zu Euch mißverstehen konntet.« Sie atmete tief durch und fügte hinzu: »Dies ... dies ist nicht nötig, Meister al'Thor.« Ihre Stimme schwankte einen Moment. »Oder mein Lord Drache, wenn Euch das lieber ist. Ich versichere Euch, ich hege Euch gegenüber keine bösen Absichten. Wenn dem so wäre, hätte ich gehandelt, bevor Ihr wußtet, daß ich hier war.«

»Dann hättet Ihr sehr wohl sterben können.« Rands Stimme klang eisig und stahlhart, obwohl sein Gesicht die Worte sanft erscheinen ließ. »Ich bin nicht derjenige, der Euch abschirmen läßt, Aes Sedai. Wer seid Ihr? Warum seid Ihr hier? Antwortet mir! Ich habe nicht viel Geduld mit … Menschen Eurer Art. Oder wollt Ihr ins Aiel-Lager hinausbefördert werden? Ich wette, daß die Weisen Frauen Euch dazu bringen könnten, freimütig zu sprechen.«

Annoura war nicht schwer von Begriff. Ihr Blick schoß zu Aram und dann zu dem Gang, in dem die *Asha'man* standen. Und sie begriff. Er mußte auf sie anspielen, auf jene Männer in ihren schwarzen Umhängen, die grimmigen Gesichter trocken, obwohl alle anderen außer ihrem und Rands Gesicht vor Schweiß schimmerten. Der junge Jahar beobachtete sie, wie ein Falke ein Kaninchen beobachtet. Loial stand unpassenderweise mitten unter ihnen, die Streitaxt an seine Schulter gelehnt. Eine große Hand hielt mühsam ein Tintenfaß und ein geöffnetes Buch, das er unbeholfen an die Brust preßte, während er mit der anderen Hand so schnell schrieb, wie er die Feder, die dicker war als Perrins Daumen, eintauchen konnte. Er machte sich Notizen. Hier!

Die Adligen hörten Rand genauso gut wie Annoura. Sie hatten die verschleierten Töchter des Speers unbehaglich betrachtet, aber jetzt wichen sie vor den *Asha'man* zurück, drängten sich zusammen wie Fische in einem Faß. Hier und da brach jemand ohnmächtig zusammen, wurde aber von der Menge gehalten.

Annoura richtete bebend ihre Stola und erlangte die

berühmte Aes-Sedai-Haltung zurück. »Ich bin Annoura Larisen, mein Lord Drache. Von der Grauen Ajah.« Nichts an ihr ließ darauf schließen, daß sie gedämpft war und sich in Gegenwart von Menschen befand, die die Macht lenken konnten. Ihre Antwort wirkte eher gnädig. »Ich bin die Beraterin Berelains, der Ersten von Mayene.« Darum grinste Havien also wie ein Verrückter. Er hatte die Frau erkannt. Perrin empfand absolut nicht das Bedürfnis zu grinsen. »Es ist aufgrund der Haltung Tears sowohl gegenüber Mayene als auch gegenüber den Aes Sedai geheimgehalten worden, wie Ihr gewiß versteht«, fuhr sie fort, »aber ich denke, daß die Zeit für Geheimnisse jetzt vorüber ist.« Annoura wandte sich Colavaere zu und preßte die Lippen zusammen. »Ich habe Euch glauben lassen, was Ihr glauben wolltet, aber Aes Sedai werden nicht nur zu Beratern, weil jemand ihnen sagt, sie seien es. Ganz besonders, wenn sie bereits jemand anderen beraten.«

»Wenn Berelain Eure Geschichte bestätigt«, sagte Rand, »werde ich Euch in ihre Obhut entlassen.« Er betrachtete die Krone und schien zum ersten Mal zu erkennen, daß er das Sprühfeuer aus Gold und Edelsteinen noch immer in Händen hielt. Er legte sie sehr sacht auf dem seidenbezogenen Sitz des Sonnenthrons ab. »Ich halte nicht unbedingt alle Aes Sedai für meine Feinde, aber es wird keine Intrigen gegen mich geben, und ich bin nicht Euer Handlanger – nicht mehr. Ihr habt die Wahl, Annoura, aber wenn Ihr Euch falsch entscheidet, werdet Ihr zu den Weisen Frauen gehen. Wenn Ihr lange genug lebt. Ich werde die *Asha'man* nicht festbinden, und ein Fehler könnte Euch das Leben kosten.«

»Die *Asha'man* …«, sagte Annoura bedächtig. »Ich glaube, ich verstehe.« Sie benetzte sich mit der Zunge die Lippen.

»Mein Lord Drache, Colavaere wollte ihren Treueschwur brechen.« Perrin hatte sich so sehr gewünscht, daß Faile sprechen würde, daß er zusammenzuckte, als sie es tatsächlich tat, während sie aus der Reihe der Bediensteten heraustrat. Sie wählte ihre Worte sorgfältig, als sie sich der Möchtegern-Königin gegenüberstellte wie ein angriffsbereiter Adler. Licht, sie war wunderschön! »Colavaere hat geschworen, Euch in allem zu gehorchen und Eure Gesetze einzuhalten, aber sie hat gleichzeitig geplant, die Aiel aus Cairhien zu entfernen, sie nach Süden zu schicken und alles wieder so einzurichten, wie es war, bevor Ihr kamt. Sie sagte auch, daß Ihr es, wenn Ihr jemals zurückkämt, nicht wagen würdet, etwas zu verändern, was sie gestaltet hat. Die Frau, der sie diese Dinge erzählte, Maire, war eine ihrer Bediensteten. Maire verschwand bald, nachdem sie es mir erzählt hatte. Ich habe keinen Beweis dafür, aber ich glaube, daß sie tot ist. Ich glaube, daß Colavaere bedauerte, zu früh zu viele ihrer Gedanken preisgegeben zu haben.«

Dobraine schritt die Stufen des Podests hinauf, den Helm unter dem Arm. Sein Gesicht hätte aus Stahl sein können. »Colavaere Saighan«, verkündete er mit formeller Stimme, die in jeden Winkel der Großen Halle drang, »ich, Dobraine, Hochsitz des Hauses Taborwin, klage Euch bei meiner unsterblichen Seele, unter dem Licht, des Verrats an, der mit dem Tode bestraft wird.«

Rand legte den Kopf zurück und schloß die Augen. Er bewegte leicht den Mund, aber Perrin wußte, daß nur er und Rand hören konnten, was hervordrang. »Nein. Ich kann nicht. Ich werde es nicht tun.« Jetzt verstand Perrin die Verzögerung. Rand suchte einen Ausweg. Perrin wünschte, er könnte einen erkennen.

Colavaere hatte es sicher nicht gehört, aber auch sie wünschte sich einen Ausweg. Sie sah sich wild um, zum Sonnenthron, zu ihren Bediensteten, zum versammelten Adel, als würden sie vielleicht vortreten, um sie zu verteidigen. Ihre Füße hätten jedoch ebensogut in Zement

199

verankert sein können. Ein Meer sorgfältig ausdruckslos gehaltener, schweißbedeckter Gesichter zeigte sich ihr, und Augen, die ihren Blick mieden. Einige wandten ihre Blicke versteckt den *Asha'man* zu. Der bereits erhebliche Zwischenraum zwischen den Adligen und den *Asha'man* weitete sich noch mehr.

»Lügen!« zischte sie, die Hände in ihren Röcken verschränkt. »Alles Lügen! Kriecherische kleine …!« Sie trat einen Schritt auf Faile zu. Rand hielt seine Arme zwischen sie, obwohl Colavaere es nicht zu bemerken schien, und Faile sah ihn an, als wünschte sie, er hätte es nicht getan. Wer sie angriff, konnte sich auf eine Überraschung gefaßt machen.

»Faile lügt nicht!« grollte Perrin. Nun, nicht bei solchen Dingen.

Colavaere sammelte sich erneut. Obwohl sie nicht groß war, nutzte sie doch jeden Zoll ihrer Größe. Perrin mußte sie fast bewundern – wenn sie nicht Meilan und Maringil und diese Maire und nur das Licht wußte, wie viele noch, getötet hätte. »Ich fordere Gerechtigkeit, mein Lord Drache.« Ihre Stimme klang ruhig und fest. Königlich. »Es gibt keinen Beweis für diesen … diesen Schmutz. Was ist schon die Behauptung wert, daß jemand, der sich nicht mehr in Cairhien befindet, sagt, ich hätte Worte geäußert, die ich niemals ausgesprochen habe? Ich fordere die Gerechtigkeit des Lord Drache. Euren eigenen Gesetzen gemäß, muß es Beweise geben.«

»Woher wißt Ihr, daß sie sich nicht mehr in Cairhien befindet?« verlangte Dobraine zu wissen. »Wo ist sie?«

»Ich nehme an, sie ist fortgegangen«, antwortete Colavaere zu Rand gewandt. »Maire ist aus meinen Diensten ausgetreten, und ich habe sie durch Reale ersetzt.« Sie deutete auf die dritte Bedienstete zur Linken. »Ich weiß nicht, wo sie ist. Bringt sie her, wenn sie sich in der Stadt befindet, und bringt sie dazu, diese lächerlichen Anschuldigungen vor mir zu wiederholen. Ich werde sie der Lüge bezichtigen.« Faile wirkte, als wollte sie sie ermorden. Perrin hoffte, sie würde nicht einen jener Dolche ziehen, die sie versteckt mit sich führte. Sie hatte die Angewohnheit, das zu tun, wenn sie wütend genug war.

Annoura räusperte sich. Sie hatte Rand zu Perrins Beunruhigung viel zu gründlich betrachtet. »Darf ich sprechen, Meister … ehm … mein Lord Drache?« Auf sein Nicken hin fuhr sie fort, während sie ihre Stola richtete. »Ich weiß nichts über die junge Maire, außer daß sie an einem Morgen noch hier war, vor Einbruch der Nacht nirgends mehr zu finden war und niemand wußte, wo sie hingegangen war. Aber bei Lord Maringil und Hochlord Meilan liegt die Sache anders. Die Erste von Mayene brachte zwei ausgezeichnete Diebefänger mit, Männer, die Erfahrung im Aufklären von Verbrechen haben. Sie haben zwei der Männer zu mir gebracht, die Hochlord Meilan auf der Straße aufgelauert hatten, obwohl beide darauf beharrten, daß sie nur seine Arme festgehalten hätten, während andere ihn niederstachen. Sie brachten mir auch die Dienerin, die Gift in den gewürzten Wein getan hat, den Lord Maringil vor dem Schlafengehen zu trinken pflegte. Sie beteuerte ebenfalls ihre Unschuld. Sie sagte, ihre kränkliche Mutter und sie selbst wären gestorben, wenn sie es nicht getan hätte. Ich glaube ihr. Der Trost, den sie in diesem Eingeständnis fand, schien mir nicht gespielt. Aber sowohl die Männer als auch die Frau stimmten in Folgendem überein: Die Befehle für ihre Handlungen kamen aus dem Munde der Lady Colavaere selbst.«

Mit jedem Wort wich der Trotz aus Colavaere. Sie stand still, was sehr verwunderlich schien. Sie erweckte den Eindruck, versteinert zu sein. »Sie haben es versprochen«, murmelte sie zu Rand gewandt. »Sie haben versprochen, Ihr würdet niemals zurückkehren.« Zu spät schlug sie sich die Hände vor den Mund. Ihre Augen traten hervor. Perrin wünschte, er könnte die aus ihrer Kehle dringenden Laute nicht hören. Niemand sollte solche Laute ausstoßen.

»Verrat und Mord ...« Dobraine schien zufrieden. Die wimmernden Schreie berührten ihn nicht. »Die Strafe ist die gleiche, mein Lord Drache. Nach Eurem Gesetz ist es der Tod durch Erhängen.« Rand sah aus irgendeinem Grund Min an. Sie erwiderte seinen Blick mit tiefer Traurigkeit. Nicht wegen Colavaere, sondern wegen Rand. Perrin fragte sich, ob eine Vision damit zu tun hatte.

»Ich ... ich verlange den Scharfrichter«, gelang es Colavaere mit erstickter Stimme hervorzubringen. Ihre Gesichtszüge erschlafften. Sie war schlagartig alt geworden, und ihre Augen spiegelten ihr starres Entsetzen wider. Aber obwohl ihr nichts geblieben war, kämpfte sie weiter. »Es ist ... es ist mein Recht. Ich will nicht ... wie eine Bürgerliche gehängt werden!«

Rand schien mit sich zu kämpfen und schüttelte dann auf diese beunruhigende Art den Kopf. Als er schließlich sprach, klangen seine Worte winterkalt und amboßhart. »Colavaere Saighan, ich entziehe Euch Eure Titel.« Die Worte trafen wie Nägel. »Ich entziehe Euch Eure Ländereien und Güter und Besitztümer – alles außer der Kleidung, die Ihr tragt. Besitzt – besaßt Ihr einen Bauernhof? Einen kleinen Bauernhof?«

Jeder Satz ließ die Frau stärker wanken. Sie schwankte wie betrunken und formte mit den Lippen unhörbar das Wort »Bauernhof«, als hätte sie es niemals zuvor gehört. Annoura, Faile und alle anderen starrten Rand erstaunt an. Perrin nicht minder. Ein *Bauernhof*? War es schon zuvor still in der Großen Halle gewesen, so schien jetzt nicht einmal mehr jemand zu atmen.

»Dobraine, besaß sie einen Bauernhof?«

»Sie besitzt ... besaß ... viele Bauernhöfe, mein Lord

202

Drache«, antwortete der Cairhiener zögernd. Er verstand eindeutig nicht mehr als Perrin. »Die meisten sind groß. Aber die Ländereien in der Nähe der Drachenmauer von ungefähr zweitausend Hektar waren stets in kleine Parzellen aufgeteilt. Alle Pächter haben sie während des Aiel-Krieges verlassen.«

Rand nickte. »Es ist Zeit, das zu ändern. Zu viel Land hat zu lange brachgelegen. Ich möchte, daß die Leute wieder dorthin zurückkehren, um das Land erneut zu bestellen. Dobraine, Ihr werdet herausfinden, welcher der Bauernhöfe, die Colavaere in der Nähe der Drachenmauer besaß, der kleinste ist. Colavaere, ich schicke Euch auf diesen Bauernhof ins Exil. Dobraine wird dafür sorgen, daß ihr das bekommt, was für den Unterhalt eines Gehöfts nötig ist, einschließlich jemandem, der Euch beibringt, wie man den Boden bestellt, und Wächtern, die darauf achten werden, daß Ihr Euch niemals weiter von dem Hof entfernt, als Ihr an einem Tag gelangen könnt, solange Ihr lebt. Kümmert Euch darum, Dobraine. Ich möchte, daß sie in einer Woche unterwegs ist.« Ein verwirrter Dobraine zögerte, bevor er nickte. Perrin hörte die Versammlung hinter sich murmeln. So etwas hatte man noch nie erlebt! Niemand verstand, warum sie nicht sterben sollte. Und warum das andere sein mußte! Adlige waren schon früher in die Verbannung geschickt worden, auch auf Lebenszeit, aber niemals auf einen *Bauernhof*.

Colavaere reagierte prompt: Sie verdrehte die Augen, brach zusammen und taumelte rückwärts gegen die Stufen.

Perrin sprang vor, um sie aufzufangen, aber jemand anderer kam ihm zuvor. Bevor er noch einen Schritt getan hatte, wurde ihr Fall aufgehalten. Sie sank mitten in der Luft zusammen und lag dann schräg und mit herabhängendem Kopf über dem Podest. Ihre bewußtlose Gestalt erhob sich langsam, drehte sich um und ließ sich sanft vor dem Sonnenthron nieder. Rand. Perrin zweifelte nicht daran, daß die *Asha'man* sie hätten fallen lassen.

Annoura schnalzte mit der Zunge. Sie schien nicht überrascht oder beunruhigt, aber sie rieb nervös die Daumen an den Zeigefingern. »Sie hätte den Scharfrichter vermutlich vorgezogen. Ich werde mich um sie kümmern, wenn Ihr Euren Mann, den ... *Asha'man* ...«

»Sie geht Euch nichts an«, sagte Rand rauh. »Sie lebt, und ... das ist alles.« Er atmete tief und abgehackt ein. Min war da, bevor er wieder ausgeatmet hatte. Sie stand nur neben ihm, aber augenscheinlich wollte sie mehr tun. Sein Gesichtsausdruck festigte sich allmählich wieder. »Annoura, Ihr werdet mich zu Berelain bringen. Laßt sie los, Jahar. Sie wird keine Schwierigkeiten machen. Nicht allein gegen uns neun. Ich möchte herausfinden, was geschehen ist, während ich fort war, Annoura. Und was Berelain sich dabei gedacht hat, Euch hinter meinem Rücken hierher zu bringen. Nein, sagt nichts. Ich will es von ihr hören. Perrin, ich weiß, daß du ein wenig Zeit mit Faile verbringen willst. Ich ...«

Rands Blick schweifte langsam durch die Halle, über all die Adligen, die schweigend warteten. Niemand wagte unter seinem Blick einen Muskel zu regen. Der Geruch der Angst überwog alle anderen Düfte bei weitem. Außer den Jägern hatte jeder der Anwesenden ihm gegenüber den gleichen Eid geleistet wie Colavaere. Vielleicht war es schon Verrat, einfach nur an dieser Versammlung teilzunehmen. Perrin wußte es nicht.

»Die Audienz ist beendet«, sagte Rand. »Ich werde die Gesichter aller vergessen, die jetzt gehen.«

Die vorne Stehenden, die Höchstrangigen, die Mächtigsten, begannen sich allzu hastig zu den Türen voranzuarbeiten, wobei sie die Töchter des Speers und die *Asha'man* mieden, die im Gang standen, während die Restlichen darauf warteten, an die Reihe zu kommen.

Jedoch mußten alle überdacht haben, was Rand gesagt hatte. Was genau hatte er mit ›jetzt‹ gemeint? Zielbewußte Schritte wurden beschleunigt, Röcke wurden gerafft. Jäger, die der Tür am nächsten standen, schlüpften hinaus, zunächst nur einer auf einmal, dann in Scharen, und die niedrigeren Adligen unter den Cairhienern und Tairenern, die dies sahen, eilten den höhergestellten Adligen voraus. Innerhalb weniger Momente befand sich eine mahlende Masse an der Tür, Männer und Frauen, die drängten und die Ellenbogen benutzten, um hinauszugelangen. Niemand schaute zu der Frau zurück, die ausgestreckt vor dem Thron lag, den sie nur so kurze Zeit innegehabt hatte.

KAPITEL 6

Alte Angst und neue Angst

Rand gelangte ohne Schwierigkeiten durch die wogende Menge. Vielleicht war es die Anwesenheit der Töchter des Speers und der *Asha'man*, oder vielleicht handhabten Rand oder einer der schwarzen Männer die Macht – auf jeden Fall teilte sich die Menge für ihn und Min, für eine sehr unterwürfige Annoura, die mit ihm zu sprechen versuchte, und für Loial, der trotz aller Widrigkeiten noch immer versuchte, in sein Buch zu schreiben *und* seine Streitaxt zu tragen. Perrin und Faile sahen einander an, und Faile verpaßte die Gelegenheit, sich den anderen anzuschließen, bevor sich die Menge wieder zusammenschloß.

Sie sagte eine Weile lang nichts und er auch nicht, nicht was er sagen wollte, nicht in Arams Gegenwart, der sie ehrfürchtig ansah. Und nicht in Dobraines Gegenwart, der die seiner Obhut unterstellte bewußtlose Frau stirnrunzelnd betrachtete. Niemand sonst war auf dem Podest verblieben. Havien war mit Rand gegangen, um Berelain zu finden, und sobald Rand ging, waren die anderen Bediensteten auf die Türen zugeeilt, ohne Perrin oder Faile noch einen zweiten Blick zu gönnen – oder Colavaere, sie war nicht einmal eines ersten Blicks gewürdigt worden. Sie rafften einfach ihre gestreiften Röcke und liefen davon. Stöhnen und Fluchen stieg aus der Menge auf, und nicht nur von Männern. Obwohl Rand bereits gegangen war, wünschten sich diese Menschen augenblicklich fort. Vielleicht dachten sie, Perrin würde bleiben, um Bericht zu erstatten, obwohl sie, wenn sie zurückgeblickt hätten, gemerkt hätten, daß sein Blick nicht auf ihnen ruhte.

Perrin trat zu Faile, nahm ihre Hand und atmete tief ihren Duft ein. Jetzt, wo er ihr so nahe war, zählten die noch in der Luft schwebenden anderen Düfte nicht mehr. Alles andere konnte warten. Sie brachte von irgendwoher einen roten Spitzenfächer hervor, und bevor sie ihn ausbreitete, um sich Kühle zuzufächeln, berührte sie damit zuerst ihre Wange und dann seine. In ihrer Heimat Saldaea gab es eine eigenständige Fächersprache. Sie hatte ihn ein wenig dieser Sprache gelehrt. Aber er wünschte, er wüßte, was das Berühren der Wange bedeutete. Es mußte etwas Gutes sein. Andererseits brachte ihr Geruch eine scharfe Note mit sich, die er nur zu gut kannte.

»Er hätte sie aufs Schafott schicken sollen«, murrte Dobraine, und Perrin zuckte unbehaglich die Achseln. Aus dem Tonfall des Mannes war nicht zu erkennen, ob er meinte, daß es das Gesetz verlangte, oder daß es barmherziger gewesen wäre. Dobraine verstand nicht. Rand hätte sich eher Flügel wachsen lassen.

Faile bewegte ihren Fächer jetzt langsamer, bis er fast zur Ruhe kam, und sah Dobraine über die karmesinrote Spitze hinweg von der Seite an. »Ihr Tod wäre vielleicht für jedermann das beste gewesen. Er ist die vorgeschriebene Strafe. Was werdet Ihr tun, Lord Dobraine?« Auch wenn sie ihn nur von der Seite ansah, wirkte ihr Blick doch sehr direkt und bedeutungsvoll.

Perrin runzelte die Stirn. Kein Wort für ihn, aber Fragen an Dobraine? Faile roch wieder unterschwellig nach Eifersucht, was ihm einen Seufzer entlockte.

Der Cairhiener erwiderte ihren Blick gleichmütig, während er seine Handschuhe hinter seinen Schwertgürtel steckte. »Ich tue, was mir befohlen wurde. Ich halte mich an meine Eide, Lady Faile.«

Der Fächer wurde schneller als ein Gedanke geöffnet

und wieder geschlossen. »Er hat tatsächlich Aes Sedai zu den Aiel geschickt? Als Gefangene?« Ihre Stimme klang ungläubig.

»Einige, Lady Faile.« Dobraine zögerte. »Andere schworen ihm auf den Knien Treue. Ich habe es mit eigenen Augen gesehen. Sie gingen ebenfalls zu den Aiel, aber ich denke nicht, daß man sie als Gefangene bezeichnen kann.«

»Ich habe es auch gesehen, Mylady«, schaltete sich Aram von seinem Platz auf den Stufen aus ein, und ein breites Lächeln teilte sein Gesicht, als sie ihn ansah.

Rote Spitze vollführte einen heftigen Ruck. Sie schien den Fächer fast unbewußt zu führen. »Ihr habt es beide gesehen.« Die Erleichterung in ihrer Stimme – und in ihrem Geruch – war so deutlich, daß Perrin sie anstarrte.

»Was hast du geglaubt, Faile? Warum sollte Rand lügen, besonders wenn es innerhalb eines Tages ohnehin jedermann wüßte?«

Anstatt zu antworten, betrachtete sie stirnrunzelnd Colavaere. »Ist sie noch immer bewußtlos? Obwohl es vermutlich nicht wichtig ist. Sie weiß mehr, als ich jemals aussprechen würde. Alles, was wir so bestrebt geheimhielten. Auch das hat sie Maire gegenüber erwähnt. Sie weiß zuviel.«

Dobraine hob mit dem Daumen nicht allzu sanft eines von Colavaeres Augenlidern an. »Als wäre sie von einer Keule getroffen worden. Schade, daß sie sich auf den Stufen nicht das Genick gebrochen hat. Aber sie wird ins Exil gehen und lernen, als Bäuerin zu leben.« Für kurze Zeit schwebte ein schroffer, verärgerter Geruch von Faile heran.

Plötzlich verstand Perrin, was seine Frau so umständlich vorgeschlagen hatte, und was Dobraine ebenso umständlich abgelehnt hatte. Jedes einzelne Haar an seinem Körper richtete sich auf. Er hatte von Anfang an gewußt, daß er eine sehr gefährliche Frau geheiratet hatte. Aber er hatte nicht gewußt, wie gefährlich sie tatsächlich war. Aram spähte zu Colavaere, die Lippen in düsteren Gedanken geschürzt. Der Mann würde alles für Faile tun.

»Ich glaube nicht, daß es Rand gefiele, wenn sie irgend etwas davon abhielte, den Hof zu erreichen«, sagte Perrin fest, den Blick abwechselnd auf Aram und Faile gerichtet. »*Mir* würde es auch nicht gefallen.« Er war recht stolz auf sich. Er konnte genauso gut um eine Sache herumreden wie die beiden anderen.

Aram beugte kurz den Kopf – er verstand –, aber Faile versuchte, über ihren sanft bewegten Fächer hinweg unschuldig zu wirken, als verstünde sie nicht, wovon er sprach. Plötzlich erkannte er, daß nicht aller Geruch nach Angst von den sich noch immer an den Türen drängenden Menschen kam. Er wehte auch schwach und zitternd von ihr heran. Beherrschte Angst, und doch war sie vorhanden.

»Was ist los, Faile? Licht, du hast gedacht, Coiren und ihre Leute hätten gesiegt anstatt ...« Ihr Gesichtsausdruck veränderte sich nicht, aber der angsterfüllte Geruch wurde stärker. »Hast du deshalb zunächst nichts gesagt?« fragte er sanft. »Hattest du Angst, wir wären als Marionetten zurückgekommen, die sie bewegen?«

Sie betrachtete die schnell abnehmende Menschenmenge am anderen Ende der Halle. Niemand war ihnen allzu nahe, und alle verursachten gehörigen Lärm, aber sie senkte ihre Stimme dennoch. »Aes Sedai können so etwas tun, wie ich gehört habe. Mein Ehemann, niemand weiß es besser als ich, daß es sogar Aes Sedai schwerfallen würde, dich als Marionette tanzen zu lassen, viel schwerer als bei einem Mann, der nur der Wiedergeborene Drache ist, aber als du hier hereinkamst, hatte ich mehr Angst als zu irgendeinem anderen Zeitpunkt, seit du fortgegangen warst.« Die ersten

Worte waren von Belustigung durchdrungen, wie winzige Bläschen in seiner Nase spürbar, und von einer warmen Freude und Liebe, ihr Geruch klar und rein und stark, aber all das schwand bei ihren letzten Worten, und es blieb nur dieser schwache zitternde Angstgeruch.

»Licht, Faile, es ist wahr. Jedes Wort, was Rand gesagt hat. Du hast Dobraine gehört, und Aram.« Sie lächelte und nickte und bewegte ihren Fächer. Aber er konnte die bebende Angst noch immer riechen. *Blut und Asche, was kann ich tun, um sie zu überzeugen?* »Würde es helfen, wenn er Verin den *Sa'sara* tanzen ließe? Sie wird es tun, wenn er es ihr befiehlt.« Er meinte es als Scherz. Er wußte vom *Sa'sara* nur, daß er als anstößig galt – und daß Faile einst eingestanden hatte, ihn zu beherrschen, obwohl sie diesem Thema in letzter Zeit auswich und ihr Eingeständnis fast leugnen wollte. Er meinte es als Scherz, aber sie schloß ihren Fächer und klopfte damit leicht aufs Handgelenk. Er kannte diese Geste. *Ich erwäge deinen Vorschlag ernsthaft.*

»Ich weiß nicht, was helfen würde, Perrin.« Sie zitterte leicht. »Gibt es irgend etwas, was eine Aes Sedai nicht tun oder womit sie sich nicht abfinden würde, wenn die Weiße Burg es ihr befiehlt? Ich habe die Geschichte studiert und gelernt, zwischen den Zeilen zu lesen. Mashera Donavelle gebar einem Mann sieben Kinder, den sie verabscheute, was auch immer gesagt wird, und Isebaille Tobanyi lieferte die geliebten Brüder an ihre Feinde aus, und den Thron von Arad Doman mit ihnen, und Jestian Redhill ...« Sie erzitterte erneut und dieses Mal stärker.

»Alles ist gut«, murmelte er, während er sie in die Arme nahm. Er hatte selbst mehrere Geschichtsbücher studiert, aber diese Namen waren ihm niemals begegnet. Die Tochter eines Lords erhielt eine andere Ausbildung als die Kinder eines Schmieds. »Es ist wirklich wahr.« Dobraine wandte den Blick ab und Aram ebenfalls, wenn auch mit breitem Grinsen.

Zunächst widersetzte sie sich, aber nicht sehr. Er konnte niemals sicher sein, wann sie einer öffentlichen Umarmung aus dem Weg gehen und wann sie sie willkommen heißen würde, nur daß sie es, wenn sie es nicht wollte, sehr deutlich machte – mit oder ohne Worte. Dieses Mal schmiegte sie ihr Gesicht an seine Brust, umarmte ihn ebenfalls und drückte ihn fest.

»Wenn irgendeine Aes Sedai dir jemals Schaden zufügt«, flüsterte sie, »werde ich sie töten.« Er glaubte ihr. »Du gehörst mir, Perrin t'Bashere Aybara.« Er glaubte ihr auch das. Als ihre Umarmung heftiger wurde, verstärkte sich auch der scharfe Geruch ihrer Eifersucht. Er mußte fast lachen. Es schien, als sei ihr das Recht vorbehalten, ihm ein Messer in den Leib zu rammen. Er hätte auch wirklich gelacht, wenn nicht ein kleiner Rest Furcht geblieben wäre. Er konnte sich zwar nicht selbst riechen, aber er wußte, was da war. Angst. Alte Angst und neue Angst, wegen des nächsten Mals.

Die letzten Adligen erkämpften sich ihren Weg aus der Großen Halle, ohne daß jemand niedergetrampelt wurde. Perrin schickte Aram davon, um Dannil aufzutragen, die Leute von den Zwei Flüssen in die Stadt zu bringen – und fragte sich, wie er sie versorgen sollte –, bot Faile den Arm und führte sie hinaus, während er Dobraine und Colavaere zurückließ, die endlich zu sich kam. Er wollte nicht in der Nähe sein, wenn sie erwachte, und Faile, deren Hand auf seinem Handgelenk lag, anscheinend ebensowenig. Sie gingen hastig, bestrebt, ihre Räume zu erreichen, wenn auch nicht unbedingt aus denselben Gründen.

Die Adligen hatten anscheinend das Weite gesucht, nachdem sie die Große Halle verlassen hatten. Die Gänge waren bis auf die Diener, welche die Augen gesenkt hielten und leise davoneilten, leer, aber noch

211

bevor sie sehr weit gekommen waren, hörte Perrin das Geräusch von Schritten und erkannte, daß ihnen jemand folgte. Es schien unwahrscheinlich, daß Colavaere noch offene Unterstützung fand, aber wenn dem so war, könnten sie daran denken, Rand durch seinen Freund zu treffen, der mit seiner Frau allein war.

Aber als Perrin mit der Hand an der Streitaxt herumfuhr, schaute er nur, anstatt die Waffe zu ziehen. Hinter ihnen waren Selande und ihre Freunde aus der Eingangshalle, unter denen acht oder neun unbekannte Gesichter zu sehen waren. Sie erschraken, als er herumfuhr, und wechselten verlegene Blicke. Einige waren Tairener, einschließlich einer Frau, die größer war als alle anderen. Sie trug den Umhang und die enge Hose eines Mannes, genau wie Selande und die übrigen Frauen, und ein Schwert an der Hüfte. Er hatte noch nicht davon gehört, daß sich dieser Unsinn bis zu den Tairenern ausgeweitet hatte. »Warum folgt Ihr uns?« fragte er. »Wenn Ihr versucht, mich in irgendwelche Eurer unsinnigen Händel zu verstricken, schwöre ich, daß ich Euch alle von hier bis Bel Tine treten werde!« Er war mit diesen Toren – oder zumindest ähnlichen Toren – schon früher aneinandergeraten. Sie dachten nur an ihre Ehre und daran, Duelle auszufechten und sich gegenseitig zum *Gai'shain* zu nehmen. Letzteres machte die Aiel wirklich zornig.

»Hört auf meinen Ehemann und gehorcht«, warf Faile barsch ein. »Mit ihm ist nicht zu spaßen.« Die verlegenen Blicke vergingen, und sie wichen unter Verbeugungen und stark errötend um eine Biegung zurück.

»Verdammte junge Possenreißer«, murrte Perrin, während er Faile wieder den Arm bot.

»Mein Mann ist weise an Jahren«, murmelte sie. Ihr Tonfall klang zutiefst ernst, aber ihr Geruch besagte wieder etwas anderes.

Perrin unterdrückte ein Schnauben. Tatsächlich waren

einige dieser Toren vielleicht eines oder zwei Jahre älter als er, aber manchmal waren sie alle wie Kinder. Jetzt, wo Faile guter Stimmung war, schien ein genauso guter Zeitpunkt wie irgendwann sonst zu sein, mit dem zu beginnen, worüber sie sprechen mußten. Worüber er sprechen mußte. »Faile, wie kam es, daß du zu einer von Colavaeres Bediensteten wurdest?«

»Die Diener, Perrin.« Sie sprach leise. Niemand, der auch nur zwei Schritte entfernt gewesen wäre, hätte etwas hören können. Sie wußte alles über Perrins Hörvermögen und die Wölfe. Das konnte ein Mann vor seiner Ehefrau nicht verbergen. Sie berührte mit dem Fächer ihr Ohr und mahnte ihn auf diese Weise, vorsichtig zu sein. »Zu viele Leute vergessen es, wenn Diener in der Nähe sind, aber Diener lauschen auch. In Cairhien lauschen sie viel zu häufig.«

Keiner der livrierten Diener, die er sehen konnte, lauschte in irgendeiner Weise. Die wenigen, die nicht in Seitengängen verschwanden, wenn sie ihn und Faile sahen, gingen eilig an ihnen vorbei, die Blicke gesenkt und in sich gekehrt. Aber jegliche Neuigkeiten verbreiteten sich in Cairhien wie ein Lauffeuer. Es wurde inzwischen gewiß bereits auf der Straße von den Geschehnissen in der Großen Halle erzählt und wahrscheinlich auch schon außerhalb der Stadt. Zweifellos befanden sich in Cairhien Augen-und-Ohren der Aes Sedai und der Weißmäntel und wahrscheinlich auch anderer Länder.

Sie fuhr trotz ihrer Mahnung, vorsichtig zu sein, gedämpft fort. »Colavaere konnte mich nicht schnell genug aufnehmen, nachdem sie erfahren hatte, wer ich bin. Der Name meines Vaters beeindruckte sie genauso sehr wie der meiner Cousine.« Sie nickte leicht, als hätte sie seine Frage damit beantwortet.

Und es genügte auch fast als Antwort. Ihr Vater war Davram, Hochsitz des Hauses Bashere, Lord von

Bashere, Tyr und Sidona, Wächter der Grenze zur Großen Fäule, Verteidiger des Herzlandes und Marschall-General der Königin Tenobia von Saldaea. Und Failes Cousine war Tenobia selbst – mehr als ausreichende Gründe für Colavaere, Faile eiligst zu einer ihrer Bediensteten zu machen. Aber er hatte inzwischen Zeit gehabt, die Dinge zu überdenken, und war stolz darauf, sich allmählich an ihre Art zu gewöhnen. Das Eheleben lehrte einen Mann einiges über Frauen, oder zumindest über eine Frau. Die Antwort, die sie nicht gegeben hatte, bestätigte etwas. Faile erkannte Gefahren nicht – nicht wenn diese sie selbst betrafen.

Natürlich konnte er hier auf dem Gang nicht darüber sprechen. Auch wenn er sehr leise flüsterte – sie besaß nicht sein Hörvermögen und würde zweifellos erneut darauf beharren, daß jeder Diener im Umkreis von fünfzig Schritten lauschte. Er faßte sich in Geduld und ging mit ihr weiter, bis sie die Räume erreichten, die vor bald einem Zeitalter, wie ihm schien, für sie reserviert worden waren. Die Lampen waren entzündet und ließen die dunkel glänzenden Wände schimmern, deren hohe Holzpaneele mit konzentrischen Rechtecken verziert waren. Die Feuerstelle im eckigen Steinkamin war saubergefegt und mit einigen wenigen erbärmlichen Zweigen von Lederblattbäumen bestückt worden. Sie waren noch fast grün.

Faile ging direkt zu einem kleinen Tisch, auf dem auf einem Tablett zwei goldene Becher mit einer kühlen, außen an den Bechern Wasserperlen bildenden Flüssigkeit standen. »Man hat uns Blaubeertee und gewürzten Weinpunsch hingestellt. Ich glaube, der Wein ist aus Tharon. Sie kühlen den gewürzten Wein in Zisternen unter dem Palast. Was möchtest du lieber?«

Perrin öffnete seinen Gürtel und warf ihn und die Streitaxt auf einen Sessel. Er hatte sich auf dem Weg hierher sehr sorgfältig überlegt, was er sagen wollte. Sie konnte sehr empfindlich sein. »Faile, ich habe dich stärker vermißt, als ich es sagen kann, und ich habe mir Sorgen um dich gemacht ...«

»Du hast dir Sorgen gemacht!« fauchte sie und fuhr zu ihm herum. Sie stand aufrecht da, der Blick wild wie der ihres Namensvetters, des Falken, und vollführte mit dem Fächer eine heftige Bewegung zu seiner Mitte hin. Diese war kein Teil der Fächersprache. Sie vollführte diese Geste auch manchmal mit einem Dolch. »Obwohl fast die ersten Worte aus deinem Mund der Frage nach dieser ... dieser *Frau* galten!«

Sein Kinn sank herab. Wie hatte er den Geruch vergessen können, der ihm in die Nase gestiegen war? Er war versucht, die Hand zur Nase zu führen, um nachzuprüfen, ob sie blutete.

»Faile, ich wollte ihre Diebefänger. Be ...« Nein, er war nicht dumm genug, diesen Namen zu wiederholen. »Bevor ich ging, sagte sie mir, sie hätte Beweise für das Gift. Du hast es gehört! Ich will nur den Beweis, Faile.«

Es nützte nichts. Der scharfe Geruch wurde keine Spur milder, und dazu kam noch der schwache, säuerliche Geruch von Verletztheit. Was, unter dem Licht, hatte er gesagt, was sie verletzen konnte?

»*Ihren* Beweis! *Ich* habe umsonst Hinweise gesammelt, aber *ihr* Beweis brachte Colavaeres Kopf aufs Schafott. Oder hätte es tun sollen.« Das war seine Gelegenheit, aber sie würde ihn kein Wort einwenden lassen. Sie griff ihn weiterhin an. Er konnte nur zurückweichen. »Weißt du, welche Geschichte diese Frau in Umlauf gebracht hat?« stieß Faile fast zischend hervor. Eine schwarze Viper hätte nicht so viel Gift versprühen können. »Weißt du es? Sie sagte, du seist nicht hier, weil du dich auf einem Gut nicht weit von der Stadt befändest. Wo sie dich *besuchen* könnte! Ich habe die von mir vorbereitete Geschichte erzählt –, daß du auf der Jagd seist, und das Licht weiß, daß du genügend viele Tage mit der Jagd verbracht hast! –, aber jedermann glaubte, ich würde bei euch gute Miene zum bösen Spiel machen! Colavaere hat es genossen. Ich kann mir durchaus vorstellen, daß sie die Mayener Dirne nur als Bedienstete genommen hat, um uns beide zusammenzupferchen. ›Faile, Berelain, kommt und schnürt mir mein Gewand. Faile, Berelain, kommt und haltet der Friseuse den Spiegel. Faile, Berelain, kommt und wascht mir den Rücken.‹ So hatte sie ihren Spaß daran, darauf zu warten, daß wir einander die Augen auskratzen würden! Das habe ich in Kauf genommen! Für dich, du …!«

Er prallte mit dem Rücken gegen die Wand. Etwas in ihm zerbrach. Er hatte eine Heidenangst um sie gehabt, war zu Tode erschreckt und bereit gewesen, sich Rand oder dem Dunklen König selbst zu stellen. Und er hatte nichts getan, hatte Berelain niemals ermutigt, hatte alles in seiner Macht Stehende unternommen, um die Frau zu vertreiben. Und das war sein Dank.

Er nahm sie sanft bei den Schultern und hob sie hoch, bis diese großen, schrägstehenden Augen auf gleicher Höhe mit seinen waren. »Hör mir zu«, sagte er ruhig. Er versuchte, seine Stimme ruhig zu halten, obwohl sie seiner Kehle eher als Grollen entwich. »Wie kannst du es wagen, so mit mir zu sprechen? Wie kannst du es *wagen*? Ich habe mich fast zu Tode geängstigt, aus Furcht, daß du verletzt worden sein könntest. Ich liebe dich, und niemand anderen als dich. Ich will keine andere Frau als dich. Hörst du mich? Hörst du?« Er drückte sie fest an seine Brust, hielt sie, wollte sie niemals wieder loslassen. Licht, er hatte solche Angst gehabt. Er zitterte wegen dem, was hätte sein können, sogar jetzt noch. »Wenn dir etwas zugestoßen wäre, wäre ich gestorben, Faile. Ich hätte mich auf dein Grab gelegt und wäre gestorben! Glaubst du, ich wüßte nicht, wie Colavaere herausgefunden hat, wer du bist? Du hast sichergestellt, daß sie es herausfinden mußte.« Sie hatte ihm einmal gesagt, das Spionieren sei die Aufgabe der Ehefrau. »Licht, Frau, du hättest das gleiche Ende finden können wie Maire. Colavaere weiß, daß du meine Frau bist. *Meine* Frau. Perrin Aybara, Rand al'Thors Freund. Ist es dir niemals in den Sinn gekommen, daß sie mißtrauisch werden könnte? Sie hätte … Licht, Faile, sie hätte …«

Plötzlich erkannte er, was er tat. Sie stieß an seiner Brust Laute aus, aber keine Worte, die er hätte erkennen können. Er wunderte sich, daß er ihre Rippen nicht brechen hörte. Er schalt sich selbst einen Dummkopf und ließ sie sofort los, aber bevor er sich entschuldigen konnte, verschränkte sie ihre Finger in seinem Bart.

»Also liebst du mich?« sagte sie sanft. Sehr sanft. Sehr liebevoll. Sie lächelte auch. »Eine Frau hört es gern, wenn dies auf die richtige Art gesagt wird.« Sie hatte den Fächer fallen lassen und zog die Fingernägel ihrer freien Hand über seine Wange, beinahe fest genug, daß es hätte bluten können, aber ihr kehliges Lachen verhieß Leidenschaft, und das Leuchten in ihren Augen zeugte so wenig von Verärgerung wie nur möglich. »Gut daß du nicht gesagt hast, du würdest niemals andere Frauen ansehen, sonst hätte ich geglaubt, daß du blind geworden wärst.«

Ihm fehlten die Worte. Rand verstand die Frauen, Mat verstand die Frauen, aber Perrin war sich darüber im klaren, daß er sie niemals verstehen würde. Faile war stets genauso sehr Eisvogel wie Falke und veränderte sich schneller als ein Gedanke, aber dies … Der scharfe Geruch war vollkommen verschwunden, und an seine Stelle war ein anderer ihrer Gerüche getreten, den er gut kannte. Ein Geruch, der sie *war*, rein und kräftig und sauber. Wenn man dies und ihren Blick bedachte, sollte sie jeden Moment etwas über Bauernmädchen bei der Ernte sagen. Saldeanische Bauernmädchen waren offenbar allbekannt.

»Wenn du dich auf mein Grab legst«, fuhr sie fort, »wenn du das tust, wird meine Seele deine heimsuchen, das verspreche ich dir. Du wirst eine angemessene Zeit um mich trauern, und dann wirst du dir eine andere Frau suchen. Hoffentlich eine Frau, die ich billige.« Sie streichelte mit sanftem Lachen seinen Bart. »Du kannst wirklich nicht für dich selbst sorgen, weißt du. Also versprich es mir.«

Das sollte er besser nicht riskieren. Wenn er sagte, daß er es nicht versprechen wollte, würde diese würdevolle Stimmung vielleicht von einem Feuersturm vereinnahmt. Wenn er sagte, daß er es versprechen wollte ... Ihrem Geruch nach zu urteilen, war jedes Wort die pure Wahrheit des Lichts, aber er würde es erst glauben, wenn Pferde auf Bäumen schliefen. Er räusperte sich. »Ich muß baden. Ich habe wer weiß wie lange keine Seife mehr gesehen. Ich muß wie ein Viehstall riechen.«

Sie lehnte sich an seine Brust und atmete tief ein. »Du riechst wundervoll. Wie du.« Ihre Hände streichelten seine Schultern. »Ich fühle mich, als ...«

»Perrin, Berelain ist nicht ... tut mir leid. Verzeiht.« Rand stand verlegen und gar nicht wie der Wiedergeborene Drache da. Draußen im Gang waren Töchter des Speers. Min streckte den Kopf um den Türrahmen, schaute kurz herein, grinste Perrin an und wich wieder zurück.

Faile trat so ruhig und würdevoll von Perrin zurück, daß niemand jemals vermutet hätte, was sie kurz zuvor gesagt hatte. Oder was sie hatte sagen wollen. Ihre Wangen waren jedoch leicht gerötet und heiß. »Es ist zu freundlich von Euch, mein Lord Drache«, sagte sie kühl, »daß Ihr so unerwartet hereinschaut. Entschuldigt, daß wir Euer Klopfen nicht gehört haben.« Vielleicht war sie sowohl vor Zorn als auch vor Verlegenheit errötet.

Jetzt war es an Rand zu erröten, und er strich sich mit der Hand durchs Haar. »Berelain ist nicht im Palast. Sie hat die Nacht ausgerechnet auf diesem Meervolk-Schiff verbracht, das im Fluß vor Anker liegt. Annoura hat es mir erst erzählt, als ich fast bei Berelains Räumen angekommen war.«

Perrin bemühte sich sehr, nicht zusammenzuzucken. Warum mußte Rand den Namen der Frau ständig wiederholen? »Du wolltest mit mir über etwas anderes sprechen, Rand?« Er hoffte, daß er seine Worte nicht zu sehr betont hatte, daß Rand seine Absicht aber doch begreifen würde. Er sah Faile nicht an, aber er prüfte schnell die Luft. Keine Eifersucht, noch nicht. Aber reichlich Zorn.

Rand sah ihn einen Moment an, blickte durch ihn hindurch. Lauschte auf etwas anderes. Perrin verschränkte die Arme, um nicht zu zittern.

»Ich muß es wissen«, sagte Rand schließlich. »Willst du das Heer gegen Illian noch immer nicht befehligen? Ich muß es jetzt wissen.«

»Ich bin kein Feldherr«, sagte Perrin rauh. Es würde in Illian Kämpfe geben. Bilder blitzten in seinem Kopf auf. Männer überall um ihn herum, und die Streitaxt wirbelte in seiner Hand umher und bahnte ihm den Weg. Immer mehr Männer, wie viele er auch niederstreckte, in endlosen Reihen. Und in seinem Herzen wuchs ein Same. Dem konnte er sich nicht mehr stellen. Er würde es nicht tun. »Außerdem sollte ich in deiner Nähe bleiben.« Min hatte das nach einer ihrer Visionen gesagt. Perrin mußte zwei Mal in seiner Nähe sein, sonst würde Rand eine Katastrophe erleiden. Das erste Mal war vielleicht bei den Brunnen von Dumai gewesen, aber das zweite Mal stand noch aus.

»Wir müssen alle Risiken auf uns nehmen.« Rands Stimme klang sehr ruhig. Und sehr hart. Min spähte erneut um den Türrahmen herum und wollte wohl zu ihm kommen, aber dann sah sie Faile an und blieb draußen.

»Rand, die Aes Sedai…« Ein kluger Mann würde diese Lüge wahrscheinlich unterlassen. Aber er hatte niemals behauptet, besonders klug zu sein. »Die Weisen Frauen sind fast bereit, ihnen die Haut abzuziehen. Du darfst nicht zulassen, daß ihnen Schaden zugefügt wird, Rand.« Sulin wandte sich im Gang um und sah ihn durch den Türrahmen an.

Der Mann, den er zu kennen glaubte, lachte schnaufend. »Wir müssen alle Risiken auf uns nehmen«, wiederholte er.

»Ich werde nicht zulassen, daß ihnen Schaden zugefügt wird, Rand.«

Kalte blaue Augen erwiderten seinen Blick. »*Du* wirst es nicht zulassen?«

»Ich werde es nicht zulassen«, belehrte Perrin ihn gleichmütig. Er wich unter Rands Blick keinen Schritt zurück. »Sie sind Gefangene und keine Bedrohung. Sie sind Frauen.«

»Sie sind Aes Sedai.« Rands Stimme ähnelte der Stimme Arams damals an den Brunnen von Dumai so sehr, daß es Perrin fast den Atem nahm.

»Rand …«

»Ich tue, was ich tun muß, Perrin.« Er war jetzt wieder der alte Rand, dem nicht gefiel, was vor sich ging. Er wirkte einen Moment todmüde. Nur einen Moment. Dann war er wieder der neue Rand – stahlhart. »Ich werde keiner Aes Sedai Schaden zufügen, die es nicht verdient hat, Perrin. Mehr kann ich dir nicht versprechen. Wenn du das Heer nicht befehligen willst, kann ich dich ebensogut anderweitig brauchen. Ich wünschte, ich könnte dich länger als ein oder zwei Tage rasten lassen, aber das geht nicht. Wir haben keine Zeit. Keine Zeit – und wir müssen tun, was wir tun müssen. Verzeih die Unterbrechung.« Er vollführte eine angedeutete Verbeugung, eine Hand auf seinem Schwertheft. »Faile.«

Perrin wollte seinen Arm ergreifen, aber er war schon aus dem Raum und die Tür wurde hinter ihm geschlossen, bevor Perrin sich auch nur regen konnte. Rand war anscheinend wirklich nicht mehr Rand. Ein oder zwei Tage? Wohin, im Licht, wollte Rand ihn schicken, wenn nicht zu dem Heer, das sich unten in den Ebenen von Maredo sammelte?

»Mein Ehemann«, hauchte Faile, »du hast den Mut von drei Männern. Und den Verstand eines Kindes an Marionettenfäden. Was ist nur der Grund dafür, daß der Verstand eines Mannes abnimmt, wenn sein Mut zunimmt?«

Perrin brummte entrüstet. Er versagte es sich, über Frauen zu sprechen, die sich der Aufgabe widmeten, Mörder auszuspionieren, die sicherlich wußten, daß sie ausspioniert wurden. Frauen redeten stets darüber, wie logisch sie im Vergleich zu Männern handelten, aber er selbst hatte bisher herzlich wenig davon bemerkt.

»Nun, vielleicht will ich die Antwort gar nicht wirklich hören, selbst wenn du sie weißt.« Sie streckte ihre Arme über den Kopf und lachte kehlig. »Außerdem habe ich nicht die Absicht, ihn die Stimmung verderben zu lassen. Ich fühle mich noch immer wie ein Bauernmädchen bei ... Warum lachst du? Hör auf, mich auszulachen, Perrin t'Bashere Aybara! Hör auf, sage ich, du ungehobelter Dummkopf! Wenn du nicht ...«

Die einzige Möglichkeit, diese Tirade zu beenden, bestand darin, sie zu küssen. In ihren Armen vergaß er Rand und die Aes Sedai und die Kämpfe. Wo Faile war, war sein Zuhause.

KAPITEL 7

Fallgruben und Stolperdrähte

Rand fühlte das Drachenszepter in seiner Hand, spürte jede Linie der eingravierten Drachen an seinem mit einem Reiher versehenen Griff so deutlich, als ließe er die Finger darübergleiten, und doch schien es die Hand eines anderen zu sein. Wenn eine Klinge sie abschnitte, würde er Schmerz verspüren – und weitermachen. Es wäre der Schmerz eines anderen.

Er schwebte im Nichts, umgeben von unsäglicher Leere, und *Saidin* erfüllte ihn, versuchte ihn unter Stahl vernichtender Kälte und Hitze, die Gestein entbrennen würde, zu Staub zu zermahlen, trug den Makel des Dunklen Königs mit sich, zwang Fäulnis in seine Knochen. Und in seine Seele, wie er manchmal fürchtete. Aber er fühlte sich nicht mehr so elend, wie es einst gewesen war. Das fürchtete er noch mehr. Rand mästete sich an diesem reißenden Strom aus Feuer, Eis und Schmutz – am Leben. Das war das beste Wort. *Saidin* versuchte, ihn zu vernichten. *Saidin* erfüllte ihn bis zum Überfließen mit Lebenskraft. Es drohte ihn zu verbrennen und lockte ihn zugleich. Der Kampf ums Überleben, der Kampf darum, nicht vereinnahmt zu werden, verstärkte die Freude am reinen Leben. Selbst mit der so süßen Fäulnis. Wie wäre es in reinem Zustand? Das war unvorstellbar. Er wollte mehr heranziehen, alles heranziehen, was vorhanden war.

Darin lag die tödliche Verführung. Ein Fehler – und die Fähigkeit, die Macht zu lenken, würde für immer in ihm verdorren. Ein Fehler – und sein Verstand wäre verloren, wenn er, und vielleicht auch alles andere um ihn

herum, nicht einfach auf der Stelle vernichtet würde. Es war kein Wahnsinn, sich auf den Kampf ums Dasein zu konzentrieren. Es war, als würde man mit verbundenen Augen über eine Grube voller zugespitzter Pfähle springen, sich in einem solch reinen Gefühl fürs Leben sonnend, daß der Gedanke daran, es aufzugeben, die Vorstellung einer für immer in Grauschattierungen versinkenden Welt war. Es war kein Wahnsinn.

Seine Gedanken drehten sich durch den Tanz mit *Saidin*, glitten durch das Nichts. Da war Annoura, die ihn mit diesem Aes-Sedai-Blick beobachtete. Und worauf wollte Berelain hinaus? Sie hatte niemals einen Aes-Sedai-Berater erwähnt. Und auch nicht jene andere Aes Sedai in Cairhien. Wo waren sie hergekommen und warum? Da waren die Aufrührer außerhalb der Stadt. Was hatte sie ermutigt, sich zu regen? Was hatten sie jetzt vor? Wie konnte er sie aufhalten oder benutzen? Er wurde gut darin, Menschen zu benutzen. Manchmal machte er sich selbst krank. Da waren Sevanna und die Shaido. Rhuarc hatte bereits Kundschafter auf den Weg nach Brudermörders Dolch geschickt, aber sie würden bestenfalls herausfinden, wo und wann. Die Weisen Frauen, die herausfinden konnten warum, würden es nicht tun. Es gab in Verbindung mit Sevanna eine Menge offene Fragen. Elayne und Aviendha. Nein, an sie wollte er nicht denken. Keine Gedanken an sie. Keine. Perrin und Faile. Eine leidenschaftliche Frau, dem Namen und dem Wesen nach ein Falke. Hatte sie sich Colavaere wirklich nur angeschlossen, um den Beweis zu erbringen? Sie würde Perrin beschützen wollen, wenn der Wiedergeborene Drache fiel. Und sie würde ihn vor dem Wiedergeborenen Drachen beschützen, wenn sie es für nötig hielte. Ihre Treue galt Perrin, aber sie allein würde entscheiden, wie sie ihre Treue einhielt. Faile war keine Frau, die sanftmütig tat, was ihr Ehemann sagte, wenn es eine solche Frau überhaupt gab.

Goldene Augen, starre Herausforderung zum Trotz. Warum reagierte Perrin in bezug auf die Aes Sedai so heftig? Er war mit Kiruna und ihren Begleitern lange zu den Brunnen von Dumai unterwegs gewesen. Konnten Aes Sedai wirklich mit ihm tun, was jedermann befürchtete? Aes Sedai. Er schüttelte den Kopf, ohne sich dessen bewußt zu sein. Niemals wieder. Niemals! Zu vertrauen bedeutete, verraten zu werden. Vertrauen bedeutete Schmerz.

Er bemühte sich, diesen Gedanken zu vertreiben. Er kam Raserei ein wenig zu nahe. Niemand konnte leben, ohne irgendwem zu vertrauen. Nur nicht Aes Sedai. Mat, Perrin. Wenn er ihnen nicht vertrauen konnte ... Min. Er hätte niemals erwogen, Min nicht zu vertrauen. Er wünschte, sie wäre bei ihm anstatt in ihrem Bett. All jene Tage als Gefangene, Tage der Angst – mehr um ihn als um sich selbst, wenn er sie ausreichend gut kannte –, Tage der Verhöre durch Galina und Mißhandlungen, wenn ihre Antworten nicht gefielen ... Er knirschte unbewußt mit den Zähnen. Das alles, und obendrein noch die Anstrengung, Geheilt zu werden, hatten sie letztendlich erschöpft. Sie war an seiner Seite geblieben, bis ihre Knie nachgaben und er sie in ihren Schlafraum tragen mußte, wobei sie auf dem ganzen Weg schläfrig protestierte, daß er sie in seiner Nähe brauche. Min war nicht hier, keine tröstliche Gegenwart, die ihn zum Lachen brachte, die ihn den Wiedergeborenen Drachen vergessen ließ. Nur der Kampf mit *Saidin*, und der Wirbelwind seiner Gedanken ...

Sie müssen beseitigt werden. Du mußt es tun. Erinnerst du dich nicht an das letzte Mal? Das Geschehen bei den Brunnen war erbärmlich. Städte, die ganz vom Antlitz der Erde getilgt wurden, bedeuteten nichts. Wir haben die Welt zerstört! HÖRST DU MICH? SIE MÜSSEN GETÖTET WERDEN, VON DER OBERFLÄCHE VERSCHWINDEN ...

225

Diese in seinem Kopf schreiende Stimme gehörte nicht ihm. Nicht Rand al'Thor, sondern Lews Therin Telamon, der seit über dreitausend Jahren tot war. Und er sprach in Rand al'Thors Kopf. Die Macht zog ihn häufig aus seinem Versteck in die Schatten von Rands Geist. Rand fragte sich bisweilen, wie das sein konnte. Er *war* der wiedergeborene Lews Therin, der Wiedergeborene Drache, das konnte er nicht leugnen, aber jedermann war ein Wiedergeborener, hundert Jemande, tausend und mehr. So bestimmte es das Muster. Jedermann starb und wurde wiedergeboren, immer wieder, während sich das Rad drehte, ewig, ohne Ende. Aber niemand sonst sprach mit demjenigen, der er einmal gewesen war. Niemand sonst hatte Stimmen in seinem Kopf. Außer Wahnsinnigen.

Was ist mit mir? dachte Rand. Er hatte eine Hand fest um das Drachenszepter und die andere auf sein Schwertheft gelegt. *Was ist mit dir? Wie unterscheiden wir uns von ihnen?*

Da war nur Schweigen. Lews Therin antwortete allzu oft nicht. Vielleicht wäre es besser gewesen, wenn er niemals geantwortet hätte.

Bist du real? fragte die Stimme schließlich verwundert. Dieses Leugnen von Rands Dasein geschah genauso häufig wie das Verweigern der Antwort. *Bin ich real? Ich habe mit jemandem gesprochen. In einer Schachtel. Einer Kiste.* Leises, keuchendes Lachen. *Bin ich tot, oder wahnsinnig, oder beides? Gleichgültig. Ich bin verdammt, und dies ist der Krater des Verderbens. Ich bin ... v-verdammt*, jetzt wildes Lachen, *und d-dies – ist der K-Krater des ...*

Rand dämpfte die Stimme, bis sie wie ein Insektensummen klang, etwas, was er gelernt hatte, während er eingeengt in der Kiste gesessen hatte. Allein in der Dunkelheit. Nur er, und der Schmerz, und der Durst, und die Stimme eines schon lange toten Wahnsinnigen. Die Stimme war mitunter ein Trost gewesen, sein einziger

Gefährte. Sein Freund. Etwas blitzte in seinem Geist auf. Keine Bilder, nur das Flackern von Farbe und Bewegung. Es erinnerte ihn aus irgendeinem Grund an Mat und an Perrin. Das Aufblitzen hatte in der Kiste begonnen, das und tausend weitere Halluzinationen. In der Kiste, in die Galina und Erian und Katerine und die anderen ihn jeden Tag, nachdem er geschlagen worden war, hineingepfercht hatten. Er schüttelte den Kopf. Nein. Er befand sich nicht mehr in der Kiste. Seine Finger, die er um Szepter und Schwert geklammert hatte, schmerzten. Nur Erinnerungen waren geblieben, und Erinnerungen hatten keine Macht. Er war nicht …

»Wenn wir diese Reise unternehmen müssen, bevor Ihr etwas eßt, dann sollten wir das tun. Für alle anderen ist die Abendmahlzeit schon längst beendet.«

Rand blinzelte, und Sulin wich vor seinem Blick zurück. Sulin, die sich einem Leopard Auge in Auge gegenüberstellen würde. Er entkrampfte seine Gesichtsmuskeln, versuchte es. Es fühlte sich wie eine Maske an, wie die Maske eines anderen Menschen.

»Geht es Euch gut?« fragte sie.

»Ich habe nachgedacht.« Er zwang seine Hände auseinander und zuckte in seinem Umhang die Achseln. Es war ein besser passender Umhang als der, den er von den Brunnen von Dumai an getragen hatte, dunkelblau, schlicht. Er fühlte sich auch nach einem Bad nicht sauber, nicht solange *Saidin* in ihm war. »Manchmal denke ich zuviel nach.«

Fast zwanzig weitere Töchter des Speers drängten sich an einem Ende des fensterlosen, mit dunklen Paneelen getäfelten Raums zusammen. Acht goldüberzogene Kandelaber an den Wänden, die vor Spiegeln standen, um mehr Licht zu erhalten, lieferten die Beleuchtung. Er war froh darüber. Er mochte dunkle Orte nicht mehr. Auch drei der *Asha'man* waren da. Die Aielfrauen standen auf einer Seite des Raums und die

Asha'man auf der anderen. Jonan Adley, trotz seines Namens ein Altarener, stand mit gekreuzten Armen da und wölbte tief in Gedanken die Augenbrauen. Er war vielleicht vier Jahre älter als Rand und wollte das silberne Schwert der Geweihten erringen. Eben Hopwil hatte mehr Fleisch auf den Knochen und weniger Hautflecke im Gesicht als zu der Zeit, als Rand ihm zum ersten Mal begegnet war, obwohl seine Nase und die Ohren noch immer seine größten Körperteile zu sein schienen. Er betastete die Anstecknadel in Form eines Schwerts am Kragen, als sei er überrascht, sie dort vorzufinden. Fedwin Morr hätte das Schwert ebenfalls getragen, wenn er nicht in einen grünen, einem wohlhabenden Händler oder niederen Adligen angemessenen und an Manschetten und Kragen mit Silberstickerei versehenen Umhang gekleidet gewesen wäre. Er war im gleichen Alter wie Eben, aber gedrungener und fast ohne Hautflecke. Wegen ihnen hatte Lews Therin gewütet, wegen ihnen und den übrigen *Asha'man*. *Asha'man*, Aes Sedai, jedermann, der die Macht lenken konnte, regte ihn auf.

»Ihr denkt scheinbar zuviel nach, Rand al'Thor.« Enaila ergriff mit einer Hand einen kurzen Speer und ihren Schild und mit der anderen drei weitere Speere, und sie klang, als wollte sie ihm mit dem Finger drohen. »Euer Problem ist, daß Ihr überhaupt nicht nachdenkt.« Einige der anderen Töchter des Speers lachten leise, aber sie spaßte nicht. Fast eine Handbreit kleiner als jede andere anwesende Tochter des Speers, war ihr Haar genauso feurig wie ihr Temperament, und sie hatte eine seltsame Ansicht über ihre Beziehung zu ihm. Ihre flachshaarige Freundin Somara, die erheblich größer war, nickte zustimmend. Sie hatte dieselbe merkwürdige Ansicht.

Er überging die Bemerkung, konnte aber ein Seufzen nicht unterdrücken. Somara und Enaila waren die

Schlimmsten, obwohl keine der Töchter des Speers sich entscheiden konnte, ob er der *Car'a'carn* war, dem man gehorchen mußte, oder das einzige Kind einer Tochter des Speers, um das sie sich wie um einen Bruder kümmern mußten. Selbst Jalani, die dem Puppenalter noch nicht lange entwachsen war, schien ihn für einen *jüngeren* Bruder zu halten, während Corana, die bereits ergraute und ein fast so lederartiges Gesicht wie Sulin besaß, ihn wie einen *älteren* Bruder behandelte. Zumindest taten sie dies, wenn sie unter sich waren, wenn auch weniger häufig, wenn andere Aiel in der Nähe waren. Wenn es darauf ankam, war er der *Car'a'carn*. Und das schuldete er ihnen auch. Sie waren bereit, für ihn zu sterben. Er schuldete ihnen, was immer sie verlangten.

»Ich habe nicht die Absicht, die ganze Nacht hier zu verbringen, während Ihr Eure Spiele treibt«, sagte er. Sulin gewährte ihm einen dieser Blicke – ob sie in Gewänder oder in den *Cadin'sor* gekleidet waren, Frauen streuten diese Blicke aus wie Bauern ihre Saat –, aber die *Asha'man* sahen die Töchter des Speers nicht an, sondern schlangen nur ihre Taschen über ihre Schultern. Nehmt sie hart ran, hatte er Taim aufgetragen, schmiedet sie zu Waffen, und Taim hatte geliefert. Eine gute Waffe bewegte sich so, wie der Mann, der sie führte, sie lenkte. Wenn er nur sicher sein könnte, daß sie sich in seiner Hand nicht wenden würde.

Er verfolgte heute abend drei Ziele, aber von einem dieser Ziele durften die Töchter des Speers nichts wissen. Niemand außer ihm selbst durfte etwas davon wissen. Er hatte schon im voraus entschieden, welches der beiden anderen Ziele vorrangig war, aber er zögerte dennoch. Die Reise würde nur zu bald bekannt werden, und doch gab es Gründe, sie so geheim wie möglich zu halten.

Als sich das Wegetor mitten im Raum öffnete, schwebte ein jedem Bauer vertrauter süßlicher Geruch heran. Pferdemist. Sulin rümpfte die Nase, während sie sich verschleierte, und führte die Hälfte der Töchter des Speers im Laufschritt durch das Tor. Die *Asha'man* folgten ihnen nach einem Blick zu Rand, während sie so viel der Wahren Quelle heranzogen, wie sie aufzunehmen vermochten.

Rand spürte ihre Macht, als sie an ihm vorübergingen. Ohnedies war es schwer festzustellen, daß ein Mann die Macht lenken konnte. Aber keiner war auch nur annähernd so mächtig wie er. Zumindest noch nicht. Es war nicht vorherzusehen, wie stark ein Mann würde, bevor er keine Fortschritte mehr machte. Fedwin war der Stärkste der drei, aber er hatte das, was Taim eine Schranke nannte. Fedwin glaubte nicht wirklich, daß er auf gewisse Entfernung mit der Macht etwas bewirken konnte. Das Ergebnis war, daß seine Fähigkeit auf fünfzig Schritte nachzulassen begann und er auf hundert Schritte nicht einmal mehr einen Strang *Saidins* weben konnte. Männer erlangten anscheinend schneller Kraft als Frauen, und das war gut so. Diese drei waren alle ausreichend stark, ein Wegetor ausreichender Größe zu eröffnen, wenn auch in Jonans Fall nur knapp. Jeder der *Asha'man* war dazu in der Lage.

Ich töte sie, bevor es zu spät ist, bevor sie wahnsinnig werden, flüsterte Lews Therin. *Ich töte sie und hetze Sammael und Demadred und alle Verlorenen nieder. Ich muß sie alle töten, bevor es zu spät ist!*

Er kämpfte einen Moment darum, Rand die Macht zu entringen, aber es mißlang ihm. Er schien ihn in letzter Zeit häufiger herauszufordern oder auch zu versuchen, *Saidin* selbst zu ergreifen. Ersteres bedeutete eine größere Gefahr als letzteres. Rand bezweifelte, daß Lews Therin die Wahre Quelle einnehmen konnte, wenn er sie erst festhielt. Er war sich aber auch nicht sicher, daß er sie Lews Therin nehmen könnte, wenn dieser sie zuerst erreichte.

Was ist mit mir? dachte Rand erneut. Es war fast ein Grollen. Da er ganz in Macht gehüllt war, kroch der Zorn über das Äußere des Nichts. *Ich kann die Macht auch lenken. Der Wahnsinn wartet auf mich, aber dich hat er bereits vereinnahmt! Du hast dich selbst getötet, Brudermörder, nachdem du deine Frau und deine Kinder und, nur das Licht allein weiß, wie viele Menschen noch getötet hast. Ich werde nicht töten, wenn ich es nicht tun muß! Hörst du mich, Brudermörder?* Nur Schweigen antwortete.

Er atmete tief, aber ungleichmäßig ein. Der Zorn flackerte auf wie entferntes Blitzen. Er hatte niemals zuvor so mit dem Mann gesprochen – es war der Mann, nicht nur eine Stimme, ein Mensch, voller Erinnerungen. Vielleicht ließ sich Lews Therin auf diese Weise endlich vertreiben. Die Hälfte der verrückten Phrasen des Mannes war Gejammer über den Tod seiner Frau. Aber wollte er Lews Therin vertreiben? Er war in der Kiste sein einziger Freund gewesen.

Er hatte Sulin versprochen, bis hundert zu zählen, bevor er folgen würde, aber er hörte bei fünf auf und überbrückte dann mit einem Schritt die hundertfünfzig Meilen bis Caemlin.

Die Nacht hatte sich auf den Königlichen Palast von Andor herabgesenkt, Mondschatten verhüllten filigrane Türme und goldene Kuppeln. Die sanft wehende Brise konnte die Hitze nicht vertreiben. Der noch immer fast volle Mond hing am Himmel und spendete Licht. Verschleierte Töchter des Speers machten sich um die hinter den Ställen des größten Palasts aufgereihten Karren herum zu schaffen. Der Geruch des Stallmists, den die Karren jeden Tag abtransportierten, war schon lange in das Holz eingedrungen. Die *Asha'man* hielten sich die Hände vors Gesicht, und Eben kniff tatsächlich die Nase zu.

»Der *Car'a'carn* zählt schnell«, murrte Sulin, aber sie senkte ihren Schleier. Hier würde es keine Überraschungen geben. Niemand würde sich in der Nähe der Karren aufhalten, der dies nicht tun mußte.

Rand schloß das Wegetor, sobald die verbliebenen Töchter des Speers direkt hinter ihm hindurchgelangt waren, und als es verschwand, flüsterte Lews Therin: *Sie ist fort. Fast fort.* Erleichterung schwang in seiner Stimme mit. Im Zeitalter der Legenden hatte es den Bund von Behütern und Aes Sedai nicht gegeben.

Alanna war nicht wirklich fort, nicht mehr als sie jemals sonst fortgewesen war, seit sie sich gegen seinen Willen mit Rand verbunden hatte, aber ihre Gegenwart war weniger spürbar geworden, und genau das machte es Rand wahrhaft bewußt. Man konnte sich an alles gewöhnen, wenn man es als gegeben hinnahm. In ihrer Nähe war er sich ihrer Empfindungen und ihrer seelischen Verfassung bewußt und ebenso, wenn er nur darüber nachdachte, wußte er genauso gut, wo sie war, wie er wußte, wo seine Hand war. Nur Abstand zeitigte Wirkung, auch wenn er noch immer *spüren* konnte, daß sie irgendwo östlich von ihm war. Er wollte sich ihrer bewußt sein. Sollte Lews Therin in Schweigen verfallen und alle Erinnerungen an die Kiste irgendwie aus seinem Geist gelöscht werden, wollte er den Bund noch immer als Erinnerung an folgende Worte bewahren: »Vertraue niemals einer Aes Sedai.«

Er erkannte jäh, daß Jonan und Eben *Saidin* immer noch festhielten. »Laßt es los«, befahl er scharf – es war der Befehl, den Taim benutzte –, und er spürte, wie die Macht von ihnen wich. *Ich töte sie, bevor es zu spät ist,* murmelte Lews Therin. Auch Rand ließ die Quelle widerwillig los. Er haßte es stets, dieses Leben, die verstärkten Sinne loszulassen. Den Kampf loszulassen. Innerlich war er jedoch angespannt, sprungbereit und darauf vorbereitet, die Quelle erneut zu ergreifen. Dazu war er jetzt immer bereit.

Ich muß sie töten, flüsterte Lews Therin.

Rand verdrängte die Stimme, schickte eine der Töchter des Speers – Nerilea, eine Frau mit kantigem Gesicht – in den Palast und ging dann an den Karren entlang, während seine Gedanken erneut und schneller als zuvor zu kreisen begannen. Er hätte nicht hierher kommen sollen. Er hätte Fedwin mit einem Brief schicken sollen. Die Gedanken kreisten. Elayne. Aviendha. Perrin. Faile. Berelain. Mat. Licht, er hätte nicht kommen sollen. Elayne und Aviendha. Annoura und Berelain. Faile und Perrin und Mat. Farbblitze, schnelle Bewegung – unmittelbar jenseits des Sichtfeldes. Ein Wahnsinniger, der in der Ferne zornig murrte.

Er bemerkte allmählich, daß sich die Töchter des Speers über den Geruch unterhielten. Sie deuteten an, er käme von den *Asha'man*. Sie wollten gehört werden, sonst hätten sie die Zeichensprache benutzt. Der Mond spendete genug Licht. Der Mond spendete auch genug Licht, um Ebens gerötetes Gesicht zu sehen und zu erkennen, wie fest Fedwin die Zähne zusammenbiß. Vielleicht waren sie keine Jungen mehr, aber sie waren dennoch erst fünfzehn oder sechzehn Jahre alt. Jonan hatte die Augenbrauen so weit gesenkt, daß sie seine Wangen zu berühren schienen. Zumindest hatte niemand erneut *Saidin* ergriffen. Noch nicht.

Er wollte zuerst zu den drei Männern hinübergehen, erhob aber dann statt dessen nur seine Stimme. Sollten sie es doch alle hören. »Wenn ich die Torheiten der Töchter des Speers verkrafte, könnt ihr es auch.«

Wenn überhaupt eine Reaktion erkennbar war, vertiefte sich Ebens Gesichtsröte noch. Jonan brummte. Sie alle entboten Rand einen Gruß, indem sie die Faust an die Brust legten, und wandten sich dann einander zu. Jonan sagte leise etwas, während er zu den Töchtern des Speers schaute, und Fedwin und Eben lachten. Als sie zum ersten Mal Töchter des Speers gesehen hatten, waren sie im Zweifel gewesen, ob sie diese fremdartigen Wesen, über die sie nur gelesen hatten, anstarren oder lieber davonlaufen sollten, bevor die mörderischen Aiel der Geschichten sie töteten. Kaum etwas anderes konnte sie mehr erschrecken. Sie mußten die Angst von neuem lernen.

Die Töchter des Speers sahen Rand an und verständigten sich jetzt in der Zeichensprache, wobei sie manchmal leise lachten. Sie waren sich vielleicht der *Asha'man* bewußt, aber da Töchter des Speers Töchter des Speers waren – wie Aiel Aiel waren –, machte das Risiko den Spott noch reizvoller. In den Geschichten führte niemand jemals ein solch verwickeltes Leben.

Sobald Nerilea mit der Nachricht zurückkehrte, sie habe Bashere und Bael gefunden und der Clanhäuptling führe die Aiel hier in Caemlyn an, nahm Rand seinen Schwertgürtel ab, und Fedwin tat es ihm gleich. Jalani holte einen großen Lederbeutel für die Schwerter und das Drachenszepter hervor, den sie hielt, als wären die Schwerter Giftschlangen. Rand zog einen mit einer Kapuze versehenen Umhang über, den Corana ihm gereicht hatte, und hielt die Handgelenke auf dem Rücken verschränkt, die Sulin dann, angespannt vor sich hinmurmelnd, mit einem Strick zusammenband.

»Das ist Unsinn. Sogar Feuchtländer würden es als Unsinn bezeichnen.«

Er bemühte sich, nicht zusammenzuzucken. Sie war kräftig und setzte ihre ganze Kraft auch ein. »Ihr seid zu oft vor uns davongelaufen, Rand al'Thor. Ihr paßt nicht auf Euch auf.« Sie betrachtete ihn als etwa gleichaltrigen Bruder, der aber manchmal unverantwortlich handelte.

Fedwin blickte finster drein, während seine Handgelenke ebenfalls zusammengebunden wurden, obwohl ihn zu fesseln die Tochter des Speers kaum Mühe kostete. Jonan und Eben sahen mit zutiefst gerunzelter Stirn zu. Ihnen gefiel dieser Plan ebenso wenig wie Sulin. Und sie verstanden ihn ebensowenig. Aber der

Wiedergeborene Drache mußte keine Erklärungen abgeben, und der *Car'a'carn* tat es selten. Aber alle schwiegen. Eine Waffe beschwerte sich nicht.

Als Sulin vor Rand trat, sah sie ihm ins Gesicht und hielt dann den Atem an. »Das haben sie Euch angetan«, sagte sie sanft und griff nach dem schweren Dolch an ihrem Gürtel. Vielleicht nur etwas mehr als ein Fuß langer Stahl, fast ein Kurzschwert, aber das würde einer Aiel gegenüber nur ein Narr äußern.

»Zieht die Kapuze hoch«, befahl ihr Rand rauh. »Alles hängt davon ab, daß mich niemand erkennt, bevor ich Bael und Bashere erreicht habe.« Sie zögerte und sah ihm in die Augen. »Ich sagte, zieht sie hoch«, grollte er. Sulin könnte die meisten Männer mit bloßen Händen töten, aber ihre Finger gingen sehr sanft zu Werke, als sie die Kapuze um sein Gesicht zurechtzog.

Dann zog Jalani ihm die Kapuze lachend bis über die Augen. »Jetzt könnt Ihr sicher sein, daß Euch niemand erkennen wird, Rand al'Thor. Ihr müßt darauf vertrauen, daß wir Eure Schritte lenken.« Mehrere Töchter des Speers lachten.

Er erstarrte und hätte fast *Saidin* ergriffen. Fast. Lews Therin brummte in der Ferne. Rand zwang sich, ruhig zu atmen. Es herrschte keine völlige Dunkelheit. Er konnte unter dem Rand seiner Kapuze Mondlicht sehen. Dennoch stolperte er, als Sulin und Enaila seine Arme nahmen und ihn vorwärts führten.

»Ich dachte, Ihr wärt alt genug, besser laufen zu können«, murmelte Enaila mit gespielter Überraschung. Sulins Hand bewegte sich. Es dauerte einen Moment, bis er erkannte, daß sie seinen Arm streichelte.

Er konnte nur sehen, was unmittelbar vor ihm lag, die mondbeschienenen Fliesen des Hofs und dann Steinstufen und Marmorfliesen bei Lampenlicht, bisweilen mit einem langen Teppichläufer bedeckt. Er strengte seine Augen an, wenn Schatten sich bewegten, spürte nach der verräterischen Gegenwart *Saidins* oder, schlimmer noch, dem Kribbeln, das verkündete, daß eine Frau *Saidar* festhielt. Blind wie er war, würde er einen Angriff vielleicht erst bemerken, wenn es zu spät wäre. Er hörte das leise Geräusch dahineilender Füße der wenigen Diener, die ihren nächtlichen Aufgaben nachgingen, aber niemand sprach fünf Töchter des Speers an, die anscheinend zwei mit Kapuzen verhüllte Gefangene begleiteten. Da Bael und Bashere im Palast lebten und Caemlyn mit ihren Männern überwachten, waren in diesen Gängen zweifellos schon seltsamere Anblicke gesichtet worden. Es war, als ginge man durch ein Labyrinth. Aber immerhin hatte Rand, seit er Emondsfeld verlassen hatte, bereits eines oder zwei Labyrinthe durchschritten, auch wenn er geglaubt hatte, einen deutlichen Weg zu verfolgen.

Würde ich einen deutlichen Weg erkennen, wenn ich ihn sähe? fragte er sich. *Oder mißtraue ich allem schon so sehr, daß ich ihn für eine Falle halten würde?*

Es gibt keine deutlichen Wege. Nur Fallgruben und Stolperdrähte und Dunkelheit. Lews Therins Brummen klang dumpf und verzweifelt. Es klang so, wie Rand sich fühlte.

Als Sulin sie schließlich in einen Raum führte und die Tür schloß, hob Rand heftig den Kopf, um die Kapuze abzuwerfen – und erstarrte. Er hatte Bael und Davram erwartet, aber nicht Davrams Frau, Deira, und auch nicht Melaine oder Dorindha.

»Ich grüße Euch, *Car'a'carn*.« Bael, der größte Mann, den Rand je gesehen hatte, saß in seinem *Cadin'sor* mit gekreuzten Beinen auf den grün-weißen Bodenfliesen und erweckte trotz der behaglich wirkenden Atmosphäre den Eindruck, als wäre er im Handumdrehen zum Angriff bereit. Der Clanhäuptling war nicht jung – kein Clanhäuptling war jung –, und Grau durchzog sein dunkles, leicht rötliches Haar, aber jedermann, der glaubte, er sei mit dem Alter verweichlicht, würde eine böse Überraschung erleben. »Möget Ihr stets Wasser und Schatten finden. Ich stehe hinter dem *Car'a'carn*, und meine Speere stehen hinter mir.«

»Wasser und Schatten sind vielleicht recht gut«, sagte Davram Bashere, während er ein Bein über die goldüberzogene Lehne seines Sessels legte, »aber mir persönlich wäre eisgekühlter Wein lieber.« Darram war ein wenig größer als Enaila; er hatte seinen kurzen blauen Umhang geöffnet, und Schweiß glänzte auf seinem dunklen Gesicht. Er wirkte mit seinen wild dreinblickenden, schrägstehenden Augen und seiner hakenförmigen Adlernase über einem dichten, von Grau durchzogenen Schnurrbart, trotz seiner augenscheinlichen Gleichgültigkeit, noch härter als Bael. »Ich gratuliere Euch zu Eurer Flucht und Eurem Sieg. Aber warum kommt Ihr wie ein Gefangener verkleidet hierher?«

»Ich möchte eher wissen, ob er uns Aes Sedai auf den Hals hetzt«, warf Deira ein. Failes Mutter war eine große Frau in einem golddurchwirkten, grünen Seidengewand und ebenso groß wie jede Tochter des Speers außer Somara, das lange schwarze Haar an den Schläfen von Weiß durchzogen, ihre Nase nur eine Spur weniger kühn als die ihres Ehemanns. Tatsächlich konnte er aber von ihr noch etwas lernen, und sie war ihrer Tochter in einer Beziehung sehr ähnlich: Ihre Treue galt ihrem Gemahl, nicht Rand. »Ihr habt Aes Sedai *gefangengenommen!* Müssen wir jetzt erwarten, daß uns die gesamte Weiße Burg angreift?«

»Wenn sie das tun«, sagte Melaine scharf, während sie ihre Stola richtete, »werden sie bekommen, was sie verdienen.« Blond, grünäugig und wunderschön, dem Gesicht nach zu urteilen nur wenige Jahre älter als Rand, war sie eine Weise Frau – und mit Bael verheiratet. Was auch immer die Weisen Frauen dazu veranlaßt hatte, ihre Ansicht über Aes Sedai zu ändern, so hatten Melaine, Amys und Bair doch die meisten Veränderungen bewirkt.

»Ich möchte wissen«, sagte die dritte Frau, »was Ihr wegen Colavaere Saighan zu unternehmen gedenkt.« Obwohl Deira und Melaine eine starke Präsenz besaßen, übertraf Dorindha sie beide noch, obwohl nur schwer festzustellen war weshalb. Die Dachherrin der Rauchquellenfeste war eine kräftige, mütterliche Frau, eher ansehnlich als hübsch, mit Falten um die blauen Augen und genauso viel Weiß im hellroten Haar, wie Bael Grau aufwies, und doch beherrschte sie die drei Frauen, was für jeden vernünftigen Menschen erkennbar war. »Melaine sagt, Bair messe Colavaere Saighan nur wenig Bedeutung zu«, fuhr Dorindha fort, »aber Weise Frauen können genauso blind sein wie jeder andere Mensch, wenn es darum geht, einen vor sich liegenden Kampf zwar zu sehen, den Skorpion unter ihren Füßen aber zu *über*sehen.« Ein Lächeln für Melaine nahm den Worten ihre Schärfe. Und Melaines Lächeln sollte gewiß besagen, daß sie sich nicht angegriffen fühlte. »Die Arbeit einer Dachherrin besteht darin, jene Skorpione zu finden, bevor jemand gestochen wird.« Sie war ebenfalls Baels Frau, eine Tatsache, die Rand noch immer aus der Fassung brachte, auch wenn sie und Melaine es sich so erwählt hatten. Vielleicht teilweise, *weil* sie es sich so erwählt hatten. Bei den Aiel hatte ein Mann wenig zu sagen, wenn seine Ehefrau eine Schwester-Frau erwählte. Auch bei ihnen war dies keine übliche Vereinbarung.

»Colavaere widmet sich jetzt dem Ackerbau«, grollte Rand. Sie sahen ihn blinzelnd an und fragten sich, ob das ein Scherz sei. »Der Sonnenthron ist wieder frei und wartet auf Elayne.« Er hatte erwogen, einen Schutz gegen Lauscher zu weben, aber ein Schutz konnte von einem Suchenden, Mann oder Frau, entdeckt werden, und seine Anwesenheit würde bedeuten, daß etwas Interessantes besprochen wurde. Nun, alles, was hier gesagt würde, würde ohnehin nur allzu bald von der Drachenmauer bis zum Meer bekannt sein.

Fedwin rieb sich die Handgelenke, während Jalani ihr Messer in die Scheide zurücksteckte. Niemand gönnte ihnen einen zweiten Blick. Aller Augen ruhten auf Rand. Er sah Nerilea stirnrunzelnd an und wedelte mit seinen zusammengebundenen Händen, bis Sulin die Fesseln durchschnitt. »Ich wußte nicht, daß dies ein Familientreffen werden sollte.« Nerilea wirkte als einzige ein wenig verlegen.

»Wenn Ihr erst verheiratet seid«, murmelte Davram lächelnd, »werdet Ihr lernen, daß Ihr sehr sorgfältig erwägen müßt, was Ihr vor Euren Ehefrauen verbergt.« Deira sah ihn mit geschürzten Lippen an.

»Ehefrauen sind ein großer Trost«, sagte Bael lachend, »wenn ein Mann ihnen nicht zu viel erzählt.« Dorindha fuhr ihm mit den Fingern durchs Haar und packte einen Moment so fest zu, als wolle sie ihm den Kopf abreißen. Bael brummte, aber nicht nur deshalb. Melaine wischte ihr kleines Gürtelmesser an ihrem Rock ab und steckte es in die Scheide zurück. Die beiden Frauen grinsten einander über Baels Kopf hinweg an, während er sich die Schultern rieb, wo ein kleiner Blutfleck seinen *Cadin'sor* beschmutzte. Deira nickte nachdenklich. Anscheinend hatte sie gerade eine Idee.

»Welche Frau könnte ich ausreichend hassen, um sie mit dem Wiedergeborenen Drachen zu verheiraten?« bemerkte Rand kalt. Daraufhin entstand eisiges Schweigen.

Er versuchte seinen Zorn zu zügeln. Er hätte dies erwarten sollen. Melaine war nicht nur eine Weise Frau, sie war auch eine Traumgängerin, wie auch Amys und Bair. Sie konnten sich in ihren Träumen miteinander und mit anderen verständigen. Eine nützliche Gabe, obwohl sie dieses Talent für ihn erst einmal eingesetzt hatten. Es war eine Angelegenheit der Weisen Frauen und überhaupt nicht verwunderlich, daß Melaine mit allem, was geschah, Schritt hielt. Es war auch kein Wunder, daß sie Dorindha alles erzählte, ob es eine Angelegenheit der Weisen Frauen war oder nicht. Die beiden Frauen waren beste Freundinnen und gleichzeitig Schwestern. Sobald Melaine Bael über die Entführung unterrichtet hatte, hatte er es natürlich Bashere erzählt. Von Bashere zu erwarten, dies vor seiner Frau geheimzuhalten, war genauso, als erwarte man von ihm geheimzuhalten, daß das Haus brenne. Rand zügelte seinen Zorn allmählich.

»Ist Elayne schon eingetroffen?« Er versuchte, seine Stimme beiläufig klingen zu lassen, was ihm aber mißlang. Unwichtig. Er hatte allen bekannte Gründe, zornig zu sein. Andor war vielleicht nicht so voller Aufruhr wie Cairhien, aber Elayne auf den Thron zu bringen, war die beste Gelegenheit, beide Länder zur Ruhe zu bringen. Und vielleicht die einzige Möglichkeit.

»Noch nicht.« Bashere zuckte die Achseln. »Aber aus dem Norden kam eine Nachricht über Aes Sedai bei einem Heer, die irgendwo in Murandy und Altara gesehen wurden. Das könnte der junge Mat und seine Bande der Roten Hand mit der Tochter-Erbin und den Schwestern sein, die der Burg entflohen, als Siuan Sanche abgesetzt wurde.«

Rand rieb sich die Handgelenke an den Stellen, an denen die Stricke gescheuert hatten. Sie hatten die Gefangennahme nur vorgetäuscht, weil Elayne schon hätte hier sein können. Elayne, und Aviendha. So hätte er kommen und gehen können, ohne daß sie es erfahren hätten, bis er wieder fort gewesen wäre. Vielleicht hätte er einen Weg gefunden, einen Blick auf sie zu werfen. Vielleicht … Er war ein Narr – nicht nur vielleicht.

»Wollt Ihr, daß sich Euch auch diese Schwestern verschwören?« Deiras Stimme wirkte genauso eisig wie ihr Gesicht. Sie mochte ihn nicht. Aus ihrer Sicht hatte ihr Mann einen Weg eingeschlagen, der wahrscheinlich mit seinem Kopf auf einer Lanze über einem Tor von Tar Valon enden würde, und Rand hatte ihn auf diesen Weg gebracht. »Die Weiße Burg wird nicht stillhalten, während Ihr Aes Sedai bezwingt.«

Rand verbeugte sich leicht vor ihr, und sie faßte es bestimmt nicht als Spott auf. Deira ni Ghaline t'Bashere hatte ihm niemals einen Titel gewährt, noch jemals seinen Namen benutzt. Sie hätte genausogut zu einem Bediensteten sprechen können – zu einem nicht sehr intelligenten oder vertrauenswürdigen Bediensteten. »Falls sie erwählen, sich mir zu verschwören, werde ich ihren Schwur annehmen. Ich bezweifle, daß viele von ihnen tatsächlich bald nach Tar Valon zurückkehren wollen. Wenn sie eine andere Wahl treffen, können sie ihres Weges gehen, so lange sie sich nicht gegen mich stellen.«

»Die Weiße Burg hat sich gegen Euch gestellt«, sagte Bael, der sich mit den Fäusten auf den Knien vorbeugte. Der Blick seiner blauen Augen ließ Deiras Stimme im nachhinein herzlich wirken. »Ein Feind, der einmal kommt, wird wiederkommen. Es sei denn, er wird aufgehalten. Meine Speere werden dem *Car'a'carn* folgen, wohin auch immer er geht.« Melaine nickt natürlich dazu. Sie wollte höchstwahrscheinlich jede einzelne Aes Sedai abgeschirmt und auf Knien unter Bewachung sehen, wenn nicht sogar an Händen und Füßen gefesselt. Aber Dorindha und Sulin nickte ebenfalls, und Bashere zog nachdenklich an seinem Schnurrbart. Rand wußte nicht, ob er lachen oder weinen sollte.

»Meint Ihr nicht, daß ich auch ohne einen Krieg gegen die Weiße Burg bereits genug zu bewältigen habe? Elaida ist mir an die Kehle gegangen und wurde abgewehrt.« Wobei die verbrannte Erde von Leichen be-

241

deckt gewesen war. Raben und Geier hatten sich an ihnen genährt. Wie viele waren getötet worden? »Wenn sie vernünftig genug ist, an diesem Punkt innezuhalten, werde ich es ebenfalls tun.« Solange sie ihn nicht aufforderten zu vertrauen. Die Kiste. Er schüttelte den Kopf und war sich Lews Therins halbwegs bewußt, der plötzlich wegen der Dunkelheit und dem Durst stöhnte. Er konnte ignorieren, er mußte ignorieren, aber er konnte nicht vergessen und nicht vertrauen.

Er überließ Bael und Bashere den Streit darüber, ob Elaida vernünftig genug wäre innezuhalten, und trat zu einem Tisch unter einem Wandteppich mit einer Schlachtszene, bei der der Weiße Löwe Andors herausragte, der mit einer Landkarte bedeckt war. Bael und Bashere benutzten diesen Raum offensichtlich für ihre Planungen. Er suchte eine Weile herum und fand dann die Karte, die er brauchte, eine große Rolle, die ganz Andor von den verschleierten Bergen bis zum Fluß Erinin sowie auch zum Teil die Länder im Süden – Ghealdan, Altara und Mundy – zeigte.

»Den Frauen, die in den Ländern der Baummörder gefangengehalten werden, wird nicht gestattet, Schwierigkeiten zu machen – warum sollten also andere es tun?« sagte Melaine offensichtlich als Antwort auf etwas, was er nicht gehört hatte. Sie klang verärgert.

»Wir werden tun, was wir tun müssen, Deira t'Bashere«, sagte Dorindha ruhig. Sie war selten aufgeregt. »Bewahrt Euren Mut, und wir werden unser Ziel erreichen.«

»Wenn Ihr von einer Klippe springt«, erwiderte Deira, »ist es zu spät, sich noch an etwas anderes als an Euren Mut zu klammern. Und zu hoffen, daß unten ein Heuwagen steht, in dem man landen kann.« Ihr Ehemann kicherte, als habe sie einen Scherz gemacht. Sie hatte nicht danach geklungen.

Rand breitete die Karte aus, beschwerte die Ecken mit

Tintenfässern und Sandflaschen und maß mit den Fingern Entfernungen ab. Mat kam nicht sehr schnell voran, wenn die Gerüchte zutrafen, daß er in Altara oder Murandy war. Er war stets stolz darauf, wie schnell die Bande vorangehen konnte. Vielleicht behinderten ihn die Aes Sedai mit ihren Dienern und Wagen. Vielleicht waren mehr Schwestern dort, als er gedacht hatte. Rand merkte, daß er seine Hände zu Fäusten ballte, und öffnete sie mühsam. Er brauchte Elayne. Damit sie die Throne hier und in Cairhien einnahm. Dafür brauchte er sie. Nur dafür. Aviendha ... Sie brauchte er nicht, überhaupt nicht, und sie hatte verdeutlicht, daß sie ihn auch nicht brauchte. Sie war fern von ihm sicher. Er konnte ihnen beiden Sicherheit geben, indem er sie stets so weit wie möglich von sich fernhielt. Licht, wenn er sie nur sehen könnte. Er brauchte Mat jedoch, da Perrin eigensinnig war. Er fragte sich, wie es kam, daß Mat plötzlich zum Fachmann für alles geworden war, was mit Schlachten zu tun hatte, aber sogar Bashere respektierte seine Meinung. Zumindest seine Meinung über den Krieg.

»Sie haben ihn wie einen *Da'tsang* behandelt«, grollte Sulin, und einige der anderen Töchter des Speers äußerten ebenfalls leise ihren Unmut.

»Das wissen wir«, sagte Melaine grimmig. »Sie haben keine Ehre.«

»Wird er sich nach dem, was ihr beschrieben habt, wirklich zurückhalten?« fragte Deira ungläubig.

Die Landkarte erstreckte sich nicht weit genug südlich, daß auch Illian darauf zu sehen gewesen wäre – keine Landkarte auf dem Tisch zeigte dieses Land auch nur teilweise –, aber Rand führte seine Hand müßig bis Murandy hinab, und er konnte sich die Doirlon-Hügel, nicht weit jenseits der Grenze zu Illian, mit ihrer Reihe von Hügelfestungen vorstellen; kein einmarschierendes Heer konnte es sich leisten, sie zu mißachten. Und ungefähr zweihundertfünfzig Meilen östlich, jenseits der Ebenen von Maredo, stand ein Heer, wie es seit dem Zusammenschluß der Nationen im Aiel-Krieg und vielleicht seit der Zeit Artur Falkenflügels keines mehr gegeben hatte. Tairener, Cairhiener, Aiel, alle wohlerwogen erwählt, in Illian einzufallen. Wenn Perrin die Führung nicht übernehmen wollte, dann mußte Mat es tun. Aber es war nicht genug Zeit. Es war niemals genug Zeit.

»Verdammt«, murrte Davram. »Das habt Ihr niemals erwähnt, Melaine. Lady Caraline und Lord Toram haben unmittelbar außerhalb der Stadt gelagert, und Hochlord Darlin ebenso? Sie sind sich nicht zufällig begegnet, nicht zu diesem Zeitpunkt. Das ist, als hätte man ein Schlangennest auf der Türschwelle.«

»Sollen die *Algai'd'siswai* tanzen«, erwiderte Bael. »Tote Schlangen beißen nicht.«

Sammael hatte sich stets gut verteidigt. Daran erinnerte sich Lews Therin vom Schattenkrieg her. Wenn zwei Männer in einem Schädel hausten, sollte man vielleicht erwarten, daß Erinnerungen zwischen ihnen hin und her trieben. Hatte sich Lews Therin plötzlich daran erinnert, Schafe gehütet oder Feuerholz gehackt oder Hühner gefüttert zu haben? Rand konnte ihn schwach wüten hören, daß er töten wollte, vernichten wollte. Gedanken an die Verlorenen trieben Lews Therin fast immer zum Äußersten.

»Deira t'Bashere hat recht«, sagte Bael. »Wir müssen auf dem Weg bleiben, den wir eingeschlagen haben, bis unsere Feinde vernichtet sind – oder wir.«

»So habe ich es nicht gemeint«, sagte Deira trocken. »Aber Ihr habt recht. Wir haben jetzt keine Wahl mehr. Bis unsere Feinde vernichtet sind – oder wir.«

Tod, Vernichtung und Wahnsinn überschwemmten Rands Geist, während er die Landkarte betrachtete. Sammael würde bald nach dem Angriff des Heers bei diesen Festungen sein, Sammael mit der Kraft eines Verlorenen und dem Wissen des Zeitalters der Legenden. Lord Brend nannte er sich, einer des Konzils der Neun, und Lord Brend nannten ihn auch jene, die nicht zugeben wollten, daß die Verlorenen befreit waren, aber Rand kannte ihn. Durch die Erinnerung Lews Therins kannte er Sammaels Gesicht und ihn selbst genau.

»Was hat Dyelin Taravin mit Naean Arawn und Elenia Sarand vor?« fragte Dorindha. »Ich gebe zu, daß ich nicht verstehe, warum man Menschen fortschließt.«

»Es ist unwichtig, was sie dort tut«, sagte Davram. »Mich beunruhigen eher ihre Treffen mit diesen Aes Sedai.«

»Dyelin Taravin ist eine Närrin«, murrte Melaine. »Sie glaubt die Gerüchte, daß der *Car'a'carn* vor dem Amyrlin-Sitz niederkniet. Sie wird sich nicht einmal das Haar bürsten, wenn es ihr die Aes Sedai nicht erlauben.«

»Ihr verkennt sie«, sagte Deira fest. »Dyelin ist stark genug, Andor zu regieren. Das hat sie in Aringill bewiesen. Natürlich hört sie den Aes Sedai zu – nur ein Narr ignoriert Aes Sedai –, aber zuhören heißt nicht gehorchen.«

Die Wagen, die von den Brunnen von Dumai herangebracht worden waren, mußten erneut durchsucht werden. Der *Angreal* in Form eines fetten kleinen Mannes mußte irgendwo sein. Keine der entkommenen Schwestern hätte ahnen können, was er war. Es sei denn, eine von ihnen hätte vielleicht ein Andenken an den Wiedergeborenen Drachen eingesteckt. Nein. Er mußte irgendwo in den Wagen sein. Damit war er jedem Verlorenen mehr als ebenbürtig. Ohne ihn ... Tod, Vernichtung und Wahnsinn.

Plötzlich drängte herauf, was er gehört hatte. »Was war das?« fragte er und wandte sich von dem mit Elfenbein-Intarsien versehenen Tisch um.

Überraschte Gesichter wandten sich ihm zu. Jonan

richtete sich am Türrahmen auf, an dem er lässig gelehnt hatte. Die Töchter des Speers, die mühelos auf ihren Fersen hockten, schienen plötzlich alarmiert. Sie hatten sich beiläufig unterhalten, aber jetzt betrachteten sie ihn aufmerksam.

Melaine betastete eine ihrer Elfenbein-Halsketten, sah mit entschlossenem Blick zwischen Bael und Davram hin und her und sprach dann vor allen anderen. »In einem Gasthaus namens *Silberschwan* in der – wie Davram Bashere sie nennt – Neustadt befinden sich neun Aes Sedai.« Sie sprach das Wort ›Gasthaus‹ seltsam aus, und auch das Wort ›Stadt‹. Sie hatte diese Wörter nur aus Büchern gekannt, bevor sie über die Drachenmauer gekommen war. »Er und Bael sagen, wir sollten sie in Ruhe lassen, bis sie etwas gegen uns unternehmen. Ich denke, Ihr habt es gelernt, auf Handlungen der Aes Sedai zu warten, Rand al'Thor.«

»Mein Fehler«, seufzte Bashere, »wenn ein Fehler begangen wurde. Aber ich weiß nicht, was Melaine zu tun gedenkt. Acht Schwestern machten vor fast einem Monat im *Silberschwan* halt, direkt nachdem Ihr abgereist wart. Hin und wieder kommen und gehen einige, aber es sind niemals mehr als zehn zugleich dort. Sie bleiben für sich, machen keine Schwierigkeiten und stellen keine Fragen, von denen Bael oder ich wüßten. Zweimal kamen auch einige Rote Schwestern in die Stadt. Die Schwestern im *Silberschwan* haben Behüter, aber die Roten Schwestern nicht. Ich bin überzeugt, daß sie Rote sind. Zwei oder drei tauchen auf, fragen nach Männern, die zum Schwarzen Turm wollen und reisen nach einem oder zwei Tagen wieder ab. Ohne viel erfahren zu haben, würde ich sagen. Diese Schwarze Burg bewahrt Geheimnisse so gut wie eine Festung. Keine der Schwestern hat Schwierigkeiten gemacht, und ich würde sie lieber nicht belästigen, bis ich weiß, daß es notwendig ist.«

»Das habe ich nicht gemeint«, sagte Rand zögernd. Er setzte sich in einen Sessel gegenüber Bashere und umklammerte die Armlehnen, bis seine Knöchel schmerzten. Hier versammelten sich Aes Sedai, in Cairhien versammelten sich Aes Sedai. Zufall? Lews Therin stieß in der Ferne wütende Tiraden über Tod und Verrat aus. Er würde Taim warnen müssen. Nicht wegen der Aes Sedai im *Silberschwan* – das wußte Taim sicher bereits, aber warum hatte er es nicht erwähnt? –, sondern damit sie ihnen fernblieben, damit er die *Asha'man* von ihnen fernhielt. Wenn die Brunnen von Dumai ein Ende bedeuten sollten, durfte es hier keine neuen Anfänge geben. Zu vieles schien außer Kontrolle zu geraten. Je stärker er alle zusammenzuhalten versuchte, desto schneller lösten sie sich. Früher oder später würde alles zusammenbrechen und zerfallen. Der Gedanke ließ seine Kehle trocken werden. Thom Merrilin hatte ihn gelehrt, ein wenig zu jonglieren, aber er war niemals sehr geschickt darin gewesen. Jetzt mußte er in der Tat sehr geschickt vorgehen. Er wünschte, er hätte etwas, womit er seine Kehle benetzen könnte.

Er hatte nicht gemerkt, daß er den letzten Gedanken laut ausgesprochen hatte, bis Jalani sich aus ihrer hockenden Stellung aufrichtete und zu einem hohen Silberkrug trat, der auf einem kleinen Tisch stand. Sie füllte einen Silberbecher, brachte ihn Rand mit einem Lächeln und öffnete den Mund, als sie ihm den Trank reichte. Er erwartete schon eine heftige Äußerung, als sich ihr Gesichtsausdruck änderte. Sie sagte nur »*Car'a'carn*« und ging dann so würdevoll zu ihrem Platz bei den anderen Töchtern des Speers zurück, daß man den Eindruck gewann, sie imitierte Dorindha oder vielleicht auch Deira. Somara sagte etwas in der Zeichensprache, und plötzlich erröteten alle Töchter des Speers und bissen sich auf die Lippen, um nicht zu lachen. Alle Töchter des Speers außer Jalani, die nur errötet war.

Der gewürzte Wein schmeckte nach Pflaumen. Rand konnte sich an die dicken süßen Pflaumen aus den Obstgärten seiner Kindheit jenseits des Flusses erinnern, die er selbst gepflückt hatte … Er legte den Kopf zurück und leerte den Becher. Es gab in den Zwei Flüssen zwar Pflaumenbäume, aber keine Obstgärten, und sicherlich nicht jenseits irgendeines Flusses. *Behalte deine verdammten Erinnerungen für dich*, knurrte er Lews Therin an. Der Mann in seinem Kopf lachte über etwas, kicherte still in sich hinein.

Bashere sah zuerst die Töchter des Speers und dann Bael und seine Frauen stirnrunzelnd an, die alle unbewegt wie Stein blieben, und schüttelte den Kopf. Er kam mit Bael gut zurecht, aber die Aiel im allgemeinen verwirrten ihn. »Da mir niemand etwas zu trinken bringt …«, sagte er, erhob sich und goß sich selbst einen Becher Wein ein. Er trank einen großen Schluck, der seinen dichten Schnurrbart benetzte. »Das erfrischt. Taims Art, Männer zu erheben, scheint jeden Burschen zutage zu fördern, der dem Wiedergeborenen Drachen gern folgen würde. Er hat mir ein ansehnliches Heer geliefert, Männer, denen fehlt, was immer es ist, was Eure *Asha'man* brauchen. Sie wandern alle umher und starren mit großen Augen Löcher in die Luft, aber keiner war jemals in der Nähe der Schwarzen Burg. Ich versuche, einige der Gedanken des jungen Mat nachzuvollziehen.«

Rand winkte mit seinem geleerten Becher ab. »Erzählt mir von Dyelin.« Dyelin vom Hause Taravin wäre der nächste in der Thronfolge, falls Elayne etwas zustieße, aber er hatte ihr gesagt, daß er Elayne nach Caemlyn bringen ließ. »Wenn sie glaubt, sie könnte den Löwenthron einnehmen, kann ich auch für sie einen Bauernhof finden.«

»Den Thron einnehmen?« fragte Deira ungläubig, und ihr Mann lachte laut auf.

»Ich verstehe die Art der Feuchtländer nicht«, sagte Bael, »aber ich glaube nicht, daß sie daran gedacht hat.«

»Nicht im geringsten.« Davram nahm Rands Becher und goß ihm noch mehr Wein ein. »Einige niedriger gestellte Herren und Damen, die glaubten, sie könnten ihre Gunst erringen, haben sie in Aringill öffentlich zur Königin erklärt. Lady Dyelin handelt rasch. Innerhalb von vier Tagen ließ sie die beiden Anführer wegen Verrat an der Tochter-Erbin Elayne hängen und befahl die Auspeitschung weiterer zwanzig Leute.« Er kicherte anerkennend. Seine Frau rümpfte die Nase. Sie hätte wahrscheinlich den ganzen Weg von Aringill bis Caemlyn mit Galgen säumen lassen.

»Woher kam dann das Gerücht, daß sie Andor regiere?« fragte Rand. »Und Elenia und Naean gefangengesetzt habe?«

»Es gibt Leute, die den Thron beanspruchen wollten«, sagte Deira, deren dunkle Augen zornig funkelten.

Bashere nickte. Er war bedeutend ruhiger. »Erst vor drei Tagen. Als die Nachricht von Colavaeres Krönung und die Gerüchte aus Cairhien eintrafen, begann die Möglichkeit, daß Ihr nach Tar Valon gegangen wärt, glaubhaft zu klingen. Da der Handel wieder beginnt, sind so viele Tauben zwischen Cairhien und Caemlyn in der Luft, daß man auf ihren Rücken einhergehen könnte.« Er brachte den Becher zu Rand und kehrte zu seinem Sessel zurück. »Naean hat den Thronfolger für den Löwenthron morgens früh verkündet, Elayne vormittags und Dyelin bei Sonnenuntergang. Pelivar und Luan ließen die beiden einsperren. Sie erklärten Dyelin am nächsten Morgen zur Herrscherin. In Elaynes Namen, bis sie zurückkehrt. Die meisten Mitglieder des Hauses Andor haben Dyelin ihre Unterstützung zugesagt. Ich glaube, einige sähen es gern, wenn sie selbst den Thron einnähme, aber Aringill läßt auch die Mächtigsten ihre Zunge hüten.« Bashere schloß ein Auge und deutete auf Rand. »Ihr wurdet gar nicht erwähnt. Ob das gut oder schlecht ist – das zu bestimmen, ist ein klügerer Kopf nötig als meiner.«

Deira lächelte kühl und blickte an ihrer Nase hinab. »Jene ... Speichellecker, denen Ihr erlaubtet, den Palast zu verlassen, scheinen alle aus der Stadt geflohen zu sein. Einige sogar aus Andor, wie Gerüchte besagen. Ihr solltet es wissen, denn sie standen alle entweder hinter Elayne oder hinter Naean.«

Rand stellte seinen vollen Becher auf den Boden neben seinem Sessel. Er hatte nur Lir und Arymilla und den anderen zu bleiben erlaubt, um Dyelin und jene, die sie unterstützten, zur Zusammenarbeit mit ihm zu drängen. Sie hätten Andor niemals einem Mann wie Lord Lir überlassen. Aber mit ein wenig Zeit und durch Elaynes Rückkehr könnte es vielleicht dennoch gelingen. Aber alles drehte sich immer schneller und entglitt seinen Händen. Nur einige wenige Dinge konnte er noch kontrollieren.

»Fedwin dort drüben ist ein *Asha'man*«, sagte er. »Er kann mir in Cairhien Nachrichten überbringen, wenn es nötig ist.« Er sagte dies mit einem Blick auf Melaine, die Fedwin überaus sanft anschaute. Deira betrachtete Fedwin ungefähr so, wie sie eine tote Ratte betrachten würde, die ein übereifriger Hund auf ihrem Teppich abgelegt hatte. Davram und Bael wirkten eher nachdenklich. Fedwin versuchte, sich unter ihrem Blick noch höher aufzurichten. »Niemand soll wissen, wer er ist«, fuhr Rand fort. »Niemand. Darum trägt er kein Schwarz. Ich nehme heute abend zwei weitere *Asha'man* mit zu Lord Semaradrid und Hochlord Weiramon. Sie werden sie brauchen, wenn sie Sammael in den Doirlon-Hügeln gegenübertreten. Ich werde anscheinend noch eine Weile an Cairhien zu kauen haben.« Und vielleicht auch an Andor.

»Bedeutet das, daß Ihr die Speere endlich vorwärts

schickt?« fragte Bael. »Ihr gebt heute abend die entsprechenden Befehle?«

Rand nickte, und Bashere lachte dröhnend. »Nun, das verlangt nach einem guten Wein. Oder es verlangte zumindest danach, wenn es nicht so heiß wäre, Blut zu Brei zu verdicken.« Das Lachen wurde zu einer Grimasse. »Verdammt, ich wünschte, ich könnte dabeisein. Aber Caemlyn zu halten, ist für den Wiedergeborenen Drachen vermutlich keine leichte Aufgabe.«

»Du willst immer dort sein, wo die Schwerter gezogen werden, mein Gemahl.« Deira klang recht angetan.

»Das Fünftel«, sagte Bael. »Ihr laßt das Fünftel in Illian, wenn Sammael gefallen ist?« Ein Aielbrauch gestattete es, den fünften Teil von allem zu nehmen, was sich an einem mit Waffengewalt eingenommenen Ort befand. Rand hatte das in Caemlyn verboten. Er würde Elayne nicht einmal eine so geringfügig geplünderte Stadt übergeben.

»Sie werden das Fünftel bekommen«, sagte Rand, aber er dachte dabei nicht an Sammael oder Illian. *Bring Elayne schnell her, Mat.* Dieser Satz kreiste in seinem Kopf und übertönte auch Lews Therins Gemurmel. *Bring sie schnell her, bevor Andor und Cairhien beide vor meinen Augen aufbrechen.*

KAPITEL 8

Die Galionsfigur

Wir müssen morgen hier rasten.« Egwene regte sich vorsichtig auf ihrem Faltstuhl. Er hatte die Tendenz, manchmal von selbst zusammenzuklappen. »Lord Bryne sagt, das Heer habe nicht mehr genug Nahrungsmittel. Und in unserem Lager fehlt alles.«

Zwei Talgkerzenstumpen brannten auf dem Holztisch vor ihr. Auch der Tisch war ein leicht einzupackendes Faltmöbel, aber er war stabiler als der Stuhl. Die Kerzen im Zelt, die ihr zum Lernen gedient hatten, wurden durch eine von der Zeltdecke herabhängende Öllampe ergänzt. Das trübe gelbe Licht flackerte und ließ auf den Segeltuchwänden des Zelts, das nicht annähernd so großartig war wie das Studierzimmer der Amyrlin in der Weißen Burg, schwache Schatten tanzen. Tatsächlich besaß auch sie selbst nicht annähernd die Größe, die normalerweise mit dem Amyrlin-Sitz in Verbindung gebracht wurde. Sie wußte sehr wohl, daß die Stola mit den sieben Streifen um ihre Schultern der einzige Grund war, warum ein Fremder glauben würde, daß sie die Amyrlin war. Wenn er es nicht für einen äußerst törichten Scherz hielt. In der Geschichte der Weißen Burg waren seltsame Dinge geschehen – Siuan hatte ihr geheime Einzelheiten von einigen dieser Geschehnisse erzählt –, aber sicherlich nichts so Seltsames wie ihr Fall.

»Vier oder fünf Tage Rast wären besser«, sann Sheriam, die den Stapel Papiere auf ihrem Schoß betrachtete. Ein wenig rundlich, mit hohen Wangenknochen und schrägstehenden grünen Augen, wirkte sie in ihrem dunkelgrünen Reitgewand vornehm und gebiete-

risch, obwohl sie nur auf der Kante eines der beiden
wackeligen Stühle vor dem Tisch kauerte. Wenn man
ihre schmale blaue Stola einer Behüterin der Chronik
gegen die der Amyrlin ausgetauscht hätte, so hätte jedermann geglaubt, sie trüge diese zu Recht. Manchmal
schien sie gewiß zu glauben, die gestreifte Stola läge um
ihre Schultern. »Oder vielleicht auch länger. Es könnte
nicht schaden, unsere Vorräte erneut zu ergänzen.«

Siuan, die auf dem anderen wackeligen Stuhl saß,
schüttelte leicht den Kopf, aber Egwene brauchte diesen
Hinweis nicht. »Ein Tag.« Sie war zwar erst achtzehn
Jahre alt und weit von der Größe einer wahren Amyrlin
entfernt, aber sie war keine Närrin. Zu viele der Schwestern griffen nach jeder Ausrede für eine Rast – und
auch zu viele der Sitzenden –, aber wenn sie zu lange
rasteten, würden sie vielleicht nicht mehr zu einem er-
neuten Aufbruch zu bewegen sein. Sheriam öffnete den
Mund.

»Ein Tag, Tochter«, sagte Egwene fest. Was auch
immer Sheriam dachte, Tatsache war, daß Sheriam
Bayanar die Behüterin der Chronik war und Egwene
al'Vere die Amyrlin. Wenn Sheriam nur dazu gebracht
werden könnte, das zu erkennen. Und auch der Saal der
Burg, der noch schlimmer war. Auch wenn Egwene
nach einem Ausbruch zumute war, hatte sie nach fast
eineinhalb Monaten doch bereits eine lebenslange
Übung darin, ihr Gesicht und ihre Stimme auch bei
weitaus schwerwiegenderen Herausforderungen als
dieser unbewegt zu halten. »Wenn wir länger rasten,
werden wir dem Land Schaden zufügen. Ich will die
Menschen nicht verhungern lassen. Außerdem ist es so,
daß sie uns, wenn wir ihnen – auch gegen Bezahlung –
zuviel nehmen, im Gegenzug hundert Hindernisse in
den Weg stellen werden.«

»Überfälle auf die Herden und Diebe bei den Vorrats-
wagen«, murmelte Siuan. Sie betrachtete ihre grauen

Röcke, sah niemanden an und schien nur laut zu denken. »Männer, die bei Nacht auf unsere Wachen schießen und vielleicht Feuer legen, wo immer sie hingelangen. Eine böse Sache. Hungrige Menschen verzweifeln schnell.« Es waren die gleichen Gründe, die Lord Bryne vor kurzem Egwene mit fast denselben Worten genannt hatte.

Die rothaarige Frau warf Siuan einen verärgerten Blick zu. Viele Schwestern hatten Probleme mit Siuan. Ihr Gesicht war wahrscheinlich das bekannteste im Lager, jung genug, um zu einer Aufgenommenen oder auch einer Novizin zu gehören. Dies war eine Nebenwirkung des Gedämpftwerdens, obwohl nicht viele es bisher erlebt hatten. Siuan konnte kaum einen Schritt tun, ohne daß Schwestern sie anstarrten – den einstigen Amyrlin-Sitz, abgesetzt und von *Saidar* abgeschnitten, dann Geheilt und wieder mit zumindest einigen Fähigkeiten ausgestattet, obwohl jedermann wußte, daß das eigentlich unmöglich war. Viele hießen sie als Schwester wieder herzlich willkommen, um ihrer selbst willen und wegen des Wunders, das die Hoffnung gegen etwas aufrechterhielt, was jede Aes Sedai mehr als den Tod fürchtete. Aber ebenso viele oder noch mehr duldeten sie nur widerwillig oder behandelten sie herablassend oder beides, weil sie Siuan für ihre gegenwärtige Situation verantwortlich machten.

Sheriam gehörte zu denen, die der Ansicht waren, Siuan sollte die neue Amyrlin im Protokoll und Ähnlichem unterweisen – wovon jedermann glaubte, daß sie es haßte – und ihren Mund halten, bis sie zum Sprechen aufgefordert würde. Sie war weniger, als sie einst gewesen war, keine Amyrlin mehr und nicht mehr so mächtig. Es war keine Grausamkeit, wie Aes Sedai sie verstanden. Die Vergangenheit war vergangen. Was jetzt war, bestand und mußte akzeptiert werden. Alles andere brachte nur größere Qualen mit sich. Im großen

und ganzen sahen die Aes Sedai die Veränderung allmählich ein, und danach war es für die meisten, als ob
alles schon immer so gewesen wäre.

»Ein Tag, Mutter, wie Ihr meint«, sagte Sheriam
schließlich seufzend und beugte leicht den Kopf. Weniger aus Ergebenheit, wie Egwene mit Sicherheit wußte,
sondern um ihren eigensinnigen Gesichtsausdruck zu
verbergen. Im Moment mußte sie es tun.

Siuan beugte ebenfalls den Kopf. Um ein Lächeln zu
verbergen. Jede Schwester konnte auf jeden Posten verwiesen werden, aber die gesellschaftliche Hackordnung
war recht starr, und Siuan stand erheblich niedriger als
früher. Das war ein Grund.

Auf Siuans Schoß lagen die gleichen Papiere wie auf
Sheriams Schoß und auf dem Tisch vor Egwene. Be-
richte über alles – angefangen von der Anzahl der im
Lager verbliebenen Kerzen und Bohnensäcke bis zum
Zustand der Pferde, und das gleiche für Lord Brynes
Heer. Das Heerlager umgab das der Aes Sedai in einem
Kreis, der vielleicht zwanzig Schritt Zwischenraum ließ,
aber sie hätten in vielerlei Beziehung genausogut eine
Meile entfernt sein können. Lord Bryne hatte überraschenderweise genauso fest darauf bestanden wie die
Schwestern. Die Aes Sedai wollten keine Soldaten zwischen ihren Zelten umherwandern sehen – ein Haufen
ungewaschene, ungebildete Grobiane, oft mit flinken
Fingern –, und anscheinend wollten die Soldaten auch
keine Aes Sedai zwischen ihren Zelten umherlaufen
sehen, obwohl sie ihre Gründe dafür, was vielleicht klug
war, für sich behielten. Sie marschierten nach Tar Valon,
um einen unrechtmäßigen Machthaber vom Amyrlin-
Sitz zu stürzen und Egwene an deren Stelle zu setzen,
aber nur wenige Männer fühlten sich in der Nähe von
Aes Sedai wirklich wohl. Und auch nur wenige Frauen.

Sheriam wäre als Behüterin der Chronik nur zu
glücklich gewesen, Egwene diese weniger wichtigen

Angelegenheiten abzunehmen. Sie hatte das auch gesagt und erklärt, *wie* unwichtig sie seien und daß der Amyrlin-Sitz nicht mit alltäglichen Kleinigkeiten belastet werden sollte. Siuan sagte andererseits, eine gute Amyrlin würde sich gerade darum kümmern und nicht versuchen, die Arbeit Dutzender von Schwestern und Bediensteten noch zu vermehren, aber doch jeden Tag etwas anderes überprüfen. Auf diese Weise wußte Egwene recht genau, was vor sich ging und was getan werden mußte, bevor jemand mit einem bereits eskalierenden Problem zu ihr kam. Siuan nannte es das Gefühl dafür, woher der Wind wehte. Es hatte Wochen gedauert sicherzustellen, daß diese Berichte sie erreichten, und Egwene hegte keinen Zweifel, daß sie niemals wieder – wenn überhaupt – etwas erfahren würde, bevor es längst erledigt wäre, wenn sie dies erst Sheriams Kontrolle überließ.

Schweigen breitete sich aus, während alle das nächste Blatt auf ihrem Papierstapel lasen.

Sie waren nicht allein. Chesa, die auf einer Seite des Zelts auf Kissen saß, sagte: »Zu wenig Licht ist schlecht für die Augen.« Sie hatte es eigentlich nur vor sich hin gemurmelt, während sie einen von Egwenes Seidenstrümpfen hochhielt, die sie gerade stopfte. »Ihr würdet es niemals erleben, daß ich mir die Augen bei diesem schlechten Licht über Worten verderbe.« Recht kräftig, mit einem Zwinkern in den Augen und einem fröhlichen Lächeln, versuchte Egwenes Bedienstete der Amyrlin stets Rat zukommen zu lassen, indem sie vorgab, mit sich selbst zu sprechen. Sie hätte durchaus zwanzig Jahre anstatt erst weniger als zwei Monate in Egwenes Dienst und dreimal anstatt nur doppelt so alt wie sie sein können. Egwene vermutete, daß sie heute abend sprach, um die Stille zu erfüllen. Seit Logain entkommen war, herrschte Anspannung im Lager. Ein Mann, der die Macht lenken konnte, der abgeschirmt war und unter strenger Bewachung stand, war wie Nebel entschwunden. Jedermann fragte sich verzweifelt, wie dies hatte geschehen können, wo er sich aufhielt und was er jetzt vorhatte. Egwene wünschte sich mehr als die meisten anderen, in Erfahrung zu bringen, wo Logain Ablar war.

Sheriam ordnete ihre Papiere energisch und sah Chesa stirnrunzelnd an. Sie verstand nicht, warum Egwene es zuließ, daß ihre Bedienstete bei diesen Treffen anwesend war, und noch weniger, daß sie Chesa frei sprechen ließ. Es fiel ihr wahrscheinlich niemals auf, daß Chesas Gegenwart und ihr unerwartetes Geplapper sie gerade ausreichend ablenkte, daß Egwene derweil einen Rat umgehen konnte, den sie nicht annehmen wollte, und Entscheidungen aufschieben konnte, die sie nicht treffen wollte, zumindest nicht auf die Art, wie Sheriam sie getroffen sehen wollte. Obwohl Chesa diese Absicht gewiß niemals verfolgt hatte. Sie lächelte entschuldigend und wandte sich wieder ihrer Flickarbeit zu, wobei sie beiläufig etwas murmelte.

»Wenn wir fortfahren, Mutter«, sagte Sheriam kühl, »werden wir vielleicht vor der Dämmerung fertig.«

Egwene betrachtete die nächste Seite und rieb sich die Schläfen. Vielleicht hatte Chesa wegen des Lichts recht. Sie bekam wieder Kopfschmerzen. Aber vielleicht lag das auch an der vor ihr liegenden Aufstellung dessen, was noch an Geld übriggeblieben war. In den Geschichten, die sie gelesen hatte, wurde niemals erwähnt, wieviel Geld nötig war, um ein Heer zu unterhalten. An das Blatt waren Notizen von zwei der Sitzenden – Romanda und Lelaine – angeheftet, die vorschlugen, daß die Soldaten weniger häufig und insgesamt geringer bezahlt werden sollten. Es war in der Tat mehr als nur ein Vorschlag, genau wie Romanda und Lelaine im Saal mehr als nur Sitzende waren. Andere Sitzende folgten ihrer Führung, wenn auch nicht um jeden Preis, während die einzige Sitzende, auf die Egwene sich verlassen konnte, Delana war, und selbst auf sie konnte sie sich nicht allzu weit verlassen. Lelaine und Romanda stimmten selten bei etwas überein, und sie hätten kaum ein schlechteres Thema wählen können. Einige der Soldaten hatten Schwüre geleistet, aber die meisten waren wegen der Bezahlung und vielleicht auch wegen der Aussicht auf Beute zum Heer gekommen.

»Die Soldaten sollen weiterhin wie bisher bezahlt werden«, murrte Egwene und zerknüllte die beiden Notizen. Sie würde ihr Heer genauso wenig dahinschwinden lassen, wie sie Plünderungen zulassen würde.

»Wie Ihr befehlt, Mutter.« Sheriams Augen sprühten vor Vergnügen Funken. Die Probleme mußten ihr klar sein – jedermann, der sie für wenig intelligent hielt, geriet in große Schwierigkeiten –, aber in einer Beziehung war sie blind. Wenn Romanda oder Lelaine sagten, die Sonne gehe auf, behauptete Sheriam höchstwahrscheinlich, sie gehe unter. Sie hatte früher fast genauso viel – vielleicht sogar mehr – Einfluß auf den Saal gehabt wie sie heute, bis sie dem untereinander ein Ende setzten. Aber das Gegenteil entsprach ebenso der Wahrheit. Die beiden gingen gegen alles an, was Sheriam wollte, bevor sie nachdachten. Was alles in allem recht nützlich war.

Egwene tippte mit den Fingern auf die Tischplatte, hielt aber dann inne. Das Geld mußte aufgetrieben werden – irgendwo, irgendwie –, aber sie durfte Sheriam ihre Sorge nicht merken lassen.

»Diese neue Frau wird es schaffen«, murmelte Chesa über ihrer Stopfarbeit. »Tairener tragen ihre Nasen natürlich immer hoch erhoben, aber Selame weiß, was sich für die Bedienstete einer Lady gehört. Meri und ich werden sie nur zu bald eingewöhnen.« Sheriam rollte verärgert die Augen.

Egwene lächelte in sich hinein. Egwene al'Vere mit

259

drei Bediensteten, die sich um sie kümmerten – das war genauso unglaublich wie die Stola selbst. Aber das Lächeln verweilte nur einen Herzschlag lang. Auch Bedienstete mußten bezahlt werden. Eine geringe Summe, wenn man sie gegen dreißigtausend Soldaten aufwog, und die Amyrlin konnte wohl kaum ihre Wäsche selbst waschen oder ihre Gewänder flicken, aber sie wäre ausgezeichnet mit Chesa allein zurechtgekommen. Das hätte sie auch getan, wenn sie die Wahl gehabt hätte. Aber vor knapp einer Woche hatte Romanda beschlossen, daß die Amyrlin eine weitere Bedienstete brauchte, und hatte Meri unter den Flüchtlingen gefunden, die sich in jedem Dorf zusammendrängten, bis sie davongejagt wurden. Damit nicht genug, präsentierte Lelaine Selame aus derselben Quelle. Die beiden Frauen drängten sich in Chesas kleinem Zelt zusammen, noch bevor Egwene überhaupt von ihrer Existenz wußte.

Die Sache war grundsätzlich falsch: drei Bedienstete, wenn nicht einmal genug Geld vorhanden war, das Heer auch nur auf halbem Weg bis Tar Valon zu bezahlen, Diener, die ohne ihre Zustimmung für sie erwählt wurden. Außerdem hatte sie schon eine Bedienstete, wenn sie auch nicht eine einzige Kupfermünze erhielt. Es wurde ohnehin allgemein angenommen, Marigan sei die Dienerin der Amyrlin.

Egwene tastete unter dem Tisch nach ihrer Gürteltasche und spürte das darin befindliche Armband. Sie sollte es häufiger tragen. Es war eine Pflicht. Sie hielt die Hände gesenkt, nahm das Armband heraus und ließ es um ihr Handgelenk gleiten, ein Silberband, das so gestaltet war, daß der Verschluß nicht mehr zu sehen war, wenn es erst geschlossen war. Mit der Einen Macht gestaltet, schnappte das Armband unter dem Tisch zu, und sie hätte es beinahe wieder fortgerissen.

Empfindungen überfluteten jeden Winkel ihres Geistes, Empfindungen und Bewußtheit, im verborgenen, so als bilde sie es sich nur ein. Aber es war keine Einbildung. Es war nur allzu real. Als Hälfte eines *A'dam* schuf das Armband eine Verbindung zwischen ihr und der Frau, die die andere Hälfte trug, eine silberne Halskette, welche die Trägerin nicht selbst abnehmen konnte. Sie bildeten einen aus zwei Mitgliedern bestehenden Kreis, ohne *Saidar* zu umarmen, in dem Egwene durch den Besitz des Armbands stets führte. ›Marigan‹ schlief jetzt, ihre Füße vom vielen Laufen während der letzten Tage wund, aber selbst im Schlaf war ihre Angst sehr stark spürbar. Nur Haß kam der Angst in dem durch das *A'dam* fließenden Strom nahe. Egwenes Widerwillen wurde durch das beständige Entsetzen der anderen Frau wachgerufen und weil sie einst selbst die aus der Halskette bestehende Hälfte eines *A'dam* getragen hatte und die Frau am anderen Ende kannte. Sie haßte es, auch nur irgend etwas mit ihr zu teilen.

Nur drei Frauen im Lager wußten, daß Moghedien eine Gefangene war, inmitten der Aes Sedai verborgen. Wenn es herauskäme, würde Moghedien kurz nacheinander geprüft, gedämpft und hingerichtet. Wenn es herauskäme, könnte Egwene ihr vielleicht bald folgen, und Siuan und Leane ebenso. Sie waren die anderen beiden, die davon wußten. Aber andererseits würde Egwene vielleicht auch nur die Stola wieder abgenommen.

Weil ich eine der Verlorenen vor der Gerichtsbarkeit verberge, dachte sie grimmig, *kann ich froh sein, wenn sie mich nur wieder zu den Aufgenommenen stecken.* Sie berührte unbewußt den goldenen großen Schlangenring an ihrer rechten Hand.

Andererseits war eine solche Strafe unwahrscheinlich. Sie hatte gelernt, daß die Weiseste der Schwestern zum Amyrlin-Sitz gewählt würde, war jedoch eines Besseren belehrt worden. Die Wahl zur Amyrlin war genauso heftig – oder vielleicht noch heftiger – umstritten wie die Wahl des Bürgermeisters in den Zwei Flüssen. Niemand machte sich in Emdondsfeld die Mühe, gegen ihren Vater anzutreten, aber sie hatte über Wahlen in Nachbarorten gehört. Siuan war nur zur Amyrlin ernannt worden, weil die drei Amyrlins vor ihr jede nach nur wenigen Jahren auf dem Amyrlin-Sitz gestorben waren. Der Saal hatte eine junge Amyrlin gewollt. Einer Schwester gegenüber von Alter zu sprechen, war mindestens genauso unhöflich, wie ihr ins Gesicht zu schlagen, und doch bekam Egwene allmählich eine Vorstellung davon, wie lange Aes Sedai lebten. Nur selten wurde eine Aes Sedai zur Sitzenden erhoben, bevor sie die Stola mindestens siebzig oder achtzig Jahre lang getragen hatte, und zur Amyrlin für gewöhnlich noch später. Häufig *viel* später. Als sich der Saal also vor weniger als fünfzig Jahren nicht zwischen vier zu Aes Sedai erhobenen Schwestern entscheiden konnte und Seaine Herimon der Weißen Ajah eine Frau vorschlug, welche die Stola erst *zehn* Jahre getragen hatte, war das vielleicht genauso geschickt wie Siuans verwalterische Fähigkeiten, die die Sitzenden dazu brachten, für sie einzutreten.

Und was war mit Egwene al'Vere, die nach Meinung vieler noch eine Novizin hätte sein sollen? Sie wurde als leicht lenkbare Galionsfigur angesehen, ein *Kind*, das im gleichen Dorf wie Rand al'Thor aufgewachsen war. Letzteres hatte entscheidend zu ihrer Wahl beigetragen. Sie würden ihr die Stola nicht wieder abnehmen, aber sie würde zu spüren bekommen, daß das geringe Maß an Autorität, das sie sich erkämpft hatte, wieder verloren wäre.

»Das sieht einem Armband sehr ähnlich, das ich Elayne einmal tragen sah.« Die Papiere auf Sheriams Schoß raschelten, als sie sich vorbeugte, um besser sehen zu können. »Und Nynaeve. Sie haben es geteilt, soweit ich mich erinnere.«

Egwene zuckte zusammen. Sie war unvorsichtig gewesen. »Es ist dasselbe. Ein Abschiedsgeschenk von ihnen, als sie fortgingen.« Sie drehte das Silberarmband um ihr Handgelenk und empfand Schuld, die bei ihr allein lag. Das Armband schien unterteilt, aber so geschickt, daß man die Art und Weise nicht genau erkennen konnte. Sie hatte kaum an Nynaeve und Elayne gedacht, seit sie nach Ebou Dar gereist waren. Vielleicht sollte sie die beiden zurückrufen. Ihre Suche machte anscheinend kaum Fortschritte, obwohl sie es leugneten. Aber dennoch – wenn sie fanden, was sie suchten ...

Sheriam runzelte die Stirn. Egwene konnte nicht sagen, ob wegen des Armbands. Sie durfte jedoch nicht zulassen, daß Sheriam zuviel darüber nachdachte. Wenn sie jemals merkte, daß ›Marigans‹ Halskette dazu paßte, würden vielleicht schmerzlich unangenehme Fragen gestellt.

Egwene erhob sich und glättete ihre Röcke, während sie um den Tisch herum trat. Siuan hatte heute mehrere Informationen erhalten. Jetzt konnte sie eine davon nutzen. Sie war nicht die einzige, die Geheimnisse hatte. Sheriam schien überrascht, als Egwene zu dicht vor ihr stehenblieb, als daß sie noch hätte aufstehen können.

»Tochter, ich habe erfahren, daß wenige Tage, nachdem Siuan und Leane in Salidar ankamen, zehn Schwestern abgereist sind, zwei von jeder Ajah außer der Blauen. Wohin sind sie gegangen, und warum?«

Sheriam verengte kaum merklich die Augen, aber sie legte ihre Gelassenheit genauso wenig ab wie ihre Kleidung »Mutter, ich kann mich kaum an jede ...«

»Keine Ausflüchte, Sheriam.« Egwene trat noch ein wenig näher, bis sich ihre Knie fast berührten. »Keine Lügen. Die Wahrheit.«

Sheriam runzelte die Stirn. »Mutter, selbst wenn ich es wüßte, dürft Ihr Euch nicht mit jeder Kleinigkeit belasten ...«

»Die Wahrheit, Sheriam. Die ganze Wahrheit. Muß ich

vor dem ganzen Saal fragen, warum mir meine Behüterin der Chronik nicht die Wahrheit sagt? Ich werde sie erfahren, Tochter, auf die eine oder andere Art. Ich *werde* sie erfahren.«

Sheriam drehte den Kopf, als suche sie nach einem Fluchtweg. Ihr Blick fiel auf Chesa, die über ihre Stopfarbeit gebeugt saß, und sie hätte fast vor Erleichterung geseufzt. »Mutter, morgen, wenn wir allein sind, kann ich sicherlich alles zu Eurer Zufriedenheit erklären. Ich muß mich zuerst noch mit einigen Schwestern beraten.«

Auf diese Weise hätten sie Gelegenheit zu besprechen, was sie ihr morgen erzählen sollte. »Chesa«, sagte Egwene, »wartet bitte draußen.« Obwohl sie auf ihre Arbeit konzentriert und nichts um sie herum zu bemerken schien, sprang Chesa sofort auf und lief fast aus dem Zelt. Wenn sich Aes Sedai stritten, flüchtete jeder, der bei Verstand war. »Jetzt, Tochter«, sagte Egwene. »Die Wahrheit. Alles, was Ihr wißt. Ich werde es so vertraulich behandeln, wie Ihr Euch äußern werdet«, fügte sie hinzu, als Sheriam zu Siuan schaute.

Sheriam richtete einen Moment ihre Röcke, zupfte tatsächlich daran und mied Egwenes Blick, wobei sie zweifellos noch immer nach einer Ausflucht suchte. Aber die Drei Eide hielten sie gefangen. Sie durfte kein unwahres Wort äußern, und wie auch immer sie über Egwenes Position dachte – ihr auszuweichen hieß noch lange nicht, ihr die Autorität offen abzusprechen. Selbst Romanda verhielt sich zumeist höflich.

Sheriam atmete tief ein, faltete ihre Hände im Schoß und sprach sachlich an Egwenes Brust gewandt. »Als wir erfuhren, daß die Rote Ajah dafür verantwortlich war, daß Logain als falscher Drache in Erscheinung trat, hatten wir das Gefühl, etwas tun zu müssen.« *Wir* bedeutete sicherlich der kleine, erlesene Kreis von Schwestern, die sie um sich versammelt hatte. Carlinya und Beonin und die anderen hatten genauso viel Einfluß wie die meisten Sitzenden, wenn auch nicht im Saal selbst. »Elaida wollte Aufforderungen an alle Schwestern senden, zur Burg zurückzukehren, weshalb wir zehn Schwestern auswählten, die diese Aufgabe schnellstmöglich erledigen sollten. Sie sollten inzwischen längst alle angekommen sein – und insgeheim dafür Sorge zu tragen, daß jede Schwester in der Burg begreift, was die Roten mit Logain getan haben. Nicht ...« Sie zögerte zunächst, beendete ihren Satz aber dann eilig. »Nicht einmal der Saal weiß von ihnen.«

Egwene trat fort und rieb sich erneut die Schläfen. Insgeheim dafür Sorge zu tragen. In der Hoffnung, daß Elaida abgesetzt würde. An sich kein schlechter Plan. Er könnte letztendlich sogar funktionieren. Aber es könnte auch Jahre dauern. Andererseits galt für die meisten Schwestern: Je länger sie damit durchkamen, nichts wirklich *tun* zu müssen, desto besser. Mit der Zeit könnten sie die Welt davon überzeugen, daß die Weiße Burg niemals wirklich gespalten war. Sie war schon zuvor gespalten gewesen, und nur eine Handvoll Menschen hatte davon gewußt. Mit der Zeit könnten sie vielleicht eine Möglichkeit finden, alles so einzurichten, als wäre sie wirklich nicht gespalten gewesen. »Warum haltet Ihr es vor dem Saal geheim, Sheriam? Ihr glaubt doch sicher nicht, daß sie Elaida Euren Plan verraten würden.« Die Schwestern sahen einander aus Angst vor Elaidas Anhängern stets fragend an – zumindest teilweise aus Angst davor.

»Mutter, eine Schwester, die beschlösse, daß unser Handeln falsch wäre, würde sich wohl kaum zur Sitzenden wählen lassen. Eine solche Schwester wäre schon lange fortgegangen.« Sheriam hatte sich noch nicht entspannt, aber ihre Stimme nahm jetzt einen geduldigen, belehrenden Tonfall an, den sie bei Egwene offenbar als am wirkungsvollsten erachtete. Normalerweise war sie jedoch geschickter darin, das Thema zu wechseln. »Dieses Mißtrauen ist im Moment unsere größte Sorge. Niemand traut einem anderen wirklich. Wenn wir nur erkennen könnten, wie ...«

»Die Schwarze Ajah«, unterbrach Siuan sie ruhig. »Sie läßt Euer Blut gefrieren. Wer weiß sicher, wer eine Schwarze ist, und wer weiß, wozu eine Schwarze Schwester imstande wäre?«

Sheriam warf Siuan einen weiteren bösen Blick zu, aber kurz darauf wich die Heftigkeit von ihr. Oder besser gesagt: Eine Art Anspannung ersetzte die andere. Sie schaute zu Egwene und nickte dann widerwillig. Dem verärgerten Zug um ihren Mund nach zu urteilen, hätte sie eine weitere Ausflucht gewählt, wenn nicht offensichtlich gewesen wäre, daß Egwene es nicht zulassen würde. Die meisten Schwestern im Lager glaubten es inzwischen, aber nach mehr als dreitausend Jahren des Leugnens der Existenz der Schwarzen Ajah war es ein düsterer Glaube. Fast niemand würde dieses Thema ansprechen, ungeachtet dessen, was sie glaubten.

»Die Frage ist, Mutter«, fuhr Siuan fort, »was geschieht, wenn der Saal es herausfindet.« Sie schien erneut laut zu denken. »Ich glaube nicht, daß irgendeine Sitzende die Entschuldigung akzeptieren würde, sie sollte es nicht wissen, weil sie vielleicht auf Elaidas Seite stünde. Und was die Möglichkeit betrifft, daß sie vielleicht eine Schwarze Ajah sein könnte ... Ja, ich denke, sie werden ziemlich aufgebracht sein.«

Sheriams Gesicht wurde ein wenig blasser. Es war ein Wunder, daß sie nicht totenbleich wurde. ›Aufgebracht‹ war nicht annähernd der richtige Ausdruck. Ja, Sheriam würde *weitaus* mehr als aufgebrachten Sitzenden gegenüberstehen, wenn dies herauskäme.

Jetzt mußte sie ihren Vorteil nutzen, aber Egwene kam noch eine Frage in den Sinn. Wenn Sheriam und ihre Freunde ... Was waren sie? Spione? Keine Spione. Vielleicht Spitzel, die Ratten innerhalb der Mauern nachgeschickt wurden ... Wenn Sheriam Spitzel in die Weiße Burg geschickt hatte, konnte ...?

Ein plötzlicher Schmerz durchschoß diese von Empfindungen bedrängte, verborgene Stelle in ihrem Hinterkopf und ließ sie alles andere vergessen. Wenn sie diesen Schmerz unmittelbar verspürt hätte, wäre sie betäubt gewesen. So traten vor Entsetzen nur ihre Augen hervor. Ein Mann, der die Macht lenken konnte, berührte gerade die Kette um Moghediens Hals. Dies war eine Verbindung, in die kein Mann hineingebracht werden konnte. Schmerz, und etwas Unhörbares von Moghedien. Dann Hoffnung. Und dann war alles fort, die Bewußtheit, die Empfindungen. Die Halskette war abgenommen worden.

»Ich ... brauche ein wenig frische Luft«, gelang es ihr zu sagen. Sheriam wollte sich erheben und Siuan ebenfalls, aber sie bedeutete ihnen sitzenzubleiben. »Nein, ich möchte allein sein«, sagte sie hastig. »Siuan, findet alles heraus, was Sheriam über die Spitzel weiß. Licht, ich meine die zehn Schwestern.« Beide starrten sie an, aber keine, dem Licht sei Dank, folgte ihr, als sie die Laterne von einem Haken riß und hinauseilte.

Niemand durfte die Amyrlin laufen sehen, und doch kam ihre Gangart dem nahe, während sie ihre Röcke raffte, so gut es mit einer Hand ging. Mondlicht schien hell von einem wolkenlosen Himmel, so daß nur die Zelte und Wagen schattengesprenkelt waren. Die meisten Menschen im Lager schliefen, aber hier und da brannten noch niedrige Feuer. Eine Handvoll Behüter und einige Diener hielten sich noch im Freien auf. Zu viele Augen, die gesehen hätten, wenn sie gerannt wäre. Das letzte, was sie wollte, war, daß ihr jemand Hilfe anböte. Sie merkte, daß sie keuchte, aber vor Angst, nicht vor Anstrengung.

Sie streckte die Laterne und ihren Kopf in ›Marigans‹ kleines Zelt und fand es leer vor. Die Decken, die auf dem Boden ihr Bett gebildet hatten, lagen verstreut, als wären sie eilig beiseite geworfen worden.

Und was wäre gewesen, wenn Moghedien noch immer hiergewesen wäre? fragte sie sich. *Mit abgenommener Halskette und demjenigen, der sie befreit hatte*? Sie erschauderte und zog sich langsam zurück. Moghedien hatte guten Grund, sie nicht zu mögen, einen sehr persönlichen Grund, und die einzige Schwester, die einer Verlorenen allein gegenübertreten konnte, wenn sie überhaupt die Macht lenken konnte, befand sich in Ebou Dar. Moghedien hätte Egwene töten können, ohne daß jemand etwas bemerkt hätte. Selbst wenn eine Schwester gespürt hätte, daß sie die Macht lenkte, hätte sie das nicht als beunruhigend empfunden. Schlimmer noch – Moghedien hätte sie vielleicht nicht getötet. Und niemand hätte etwas bemerkt, bis man festgestellt hätte, daß sie beide fort waren.

»Mutter«, ereiferte sich Chesa hinter ihr, »Ihr solltet nicht draußen in der Nachtluft sein. Nachtluft ist schlechte Luft. Wenn Ihr Marigan sprechen wolltet, hätte ich sie holen können.«

Egwene wäre beinahe zusammengezuckt. Sie hatte nicht bemerkt, daß Chesa ihr gefolgt war. Sie betrachtete die Menschen an den nächstgelegenen Feuern. Sie hatten sich zur Unterhaltung dort versammelt, nicht wegen der Wärme, und sie waren dem Zelt nicht sehr nahe, aber vielleicht hatte jemand gesehen, wer ›Marigans‹ Zelt betreten hatte. Sie hatte sicherlich nur wenige Besucher. Und es waren keine Männer darunter. Ein Mann hätte sehr wohl bemerkt werden können. »Ich glaube, sie ist davongelaufen, Chesa.«

»Ach, diese schlechte Frau!« rief Chesa aus. »Ich habe immer schon gesagt, daß sie hinterhältig ist. Davonzuschleichen wie eine Diebin, nachdem Ihr sie aufgenommen habt. Sie wäre auf der Straße verhungert, wenn Ihr nicht gewesen wärt. Es gibt keine Dankbarkeit mehr!«

Sie folgte Egwene den ganzen Weg zurück zu ihrem Zelt und schimpfte währenddessen über Schlechtigkeit im allgemeinen, ›Marigans‹ Undank im besonderen und darüber, wie man mit solchen Menschen umgehen sollte, wobei die vorgeschlagenen Maßnahmen beim Auspeitschen begannen und bei der Verbannung endeten. Außerdem riet sie Egwene, vorsichtshalber ihren Schmuck zu überprüfen, um sich zu überzeugen, daß noch alles da sei.

Egwene hörte ihr kaum zu. Ihre Gedanken rasten. Es konnte nicht Logain gewesen sein, oder? Hatte er von Moghedien gewußt und war zurückgekommen, um sie zu retten? Wohl kaum. Aber was war mit jenen Männern, die Rand versammelte, jene *Asha'man?* In jedem Dorf kursierten hinter vorgehaltener Hand Gerüchte über *Asha'man* und die Schwarze Burg. Die meisten Schwestern gaben vor, daß sie die sich versammelnden Männer, die die Macht lenken konnten, nicht beunruhigten – die schlimmsten Geschichten mußten übertrieben sein, und Gerüchte übertrieben ohnehin stets –, aber Eiseskälte umfing sie, wann immer sie an sie dachte. Ein *Asha'man* hätte ... Aber warum? Wie hätte er wissen können ... mehr als Logain?

Sie versuchte, den einzigen vernünftigen Schluß zu vermeiden: daß jemand weitaus Schlimmeres als Logain oder sogar ein *Asha'man* gekommen war. Einer der Verlorenen hatte Moghedien befreit. Rahvin war, laut Nynaeve, durch Rands Hand umgekommen, und er hatte auch Ishamael getötet – zumindest dem Anschein nach. Und Aginor und Balthamel. Und Moiraine hatte Be'lal getötet. So blieben unter den Männern nur noch Asmodean, Demandred und Sammael. Sammael befand sich in Illian. Niemand wußte, wo sich die anderen beiden oder eine der überlebenden Frauen aufhielten. Moraine hatte auch Lanfear getötet, oder sie hatten einander getötet, aber alle anderen Frauen lebten noch, soweit jedermann wußte. Vergiß die Frauen. Es mußte ein Mann gewesen sein. Wer? Es waren schon vor langer Zeit Pläne für den Fall geschmiedet worden, daß einer der Verlorenen das Lager angriffe. Keine der hiesigen Schwestern konnte allein einem der Verlorenen trotzen, aber es war eine andere Sache, wenn sie sich zu Kreisen zusammenschlossen. Jeder Verlorene, der ihr Lager betrat, würde rings um sich herum Kreise entstehen sehen. Oder sie. Wenn sie erkannten, wer derjenige war. Die Verlorenen zeigten aus irgendeinem Grund keinerlei Anzeichen von Alterung. Vielleicht hing es mit der Verbindung mit dem Dunklen König zusammen ...

Es war verwirrend. Sie mußte anfangen, klar zu denken. »Chesa?«

»... ausseht, als sollte Euer Kopf massiert werden, damit die Schmerzen vergehen, ist was ... ist was ... Ja, Mutter?«

»Sucht Siuan und Leane. Sagt ihnen, sie sollen zu mir kommen. Aber niemand darf es erfahren.«

Chesa vollführte grinsend einen Hofknicks und hastete hinaus. Sie konnte es kaum vermeiden, die Strömungen um Egwene zu bemerken, aber sie empfand all diese Verschwörungen und Pläne als Spaß. Nicht daß sie eingeweiht gewesen wäre. Egwene zweifelte nicht an ihrer Treue, aber Chesas Ansicht über das, was aufregend war, könnte sich vielleicht ändern, wenn sie die Tiefen jener wirbelnden Strömungen kennenlernen würde.

Egwene entzündete mit Hilfe der Macht die Öllampen im Zelt, blies die Laterne aus und stellte sie vorsichtig in eine Ecke. Vielleicht mußte sie klar denken, aber sie fühlte sich, als stolpere sie in Dunkelheit umher.

KAPITEL 9

Zwei Silberhechte

Egwene saß in ihrem Sessel, einer der wenigen richtigen Sessel im Lager mit ein wenig einfacher Schnitzerei, ausreichend geräumig und bequem, daß sie nur geringe Schuld deswegen empfand, dafür wertvollen Wagenplatz zu opfern. Sie saß da und versuchte, ihre Gedanken zu sammeln, als Siuan den Zelteingang beiseite schob und das Zelt geduckt betrat. Siuan war nicht glücklich.

»Warum, im Licht, seid Ihr davongelaufen?« Ihre Stimme hatte sich nicht verändert wie ihr Gesichtsausdruck, und sie schalt üblicherweise auch mit den Besten, selbst wenn dies in respektvollem Tonfall geschah. In mühsam respektvoll gehaltenem Tonfall. »Sheriam hat mich wie eine Fliege beiseite gefegt.« Der überraschend zarte Mund verzog sich verbittert. »Sie war fast genauso schnell fort wie Ihr. Habt Ihr nicht bemerkt, daß sie sich Euch ausgeliefert hat? Gewiß tut sie das. Sie, und Anaiya und Morvrin und sie alle.«

Bei ihren letzten Worten betrat Leane das Zelt. Eine große, gertenschlanke Frau, deren kupferfarbenes Gesicht genauso jugendlich wirkte wie das Siuans, die aber in Wahrheit ebenfalls alt genug war, Egwenes Mutter sein zu können. Leane warf einen Blick zu Siuan und hob dann die Hände, soweit das Zeltdach es zuließ. »Mutter, dies ist ein törichtes Risiko.« Ihre dunklen Augen verloren ihre Verträumtheit und blitzten auf, aber ihre Stimme klang träge, selbst wenn sie verärgert war. Sie hatte nur einmal munter geklungen. »Wenn jemand Siuan und mich so zusammen sieht ...«

»Es kümmert mich nicht, wenn das ganze Lager erfährt, daß Eure Zankerei Schwindel ist«, unterbrach Egwene sie scharf, während sie eine schwache Barriere gegen Lauscher um sie drei wob. Mit der Zeit könnte sie durchdrungen werden, aber nicht, ohne daß es bemerkt würde, nicht solange sie das Gewebe festhielt, anstatt es abzubinden.

Sie sorgte sich, und vielleicht hätte sie nicht beide herbeirufen sollen, aber ihr erster halbwegs zusammenhängender Gedanke war gewesen, die beiden Schwestern zu rufen, denen sie vertrauen konnte. Niemand im Lager vermutete etwas. Jedermann wußte, daß die frühere Amyrlin und ihre ehemalige Behüterin einander genauso sehr verabscheuten, wie Siuan es verabscheute, ihre Nachfolgerin unterweisen zu müssen. Sollte irgendeine Schwester die Wahrheit aufdecken, könnte es sehr wohl geschehen, daß sie lange Zeit Buße tun müßten, und keine leichte Buße – Aes Sedai mochten es noch weniger als andere Menschen, zum Narren gehalten zu werden; sogar *Könige* hatten dafür bezahlen müssen –, aber derweil schlug sich ihre vorgebliche Feindseligkeit in einem gewissen Einfluß auf die anderen Schwestern, einschließlich der Sitzenden, nieder. Wenn *sie* beide das gleiche sagten, mußte es stimmen. Ein weiterer sehr nützlicher Nebeneffekt des Gedämpftseins, einer, von dem niemand sonst wußte, war der, daß die Drei Eide sie nicht mehr hielten. Sie konnten jetzt ungehindert lügen.

Arglist und Täuschung überall. Das Lager war wie ein stinkender Sumpf, in dem im Nebel unbemerkt seltsame Gewächse gediehen. Vielleicht war es überall so, wo sich Aes Sedai zusammenschlossen. Nach dreitausend Jahren Intrigen, wie notwendig auch immer sie gewesen sein mochten, war es kaum verwunderlich, daß das Ränkeschmieden zur zweiten Natur der meisten Schwestern geworden und für die anderen kaum erwähnenswert war. Wahrhaft schrecklich war, daß sie allmählich Spaß an all diesen Intrigen fanden. Nicht zu ihrem eigenen Nutzen, aber als Geduldspiel. Sie wollte lieber nicht wissen, was das über sie besagte. Nun, sie *war* eine Aes Sedai, was auch immer die anderen dachten, und sie mußte das Schlechte daran genauso hinnehmen wie das Gute.

»Moghedien ist entkommen«, fuhr sie ohne innezuhalten fort. »Ein Mann hat ihr das *A'dam* abgenommen. Ein Mann, der die Macht lenken kann. Ich denke, einer von ihnen hat die Halskette entfernt. Ich habe es in ihrem Zelt nicht mehr gesehen. Vielleicht könnten wir es mit Hilfe des Armbands finden, aber wenn nicht, weiß ich nicht weiter.«

Das nahm ihnen alle Kraft. Leanes Beine gaben nach, und sie sank auf den Stuhl, den Chesa manchmal benutzte. Siuan ließ sich langsam auf dem Bett nieder, den Rücken sehr gerade gehalten, die Hände regungslos auf den Knien. Egwene bemerkte unpassenderweise, daß kleine blaue Blumen in tairenischem Muster um den Saum ihres Gewandes gestickt waren. Weitere Stickereien zogen sich adrett über das Oberteil. Wenn man es auf eine Weise betrachtete, bedeutete es sicherlich nur eine kleine Veränderung, daß sie neuerdings auf ihr Äußeres achtete und ihre Kleidung nicht nur passend, sondern auch hübsch sein sollte – sie verfiel niemals in Extreme –, aber auf andere Weise besehen, wirkte es genauso drastisch wie ihr veränderter Gesichtsausdruck. Und rätselhaft. Siuan ärgerte sich über die Veränderungen und widerstand ihnen. Bis auf diese.

Leane hieß die Veränderungen nach wahrer Aes-Sedai-Art willkommen. Da sie wieder jung zu sein schien – Egwene hatte eine Gelbe verwundert ausrufen hören, daß beide absolut in gebärfähigem Alter zu sein schienen –, hätte sie genausogut niemals die Behüterin der Chronik sein und niemals ein anderes Gesicht bekommen können. Die reine Vorstellung des Praktischen und Wirkungsvollen wurde zum Ideal einer trägen und verlockenden Domanifrau. Sogar ihr Reitgewand war im Stil ihres Geburtslandes geschnitten, obwohl der fast durchsichtig scheinende, hellgrüne Seidenstoff für die Reise auf staubigen Straßen sehr unpraktisch war. Als man ihr sagte, daß das Dämpfen alle Bindungen und Verbindungen zunichte gemacht hatte, wählte Leane über eine Rückkehr zur Blauen Ajah die Grüne Ajah. Normalerweise wechselte man die Ajahs nicht, aber es war auch noch niemals zuvor jemand gedämpft und dann wieder Geheilt worden. Siuan war sofort in die Blaue Ajah zurückgekehrt und hatte über die unsinnige Notwendigkeit gemurrt, ›um die Aufnahme flehen und bitten zu müssen‹, wie es formell hieß.

»Oh, Licht!« keuchte Leane, während sie sich erheblich weniger anmutig als üblich auf einen Stuhl sinken ließ. »Wir hätten sie gleich am ersten Tag ihrer Verurteilung zuführen sollen. Nichts, was wir von ihr erfahren haben, ist es wert, sie wieder auf die Welt loszulassen. Nichts!« Ihre Worte verdeutlichten ihr Entsetzen, da sie sonst nicht das Offensichtliche feststellte. Ihr Verstand war nicht träge geworden, wie auch immer ihr äußerliches Benehmen wirkte. Domani-Frauen wirkten vielleicht nach außen hin träge und verführerisch, aber sie waren noch immer überall als die härtesten Händler bekannt.

»Blut und verdammte ...! Wir hätten sie bewachen lassen sollen«, grollte Siuan.

Egwene wölbte die Augenbrauen. Siuan mußte genauso erschüttert sein wie Leane. »Durch wen, Siuan? Durch Faolain? Durch Theodrin? Sie wissen nicht einmal, daß ihr beide zu meiner Gemeinschaft gehört.« Eine Gemeinschaft? Fünf Frauen. Und Faolain und Theodrin waren wohl kaum eifrige Anhängerinnen – besonders Faolain nicht. Nynaeve und Elayne gehörten

274

natürlich auch dazu, und sicherlich auch Birgitte, auch wenn sie keine Aes Sedai war, aber sie waren weit fort. List und Geschicklichkeit waren noch immer ihre Hauptstärken. Und der Umstand, daß niemand sie bei ihr erwartete. »Wie hätte ich *irgend jemandem* erklären sollen, warum sie meine Dienerin beobachten sollten? Und außerdem – was hätte es genützt? Es muß einer der Verlorenen gewesen sein. Glaubt ihr wirklich, Faolain und Theodrin hätten ihn zusammen aufhalten können? Ich weiß nicht einmal, ob *ich* es hätte tun können, selbst in der Verbindung mit Romanda und Lelaine nicht.« Sie waren die beiden nächststarken Frauen im Lager, die die Macht genauso gut beherrschten wie Siuan früher.

Siuan bezwang mühsam ihre Aufregung. Sie sagte häufig, daß sie, wenn sie nicht länger die Amyrlin sein konnte, Egwene lehren würde, die beste Amyrlin zu sein, die es jemals gegeben hätte, aber Siuans Übergang von einem Löwen auf einem Berg zu einer Maus am Boden war schwer. Deshalb gewährte Egwene ihr einige Bewegungsfreiheit.

»Ich möchte, daß ihr beide diejenigen befragt, die sich in der Nähe des Zeltes aufhalten, in dem Moghedien geschlafen hat. Jemand muß den Mann gesehen haben. Er muß zu Fuß gekommen sein. Jeder, der auf solch kleiner Fläche ein Wegetor eröffnete, hätte riskiert, Moghedien zu töten, wie klein er es auch gestaltet hätte.«

Siuan äußerte laut ihren Unmut. »Warum sollten wir uns die Mühe machen?« grollte sie. »Wollt Ihr hinter ihr herjagen wie irgendein törichter Held in der törichten Geschichte eines Narren und sie zurückbringen? Und vielleicht noch gleichzeitig alle Verlorenen bezwingen? Und die Letzte Schlacht gewinnen, wenn Ihr schon dabei seid? Selbst wenn wir eine ausführliche Beschreibung von ihm hätten, kann niemand einen Verlorenen vom anderen unterscheiden. Jedenfalls kann es hier niemand. Es ist der verdammt nutzloseste Haufen, den ich jemals …!«

»Siuan!« sagte Egwene barsch und setzte sich auf. Bewegungsfreiheit war eine Sache, aber es gab Grenzen. Sie duldete dies auch bei Romanda nicht.

Siuan errötete. Sie kämpfte um Haltung, wobei sie ihre Röcke knetete und Egwenes Blick mied. »Verzeiht, Mutter«, sagte sie schließlich. Es klang fast, als meine sie es ehrlich.

»Es war ein schwerer Tag für sie, Mutter«, wandte Leane mit schelmischem Lächeln ein. Sie war darin sehr gut, obwohl sie es für gewöhnlich nur einsetzte, um das Herz eines Mannes höherschlagen zu lassen, aber natürlich nicht bei allen Männern. Sie besaß eine gute Urteilskraft und Besonnenheit. »Aber andererseits gilt das für fast alle Tage. Wenn sie nur lernen könnte, Gareth Bryne nicht immer mit etwas zu bewerfen, wenn sie zornig ist …«

»Das genügt!« fauchte Egwene. Leane versuchte nur, Siuan ein wenig zu entlasten, aber sie war nicht in der entsprechenden Stimmung. »Ich möchte alles wissen, was ich über denjenigen erfahren kann, wer auch immer Moghedien befreit hat, und sei es nur seine Größe. Jede Einzelheit, die ihn zu mehr als einem Schatten in der Dunkelheit macht. Wenn das alles ist, was ich verlangen kann.« Leane saß ganz still und betrachtete die Blumen auf dem Teppich vor ihren Zehen.

Die Röte überzog jetzt fast Siuans ganzes Gesicht, wodurch sie, bei ihrer hellen Haut, an einen Sonnenuntergang erinnerte. »Ich … bitte demütig um Verzeihung, Mutter.« Dieses Mal klang sie wirklich reuevoll. Aber es fiel ihr offenbar noch immer schwer, Egwenes Blick zu erwidern. »Es ist manchmal schwer … Nein, nein, keine Entschuldigungen. Ich bitte demütig um Verzeihung.«

Egwene betastete ihre Stola und verharrte schweigend, damit die Gemüter sich beruhigen konnten, während sie Sihuan unbewegt ansah. Das hatte Siuan selbst sie gelehrt, aber bald regte sie sich doch unbehaglich. Wenn man wußte, daß man im Unrecht war, bedeutete Schweigen eine Qual, und die Qual brachte einem zu Bewußtsein, daß man *tatsächlich* im Unrecht war. Schweigen war in vielen Situationen ein nützliches Werkzeug. »Da ich mich nicht daran erinnern kann, was ich verzeihen sollte«, sagte sie schließlich ruhig, »ist es anscheinend auch nicht nötig. Aber, Siuan ... es sollte nicht wieder vorkommen.«

»Danke, Mutter.« Ein angedeutetes, verzerrtes Lächeln spielte um Siuans Mundwinkel. »Ich scheine Euch gut gelehrt zu haben, wenn ich das so sagen darf. Aber wenn ich einen Vorschlag machen dürfte ...?« Sie wartete auf Egwenes ungeduldiges Nicken. »Jemand von uns sollte Euren Befehl Faolain oder Theodrin überbringen, um die Fragen zu stellen, und dabei natürlich vorgeben, verärgert zu sein, weil man sie zur Botin gemacht hat.«

Egwene stimmte ihr sofort zu. Sie konnte noch immer nicht klar denken, sonst wäre sie selbst darauf gekommen. Die Kopfschmerzen waren zurückgekehrt. Chesa behauptete, sie kämen von zu wenig Schlaf, aber es war fast unmöglich zu schlafen, wenn sich der Kopf so angespannt wie ein Trommelfell anfühlte. Nun, zumindest konnte sie jetzt die Geheimnisse preisgeben, die Moghedien verborgen gehalten hatte: wie man mit der Macht Verkleidungen wob und wie man seine Fähigkeit vor anderen Frauen verbarg, die die Macht lenken konnten. Es war zu riskant gewesen, sie preiszugeben, solange es dazu führen konnte, Moghedien zu enttarnen.

Ein wenig mehr Begeisterung, dachte sie verbittert. Als sie das einst verlorene Geheimnis des Schnellen Reisens, was zumindest ihr eigenes war, verkündet hatte, war große Begeisterung und Überraschung spürbar gewesen, und seitdem war weiteres Lob für jedes der Geheimnisse erhoben worden, die sie Moghedien so mühsam entlockt hatte. Keine der begeisterten Reaktionen änderte ihre Position jedoch nur im geringsten. Man konnte einem begabten Kind den Kopf tätscheln, ohne zu vergessen, daß es ein Kind war.

Leane zog sich mit einem Hofknicks und der trockenen Bemerkung zurück, es täte ihr nicht leid, daß auch jemand anderer einmal weniger als eine ganze Nacht Ruhe bekäme. Siuan wartete noch. Niemand durfte sie und Leane zusammen gehen sehen. Egwene betrachtete sie eine Zeitlang nur. Sie schwiegen. Siuan schien in Gedanken verloren. Schließlich gab sie sich einen Ruck, stand auf, richtete ihr Gewand und bereitete sich offensichtlich zum Aufbruch vor.

»Siuan«, sagte Egwene zögernd und stellte fest, daß sie nicht wußte, wie sie fortfahren sollte.

Siuan glaubte zu verstehen. »Ihr hattet nicht nur recht, Mutter«, sagte sie und sah Egwene direkt in die Augen, »Ihr wart auch nachsichtig. Zu nachsichtig, obwohl ich das nicht sagen sollte. Ihr seid der Amyrlin-Sitz, und *niemand* darf Euch gegenüber unverschämt oder ungehörig auftreten. Hättet Ihr mir eine Strafe auferlegt, derentwegen sogar Romanda Mitleid mit mir gehabt hätte, wäre es nicht mehr gewesen, als ich verdiene.«

»Ich werde beim nächsten Mal daran denken«, sagte Egwene, und Siuan beugte wie in Ergebenheit den Kopf. Vielleicht war es tatsächlich Ergebenheit. Wenn die Veränderungen in ihrem Wesen nicht tiefer griffen, als möglich schien, würde es ein nächstes Mal geben, und noch weitere danach. »Aber ich möchte Euch noch nach Lord Bryne befragen.« Siuans Gesicht wurde vollkommen ausdruckslos. »Seid Ihr sicher, daß Ihr es nicht gern säht, wenn ich … eingriffe?«

»Warum sollte ich, Mutter? Meine einzigen Pflichten bestehen darin, Euch das Zeremoniell Eures Amtes zu lehren und Sheriam die Berichte von meinen Augen-und-Ohren auszuhändigen.« Sie hielt noch immer einen Teil ihres früheren Nachrichtennetzes aufrecht, obwohl bezweifelt werden durfte, daß irgend jemand wußte, zu wem ihre Berichte jetzt gelangten. »Gareth Bryne nimmt kaum genug meiner Zeit in Anspruch, daß eine Einmischung erforderlich wäre.« So sprach sie fast immer von ihm, und selbst wenn sie seinen Titel benutzte, lag eine gewisse Schärfe darin.

»Siuan, ein abgebrannter Viehstall und ein paar Kühe können nicht so viel kosten.« Sicherlich nicht, wenn man es mit dem Sold und der Verpflegung der Soldaten verglich. Aber sie hatte ihr Angebot schon früher unterbreitet, und die starre Antwort war die gleiche geblieben.

»Ich danke Euch, Mutter, aber nein. Ich möchte nicht, daß er behaupten kann, ich hätte mein Wort gebrochen, und ich habe geschworen, die Schuld *abzuarbeiten*.« Siuans Starrheit löste sich plötzlich in Lachen auf, was selten geschah, wenn sie über Lord Bryne sprach. »Wenn Ihr Euch um jemanden sorgen wollt, dann sorgt Euch um ihn, nicht um mich. Ich brauche keine Hilfe, um mit Gareth Bryne fertig zu werden.«

Das war seltsam. Siuan war jetzt vielleicht schwach im Lenken der Einen Macht, aber nicht so schwach, daß sie weiterhin seine Dienerin sein und Stunden damit verbringen mußte, die Arme bis zu den Ellbogen in heißes Seifenwasser zu tauchen und seine Hemden und Kniehosen zu waschen. Vielleicht hatte sie das getan, um jemanden zu haben, an dem sie ihre Launen auslassen konnte, die sie ansonsten unterdrücken mußte. Was auch immer der Grund war – es bewirkte nicht wenig Gerede und bestätigte vielen ihre Seltsamkeit. Sie *war* immerhin eine Aes Sedai, wenn auch eine niedrigstehende. Seine Art, mit ihren Launen umzugehen – insbesondere wenn sie einmal Teller und Stiefel warf – erzürnte sie und provozierte die Androhung schrecklicher Konsequenzen. Aber da sie ihn hätte einwickeln können, bis er nicht einmal mehr den kleinen Finger hätte rühren können, berührte Siuan in seiner Nähe niemals *Saidar*, nicht um schwierige Aufgaben zu erledigen und nicht einmal, wenn er sie übers Knie legte. Diese Tatsache hielt sie vor den meisten verborgen, aber wenn sie zornig war, entschlüpfte ihr einiges. Es schien keine Erklärung zu *geben*. Siuan war nicht schwach im Geist und auch keine Närrin, sie war weder sanftmütig noch ängstlich, sie war nicht ...

»Ihr könntet genausogut schon unterwegs sein, Siuan.« Einige Geheimnisse würden offensichtlich auch heute abend nicht enthüllt werden. »Es ist schon spät, und ich weiß, daß Ihr Euch zu Bett begeben wollt.«

»Ja, Mutter. Danke«, fügte sie hinzu, obwohl Egwene nicht wußte, wofür sie sich bedankte.

Nachdem Siuan gegangen war, rieb sich Egwene erneut die Schläfen. Sie brauchte Bewegung. Das Zelt bot hierfür jedoch keinen Raum. Es war zwar das größte Zelt im Lager, das nur von einer Person bewohnt wurde, aber das bedeutete immer noch weniger als zwei mal zwei Spannen. Und es war mit Bett, Sessel und Stuhl, Waschtisch und Standspiegel und nicht weniger als drei Kisten voller Kleider vollgestellt. Chesa und Sheriam und Romanda und Lelaine und ein Dutzend weitere Sitzende hatten für letztere gesorgt. Sie kümmerten sich ständig darum. Einige wenige weitere Seidenschals oder Strümpfe als Geschenke, ein weiteres Gewand, das sie zum Empfang eines Königs tragen könnte – und es würde eine vierte Kiste nötig. Vielleicht hofften Sheriam und die Sitzenden, daß all die edlen Gewänder sie für andere Dinge blind machten, und Chesa wollte nur, daß der Amyrlin-Sitz der Stellung angemessen gekleidet war. Diener hielten anscheinend genauso starr an den richtigen Ritualen fest, wie der Saal es seit jeher tat. Bald würde Selame hier sein. Sie war an der Reihe, Egwene beim Auskleiden zu helfen – ein weiteres Ritual. Aber Egwene war noch nicht bereit, zu Bett zu gehen.

Sie ließ die Lampen brennen und eilte aus dem Zelt, bevor Selame eintraf. Es würde ihren Kopf befreien, wenn sie ein wenig spazierenging, und sie vielleicht auch ausreichend ermüden, daß sie fest schlafen konnte. Es wäre ein leichtes, sich in Schlaf zu versetzen – die Traumgänger der Weisen Frauen hatten ihr dies früh beigebracht –, aber Ruhe darin zu finden, war eine andere Sache. Besonders wenn ihr Geist vor Sorgen brodelte, die mit Romanda und Lelaine und Sheriam begannen und mit Rand, Elaida, Moghedien, dem Wetter und endlosem anderen noch nicht endeten.

Sie mied Moghediens Zelt. Wenn sie selbst Fragen stellte, würde einer davongelaufenen Dienerin zuviel Aufmerksamkeit zuteil. Verschwiegenheit war ihre zweite Natur geworden. Das Spiel, das sie spielte, ließ nur wenige Fehler zu, und sorglos zu sein, wenn man wußte, daß es nicht wichtig war, konnte dazu führen, auch sorglos zu sein, *wenn* es wichtig war. Schlimmer noch, man würde vielleicht feststellen, daß man sich in der Bewertung der Wichtigkeit geirrt hatte. *Das Schwache muß vorsichtig kühn sein.* Das war wieder ein Satz Siuans. Sie tat wirklich ihr Bestes, sie zu lehren, und sie kannte dieses besondere Spiel sehr genau.

In dem mondbeschatteten Lager hielten sich auch jetzt nicht mehr Menschen draußen auf als zuvor. Nur wenige kauerten müde um niedrige Feuer, erschöpft von ihren abendlichen Aufgaben nach einem anstrengenden Reisetag. Diejenigen, die sie sahen, erhoben sich mühsam, wenn sie vorüberging, um ihr Respekt zu zollen, murmelten: »Möge das Licht Euch bescheinen, Mutter« oder etwas Ähnliches und erbaten gelegentlich ihren Segen, den sie dann mit einem einfachen »Das

Licht segne dich, mein Kind« gewährte. Männer und Frauen, die alt genug waren, ihre Großeltern zu sein, ließen sich nach dem erhaltenen Segen mit strahlenden Gesichtern erneut nieder, aber Egwene fragte sich, wie sie wirklich über sie dachten. Alle Aes Sedai präsentierten sich der Außenwelt, einschließlich ihrer eigenen Diener, als geschlossene Front. Aber Siuan war der Meinung, wenn man glaubte, ein Diener wisse zweimal soviel wie er sollte, kenne man nur die halbe Wahrheit.

Als Egwene eine offene Fläche überquerte, flammte der Silberblitz eines sich gerade öffnenden Wegetors in der Dunkelheit auf. Es war jedoch nicht wirklich Licht. Es warf keine Schatten. Sie hielt inne, um die Szenerie zu beobachten. Niemand derjenigen, die an den nächstgelegenen Feuern kauerten, blickte auch nur auf. Sie waren hieran inzwischen gewöhnt. Ein Dutzend oder mehr Schwestern, doppelt so viele Diener und eine Anzahl Behüter eilten aus dem Tor hervor; sie kehrten mit Nachrichten und Weidenkörben voller Tauben von den Taubenschlägen im gut fünfhundert Meilen südwestlich gelegenen Salidar zurück.

Sie zerstreuten sich bereits, bevor das Wegetor wieder geschlossen wurde, trugen ihre Lasten zu Sitzenden, zu ihren Ajahs oder in ihre Zelte. In den meisten Nächten wäre Siuan bei ihnen gewesen. Sie traute selten jemand anderem soweit, daß sie ihn bestimmte Nachrichten überbringen ließ, auch wenn diese meist verschlüsselt waren. Manchmal schien es auf der Welt mehr Augen-und-Ohren zu geben als Aes Sedai, obwohl die meisten durch die Umstände ziemlich eingeschränkt waren. Die Mehrheit der Spione für die verschiedenen Ajahs schienen sich bedeckt zu halten, bis sich die ›Schwierigkeiten‹ der Weißen Burg legen würden, und viele der Augen-und-Ohren der einzelnen Schwestern hatten keine Ahnung, wo sich die Frau, der sie dienten, im Moment aufhielt.

Mehrere der Behüter erkannten Egwene und verbeugten sich sorgfältig und mit der Stola angemessenem Respekt. Schwestern sahen sie vielleicht fragend an, aber der Saal hatte sie zur Amyrlin erhoben, und *Gaidin* brauchten nicht mehr. Auch einige Diener verbeugten sich oder vollführten Hofknickse. Aber keine der Aes Sedai, die sich von dem Wegetor entfernten, warf auch nur einen Blick in ihre Richtung. Vielleicht bemerkten sie sie nicht. Vielleicht.

Es war in gewisser Weise einem von Moghediens Talenten zu verdanken, daß überhaupt noch jemand von einem Teil seiner Augen-und-Ohren hörte. Die Schwestern, die die Macht besaßen, Wegetore zu eröffnen, konnten dies, weil sie schon ausreichend lange in Salidar waren. Jenen, die ein Wegetor in sinnvoller Größe weben konnten, war es möglich, fast überallhin Schnell zu Reisen und punktgenau anzukommen. Der Versuch, *nach* Salidar Schnell zu Reisen, hätte jedoch bedeutet, die Hälfte jeder Nacht damit zu verbringen, das jeweils neue Lager ausfindig zu machen. Egwene hatte von Moghedien eine Möglichkeit erfahren, von einem Ort, den man nicht gut kannte, zu einem Ort, den man gut kannte, zu reisen. Das Gleiten, das langsamer vonstatten ging als das Schnelle Reisen, war keines der verlorenen Talente – niemand hatte jemals davon gehört –, so daß sogar die Bezeichnung Egwene zugeschrieben wurde. Jedermann, der das Schnelle Reisen beherrschte, beherrschte auch das Gleiten, so daß jede Nacht Schwestern nach Salidar Glitten, die die Taubenschläge auf Vögel überprüften, die an den Ort ihrer Geburt zurückgekehrt waren, und dann zurück Reisten.

Der Anblick hätte sie erfreuen sollen – die aufrührerischen Aes Sedai hatten Talente errungen, die die Weiße Burg für immer verloren geglaubt hatte, und hatten auch noch neue Talente erlernt, und jene Fähigkeiten würden helfen, Elaida den Amyrlin-Sitz zu nehmen, bevor alles vorüber war –, aber anstatt sich zu freuen, empfand Egwene nur Bitterkeit. Es hatte nicht so sehr damit zu tun, brüskiert worden zu sein. Während sie weiterging, wurden die Feuer seltener und schwanden dann ganz. Alles um sie herum lag in den tiefen Schatten der Wagen, von denen die meisten über Eisenringe gespannte Planen aufwiesen, und die Zelte schimmerten fahl im Mondlicht. Jenseits zogen sich die Lagerfeuer des Heeres überall die umgebenden Hügel hinauf – auf den Boden gebrachte Sterne. Die aus Caemlyn spürbare Stille ließ ihren Magen sich verkrampfen, was auch immer alle anderen dachten.

Am selben Tag, an dem sie Salidar verließen, war eine Nachricht eingetroffen, obwohl Sheriam sich erst vor einigen Tagen die Mühe gemacht hatte, sie ihr zu zeigen, und auch dann nur mit wiederholten Ermahnungen, daß der Inhalt geheimbleiben müßte. Der Saal kannte ihn, aber niemand sonst sollte ihn erfahren. Noch mehr der zehntausend Geheimnisse, die das Lager überschwemmten. Egwene war davon überzeugt, daß sie die Nachricht niemals zu sehen bekommen hätte, wenn sie nicht ständig weiter von Rand gesprochen hätte. Sie konnte sich an jedes sorgfältig gewählte Wort erinnern, das in kleiner Schrift auf sehr dünnem Papier festgehalten war.

Wir sind in dem Gasthaus, von dem wir gesprochen haben, gut untergebracht, und wir haben uns mit dem Tuchhändler getroffen. Er ist ein sehr bemerkenswerter junger Mann – genau, wie Nynaeve uns erzählt hat. Dennoch war er höflich. Ich glaube, er hat ein wenig Angst vor uns, was nur nützlich ist. Es wird gutgehen!

Ihr habt vielleicht Gerüchte über Männer gehört, die sich hier aufhalten, einschließlich eines Burschen aus Saldaea. Ich fürchte, die Gerüchte sind alle nur zu wahr, aber wir sind bisher keinem von ihnen begegnet und wer-

den dies nach Möglichkeit auch vermeiden. Wenn man
zwei Hasen verfolgt, werden beide entkommen.

Verin und Alanna sind hier, mit einer Anzahl junger
Frauen aus der gleichen Gegend, aus der der Tuch-
händler kommt. Ich werde versuchen, sie zur Ausbildung
zu Euch zu schicken. Alanna hat eine gewisse Zu-
neigung zu dem Händler entwickelt, was sich als nütz-
lich erweisen könnte, obwohl es auch besorgt macht.
Aber alles wird gut werden, dessen bin ich gewiß.

Merana

Sheriam betonte die ihrer Meinung nach guten Nachrichten. Merana, eine erfahrene Unterhändlerin, hatte
Caemlyn erreicht und wurde von Rand, dem ›Tuchhändler‹ gut aufgenommen. Wundervolle Nachrichten –
für Sheriam. Und Verin und Alanna würden Mädchen
von den Zwei Flüssen als Novizinnen herbringen. Sheriam war überzeugt, daß sie dieselbe Straße entlang-
kommen müßten, die sie selbst bereisten. Sie schien zu
glauben, Egwene müßte von der Vorstellung, Gesichter
von Zuhause zu sehen, vollkommen begeistert sein. Merana würde alles regeln. Merana wußte, was sie tat.

»Das ist ein Eimer voller Pferdeschweiß«, murrte
Egwene in die Nacht. Ein Bursche mit Zahnlücken, der
einen großen Holzeimer trug, zuckte zusammen und
starrte sie so verblüfft an, daß er sich zu verbeugen vergaß.

Rand ... *höflich?* Sie hatte seine erste Begegnung mit
Coiran Saeldain, Elaidas Abgesandter, erlebt. ›Anmaßend‹ traf es genauer. Warum sollte er sich Merana
gegenüber anders verhalten? Merana dachte, er habe
Angst, obwohl das gut war. Rand hatte selbst dann selten Angst, wenn er sie haben sollte, und wenn er sie
jetzt hatte, sollte Merana daran denken, daß Angst
selbst den sanftmütigsten Mann gefährlich machen
konnte und daß Rand allein schon dadurch gefährlich

war, daß er war, wer er war. Und was sollte es bedeuten, daß Alanna Zuneigung entwickelt hatte? Egwene traute Alanna nicht vollkommen. Die Frau tat manchmal äußerst seltsame Dinge, vielleicht unbedacht und vielleicht aus tieferliegenden Gründen. Egwene würde ihr durchaus zutrauen, einen Weg in Rands Bett zu finden. Er wäre in den Händen einer Frau wie ihr Wachs. Elayne würde Alanna den Hals brechen, wenn dem so war, aber das war noch das wenigste. Schlimmer war, daß keine der Tauben, die Merana mitgenommen hatte, in die Taubenschläge Salidars zurückkehrten.

Merana hätte eine Nachricht schicken sollen, und sei es nur, daß sie und die restliche Abordnung nach Cairhien gegangen waren. Die Weisen Frauen bestätigten in letzter Zeit kaum mehr, als daß Rand lebte, und doch war er anscheinend dort und blieb untätig, soweit sie unterrichtet wurde. Was eine Warnung hätte sein sollen. Sheriam sah es anders. Wer konnte wissen, warum irgendein Mann tat, was er tat? Wahrscheinlich meistens nicht einmal der Mann selbst, und wenn es um einen Mann ging, der die Macht lenken konnte … Das Schweigen bewies, daß alles in Ordnung war. Merana hätte sie über ernsthafte Schwierigkeiten sicherlich benachrichtigt. Sie mußte auf dem Weg nach Cairhien sein, wenn sie nicht bereits dort eingetroffen war, und es bestand keine Notwendigkeit, weitere Nachrichten zu schicken, bis sie Erfolg melden konnte. Demnach *war* Rands Aufenthalt in Cairhien schon ein gewisser Erfolg. Eines von Meranas Zielen, wenn nicht das wichtigste, war es gewesen, ihn aus Caemlyn fortzulocken, so daß Elayne sicher dorthin zurückkehren und den Löwenthron einnehmen könnte. So unglaublich es auch schien, behaupteten die Weisen Frauen, Coiren und ihre Abordnung hätten die Stadt auf dem Weg zurück nach Tar Valon verlassen. Oder vielleicht war es auch gar nicht so unglaublich. Alles ergab irgendwie einen Sinn, wenn man

Rand bedachte und weiterhin bedachte, wie Aes Sedai Dinge angingen. Aber dennoch fühlte sich für Egwene alles ... falsch an.

»Ich muß zu ihm gehen«, murmelte sie. Eine Stunde, und sie könnte alles klären. Er war im Grunde immer noch Rand. »Nichts weiter. Ich muß zu ihm gehen.«

»Das ist nicht möglich, und Ihr wißt das.«

Hätte Egwene sich nicht so gut beherrscht, wäre sie zusammengeschreckt. So pochte ihr Herz aber selbst dann noch, als sie im Mondlicht Leane erkannt hatte. »Ich dachte, Ihr wärt ...«, sagte sie, bevor sie sich zurückhalten konnte, und es gelang ihr nur knapp, nicht Moghediens Namen auszusprechen.

Die größere Frau paßte sich ihrem Schritt an und beobachtete aufmerksam andere Schwestern, während sie vorangingen. Leane konnte nicht Siuans Entschuldigung dafür vorbringen, Zeit mit ihr zu verbringen. Nicht daß es schaden sollte, zusammen gesehen zu werden, aber ...

›Sollte nicht‹ bedeutet nicht unbedingt ›wird nicht‹, rief sich Egwene in Erinnerung. Sie ließ die Stola von ihren Schultern gleiten, faltete sie zusammen und hielt sie in einer Hand. Wenn man aus der Ferne flüchtig hinsah, könnte Leane, trotz ihres Gewands, sehr wohl für eine Aufgenommene gehalten werden. Viele Aufgenommene besaßen zu wenige der mit Streifen versehenen weißen Gewänder, so daß sie nicht ständig eines tragen konnten. Auch Egwene mochte aus der Ferne für eine Aufgenommene gehalten werden. Das war kein allzu beruhigender Gedanke.

»Theodrin und Faolain haben in der Nähe von Marigans Zelt Fragen gestellt, Mutter. Sie waren nicht sehr angetan. Ich habe vorgegeben, verärgert zu sein, weil ich Nachrichten überbringen sollte. Theodrin mußte Faolain davon abhalten, mich deswegen zu schelten.« Leane lachte leise und kehlig. Sie amüsierte sich stets über Situationen, in denen Siuan die Zähne zusammenbeißen mußte. Sie wurde von den meisten Schwestern dafür gehätschelt, weil sie sich so gut angepaßt hatte.

»Gut, gut«, sagte Egwene abwesend. »Merana hat sich irgendwie falsch verhalten, Leane, sonst wäre er in Cairhien, und sie würde nicht schweigen.« In der Ferne bellte ein Hund den Mond an und dann weitere, bis sie von Rufen, die man, vielleicht zum Glück, nicht genau verstehen konnte, jäh zum Schweigen gebracht wurden. Einige Soldaten hatten Hunde bei sich. Im Lager der Aes Sedai gab es keine. Einige Katzen, aber keine Hunde.

»Merana weiß nicht, was sie tut, Mutter.« Es klang sehr nach einem Seufzen. Leane und Siuan und alle anderen außer ihr stimmten mit Sheriam überein. Jedermann außer ihr tat dies. »Wenn man jemandem eine Aufgabe überträgt, muß man sie ihm auch zutrauen.«

Egwene rümpfte die Nase und verschränkte die Arme. »Leane, dieser Mann könnte auch aus einem feuchten Tuch Funken schlagen, wenn es die Stola trüge. Ich kenne Merana nicht, aber ich habe noch niemals eine Aes Sedai erlebt, die als feuchtes Tuch geeignet wäre.«

»Ich bin einer oder zweien begegnet«, kicherte Leane. Dieses Mal seufzte sie eindeutig. »Aber es stimmt – Merana gehört nicht dazu. Glaubt er wirklich, er hätte in der Burg Freunde? Alviarin? Das macht es Merana vermutlich schwer, mit ihm zurechtzukommen, aber ich kann mir kaum vorstellen, daß Alviarin etwas tut, was sie ihren Platz kosten könnte. Sie hatte stets genug Ehrgeiz für drei.«

»Er sagt, er besitzt einen Brief von ihr.« Sie konnte noch immer vor sich sehen, wie Rand sich hämisch darüber gefreut hatte, vor ihrer Abreise aus Cairhien Briefe sowohl von Elaida als auch von Alviarin erhalten zu haben. »Vielleicht glaubt sie in ihrem Ehrgeiz, *sie* könnte

Elaida mit ihm an ihrer Seite ersetzen. Das heißt, wenn sie diesen Brief wirklich geschrieben hat, wenn er wirklich existiert. Er hält sich für schlau, Leane – und vielleicht ist er es auch –, aber er glaubt, er brauche niemanden.« Rand würde weiterhin denken, er könnte alles allein regeln, bis ihn etwas vernichten würde. »Ich kenne ihn in- und auswendig, Leane. Der Umgang mit den Weisen Frauen scheint auf ihn abgefärbt zu haben oder vielleicht auch umgekehrt. Was auch immer die Sitzenden denken, was auch immer jemand von Euch denkt – eine Aes-Sedai-Stola beeindruckt ihn nicht mehr als die Weisen Frauen. Früher oder später wird er eine Schwester so weit erzürnen, bis sie etwas dagegen unternimmt, oder eine von ihnen wird ihn falsch angehen, ohne zu erkennen, wie stark er ist und in welcher Stimmung er sich gerade befindet. Danach gibt es vielleicht kein Zurück mehr. Ich bin die einzige, die ihn richtig zu nehmen weiß. Die einzige.«

»Er kann kaum so ... herausfordernd sein wie diese Aielfrauen«, murmelte Leane verbissen. Selbst ihr fiel es schwer, sich über ihre Erfahrungen mit den Weisen Frauen zu amüsieren. »Aber das ist kaum wichtig. ›Der Amyrlin-Sitz wird im Zusammenhang mit der Weißen Burg selbst beurteilt ...‹«

Zwei Frauen tauchten zwischen den Zelten vor ihnen auf, die langsam vorwärtsgingen, während sie sich unterhielten. Durch die Entfernung und die Schatten waren ihre Gesichter undeutlich, und doch waren sie durch ihre Haltung eindeutig als Aes Sedai zu erkennen, zuversichtlich, daß ihnen nichts etwas anhaben konnte, was sich vielleicht in der Dunkelheit verbarg. Keine Aufgenommene konnte diesen Grad der Zuversicht auch nur annähernd erreichen. Nicht einmal eine Königin mit einem Heer hinter sich könnte dies. Die Frauen kamen auf Egwene und Leane zu. Leane tauchte schnell ins tiefere Halbdunkel zwischen zwei Wagen.

Egwene runzelte enttäuscht die Stirn und hätte sie fast wieder hervorgezogen, ging dann aber weiter. Sollte doch alles herauskommen. Sie würde vor den Saal treten und sagen, es sei an der Zeit zu erkennen, daß die Stola der Amyrlin mehr als nur ein hübsches Tuch sei. Sie würde ... Aber dann folgte sie Leane und bedeutete ihr weiterzugehen. Sie würde nicht im Zorn alles wegwerfen.

Nur ein Burggesetz beschränkte die Macht des Amyrlin-Sitzes. Es gab zwar einige verwirrende Gebräuche und viele unbequeme Gegebenheiten, aber nur ein Gesetz, und doch hätte es ihren Zwecken nicht stärker im Weg stehen können. »Der Amyrlin-Sitz wird im Zusammenhang mit der Weißen Burg selbst beurteilt, im tiefsten Kern der Weißen Burg, und darf nicht ohne Grund gefährdet werden, weshalb der Amyrlin-Sitz, außer wenn sich die Weiße Burg laut Erklärung der Halle der Burg im Krieg befindet, den Konsens mit der Halle der Burg suchen soll, bevor sie wohlüberlegt eine Gefahr eingeht, und sie soll sich an diesen Konsens halten.« Welches unüberlegte Handeln einer Amyrlin dieses Gesetz bewirkt hatte, wußte Egwene nicht, aber es bestand schon seit etwas mehr als zweitausend Jahren. Für die meisten Aes Sedai umgab jedes so alte Gesetz eine Aura der Heiligkeit. Es war undenkbar, es zu ändern.

Romanda hatte es zitiert ... dieses *verdammte* Gesetz, als hätte sie einen Dummkopf belehren wollen. Wenn die Tochter-Erbin von Andor nicht näher als auf hundert Meilen an den Wiedergeborenen Drachen herankommen durfte – wieviel stärker mußten sie dann den Amyrlin-Sitz beschützen? Lelaine klang fast, als bedauere sie es, höchstwahrscheinlich, weil sie mit Romanda übereinstimmte. Das hatte fast beider Zungen gelähmt. Ohne sie – ohne sie beide – läge der Konsens außer Reichweite! Wenn sie also die Erlaubnis nicht bekäme ...

291

Leane räusperte sich. »Ihr könnt kaum etwas erreichen, wenn Ihr heimlich geht, Mutter, und der Saal wird es früher oder später herausfinden. Ich glaube, Ihr würdet danach kaum noch eine Stunde Zeit für Euch allein haben. Nicht daß sie es wagen würden, Euch bewachen zu lassen, aber es gibt andere Möglichkeiten. Ich kann Beispiele aus … gewissen Quellen nennen.« Sie zitierte die verborgenen Aufzeichnungen nur dann, wenn sie sich hinter einem Schutz befanden.

»Bin ich so durchschaubar?« fragte Egwene kurz darauf. Nur Wagen waren hier um sie herum und jenseits der Wagen die dunklen Erhebungen schlafender Wagenführer und Pferdehändler und aller anderen, die nötig waren, um so viele Fahrzeuge mitzuführen. Es war bemerkenswert, wie viele Fahrzeuge über dreihundert Aes Sedai benötigten, wenn nur wenige sich herabließen, auch nur eine Meile weit in einem Wagen oder auf einem Karren zu reisen. Aber da waren Zelte und die Ausrüstung und Nahrungsmittel und tausend andere Dinge, die zum Unterhalt der Schwestern und ihrer Bediensteten nötig waren.

»Nein, Mutter«, antwortete Leane leise lachend. »Ich habe mir einfach überlegt, was ich tun würde. Aber es ist allgemein bekannt, daß ich meine Würde und meinen Verstand verloren habe. Der Amyrlin-Sitz kann mich kaum als Vorbild nehmen. Ich glaube, Ihr müßt den jungen Meister al'Thor nach seinem Gutdünken handeln lassen, zumindest für eine Weile, während Ihr Euch um das unmittelbar vor Euch Liegende kümmert.«

»Sein Gutdünken führt uns vielleicht alle zum Krater des Verderbens«, murrte Egwene, aber das war kein Argument. Es mußte eine Möglichkeit geben, sich um das unmittelbar vor ihr Liegende zu kümmern, und Rand dennoch davon abzuhalten, gefährliche Fehler zu begehen, aber sie konnte sie noch nicht erkennen. »Dies ist der schlechteste Platz für einen tröstlichen Spaziergang, den ich jemals gesehen habe. Ich denke, ich könnte genausogut zu Bett gehen.«

Leane neigte den Kopf. »In diesem Fall, Mutter, wenn Ihr verzeiht – in Lord Brynes Lager ist ein Mann ... Wer hat schließlich schon einmal von einem Grünen ohne auch nur einen einzigen Behüter gehört?« Da sie plötzlich schneller sprach, hätte man glauben können, sie wollte zu einem Geliebten. Wenn Egwene bedachte, was sie über Grüne gehört hatte, bestand vielleicht gar kein solch großer Unterschied.

Bei den Zelten war inzwischen auch das letzte Feuer mit Erde erstickt worden. Niemand riskierte einen Flächenbrand, wenn das Land zundertrocken war. Einige wenige Rauchfäden stiegen im Mondlicht träge von Stellen auf, wo nicht genug Erde aufgehäuft worden war. In einem Zelt murmelte ein Mann im Schlaf etwas, und hier und dort drang ein Husten oder Schnarchen hervor, aber ansonsten lag das Lager still und ruhig da. Egwene war überrascht, als jemand aus den Schatten vor ihr heraustrat, besonders da es jemand mit dem einfachen weißen Gewand einer Novizin war.

»Mutter, ich muß mit Euch sprechen.«

»Nicola?« Egwene hatte es sich zur Gewohnheit gemacht, sich Namen und Gesichter aller Novizinnen einzuprägen, was keine einfache Aufgabe war, wenn man bedachte, daß Schwestern die ganze Heerstraße entlang nach Mädchen und jungen Frauen suchten, die lernen konnten. Obwohl die aktive Suche schlecht angesehen war – der Brauch forderte, daß das Mädchen fragen mußte oder daß man wartete, bis sie zur Burg kam –, wurden im Lager jetzt zehnmal so viele Novizinnen ausgebildet, wie die Weiße Burg in Jahren aufgenommen hatte. Nicola war jedoch eine derjenigen, an die man sich erinnern mußte, auch weil Egwene häufig genug bemerkt hatte, daß die junge Frau sie ansah. »Tiana wäre nicht erfreut, wenn sie Euch so spät noch wach fände.« Tiana Noselle war die Herrin der Novizinnen und gleichermaßen für eine tröstliche Schulter, wenn eine Novizin Kummer hatte, wie für eine unnachgiebige Haltung bekannt, wenn es um Regeln ging.

Die andere Frau regte sich, als wollte sie davoneilen, richtete sich aber dann gerade auf. Schweiß glänzte auf ihren Wangen. In der Dunkelheit war es kühler, als es am Tage gewesen war, aber niemand würde es als kühl bezeichnen, und der einfache Trick, Hitze oder Kälte zu ignorieren, wurde erst gelehrt, wenn man die Stola trug. »Ich weiß, daß ich zuerst Tiana Sedai hätte bitten sollen, Euch aufsuchen zu dürfen, Mutter, aber sie hätte niemals zugelassen, daß sich eine Novizin dem Amyrlin-Sitz nähert.«

»Worüber wollt Ihr mit mir sprechen, Kind?« fragte Egwene. Die Frau war mindestens sechs oder sieben Jahre älter als sie, aber dies war die angemessene Anrede für eine Novizin.

Nicola machte sich an ihrem Rock zu schaffen und trat dann näher. Große Augen begegneten Egwenes Blick vielleicht offener, als es bei einer Novizin hätte der Fall sein sollen. »Mutter, ich möchte so viel wie möglich lernen.« Sie zupfte an ihrem Gewand, aber ihre Stimme klang kühl und beherrscht und einer Aes Sedai angemessen. »Ich möchte nicht behaupten, sie hielten mich zurück, aber ich bin sicher, daß ich stärker werden kann, als sie sagen. Ich weiß einfach, daß ich es kann. Ihr wurdet niemals zurückgehalten, Mutter. Niemand hat jemals so schnell soviel Kraft erlangt wie Ihr. Ich möchte nur die gleiche Chance erhalten.«

Eine Bewegung in den Schatten hinter Nicola erwies sich als eine weitere Frau mit verschwitztem Gesicht, in einem Kurzmantel und weiter Hose und mit einem Bogen. Ihr Haar hing ihr, mit sechs Bändern zum Zopf geflochten, bis auf die Taille herab, und sie trug Stiefel mit hohen Absätzen.

Nicola Baumhügel und Areina Nermasiv bildeten ein merkwürdiges Freundespaar. Wie viele der älteren Novizinnen – es wurden jetzt auch Frauen geprüft, die fast zehn Jahre älter waren als Egwene, obwohl viele Schwestern murrten, sie seien zehn Jahre zu alt, um die Disziplin der Novizin zu erlernen –, wie viele jener älteren Frauen war Nicola, allen Berichten nach, begierig darauf zu lernen, und sie besaß ein Potential, das unter den lebenden Aes Sedai nur von dem Nynaeves, Elaynes und Egwenes selbst übertroffen wurde. Tatsächlich machte Nicola offensichtlich große Fortschritte, häufig in dem Umfang, daß ihre Lehrer sie zurückhalten mußten. Einige behaupteten, sie hätte begonnen, Gewebe aufzunehmen, als kenne sie sie bereits. Nicht nur das, sie zeigte bereits zwei Talente, obwohl die Fähigkeit, *Ta'veren* zu ›sehen‹ geringer war, während das Haupttalent, das Vorhersagen, sich auf eine Art zeigte, daß niemand verstand, was sie Vorhergesagt hatte. Sie selbst erinnerte sich im nachhinein an keines ihrer Worte. Alles in allem war Nicola von den Schwestern bereits als eine Novizin hervorgehoben worden, auf die man, trotz ihres späten Beginnens, achten müßte. Die umstrittene Übereinkunft, Frauen zu prüfen, die älter als siebzehn oder achtzehn Jahre waren, war wahrscheinlich Nicola zu verdanken.

Areina war jedoch eine Jägerin des Horns, die genauso prahlte wie ein Mann und herumsaß und von Abenteuern erzählte, die sie erlebt hatte und noch erleben würde, wenn sie nicht mit ihrem Bogen übte. Sie hatte diese Waffe wahrscheinlich von Birgitte übernommen, ebenso wie ihre Art, sich zu kleiden. Sie schien gewiß an kaum etwas anderem als dem Bogen Gefallen zu finden, außer gelegentlich auf recht kühne Art zu schäkern, wenn auch nicht mehr in letzter Zeit. Vielleicht machten die langen Tage unterwegs sie zu müde dafür, wenn auch nicht fürs Bogenschießen. Egwene konnte nicht verstehen, warum sie noch immer mit ihnen reiste. Es war kaum wahrscheinlich, daß Areina glaubte, das Horn von Valere würde auf ihrer Marschroute auftauchen, und sie konnte unmöglich auch nur vermuten, daß es in der Weißen Burg versteckt war. Sehr wenige Menschen wußten das. Egwene war sich nicht einmal sicher, daß Elaida es wußte.

Areina trat wie eine Närrin auf, aber für Nicola empfand Egwene eine gewisse Zuneigung. Sie verstand die Unzufriedenheit der Frau, verstand, daß sie alles sofort lernen wollte. Sie war genauso gewesen. Und vielleicht war sie noch immer so. »Nicola«, sagte sie freundlich, »wir unterliegen alle bestimmten Beschränkungen. Ich werde, um ein Beispiel zu nennen, niemals an Nynaeve Sedai heranreichen, was auch immer ich tue.«

»Aber wenn ich doch nur die Chance bekäme, Mutter.« Nicola rang tatsächlich flehend die Hände und auch ihre Stimme klang flehentlich, aber sie begegnete Egwenes Blick noch immer vollkommen offen. »Die Chance, die Ihr hattet.«

»Weil ich keine Wahl hatte – weil ich es nicht besser wußte – habe ich es erzwungen, Nicola, und das ist gefährlich.« Sie hatte diesen Begriff zum ersten Mal gehört, als Siuan sich dafür entschuldigte, etwas bei ihr erzwungen zu haben. Dies war eine der wenigen Gelegenheiten gewesen, bei denen Siuan wirklich reumütig gewirkt hatte. »Ihr wißt, daß Ihr, wenn Ihr mehr von *Saidar* lenkt, als Ihr könnt, riskiert, ausgebrannt zu werden, bevor Ihr jemals Eure volle Stärke erreicht. Ihr solltet Euch besser in Geduld üben. Die Schwestern werden Euch ohnehin erst etwas anderes sein lassen, wenn Ihr bereit dazu seid.«

»Wir sind auf demselben Flußboot nach Salidar gekommen wie Nynaeve und Elayne«, sagte Areina plötzlich. Ihr Blick war mehr als direkt – er war herausfordernd. »Und Birgitte.« Sie sprach den Namen aus irgendeinem Grund verbittert aus.

296

Nicola machte eine abwehrende Handbewegung. »Das ist unwichtig.« Aber sie klang seltsamerweise nicht, als meinte sie das ernst.

Egwene hoffte, daß ihr Gesicht nur halb so ausdruckslos blieb wie Nicolas und versuchte, ein plötzliches Unbehagen zu unterdrücken. ›Marigan‹ war auch auf diesem Boot nach Salidar gekommen. Eine Eule schrie, und sie erschauderte. Einige Menschen glaubten, daß der Schrei einer Eule im Mondlicht schlechte Nachrichten bedeutete. Sie war nicht abergläubisch, aber … »Was ist unwichtig?«

Die beiden Frauen wechselten Blicke, und Areina nickte.

»Ich ging vom Fluß zum Dorf.« Nicola sah Egwene, trotz ihres vermeintlichen Zögerns, gerade in die Augen. »Areina und ich hörten Thom Merrilin und Juilin Sandar miteinander sprechen. Der Gaukler und der Diebefänger. Juilin sagte, wenn Aes Sedai in dem Dorf wären – wir waren noch nicht sicher – und sie erführen, daß Nynaeve und Elayne vorgegeben hatten, Aes Sedai zu sein, wären wir alle gefährdet.«

»Der Gaukler sah uns und bedeutete Juilin zu schweigen«, warf Areina ein, während sie den Köcher an ihrer Taille betastete, »aber wir hatten es gehört.« Ihre Stimme war genauso hart wie ihr Blick.

»Ich weiß, daß sie jetzt beide Aes Sedai sind, Mutter, aber wären sie nicht noch immer in Schwierigkeiten, wenn jemand es herausfände? Ich meine – die Schwestern? Jeder, der vorgibt, eine Schwester zu sein, ist in Schwierigkeiten, wenn sie es herausfinden – auch noch Jahre später.« Nicolas Gesichtsausdruck änderte sich nicht, aber ihr Blick schien Egwenes plötzlich festhalten zu wollen. Sie beugte sich eifrig ein wenig vor. »Jedermann. Nicht wahr?«

Durch Egwenes Schweigen ermutigt, grinste Areina. Ein bei Nacht unangenehmes Grinsen. »Ich hörte,

Elayne und Nynaeve wurden aus der Burg geschickt, um irgendeine Aufgabe für Siuan Sanche zu erledigen, als sie noch Amyrlin war. Außerdem hörte ich, daß Ihr gleichzeitig von ihr fortgeschickt wurdet. Und in alle möglichen Schwierigkeiten gerietet, als Ihr zurückkamt.« Sie war eine Meisterin der Andeutungen. »Erinnert Ihr Euch, daß sie Aes Sedai zu sein vorgaben?«

Sie standen da und sahen sie an, Areina unverschämt auf ihrem Bogen lehnend und Nicola so erwartungsvoll, daß die Luft hätte knistern sollen.

»Siuan Sanche ist eine Aes Sedai«, sagte Egwene kalt, »Und Nynaeve al'Meara und Elayne Trakand ebenfalls. Ihr werdet ihnen den angemessenen Respekt erweisen. Für Euch sind sie Siuan Sedai, Nynaeve Sedai und Elayne Sedai.« Die beiden blinzelten überrascht. Egwenes Magen rebellierte vor Zorn. Nach allem, was sie heute nacht durchgemacht hatte, wurde sie noch von diesen beiden *erpreßt* ...? Ihr fiel kein Wort ein, das hart genug gewesen wäre, dies zu beschreiben. Elayne wäre sicherlich eines eingefallen. Elayne hörte den Stallburschen und Wagenführern und anderen zu und merkte sich Worte, die sie gar nicht hören sollte. Egwene entfaltete ihre Stola und legte sie sich sorgfältig um die Schultern.

»Ich glaube, Ihr versteht nicht, Mutter«, sagte Nicola hastig, aber nicht ängstlich, sondern nur in dem Bemühen, ihre Ansicht zu verdeutlichen. »Ich war nur besorgt, daß jemand herausfinden könnte, daß Ihr ...« Egwene ließ sie nicht weitersprechen.

»Oh, ich verstehe durchaus, Kind.« Die törichte Frau war ein Kind, wie alt sie auch sein mochte. Alle älteren Novizinnen machten Schwierigkeiten, üblicherweise dadurch, daß sie Aufgenommenen gegenüber, die sie lehren sollten, unverschämt auftraten, aber selbst die Dümmsten besaßen genug Verstand, Unverschämtheit den Schwestern gegenüber zu vermeiden. Es verwan-

298

delte ihre Wut in glühenden Zorn, daß diese Frau die Frechheit besaß, es bei ihr weiterhin zu versuchen. Beide waren größer als Egwene, wenn auch nicht wesentlich, aber sie stemmte die Fäuste in die Hüften und machte sich gerade, und sie wichen zurück, als rage sie tatsächlich über ihnen auf. »Habt Ihr überhaupt eine Vorstellung davon, wie ernst es ist, eine Schwester zu beschuldigen, besonders wenn eine Novizin dies tut? Beschuldigungen, die Ihr angeblich von zwei Männern gehört habt, die jetzt tausend Meilen weit entfernt sind. Tiana würde Euch bei lebendigem Leibe die Haut abziehen und Euch Euer restliches Leben lang Töpfe schrubben lassen, wenn sie es erführe.« Nicola versuchte weiterhin, etwas einzuwenden – es klang jetzt nach Entschuldigungen und weiteren Einwänden, die Egwene nicht verstand, hastige Versuche, alles zu ändern –, aber Egwene ignorierte sie und wandte sich an Areina. Die Jägerin trat einen weiteren Schritt zurück, benetzte ihre Lippen und wirkte bemerkenswert unsicher. »Ihr müßt nicht glauben, daß Ihr ungeschoren davonkommt. Selbst eine Jägerin könnte für ein solches Vergehen vor Tiana gezerrt werden – wenn Ihr das Glück habt, nicht an einem Wagenrad ausgepeitscht zu werden, wie sie es mit Soldaten machen, die beim Stehlen erwischt werden. Wie auch immer – ihr würdet mit Striemen bedeckt ausgestoßen werden.«

Egwene atmete tief durch und faltete ihre Hände über der Taille. Wenn sie sie zusammenpreßte, würden sie nicht zittern. Die beiden wirkten zwar nicht eingeschüchtert, aber doch angemessen gerügt. Sie hoffte, daß ihre niedergeschlagenen Augen, eingesunkenen Schultern und unruhigen Füße nicht vorgetäuscht waren. Rein rechtlich sollte sie die beiden sofort zu Tiana schicken. Sie hatte keine Ahnung, welche Strafe auf den Versuch stand, den Amyrlin-Sitz zu erpressen, aber es schien wahrscheinlich, daß der Ausschluß aus dem Lager die geringste Strafe wäre. Obwohl in Nicolas Fall damit gewartet werden müßte, bis ihre Lehrer der Meinung waren, sie könne die Macht ausreichend gut lenken, um sich selbst oder andere nicht versehentlich zu verletzen. Nicola Baumhügel würde jedoch niemals eine Aes Sedai werden, wenn diese Beschuldigung gegen sie erhoben wurde. All dieses Potential wäre vergeudet.

Es sei denn … Jede Frau, die bei der Lüge ertappt wurde, eine Aes Sedai zu sein, wurde so hart bestraft, daß sie noch Jahre später wimmerte, und eine Aufgenommene, die dabei ertappt wurde, mochte die andere sehr wohl als glücklich ansehen, aber Nynaeve und Elayne waren jetzt, da sie wirkliche Schwestern waren, sicher. Und sie selbst auch. Aber vielleicht war nur ein Hauch eines Gerüchts hierüber nötig, um jede Chance zunichte zu machen, daß der Saal sie wahrhaft als Amyrlin-Sitz anerkannte. Oder die Chance, zu Rand zu gehen und es dem Saal dann offen einzugestehen. Sie wagte es nicht, die beiden Novizinnen merken oder auch nur vermuten zu lassen, daß sie zweifelte.

»Ich werde dies vergessen«, sagte sie scharf. »Aber wenn ich noch einmal von irgend jemandem auch nur andeutungsweise etwas darüber höre …« Sie atmete unstet ein – wenn sie konkret davon hörte, würde sie kaum noch etwas tun können –, aber ihrer Reaktion nach hörten sie eine Drohung heraus, die sie tief traf. »Und nun geht zu Bett, bevor ich meine Meinung wieder ändere.«

Sie knicksten sofort und flüsterten »Ja, Mutter« und »Nein, Mutter« und »Wie Ihr befehlt, Mutter«. Sie eilten davon, während sie über die Schulter zu ihr zurückblickten und immer schneller wurden, bis sie schließlich tatsächlich liefen. Egwene zwang sich dazu, ruhig weiterzugehen, aber sie wäre am liebsten auch gelaufen.

MAGIC
Die Zusammenkunft

Die Buchreihe zum erfolgreichsten Fantasy-Kartenspiel der Welt!

06/6605

William M. Forstchen
Die Arena
Band 1
06/6601

Clayton Emery
Flüsterwald
Band 2
06/6602

Clayton Emery
Zerschlagene Ketten
Band 3
06/6603

Clayton Emery
Die letzte Opferung
Band 4
06/6604

Teri McLaren
Das verwunschene Land
Band 5
06/6605

Kathy Ice (Hrsg.)
Der Gobelin
Band 6
06/6606

Mark Summer
Der magische Verschwender
Band 7
06/6607

Hanovi Braddock
Die Asche der Sonne
Band 8
06/6608

Heyne-Taschenbücher

ELSTERCON 1998

"Zwischen Mars und Venus"
Viertes Leipziger SF-Treffen
und SFCD-Jahrescon
12. bis 14. Juni 1998

Ehrengäste:
Helga Abret (F)
Thomas M. Disch (USA)
Nancy Kress (USA)
Horst Pukallus (D)
Jesco von Puttkamer (USA)
Charles Sheffield (USA)
Thomas Ziegler (D)

Wir bemühen uns, wie schon bei den letzten Elstercons, um eine abwechslungsreiche und interessante Gestaltung des Cons und hoffen wieder für jeden etwas bieten zu können. Neben Lesungen mit einigen Ehrengästen wird es Diskussionsrunden zur Marsgeschichte und -forschung und zum Mars in der SF-Literatur geben. Auch die Erotik in der SF wird ein Thema sein. Diese Veranstaltungen werden u. a. durch die Hauptversammlung des SFCD, sowie durch die Verleihung des SFCD-Literaturpreises ergänzt. Auch unser 18. Buch- und Tauschmarkt für SF-, Fantasy- und Abenteuerliteratur wird das Conprogramm bereichern. Das alles und noch viel mehr wird es in der Zeit vom 12. - 14. Juni 1998 im *Schreberheim Holsteinstraße 46* in *04317 Leipzig* geben.

Anmeldungen bitte an folgende Adresse schicken:
Manfred Orlowski
Ernestistr. 6
04277 Leipzig
Ausführliche Informationen in schriftlicher Form erhält man unter der gleichen Adresse oder telefonisch unter der Nummer: (0341) 391 9442.
Aktuelle Infos im Internet unter folgender Adresse:
Http://www.uni-leipzig.de/~braatz/

Stand 4. Mai 1998

Das Schwarze Auge

Die Romane zum gleichnamigen Fantasy-Rollenspiel – Aventurien noch unmittelbarer und plastischer erleben.

Eine Auswahl:

Ina Kramer
Im Farindelwald
06/6016

Ina Kramer
Die Suche
06/6017

Ulrich Kiesow
Die Gabe der Amazonen
06/6018

Hans Joachim Alpers
Flucht aus Ghurenia
06/6019

Karl-Heinz Witzko
Spuren im Schnee
06/6020

Lena Falkenhagen
Schlange und Schwert
06/6021

Christian Jentzsch
Der Spieler
06/6022

Hans Joachim Alpers
Das letzte Duell
06/6023

Bernhard Hennen
Das Gesicht am Fenster
06/6024

Ina Kramer (Hrsg.)
Steppenwind
06/6025

06/6022

H e y n e - T a s c h e n b ü c h e r

Das Rad der Zeit

Robert Jordans großartiger Fantasy-Zyklus!

Eine Auswahl:

Die Heimkehr
8. Roman
06/5033

Der Sturm bricht los
9. Roman
06/5034

Zwielicht
10. Roman
06/5035

Scheinangriff
11. Roman
06/5036

Der Drache schlägt zurück
12. Roman
06/5037

Die Fühler des Chaos
13. Roman
06/5521

Stadt des Verderbens
14. Roman
06/5522

Die Amyrlin
15. Roman
06/5523

06/5521

Heyne-Taschenbücher